जाति का चक्रव्यूह और आरक्षण

सत्येन्द्र प्रताप सिंह

सम्पादन

अशोक कुमार पाण्डेय

राजपाल

₹ 450
ISBN : 9789393267429

JAATI KA CHAKRAVYUH AUR ARAKSHAN (Social Science)
by Satyendra Pratap Singh

राजपाल एण्ड सन्ज़
1590, मदरसा रोड, कश्मीरी गेट, दिल्ली–110006
फोन : 011–23869812, 23865483, 23867791
e-mail : sales@rajpalpublishing.com
www.rajpalpublishing.com
www.facebook.com/rajpalandsons

क्रम

भारतीय समाज में जाति व्यवस्था, ऐतिहासिक परिप्रेक्ष्य और वर्तमान स्थिति 5

आरक्षण : सैद्धांतिक आधार और ऐतिहासिक परिप्रेक्ष्य 43

आरक्षण किसके लिए और क्यों 72

मंडल कमीशन और राजनीति 99

आरक्षण का प्रभाव : भागीदारी के संदर्भ में 150

आरक्षण व्यवस्था से छेड़छाड़ और उसके प्रभाव 180

भविष्य का सवाल 211

भारतीय समाज में जाति व्यवस्था, ऐतिहासिक परिप्रेक्ष्य और वर्तमान स्थिति

जब कोई अपने कुत्ते और बिल्ली को छूने के बाद स्नान नहीं करता तो दूसरे व्यक्ति को छूने मात्र से ही वह क्यों स्नान करे? हिन्दुओं, जागो...तुम भूल कर रहे हो। हम आत्मशुद्धि में विश्वास करते हैं। यदि हम बंधनों से मुक्त होना चाहते हैं तो सर्वप्रथम हमें अछूतपन के चंगुल से छूटना होगा। यह हिन्दू धर्म पर कलंक एवं धार्मिक कमज़ोरी है। आधुनिक (1930 का) वीरतापूर्ण राष्ट्रीय संघर्ष और भी सुंदर होता, यदि हिन्दुओं ने अपने धर्म से अछूतपन निकाल दिया होता। वीरता एवं अपनी आन तो अलग, स्वराज आत्मशुद्धि के बिना भी नहीं मिलता। यदि स्वराज मिल भी गया तो उस समय तक हिन्दू धर्म को कलंकित करता रहेगा, जब तक भारत में छुआछूत रहेगा। हमें किसी को भी ऊँचा-नीचा नहीं समझना चाहिए। सब, जो गाँवों में रहते हैं, चाहे किसी भी वर्ग के हों, एक ही ईश्वर की संतान हैं।

—सरदार वल्लभभाई पटेल[1]

जाति का अभ्यास आर्यों की बहुत प्राचीन संस्कृति है। इसकी जानकारी हिन्दुओं के पवित्र ग्रंथ चारों वेद— *ऋग्वेद, सामवेद, यजुर्वेद* और *अथर्ववेद* से मिलती है। इनमें से *ऋग्वेद* सबसे प्राचीन माना जाता है। ऋग्वेद में अनार्यों के नगरों के विनाश के उल्लेख मिलते हैं। उसमें हरियूपीय नामक स्थान पर एक युद्ध का ज़िक्र है, जिसकी इतिहासकार हड़प्पा के नाम से पहचान करते हैं।

इतिहासकारों का मानना है कि जब आर्य भारत आए तो वह अर्ध-खानाबदोशी अवस्था में थे। उनकी अर्थव्यवस्था पशुपालन पर निर्भर थी। कृषि का भी उन्हें थोड़ा ज्ञान था। पशु उनकी सबसे मूल्यवान निधि और संपत्ति थे। धनाढ्य व्यक्ति को गोमत कहा जाता था। गोधन की वृद्धि की प्रार्थनाएँ की जाती थीं। पुरोहितों को सेवा स्वरूप पशु दान किए जाते थे। गाय विनिमय का प्रमुख साधन थी। पशुओं को लेकर कबीलों में युद्ध होता था, जिसके लिए 'गविष्टि' शब्द का इस्तेमाल होता था। इसका अर्थ था—गायों की तलाश। गोषु, गव्यत, गव्यु, गवेषणा शब्द भी गाय

से निकले हैं। जो लोग अपनी गायों के साथ गोशाला में एक साथ रहते थे,उन्हें एक गोत्र का कहा जाता था। बेटी को दुहिता यानी गाय का दूध निकालने वाली कहा जाता था। *ऋग्वेद* में कुछ जगहों पर गाय को अनघ्या यानी जिसे मारा नहीं जाना चाहिए, कहा जाता था। लेकिन गाय व बैल दोनों को ही मांस खाने के लिए मारा जाता था। गोमांस अतिथि को परोसा जाने वाला स्वादिष्ट आहार था।[2] स्वाभाविक है कि जब लोग खानाबदोश रहे होंगे और उनका मुख्य संघर्ष भोजन जुटाने के लिए रहा होगा तो उसमें जाति व्यवस्था या इस तरह की कोई स्थापित शोषण परंपरा होने की संभावना नहीं नज़र आती।

ऋग्वेद के शुरुआती प्रसंगों में वर्ण या जाति का उल्लेख नहीं मिलता। धीरे-धीरे काम का विभाजन शुरू हुआ। आगे चलकर यह उल्लेख आता है कि पुरोहित ने अपनी जगह बना ली थी। उसे दान दिए जाने का उल्लेख मिलता है। *ऋग्वेद* में जन व विश शब्द कई बार आए हैं। जन में कई विश होते थे। जन से पूरे क़बीले का बोध होता था और विश से कुल का। इस तरह से खानाबदोश जीवन से एक व्यवस्था का निर्माण शुरू होता नज़र आता है।

वैदिक काल में परिवार पितृसत्तात्मक था। इसके बावजूद शुरुआती दौर में, ऋग्वैदिक काल में स्त्रियों की स्थिति अच्छी थी। लड़कियों का विवाह सामान्यतया रजस्वला होने के बाद होता था। घोषा जैसी अविवाहित कन्याओं का भी उल्लेख मिलता है। स्त्रियाँ अपने पति के साथ यज्ञ कर सकती थीं, साथ ही विश्ववरा और अपाला जैसी अविवाहित स्त्रियों के स्वयं यज्ञ करने का भी उल्लेख मिलता है। संतानविहीन विधवा संतान होने तक अपने देवर के साथ सहवास कर सकती थी, जिसे नियोग कहा जाता था। संकेत मिलते हैं कि विवाह होने लगे थे। वहीं ऋग्वैदिक काल में कुछ कौटुंबिक लैंगिक संबंधों के भी साक्ष्य मिलते हैं। *ऋग्वेद* के बाद वाले हिस्से में यम-यमी संवाद भाई और बहन के बीच सहवास के संकेत देता है।[3]

क़बायली सरदारों और पुरोहितों को लूट के माल में अधिक बड़ा हिस्सा मिलता था। हालाँकि सभी किस्मतवाले नहीं थे। ब्राह्मणों के ग़रीब होने और उन्हें रोज़ी-रोटी के लिए संघर्ष करने के भी उल्लेख मिलते हैं। एक ब्राह्मण वामदेव कहता है, "अत्यंत कठिन परिस्थितियों को देखते हुए हमने कुत्ते की अंतड़ियाँ भोजन के लिए पकाईं। किसी देवता से मुझे संरक्षण नहीं मिला। मैंने अपनी पत्नी को पतितावस्था में देखा।" एक और क्षुब्ध ब्राह्मण अग्नि से प्रार्थना करते हुए कहता है कि "वह उसकी घुन लगी लकड़ी की समिधा स्वीकार करे क्योंकि उसके पास न तो गाय

है, न कुल्हाड़ी।" एक ब्राह्मण प्रार्थना करता है कि राजा द्वारा अपहृत उसकी पत्नी को लौटा दिया जाए।[4]

धीरे-धीरे समाज योद्धाओं (राजन्य, क्षत्रिय), पुरोहितों (ब्राह्मण) व जन सामान्य में विभाजित हुआ। *ऋग्वेद* के दशम मंडल के पुरुष सूक्त में कहा गया—

> जब देवों ने पुरुष को विभाजित किया तो उन्होंने उसे कितने टुकड़ों में बाँटा? उसका मुख क्या बना? उसकी भुजाएँ क्या बनीं? उसके दो अन्य हिस्सों जाँघों और पैरों का क्या हुआ? ब्राह्मण उसका मुख बना, राजन्य भुजाएँ, वैश्य जंघाएँ था और पैरों से शूद्र प्रकट हुआ।[5]

उत्तर वैदिक काल में खेती का प्रचलन बढ़ गया। हालाँकि पशुओं का महत्त्व बना रहा। इस काल के ग्रंथ *शतपथ ब्राह्मण* में याज्ञवल्क्य ने गोमांस खाने के पक्ष में ज़ोरदार तर्क दिए हैं।[6]

जनसंख्या बढ़ने और भौगोलिक विस्तार की प्रक्रिया के साथ समाज में बदलाव आ रहे थे। वैदिक संस्कृति नदियों के आस-पास चलती रही। इसकी मुख्य वजह पानी की उपलब्धता और नदियों के किनारे ज़मीन उपजाऊ होना माना जाता है। पशुओं और अनाज को लेकर प्रकृति पर निर्भरता का स्वरूप थोड़ा-थोड़ा बदलने लगा। पशु चराने में जहाँ आबादी में गतिशीलता और खानाबदोशी थी, वहीं जीवन में खेती-बाड़ी का हिस्सा बढ़ने के बाद स्थिरता आने लगी। खेत बनाना, उस पर बुआई, जुताई आदि करना एक लंबी प्रक्रिया है। स्वाभाविक है कि जहाँ खेती होने लगी, वहाँ आबादी बसनी भी शुरू हो गई होगी। पशुचारण व कबीलाई व्यवस्था के लोगों ने आवास बनाने और बसने की शुरुआत कर दी होगी।

पशु चराने से खेती-बाड़ी की ओर बढ़ने के साथ कई नई कलाएँ व शिल्प उभरे। उत्तर वैदिक साहित्य में धातु बनाने, बढ़ईगीरी, बुनाई, चमड़े का काम, आभूषण बनाने, रंगाई करने व मिट्टी के बर्तन बनाने वालों का उल्लेख मिलता है। बुनाई का काम व्यापक था, जो स्त्रियाँ करती थीं। साहूकारी का ज़िक्र भी सबसे पहले *शतपथ ब्राह्मण* में आता है, जिसमें सूदखोर को कुसीद कहा गया है, लेकिन पैसे के इस्तेमाल का कोई ठोस साक्ष्य तब तक का नहीं मिलता है।[7]

बसावट और विभिन्न तरह के शिल्प विकसित होने के साथ शहरीकरण की प्रक्रिया होना स्वाभाविक है। इसके अलावा जंगली पशुओं से सुरक्षा से लेकर एक समाज बनने के साथ आबादी की ओर अन्य खानाबदोशों के आने और बसते चले जाने से बड़ी आबादी वाले इलाक़े बसने शुरू हुए होंगे। घनी बसावट और विभिन्न शिल्पों के एक बड़े क्षेत्र में केंद्रीकरण ने शहरों को जन्म दिया।

उत्तर वैदिक काल में शहरीकरण और वर्ण-व्यवस्था का विकास

उत्तर वैदिक काल में शहरीकरण (हस्तिनापुर, मेरठ व कौशांबी, इलाहाबाद) के साक्ष्य मिलते हैं। साथ ही ज़िन्दगी स्थिर होने के साथ चार वर्णों में विभाजन गहराने लगा। इसका हमला महिलाओं की स्वतंत्रता पर हुआ। एक गोत्र के लोगों के बीच विवाह प्रतिबंधित हो गए। ऊँचे वर्ण के लोग शूद्र स्त्रियों से विवाह कर सकते थे, लेकिन निम्न वर्ण के पुरुषों के साथ उच्च वर्ण की स्त्रियों का विवाह ठीक नहीं माना जाता था।[8]

इन प्रतिबंधों के साथ परिवार और पितृसत्तात्मक होता गया। पुत्रों को महत्त्व दिया जाने लगा और पुत्री को दुखों का कारण माना जाने लगा। *ऐतरेय ब्राह्मण* में कहा गया कि अच्छी स्त्री वह है, जो पलटकर जवाब नहीं देती। क़बायली संस्था सभा में महिलाओं का शामिल होना ख़त्म हो गया। इस तरह से सबसे पहले वर्ण विभाजन की मार महिलाओं पर पड़ी और धीरे-धीरे उनके अधिकार सीमित होते गए। महिलाओं के कर्तव्य बताए जाने लगे और उन्हें विभिन्न मर्यादाओं में बाँधकर उन पर प्रतिबंध लगने शुरू हो गए।

इसी दौर में प्रादेशिक राजतंत्र को कर व्यवस्था का पोषण मिला। *शतपथ ब्राह्मण* में राजा को विषमत कहा गया, क्योंकि लोगों से वसूल किया गया माल ही उसके जीवन व पद प्रतिष्ठा का आधार बन गया। साथ ही राजपद चुनाव के अधीन नहीं रह गया। राजा को उभरते ब्राह्मण वर्ग का वैचारिक समर्थन मिला। *अथर्ववेद* में उसे ब्राह्मणों का रक्षक और जनसामान्य का भक्षक कहा गया है। उसे ब्राह्मण, पुरोहित वर्ग को वचन देना पड़ता था कि वह धर्म का पालन करेगा। इस तरह से ब्राह्मणों व क्षत्रियों की समाज में ताकत बढ़ने लगी। खासकर ब्राह्मण वर्ग श्रेष्ठता की ओर बढ़ने लगा।[9]

महाभारत के अनुशासन पर्व में शूद्रों को राजा का विनाशक कहा गया है। *महाभारत* में यह स्थापित करने की क़वायद की गई है कि तीन वर्णों द्वारा ब्राह्मणत्व प्राप्त करना अत्यंत कठिन है। उदाहरण देकर बताया गया है कि बग़ैर दूसरा शरीर धारण किए ब्राह्मण नहीं हुआ जा सकता। मतंग का जन्म चांडाल योनि में हुआ था, इसलिए वह सत्कर्म करने के बाद भी ब्राह्मणत्व नहीं प्राप्त कर सका।[10] इस समय की सामाजिक व्यवस्था में वर्ण के हिसाब से कार्य पूरी तरह स्थापित कर दिया गया। जो जिस घर में पैदा हो गया, उसके मुताबिक उसका काम निर्धारित हो गया कि वह किस तरह से अपना रोज़ी-रोज़गार चलाएगा। एक वर्ण से दूसरे वर्ण में प्रवेश की संभावना ख़त्म-सी हो गई। *महाभारत* में कहा गया है कि ब्राह्मण शौनाचार से,

क्षत्रिय पराक्रम से, वैश्य उद्योग से और शूद्र तीनों वर्णों की सेवा से संपत्ति पाता है।[11]

महाभारत के अनुशासन पर्व अध्याय 8 में ब्राह्मणों की श्रेष्ठता स्थापित की गई है। यहाँ पर शूद्रों या वैश्यों को ही नहीं, बल्कि क्षत्रियों को भी ब्राह्मणों का सेवक बताया गया है। इसमें उल्लिखित है कि जैसे स्त्रियों के लिए पति की सेवा ही संसार में सबसे बड़ा धर्म है, पति ही उनका देवता और वही उनकी परमगति है, उसी तरह क्षत्रिय के लिए ब्राह्मण की सेवा ही परम धर्म है। ब्राह्मण ही उनका देवता और परम गति है, दूसरा नहीं। क्षत्रिय 100 साल का हो और ब्राह्मण 10 साल का हो तो भी उन दोनों को परस्पर पुत्र व पिता के समान जानना चाहिए। उनमें ब्राह्मण पिता है और क्षत्रिय पुत्र।

ब्राह्मण को इस क़दर स्थापित कर दिया गया कि उसके आदेश के बिना क्षत्रिय या राजा भी कुछ नहीं कर सकता था। इसके लिए पारलौकिक भय दिखाने की भूमिका बढ़ गई। स्वर्ग और नरक की परिकल्पना, मौत के बाद किसी ताक़त या ईश्वर द्वारा सज़ा दिए जाने की परिकल्पना पेश की जाने लगी कि अगर राजा ब्राह्मण की आज्ञा से इतर जाता है तो उसे पारलौकिक दुखों का सामना करना पड़ेगा।

ऐसा कहा गया कि राजाओं को पुरोहित सहित ब्राह्मण की आज्ञा से राज्य ग्रहण करना चाहिए। ब्राह्मण की रक्षा से ही राजा को स्वर्ग मिलता है और उसको रुष्ट कर देने से वह अनंतकाल के लिए नरक में गिर जाता है।

महाभारत में यह उल्लेख मिलता है, जिसमें कहा गया है—

> ब्राह्मणों की पुत्र के समान रक्षा, गुरु की भाँति उपासना और अग्नि की भाँति उनकी सेवा-पूजा करनी चाहिए और क्रोध में भरे हुए विषधर सर्प के समान समझकर उनसे भयभीत रहना चाहिए। ब्राह्मणों की जो स्त्रियाँ हों, उनकी भी सुरक्षा का ध्यान रखते हुए माता के समान उनका दूर से ही पूजन करना चाहिए।[12]

महाभारत का एक प्रमुख हिस्सा *गीता* है। *गीता* को एक धार्मिक और श्रेष्ठ पुस्तक के रूप में अभी भी मान्यता प्राप्त है। यह माना जाता है कि महाभारत युद्ध के दौरान कृष्ण और अर्जुन के बीच हुए संवाद का वर्णन *गीता* में है। भले ही *रामायण* की तरह ही *महाभारत* का कोई ऐतिहासिक साक्ष्य नहीं मिलता और उसे पौराणिक ही माना जाता है, लेकिन यह सच्चाई है कि पुस्तक जिस भी समय में लिखी गई है, उस समय की सामाजिक, राजनीतिक और आर्थिक परिस्थितियों को व्यक्त करती है। *गीता* में श्रीकृष्ण ने वैश्यों, शूद्रों तथा स्त्रियों को निम्न मूल का बताकर उनकी

आलोचना की है। *महाभारत* में कहा गया है कि शूद्र द्विजों की सेवा तथा भगवान की भक्ति करके ही मोक्ष पा सकता है। इसमें कर्म को महत्ता दी गई, जिससे निम्न वर्ण के व्यक्ति समझने लगें कि अगर उनके कर्म ठीक रहे तो अगले जन्म में वे उच्च कुल में जन्म ले सकते हैं।[13] स्वाभाविक है कि रहन-सहन, काम करने का तरीक़ा और काम का विभाजन वर्ण के आधार पर किया गया तो उसका असर दंड व्यवस्था पर भी पड़ा। इस दंड व्यवस्था को भी वर्ण केंद्रित किया गया। अपराधों की श्रेणी निर्धारित की गई और वर्ण और जाति के आधार पर एक ही अपराध के लिए अलग-अलग तरह के दंड तय किए गए। *महाभारत* के 'शांति पर्व' में कहा गया है कि यदि कोई क्षत्रिय, वैश्य या शूद्र ब्राह्मण की हत्या करे तो उसे देश निकाला दिया जाए। हालाँकि चोरी के मामले में ब्राह्मणों के लिए नियम सख़्त थे। नारद ने पुराने मत का समर्थन किया है कि चोरी के मामले में ब्राह्मण का अपराध सबसे अधिक और शूद्र का अपराध सबसे कम होता था।

उपनिषद काल में जातियों का विस्तार

ब्राह्मणों के प्रभुत्व व कर्मकांड के खिलाफ़ पहली प्रतिक्रिया उपनिषद काल में देखी गई। उपनिषद काल का चिंतन यज्ञोन्मुख नहीं, आत्मान्मुख था। इसकी वजह से बड़े पैमाने पर लोग संन्यासी होने लगे। इसी दौर में चार आश्रमों की व्यवस्था हुई। ब्रह्मचर्य आश्रम में व्यक्ति अपने गुरु के आश्रम या घर में सादगी से शिक्षा लेता था। ज्ञान प्राप्त करने के बाद विवाह कर वह गृहस्थ आश्रम में आता था। आयु बढ़ने पर वह सांसारिक मोह-माया से विमुक्त होकर वानप्रस्थ अवस्था में प्रवेश करता था। वह अपने जीवन के अंतिम चरण में तपस्या द्वारा अपनी आत्मा को भौतिक बंधनों से मुक्त कर संन्यासी बन जाता था। हालाँकि ये चार आश्रम शूद्रों के लिए नहीं थे।[14]

वेदोत्तर काल में कृषि व व्यापार बढ़ गया। सिक्कों के इस्तेमाल से व्यापक बदलाव आया। ब्राह्मण वर्ग के प्रभुत्व के खिलाफ़ आवाज़ें उठने लगीं। कर्मकांडों व पशुबलि का विरोध होने लगा। लोगों की बदली हुई ज़िन्दगी से बलि प्रथा और यज्ञ मेल नहीं खाते थे। पशुओं का इस्तेमाल बड़े पैमाने पर खेती-बाड़ी व कारोबार में होने से उनकी हत्या का व्यापक विरोध हुआ। उसके बाद महावीर ने जैन व गौतम बुद्ध ने बौद्ध दर्शन पेश किया। इस दौर में तमाम साक्ष्य मिलते हैं जब क्षत्रिय वर्ण को ब्राह्मण वर्ण से श्रेष्ठ बताया जाने लगा। इसी दौर की एक अहम विचारधारा आजीवकों की थी, जिसकी स्थापना मक्खलि गोशाल ने की थी। इसी दौरान सोलह महाजनपद का काल आया और इसकी समाप्ति के बाद धनानंद के नेतृत्व में नंदवंश की स्थापना हुई, जिसे भारत का प्रथम साम्राज्य निर्माता कहा जाता है। तमाम इतिहासकारों ने

नंदवंश के संस्थापक को नापित (नाई) बताया है।

मौर्य साम्राज्य आते-आते जातियों का विस्तार से उल्लेख शुरू हो जाता है। कौटिल्य ने 16 मिश्रित जातियों का उल्लेख किया है, जिनको सामान्य रूप से अंत्यवासी (अंत में रहने वाला) माना जाता था। इन्हें जाति मिश्रण से उत्पन्न माना गया है और अंत में वे लोग ब्राह्मणीय समाज व्यवस्था से बाहर रहते हैं। चंडाल और स्वपाक जैसी मिश्र जातियों के सदस्य अस्पृश्य थे। उन्हें मुख्य बस्ती से बाहर श्मशान के पास रहना होता था। मेगस्थनीज[15] ने 7 जातियों—दार्शनिक, किसान, सैनिक, चरवाहा, कारीगर, दंडाधिकारी व पार्षद का उल्लेख किया है। मेगस्थनीज कहता है कि भारत में ग़ुलाम नहीं थे, लेकिन *अर्थशास्त्र* में गुलामों का ज़िक्र है।[16] लोग जादू-टोनों पर विश्वास करने लगे थे, इसका भी ज़िक्र *अर्थशास्त्र* में मिलता है।

मौर्य काल के विशाल साम्राज्य के कमज़ोर होने के साथ कई छोटे-छोटे राज्य सामने आए। कारीगर आदि अधिकतर शूद्र ही थे, लेकिन उनकी आर्थिक स्थिति मज़बूत हुई थी। मौर्य शासन के कमज़ोर होने से कारीगर आदि से राज्य का नियंत्रण कम हो गया और उन्हें ज़्यादा स्वतंत्रता मिली। वैश्य व शूद्र एक-दूसरे के नज़दीक आ रहे थे। यह भी माना जाता है कि विदेशी आक्रमण से भारत के वर्ण आधारित परंपरागत समाज को खतरा उत्पन्न हो गया था। भारत में यवन, पार्थियन, शक, कुषाण जैसे विदेशी शासकों की उपस्थिति वर्ण व्यवस्था के लिए खतरा बन रही थीं। ब्राह्मण उन्हें म्लेच्छ कहकर उपेक्षित नहीं कर सकते थे, इसलिए स्मृतिकारों ने उन्हें निम्न कोटि का क्षत्रिय बताया। *मनुस्मृति* में कहा गया कि ''पवित्र धार्मिक संस्कारों और ब्राह्मणों की अवहेलना करने के कारण ही यवन, शक, पह्लव आदि जातियाँ धीरे-धीरे शूद्रों की श्रेणी में आ गई हैं।''[17]

पुष्यमित्र शुंग और मनुस्मृति

मौर्य साम्राज्य का अंत उसके अंतिम शासक वृहद्रथ के सेनापति पुष्यमित्र शुंग ने किया। बौद्ध ग्रंथों में उसे बौद्धों का उत्पीड़क और ब्राह्मण धर्म का उत्साही समर्थक बताया गया है। यह भी उल्लेख मिलता है कि उसने अशोक द्वारा बनवाए गए 84,000 स्तूप तुड़वा दिए। ब्राह्मण शुंग शासकों के बाद एक और ब्राह्मण राजवंश कण्व वंश की स्थापना हुई। इस दौर में ब्राह्मण धर्म एक बार फिर मज़बूत हो गया। इसी दौर में आक्रामक व्याख्याएँ आईं कि शूद्र का जन्म ऊपर के वर्णों की सेवा करने के लिए हुआ है।

उस दौर के स्मृति ग्रंथ जातीय आधार पर तमाम सख्त व्याख्याएँ करने लगे। मनु के अनुसार निम्न जाति का व्यक्ति जिन अंगों से ऊँची जातियों के लोगों को

चोट पहुँचाता है, वे अंग काट देने चाहिए। यदि कोई शूद्र किसी द्विज को अपशब्द कहकर अपमानित करे तो उसकी जीभ काट देनी चाहिए। उच्च वर्ण का पुरुष निम्न वर्ण की स्त्री से शादी कर सकता था। वहीं पतंजलि का शास्त्र बताता है कि दासी (नौकरानी) और वृषली (शूद्र स्त्री) ऊपरी वर्णों के भोग मात्र के लिए होती हैं।

तीसरी और चौथी शताब्दी में इन अत्याचारों व अपमानों के खिलाफ़ विद्रोह होने लगे। ऐसे में ब्राह्मणीय पितृसत्तात्मक संस्थाओं की रक्षा की क़वायद और तेज़ कर दी गई। उत्तराधिकार के ऐसे क़ानून बनाए गए कि स्त्रियाँ संपत्ति के अधिकार से वंचित हो गईं। विवाह की उम्र कम हो गई। अविवाहित लड़की के रूप में स्त्री पिता पर निर्भर होती थी, पत्नी के रूप में पति पर तथा विधवा होने पर पुत्र पर। मनु के अनुसार स्त्री, पुरुष को भ्रष्ट करने वाली होती है।[18] गुप्तकाल आते-आते जातियों की संख्या बढ़ने लगी। मनु ने जहाँ 61 जातियों का उल्लेख किया था, गुप्तोत्तर काल में 100 से ज़्यादा जातियों का ज़िक्र मिलता है।

गुप्तकाल : जाति व्यवस्था का संस्थानीकरण

गुप्त काल में वर्ण विभेद खुलकर सामने आता है। समाज परंपरागत चार वर्णों में विभाजित था। समाज में ब्राह्मणों का सर्वोच्च स्थान था। पहले जहाँ काम के मुताबिक जातियाँ मानी जाती थीं, गुप्तकाल में स्थिति उलट गई। चार वर्णों का आधार गुण व कर्म न होकर जन्म ही था। मनुष्य चाहे जो भी हो, उसे उसी वर्ण में माना जाने लगा, जहाँ उसका जन्म हुआ।

अब तक वर्ण व जाति पूरी तरह फैल चुकी थी। इस दौर के टीकाकारों ने वर्ण के मुताबिक घर के आकार भी बताने शुरू कर दिए, जिसमें ब्राह्मण के लिए सबसे ज़्यादा कमरों और शूद्र के घर सबसे कम कमरों वाले घर तय किए गए। इतना ही नहीं, वर्ण के मुताबिक लोगों के रंग भी तय कर दिए गए।

वाराह मिहिर के मुताबिक ब्राह्मण का घर पाँच कमरों का, क्षत्रिय का चार, वैश्य का तीन और शूद्र का घर दो कमरों का होना चाहिए। वह यह भी कहता है कि प्रत्येक वर्ण के कमरे की लंबाई-चौड़ाई वर्णविन्यास के मुताबिक होनी चाहिए। विभिन्न वर्णों के लिए ब्याज की अलग-अलग दरों का दस्तूर जारी रहा। साथ ही गुप्तकाल में संकलित एक पौराणिक पाठ में श्वेत, लाल, पीत और काले इन चार रंगों का संबंध ब्राह्मण, क्षत्रिय, वैश्य व शूद्र से है। इस काल के लेखन में इस बात पर ज़ोर दिया गया कि ब्राह्मण को शूद्र का दिया हुआ भोजन नहीं खाना चाहिए, क्योंकि इससे उसकी आध्यात्मिक शक्ति का क्षय होता है। विधि ग्रंथों में यह प्रावधान किया गया है कि ब्राह्मण की सच्चाई की परीक्षा तुला से, क्षत्रिय की आग से, वैश्य

की जल से और शूद्र की विष से की जानी चाहिए।[19] बृहस्पति ने कहा है कि सभी वर्णों की सच्चाई की परीक्षा सभी तरीकों से की जा सकती है, लेकिन ब्राह्मण की परीक्षा विष से न कराई जाए। *नारद स्मृति* भी कहती है कि ब्राह्मण की परीक्षा विष से नहीं की जानी चाहिए।

फाह्यान[20] ने यह वर्णन किया है कि किसी नगर या बाज़ार में प्रवेश करने वाले चांडाल को लकड़ी से ठक-ठक करके अपने आगमन की सूचना देनी पड़ती थी, ताकि लोग उनसे दूर रह सकें। उस समय के ग्रंथों में शूद्रों, खासकर चांडालों को अशुद्ध, झूठा, चोर, अधर्मी, बेवजह झगड़ा करने वाला, आवेशी, क्रोधी और लालची बताया गया है। फाह्यान के वर्णन से पता चलता है कि भारत में गुप्तकाल में अस्पृश्यता थी और अस्पृश्यों को बस्ती से बाहर रहना पड़ता था। इस काल के स्मृति ग्रंथों में शूद्रों व अस्पृश्यों के बीच पूर्ववत् अंतर माना गया है। वहीं *अमरकोश* में वर्णसंकरों और अस्पृश्यों को शूद्र वर्ण में ही रखा गया है।

गुप्तकालीन स्मृतिकारों ने दाय विधि में भी यह नियम बना रखा था कि उच्च वर्ण के शूद्र पुत्र को संपत्ति में सबसे कम हिस्सा मिलेगा। विष्णु के मुताबिक ब्राह्मण के शूद्र पुत्र का अंश पिता की संपत्ति का आधा होगा। गड़ा खज़ाना ब्राह्मण को मिलने पर ब्राह्मण को उसे पूरा ले लेने का अधिकार स्मृतिकारों ने बताया। विष्णु के मुताबिक अगर कोई क्षत्रिय गड़ा धन पाता है तो वह एक चौथाई राजा को, एक चौथाई ब्राह्मण को देगा और आधा ख़ुद रखेगा, लेकिन अगर शूद्र धन पाता है तो उसे 12 भागों में बाँटकर 5-5 भाग राजा और ब्राह्मण को देगा और दो भाग ख़ुद रखेगा।

वर्ण व्यवस्था का संस्कृतिकरण भी चल रहा था। इसमें आर्येत्तर जनजातियों और विदेशी जातियों को भी शामिल किया गया। धीरे-धीरे सामाजिक स्थिरता और जड़ता के कारण जन्म आधारित जातियाँ स्थापित होती गईं। पूर्व मध्यकाल में जातीय संघर्ष नज़र आता है और वर्णाश्रम की प्रतिष्ठा के राजकीय प्रयास के उल्लेख मिलते हैं। मेघातिथि के मुताबिक राजा म्लेच्छों को पराजित कर चातुर्वर्ण्य व्यवस्था स्थापित करे। बांसखेड़ा ताम्रपत्र में हर्ष के पिता प्रभाकर वर्धन को वर्णाश्रम धर्म का रक्षक कहा गया है। आमगाछी अनुदानपत्र में पाल नरेशों को चातुर्वर्ण्य व्यवस्था का रक्षक कहा गया है। निधानपुर ताम्रपत्र में भाष्कर वर्मा को वर्णाश्रम धर्म को पुन:संयोजित करने वाला कहा गया है।[21]

गुप्तकाल में चारों वर्णों के राजाओं के संकेत मिलते हैं। वाकाटक और कदंब जैसे ब्राह्मण राजवंश थे। वहीं गुप्त वंश के राजाओं और हर्षवर्धन को वैश्य माना जाता है। सौराष्ट्र, अवंति और मालवा के शूद्र राजाओं की चर्चा भी इस काल में

मिलती है। परंपरागत शूद्र, आभीर और म्लेच्छ राजाओं का भी उल्लेख मिलता है।[22]

जातियों के मुताबिक काम निर्धारित होने लगा था और जन्म के मुताबिक जातियाँ तय हो जाती थीं। लेकिन कुछ ऐसे भी उदाहरण मिलते हैं, जहाँ अपनी जाति से इतर भी लोग काम करते थे। शूद्रक ने *मृच्छकटिक* में यह उल्लेख किया है कि ब्राह्मण चारुदत्त वाणिज्य व्यापार करता था।

हालाँकि गुप्तकाल आते-आते ब्राह्मणों की पवित्रता पर ज़ोर बढ़ गया था। इस काल के ग्रंथों के मुताबिक ब्राह्मण को शूद्र का अन्न ग्रहण नहीं करना चाहिए क्योंकि इससे उसका आध्यात्मिक बल घटता है। *महाभारत* के शांति पर्व में बढ़ई, चर्मकार, धोबी और रजक का अन्न खाना भी ब्राह्मण के लिए निषिद्ध था। याज्ञवल्क्य के मुताबिक स्नातकों को शूद्रों और पतितों का अन्न नहीं खाना चाहिए। जो ब्राह्मण शूद्र का अन्न खाए या वैश्य या क्षत्रिय की पंगत में खाए, उसके लिए प्रायश्चित का विधान किया गया। हालाँकि अगर ब्राह्मण द्विजों से अन्न प्राप्त कर जीविका न चला सके तो उसे शूद्र का अन्न खाने का प्रावधान किया गया था। बृहस्पति ने संकट के समय ब्राह्मण को दासों व शूद्रों का अन्न खाने की अनुमति दी है।

मनु ने लिखा है कि ईश्वर की ओर से शूद्र का एकमात्र धर्म ब्राह्मण, क्षत्रिय व वैश्य की सेवा करना है। हालाँकि याज्ञवल्क्य ने शूद्र को व्यापारी, कृषक और कारीगर होने की अनुमति दी है।

गुप्तकाल में स्मृतिकारों ने मिश्रित जातियों का भी उल्लेख किया है। ब्राह्मण पुरुष और वैश्य स्त्री की संतान को अंबठ कहा गया। गौतम ने वैश्य पुरुष और शूद्र स्त्री की संतान को उग्र कहा। स्मृतियों में क्षत्रिय पुरुष और शूद्र स्त्री की संतान को उग्र कहा गया है। मनु ने ब्राह्मण पिता और शूद्र माता की संतान को पारशव जाति बताया है।[23]

इसी तरह सातवीं शताब्दी में ह्वेनसांग ने भी अस्पृश्यता का वर्णन किया है। ह्वेनसांग ने लिखा है कि कसाई व मेहतर नगर के बाहर ऐसे मकानों में रहते थे, जो किसी विशेष चिह्न से जाने जा सकते थे। ह्वेनसांग[24] ने चारों वर्णों के वही कर्म बताए हैं, जो समाज में परंपरागत रूप से प्रतिपादित थे। उसने ब्राह्मणों के सर्वोच्च होने की भी बात कही।

दास प्रथा

हालाँकि सभी शूद्र दास नहीं होते थे लेकिन दास प्रथा प्रचलित थी। शांतिपर्व में कहा गया है कि शूद्र की सृष्टि प्रजापति ने अन्य तीनों वर्गों के दास के रूप में की। नारद ने दास के 15 प्रकार बताए हैं, जिनमें प्राप्त किया हुआ दास, स्वामी द्वारा प्रदत्त

दास, क़र्ज़ न चुका सकने के कारण बना दास, दाँव पर हार जाने वाला दास, स्वयं दासत्व ग्रहण करने वाला, अपने को निर्धारित समय के लिए दास बनाने वाला, दासी के प्रेमपाश में पड़कर बनने वाला दास, आत्मविक्रयी दास शामिल हैं। नारद और बृहस्पति दोनों ने कहा है कि दास केवल अपवित्र काम में लगाए जाते थे। गुप्तकाल में दासों की अवस्था पहले से ज़्यादा दयनीय हो गई थी।

दासता में भी वर्ण-व्यवस्था है। नारद और कात्यायन ने कहा कि दास, स्वामी के वर्ण से नीचे का होना चाहिए। कात्यायन के अनुसार दासता ब्राह्मण के लिए नहीं है और वह ब्राह्मण का दास भी नहीं बन सकता है। हालाँकि यह भी उल्लेख है कि अगर किसी ब्राह्मण को किसी ब्राह्मण का दास बनना पड़ जाए तो उससे अध्ययन-अध्यापन वाला काम ही लिया जाना चाहिए। दासियों का भी अस्तित्व था। *अमरकोश* में दासीसभम का ज़िक्र आता है। जैन ग्रंथों से भी पता चलता है कि आदिम जातियों से दासियाँ व चेरियाँ ली जाती थीं। कोई दासी अपने स्वामी के पुत्र को जन्म देती थी तो वह स्वतंत्र हो जाती थी। दासों को पीटा जा सकता था और उन्हें बेड़ियों से बाँधा जा सकता था।

इस काल में वैश्य व शूद्र मिलने लगे थे। वैश्य कृषि कार्य से विमुख होकर व्यापार तक सीमित होने लगे तो खेती का काम शूद्रों ने अपना लिया। ह्वेनसांग ने शूद्रों का खेतिहरों के वर्ग के रूप में उल्लेख किया। *नृसिंह पुराण* में खेती को शूद्र कर्म बताया गया है। भृत्यों या घरेलू चाकरों के संबंध में *कामसूत्र* में कहा गया है कि उन्हें खाना-पीना दिए जाने के साथ मासिक या वार्षिक वेतन भी दिया जाना चाहिए।

गुप्तकाल में शिल्पकर्म शूद्रों के कर्तव्य में शामिल हो गया। *वायु पुराण* के अनुसार शूद्रों के दो प्रमुख कर्तव्य शिल्प और भृत्ति थे। *अमरकोश* में मालियों, धोबियों, कुम्हारों, जुलाहों, राजमिस्त्रियों, दर्ज़ियों, चित्रकारों, शस्त्रकारों, चर्मकारों, लुहारों, शंखशिल्पियों, स्वर्णकारों, बढ़ई, ढोल, वंशी, वीणा बजाने वालों, अभिनेताओं व नर्तकों आदि की सूची दी गई है।

शूद्रों के साथ-साथ महिलाओं को हेय दृष्टि से देखा जाना समानांतर चल रहा था। संस्कृत ग्रंथों में स्त्री व शूद्र के जीवन का मूल्य एक ही रखा गया है।[25]

स्त्री की हत्या करने वाले को शूद्र हत्या का व्रत करना चाहिए। कुत्ते, गोह, उल्लू और कौवे की हत्या में भी वही व्रत करना पड़ता था।[26] जो व्यक्ति शिल्पी, कारीगर, शूद्र अथवा स्त्री को मारे, उसे दो प्राजापत्य व्रत करना चाहिए और दक्षिणा में 11 सांड़ देने चाहिए।[27] वे भी, जो पापयोनि हैं, (अर्थात्) स्त्री, वैश्य और शूद्र—कृष्ण की शरण में आकर परमगति को प्राप्त करते हैं।[28]

यहाँ परमगति प्राप्त करने का हक तो है, लेकिन स्त्री, वैश्य एवं शूद्र को पापयोनि बताया गया है। स्त्री व शूद्र की संगति करने और जूठा खाने से हुई अपवित्रता का प्रायश्चित सात दिन तक जौ का दलिया पीकर करना चाहिए।[29] स्त्री और शूद्र की संगति उसी तरह होती है, जैसे विश्वासघातियों व कृतघ्नों की संगति और उनकी संगति में रहने पर मुक्ति नहीं मिल सकती।[30] इसमें यह भी बताने की क़वायद की गई है कि कलियुग में लोग स्त्रीपरक और शूद्रपरक बन जाएँगे।[31]

इसका एक तात्पर्य यह भी निकाला जा सकता है कि स्त्रियों व शूद्रों के पक्ष में बोलने वालों की संख्या बढ़ रही थी, जिससे क्रुद्ध होकर टीकाकार ने ऐसी भविष्यवाणी की।

पूजा विधियों में भी स्त्री व शूद्र एक साथ हैं। कहा गया है कि अग्निहोत्री द्विजाति श्राद्ध कर्म ऐसी अमावस्या में करें, जिसमें चंद्रमा दिखाई पड़े, किंतु अग्नि व्यवहार से वंचित स्त्री और शूद्र यह कर्म अंधेरी अमावस में ही करें।[32]

तीनों वर्ण के लोग वैदिक विधि से स्नान और जप कर सकते हैं, लेकिन शूद्र और स्त्री को यह अधिकार नहीं है।[33] स्त्री, शूद्र और अवर वर्ण के लोगों को यज्ञ वर्जित कहा है।[34] जब विधिपूर्वक मंत्र द्वारा लिंग को प्रतिष्ठित कर दिया जाए तो शूद्र और स्त्री को इसे नहीं छूना चाहिए।[35] स्त्री, बिना उपनयन वाले लोग और शूद्रों को विष्णु और शंकर की मूर्ति छूने का अधिकार नहीं है।[36] यदि वे केशव अथवा शिव का स्पर्श करते हैं तो उन्हें नरक मिलेगा।[37] द्विज 'नमो भगवते वासुदेवाय' मंत्र का जाप ओंकार सहित कर सकते हैं किंतु स्त्री और शूद्र ओंकार सहित जाप नहीं कर सकते।[38] शिक्षक प्रव्रज्या की शिक्षा देने के समय स्त्री, शूद्र, कुत्ते और काले पक्षी को न देखें, क्योंकि वे असत्य हैं।[39] समावर्तन के बाद स्त्री, शव, शूद्र, कुत्ते और काले पक्षी को नहीं देखना चाहिए, न उनसे बात करनी चाहिए।[40] सफलता के लिए व्रत करने वाले ब्रह्मचारी को स्त्री व शूद्र के साथ बात नहीं करनी चाहिए।[41] चांद्रायण व्रत में स्त्री शूद्र और पतित से नहीं बोलना चाहिए।[42]

मध्यकाल से पहले के दौर को देखें तो पता चलता है कि प्राचीन भारत की धार्मिक विचारधारा वेदों की स्थापना और उसकी परंपरा से बहुत ज़्यादा प्रभावित रही है। लौकिक कर्म उसी के मुताबिक संचालित हुए। गौतम बुद्ध ने सामाजिक–धार्मिक स्तर पर भेदभाव और उस समय मौजूद ब्राह्मणवादी सत्ता का विरोध किया। इससे बड़े पैमाने पर बदलाव भी आए। लेकिन ब्राह्मणवादी विचारधारा लंबे समय तक सुषुप्तावस्था में नहीं रही। बौद्धों का प्रभाव घटाने और वेदों और ब्राह्मणों की महत्ता को स्थापित करने के लिए शंकराचार्य का नाम सबसे आगे आता है। शंकराचार्य

ने अद्वैतवाद पर ज़ोर दिया। अद्वैतवाद का मूल आधार है कि ब्रह्म सत्य है, जगत मिथ्या है। शंकर ने ज्ञान के साथ निर्गुण ब्रह्म की उपासना का प्रचार किया। साथ ही ईश्वर को शिव का रूप देकर जनसाधारण के लिए शैव उपासना और पंडितों के लिए ज्ञान मार्ग के द्वारा एकेश्वरवाद का मार्ग प्रशस्त किया।

वहीं वैष्णव संतों में 12वीं शताब्दी में रामानुजाचार्य ने विशिष्टाद्वैतवाद और 13वीं सदी में मध्वाचार्य, विष्णुस्वामी, निंबकाचार्य ने क्रमश: द्वैतवाद, शुद्धाद्वैतवाद और द्वैताद्वैतवाद की स्थापना की। इन चारों वैष्णव संप्रदायों ने शंकर के अद्वैतवाद और ज्ञानमार्ग का विरोध किया। वैष्णवों के प्रयत्नों से *भगवद्गीता* की महत्त्व प्रतिष्ठा, अवसरवाद की स्थापना के साथ अवतारों की पूजा और ब्राह्मणों की उच्चता आदि को स्थान मिला। वल्लभ ने विशेष रूप से भगवान की मूर्तिपूजा पर ज़ोर दिया।

इस्लाम का आगमन और नये संघर्ष

इसी दौर में भारत में इस्लाम का आगमन हुआ। इस्लाम के सामाजिक, धार्मिक मतवाद के साथ भारतीय सिद्धांत और चिंतन का संघर्ष अलग तरह से शुरू हो गया। उस समय भारत के शासक इसका सुनिश्चित प्रतिरोध करने में सफल नहीं हुए। उच्च वर्ग ब्राह्मणों के नेतृत्व में अपनी बनाई सीमाओं से घिरा था और उसके हित काफ़ी विस्तृत थे। वहीं जातिवाद पर आधारित रूढ़िवादी पद्धतियाँ इस्लाम आने के बाद नए तरीके से देखी जाने लगीं।

14वीं और 15वीं शताब्दी में जनसामान्य की ओर से व्यापक सामाजिक आंदोलन उठ खड़ा हुआ। यह सिंध, गुजरात, महाराष्ट्र से लेकर बंगाल, असम, ओडिशा तक फैला था। संतों का एक नया वर्ग उभरा, जिसके अगुआ कबीरदास कहे जा सकते हैं। इन्होंने भारतीय रहस्यवादी धारणाओं और सूफ़ी साधना की रहस्यवादी धारणाओं के बीच सामंजस्य स्थापित किया। ऐसे संतों में नामदेव, कबीर, नानक, दादू, रज्जब, रैदास, तुलसीदास और चैतन्य महाप्रभु का नाम आता है। इन संतों में ज़्यादातर नाम ऐसे हैं जो भारत की कथित छोटी जातियों से आए थे। इन्होंने सूफ़ियों को अपने निकट पाया और हिन्दू समाज के जातीय भेदभाव पर करारा प्रहार किया।

कबीर ने राजनीतिक, सामाजिक, धार्मिक एवं आर्थिक असमानता के विरुद्ध प्रतिक्रिया दी एवम् कुरीतियों का तीव्र विरोध किया। जनसाधारण की भाषा में उन्होंने बताया कि निर्गुण प्रभु सबका है, उस पर किसी व्यक्ति, वर्ग या धर्म–जाति का एकाधिकार नहीं है। कबीर पहले संत थे, जो संत होते हुए अंत तक शुद्ध गृहस्थ बने रहे। उन्होंने शारीरिक श्रम की प्रतिष्ठा की और उसे सफलताओं का आधार बताया। कबीर ने साफ़ तौर पर घोषणा की कि अधिकतर विवाद आर्थिक असमानता से पैदा होते हैं। कबीर ने जन समाज के लिए धन को अनिवार्य माना। वे उतने ही धन को

सर्वोपरि समझते थे, जिससे कि दैनिक आवश्यकताओं की पूर्ति हो सके—'साईं इतना दीजिये जामे कुटुम समाय।' एक दोहे में वह लिखते हैं, 'भूखे भजन न होई गोपाला, ले लो आपन कंठी माला।' धन की प्रतिष्ठा के साथ उन्होंने धन संचय और वैभव दिखाने की आलोचना की। हिन्दी के तमाम लेखकों/ आलोचकों ने कबीर को हिन्दू धर्म में खपाने की कोशिश की है, जबकि कबीर न तो ख़ुद को हिन्दू मानते थे, न मुसलमान।[43] उन्होंने साफ़ कहा है..."हिन्दू कहो तो हौ नहीं, मुसलमान भी गारी।"

कबीर ने अमानवीय मूल्यों का विरोध किया। धर्म और अधर्म की परिभाषा विवेक, ज्ञान और अनुभव के आधार पर करने पर ज़ोर दिया। उन्होंने यह स्थापित करने की क़वायद की कि जन्म से कोई व्यक्ति हिन्दू-मुस्लिम, ऊँच-नीच, द्विज-शूद्र नहीं होता। वह लिखते हैं—

जौ तू बाभन बंभनी जाया, तौ आनबाट ह्वै क्यों नहीं आया।
जौ तो तुरक तुरकनी जाया, तौ भीतर खतना क्यों नहीं कराया।

कबीर ने वेदों और ब्राह्मणों की श्रेष्ठता को नकार दिया। उन्होंने वेदों को उलझाने वाला बताते हुए ब्राह्मणों को उसमें उलझने वाला बताया है—

ब्राह्मण गुरु है जगत का, साधु का गुरु नाहिं।
उरझि पुरझि कै मर रह्यो, चारिउ वेदां माहिं।

इसी दौर में नानक ने पंजाब के बड़े इलाक़े में अपना असर डाला। गुरु नानक देव का जन्म 1526 में कार्तिक पूर्णिमा के दिन तलवंडी में हुआ, जो अब पाकिस्तान में है। नानक के पिता का नाम मेहता कालू और माता का नाम तृप्ता देवी था। तलवंडी को अब ननकाना साहब के नाम से जाना जाता है। नानक के जन्मदिन को प्रकाश पर्व के रूप में मनाया जाता है। नानक ने मानव के सामाजिक दुखों को अनुभव करते हुए अंधविश्वासों व गलत परंपराओं को दूर करने का प्रयास किया। उनके मत में सच्चा समन्वय वही है तो ईश्वर की मौलिक एकता को पहचाने और उसके असर से मानव की एकता को पहचानने में मददगार हो। नानक ने सिख धर्म की स्थापना की। उन्होंने बेहद सरल भाषा में एक ओंकार का संदेश पूरी दुनिया को समझाया कि सभी इंसान एक-दूसरे के भाई हैं। ईश्वर सबके पिता हैं, फिर एक पिता की संतान होने के बावजूद हम ऊँच-नीच कैसे हो सकते हैं? उन्होंने लिखा है—

असंख जप, असंख भाउ, असंख पूजा असंख तप ताउ॥
असंख गरंथ मुखि वेदपाठ, असंख जोग मनि रहहिं उदास॥
असंख भगत गुण गिआन विचार, असंख सती असंख दातार॥
असंख सूर, मुँह भख सार, असंख मोनी लिव लाइ तार॥

कुदरति कवण कहा बिचारु, बारियआ न जावा एक बार॥
जो तुधु भावै साईं भली कार, तू सदा सलामति निरंकार॥

नानक के अलावा दादू दयाल (1544–1603 ईस्वी) ने भी अपना व्यापक असर दिखाया है। उनका जन्म अहमदाबाद में हुआ। उनके पिता लोदीराम और माता का नाम बसीबाई था। उनके पिता धुनिया थे, पिंजारा रुई धुनने वाली जाति को धुनिया कहा जाता है। उन्होंने हिन्दू और मुस्लिम में समन्वय स्थापित करने का काम किया। उनके अनुयायी न तो मूर्तियों की पूजा करते हैं, न कोई वेशभूषा धारण करते हैं। उन्होंने लिखा है—

हिन्दू तुरक न जाणों दोइ।
साँईं सबका सोई है रे, और न दूजा देखौं कोइ॥
कीट-पतंग सबै जोनिन में, जल-थल संगि समाना सोइ।
पीर पैगम्बर देव-दानव, मीर-मलिक मुनि-जनकौं मोहि।

दादू सूफ़ियों से ज़्यादा निकट हैं। वह सूफ़ियों में सुहरावर्दियों की संकल्पना से विशेष प्रभावित थे। उन्होंने लिखा है—

> दोनों भाइयों हिन्दू और मुसलमान के एक से हाथ और पैर हैं। दोनों के कान और आँखें हैं। वह हिन्दू और मुसलमान दोनों के ही धर्मग्रंथों को अस्वीकार करते थे।[44]

इसी दौर में महाराष्ट्र में संतों की एक लंबी परंपरा चली। यह ज्ञानेश्वर, हेमाद्रि, चक्रधर से आरंभ होकर रामनाथ, तुकाराम, नामदेव तक जाती है। महाराष्ट्र में भक्ति परंपरा में वारकरी आंदोलन प्रमुख है। पश्चिमी भारत का भक्ति आंदोलन 13वीं सदी में नामदेव नाम के दर्ज़ी तथा ध्यानेश्वर नाम के ब्राह्मण के नेतृत्व में आरंभ हुआ। ध्यानेश्वर के पिता को जाति से निकाल दिया गया था क्योंकि उन्होंने गृहस्थ जीवन में वापसी के लिए संन्यास त्याग दिया था। एकनाथ (1533–1599) ब्राह्मण भक्त थे, जो जाति से जुड़े अपने प्रगतिशील रवैये के कारण प्रसिद्ध थे। ऐसे तमाम प्रसंग मिलते हैं कि वे अछूतों को अपने घर भोजन का निमंत्रण देते थे और स्वयं भी उनके घर भोजन करते थे।[45] एक प्रसंग आता है कि श्रद्धालु भक्त रान्या महार ने उन्हें खाने का न्योता दिया। एकनाथ निमंत्रण पर उसके घर गए तो उन्हें जाति से निकाल दिया गया।

नामदेव का जन्म पंढरपुर, मराठवाड़ा, महाराष्ट्र में 26 अक्टूबर 1270 कार्तिक शुक्ल एकादशी विक्रम संवत 1327 को हुआ था। उनके पिता का नाम दामाशेठ और माता का नाम गोणाई था। नामदेव ने जाति प्रथा का तीखा विरोध किया है। नामदेव ने लिखा है—'हिन्दू अंधा है तो मुसलमान काना। जानने वाला दोनों से बुद्धिमान

है। नामदेव तो उस नाम का सेवक है, जिसका न तो कोई मंदिर है, न मस्जिद।'

महाराष्ट्र के सबसे प्रसिद्ध अछूत संत चोखामेला और उनका परिवार आजीवन महारों का पारंपरिक काम करता रहा। उनके अभंगों में दमित अवस्था के प्रति शिकायत का भाव मिला है। वह एक अभंग में लिखते हैं—

वेद दूषित है, शास्त्र दूषित हैं, पुराण भी दूषण से भरे हैं।
आत्मा दूषित है, परम आत्मा दूषित है, यह देह अपवित्र है।
ब्रह्मा दूषित है, विष्णु दूषित है, संसार दूषण से भरा है।
जन्म दूषित है, मृत्यु दूषित है।
चोखा कहता है आरंभ और अंत में भी दूषण है।[46]

जेलियट के मुताबिक चोखा के पुत्र कर्म मेला के अभंगों में कहीं अधिक कटुता दिखाई देती है। चोखामेला के जीवन और उस परिवेश में पालन-पोषण ने उनकी स्थिति और साफ़ की हो और समानता को एक संभावना के तौर पर देखा जाने लगा हो।

तुमने हमें नीच जात का बनाया।
हे महान प्रभु, तुम इस हकीकत का सामना क्यों नहीं करते?
हमने सारा जीवन जूठन खाई, तुम्हें इसके लिए लज्जा नहीं आनी चाहिए?
तुमने हमारे घर में भोग पाया है। तुम कैसे अस्वीकार कर सकते हो?
चोखा का कर्म मेला पूछता है, तुमने मुझे जीवन क्यों दिया?
क्या हम तुम्हारे संग रहते हुए प्रसन्न थे? हे घनश्याम, तुम नहीं जानते।
यह नीचा स्थान ही हमारा भाग है।
नीचा स्थान ही हमारा भाग है, देवों के राजा।
हमने मीठा भोजन कभी नहीं पाया।
हम सबके लिए लज्जाजनक जीवन है यह।
तुम्हारे लिए परमानंद का उत्सव है और हमारे मुखों पर पीड़ा अंकित है।
चोखा का कर्ममेला पूछता है, हे देवा, हमारा भाग ऐसा क्यों है? [47]

संत तुकाराम[48] (1608-1649 ईस्वी) का जन्म महाराष्ट्र के पुणे के देहू में हुआ था। उनके पिता का नाम बोल्होबा और माता का नाम कंकाई था। उनके परिवार के लोग महाजनी और खेती करते थे, जो एक कृषक ज़मींदार परिवार था। उनके अभंग की शुरुआत इससे होती है, ''अच्छा हुआ, तुमने मुझे कुनबी बनाया। अन्यथा मैं एक दंभी, पाखंडी के रूप में मर गया होता।'' महात्मा ज्योतिबा फुले तुकाराम को किसानों के संत के रूप में देखते थे। तुकाराम के गीतों का विशाल संकलन मिलता है, जिनमें

से अधिकतर अभंगों के रूप में है। उनके लिखे में उग्र सामाजिक आलोचना का काव्य भी मिलता है, जिसमें जाति, धर्म और आडंबरों का विरोध किया गया है—

> वे सोना लपकने के लिए अपनी कन्याओं को सामने ले आते हैं।
> कोख इस तरह खरीदते हैं, मानो बिकने को धरी हो।
> यह हमारे समय का धर्म है।
> अच्छा दास है और बुरा राजा है।
> दुष्ट ब्राह्मण सत्यनिष्ठा त्यागकर चोर हो गए हैं
> वे मुस्लिम पजामे और चमड़े के जूते पहनते हैं
> वे सत्तासीन होकर लोगों को भूखे मारते हैं।
> वे रसोइयों का हिसाब रखते हैं
> तेल और मक्खन पर पलते हैं।
> वे अधम के दास हैं
> और अपनी भूलों पर मार खाते हैं।
> शासक लोगों का दमन करते हैं।
> पवित्र स्थानों पर पनपती है बुराई।
> वैश्य, शूद्र
> सभी सहज भाव से नीचे
> ये तो सभी बाहरी रंग हैं
> भीतर के हरे को ढांपे है श्याम
> तुका कहते हैं, हे देवा,
> सोवो मत, मदद करने को दौड़ो।

तुकाराम ध्यान लगाने की कोशिश करते थे। उनके ग्राम के समीप भंडारा पहाड़ी पर बौद्ध गुफ़ा उनके ध्यान का मनपसंद स्थान हो गया। ध्यान के बाद वे बुद्ध की तरह दार्शनिक और तमाम रहस्यमयी बातें करने लगे थे। उन्होंने लिखा है—

> मेरे लिए ईश्वर मर गया है।
> उसे अन्य लोगों के लिए रहने दो।
> न तो उसकी कथा कहूँगा और न ही उसका नाम लूँगा
> हम एक-दूसरे को मारकर जा चुके हैं
> उलाहना और प्रशंसा, बस यूँ ही बीतते हैं मेरे दिन।
> तुका कहते हैं, मैं खड़ा हूँ शांत
> ऐसा ही रहा है मेरा जीवन।[49]

रैदास (1398–1518 ईस्वी) का जन्म काशी (बनारस) में चर्मकार परिवार में हुआ था। रैदास ने जन्म के आधार पर श्रेष्ठता की अवधारणा को पूरी तरह ख़ारिज़ कर दिया—

> रैदास बाभन मत पूजिए जो होवे गुन हीन,
> जिए चरन चंडाल के जो हो गुन परवीन।

रैदास के समाज की कल्पना में संपत्ति पर निजी मालिकाना नहीं है। समाज अमीर और ग़रीब में नहीं बँटा है। कोई छूत–अछूत नहीं है। ऐसे समाज को उन्होंने बेगमपुरा नाम दिया—

> बेगमपुरा सहर को नाउ, दुखु–अंदोहु नहीं तिहि ठाउ,
> ना तसवीस खिराजु न मालु, खउफु न खता न तरसु जुवालु,
> अब मोहि खूब बतन गह पाई, ऊहाँ खैरि सदा मेरे भाई
> काइमु–दाइमु सदा पातिसाही, दोम न सोम एक सो आही
> आबादानु सदा मसहूर, ऊहाँ गनी बसहि मामूर
> तिउ तिउ सैल करहि जिउ भावै, महरम महल न को अटकावै
> कह 'रविदास' खालस चमारा, जो हम सहरी सु मीतु हमारा

वह श्रम करके जीवन–यापन करते थे। वे मोची का काम करते थे और श्रम करके जीने को सबसे बड़ा मूल्य मानते थे।

> नेक कमाई जउ करइ गृह तजि बन नहिं जाय।

वह श्रमिक को ज़्यादा महत्त्व देते हैं—

> धरम करम जाने नहीं, मन मह जाति अभिमान,
> ऐ सोउ ब्राह्मण सो भलो रविदास श्रमिकहु जान।

उन्होंने ऊँच–नीच अवधारणा और पैमाने को पूरी तरह उलट दिया। उन्होंने कहा कि जन्म के आधार पर कोई नीच नहीं होता है, बल्कि वह व्यक्ति नीच होता है, जिसके हृदय में संवेदना और करुणा नहीं है—

> दया धर्म जिन्ह में नहीं, हद पाप को कीच,
> रविदास जिन्हहि जानि हो महा पातकी नीच।
> रैदास जन्म के कारने होत न कोई नीच,
> नर कूं नीच कर डारि है, ओछे करम की नीच।

उन्होंने जाति की बुराइयों का उल्लेख किया है और इसे मनुष्यता के विपरीत बताया है। वे यह भी कहते हैं कि जाति एक ऐसी बाधा है, जो आदमी को आदमी से जुड़ने

नहीं देती। वे कहते हैं कि एक मनुष्य दूसरे मनुष्य से तब तक नहीं जुड़ सकता, जब तक जाति का खात्मा नहीं हो जाता—

> जात-पात के फेर मह उरझि रहे सब लोग,
> मानुषता को खात है, रैदास जात का रोग।

रैदास हिन्दू-मुस्लिम के बीच कोई भेद नहीं करते। वे दोनों के पाखण्ड को उजागर करते हैं। वह कहते हैं कि मंदिर-मस्जिद दोनों में ही भगवान या अल्ला नहीं हैं। वह मंदिर-मस्जिद से अपने को दूर रखकर हिन्दू-मुस्लिम दोनों से प्रेम करते हैं—

> मस्जिद सो कुछ घिन नहीं मन्दिर सो नहीं प्यार,
> दोउ अल्ला हरि नहीं कह रविदास उचार।

> मुसलमान से दोस्ती, हिन्दुवन से कर प्रीत,
> रविदास ज्योति सभ हरि की, सभ हैं अपने मीत।

उन्होंने श्रम की संस्कृति में भरोसा जताया। उनका मानना था कि हर व्यक्ति को श्रम करके ही खाना खाने का अधिकार है—

> रैदास श्रम कर खाइए है, जो-लौ-पार बसाय,
> नेक कमाई जौ करई कबह न निष्फल जाय।

उनकी प्रतिभा व विचारों के कायल उस समय के अन्य कई विचारक भी थे। सिखों के चौथे गुरु रामदास ने कहा—

> साधू सरणि परै सो उबरै खत्री ब्राह्मणु सूदु वैसु चंडालु चंडईआ।
> नामा जैदेउ कबीरु त्रिलोचनु अउजाति रविदासु चमिआरु चमईआ॥[50]

सन् 1560 के आस-पास ओरछा में जन्म से ब्राह्मण एक संत हुए, हरिराम व्यास। उन्होंने लिखा है—

> व्यास बड़ाई छाड़ि कै, हरि चरणा चित जोरि।
> एक भक्त रैदास पर, वारूं ब्राह्मण कोरि॥

उन्होंने आगे भी रैदास को अपना सगा घोषित करते हुए कहा—

> इतनौ है सब कुटुम हमारौ,
> सैन धना अरु नामा पीपा और कबीर रैदास चमारौ।

इस दौरान यूरोप के तमाम यात्री भी भारत आए। फ़ादर एंथोनी मोंसेरात, राल्फ़ फिच, विलियम हाकिंस, निकोलस विथिंगटन, फ्रांसिस बर्नियर सहित कई यात्रियों ने अपने

अनुभवों से लिखा है, जिससे भारत की सामाजिक स्थिति का पता चलता है। मुग़लकाल में आए इन लेखकों के माध्यम से उस कालखंड के दौरान महिलाओं, खासकर विधवाओं की दुर्दशा की जानकारी मिलती है। इन लेखकों ने बाल विवाह, विधवाओं को ज़िन्दा जलाए जाने का वर्णन किया है। निकोलस विथिंगटन ने भारत की जातीय व्यवस्था, साथ में खानपान के लिए न बैठने जैसी प्रथाओं का विस्तार से उल्लेख किया है।

फ़ादर एंथोनी मोंसेरात 1578 ईस्वी में फ़ादर एक्वाविवा के साथ अकबर के दरबार में आया था। उसने लिखा है कि लाहौर के लोग व विशेष रूप से कश्मीरी ब्राह्मण समृद्ध हैं। सती प्रथा के बारे में उसका कहना है—

> विधवाओं को नशीली दवा देकर बेहोश किया जाता था, ताकि उन्हें जलने का दर्द महसूस न हो और तब अर्ध बेहोशी की हालत में ही उन्हें चेतावनी, प्रार्थना और आश्वासन के साथ चिता पर धकेल दिया जाता था। अक्सर उन्हें बलपूर्वक ही चिता पर बिठाया जाता था और यदि वे चिता से कूदकर भागने की कोशिश करती थीं तो उन्हें डंडों से ऐसा करने से रोका जाता था।[51]

राल्फ़ फिच 1588–91 के बीच भारत रहा। उसने भी तत्कालीन समाज का यथार्थवादी वर्णन किया है। उसने बाल-विवाह के बारे में कहा है कि यह बहुप्रचलित प्रथा थी। उसने लिखा है—

> गुजरात में यदि विधवा चाहती तो उसे अपने मृत पति के साथ सती होने दिया जाता था, किंतु अगर वह ऐसा करने से इनकार करती थी तो उसे ज़बरदस्ती सती होने को मजबूर नहीं किया जाता था। उस दशा में उसका सिर मूंड़ दिया जाता था। यही प्रथा बनारस में भी थी।[52]

इसी तरह विलियम हाकिंस 1608–1613 ईस्वी तक भारत में रहा। उसने जहाँगीर का काल देखा और सती प्रथा के बारे में लिखा कि आगरा में जहाँगीर की अनुमति के बग़ैर कोई स्त्री सती नहीं हो सकती थी।[53]

निकोलस विथिंगटन 1612 से 1616 ईस्वी के दौरान भारत में रहा। उसका यात्रा विवरण *ट्रैक्टैट* नाम से 1735 में लंदन में प्रकाशित हुआ। उसने बनियों की 30 उपजातियों का उल्लेख करते हुए लिखा है कि उनमें इतना अंतर था कि वे एक-दूसरे के साथ खाना तक नहीं खाते थे। विथिंगटन के मुताबिक राजपूतों में सती प्रथा व्यापक रूप से प्रचलित थी। उसने सती प्रथा के बारे में लिखा है कि महिलाएँ चिता के कष्ट को इतनी सहनशीलता के साथ झेलती हैं कि उनकी प्रशंसा करनी पड़ती है। उसके मुताबिक अहमदाबाद में सती प्रथा नहीं थी और विधवा केवल

अपने बाल कटा लेती थीं। बनियों में बाल विवाह का प्रचलन था, जो तीन-चार साल की उम्र में हो जाता था।[54]

फ्रांस का चिकित्सक फ्रांसिस बर्नियर 1658 ईस्वी में सूरत पहुँचा। उसने अहमदाबाद, आगरा, कश्मीर व बंगाल की यात्राएँ कीं। बर्नियर के मुताबिक—

> ब्राह्मणों का वर्ग अंधविश्वासों तथा भ्रांतियों को बढ़ावा देता है, जिसके कारण उनकी सम्पन्नता बनी रहती है। उसने सती प्रथा और जगन्नाथ की मूर्ति से अबोध लड़कियों के विवाह का वर्णन भी किया है, जिसका फ़ायदा पुजारी उठाते थे।[55]

अंग्रेज़ी राज और जाति व्यवस्था

अठारहवीं शताब्दी में जातिवाद अपने चरम पर था। राजस्थान में राजपूतों में 36 जातियाँ थीं। वे अपने को वैदिक क्षत्रिय बताते थे। समाज पूरी तरह से जातीय आधार पर विभाजित था। मुगलों के पतन के साथ जातिगत अराजकता तेज़ हो गई। विभिन्न गुटों व समुदायों के सामाजिक व आर्थिक हित जाति प्रथा, पारिवारिक और धार्मिक संस्थाओं के जटिल नियमों से संचालित थे। नैतिक नियम कुछ विशेष वर्ग के निजी हितों पर आधारित थे और अन्य वर्ग के दैहिक अधिकार भी सीमित हो गए थे। जाति विभाजन ने सामंतवाद को मज़बूत करने में पूरा सहयोग दिया और समाज का संचालन अमीरों व ब्राह्मणों के हित में किया जाने लगा, जिसके बारे में अनेक यूरोपीय लेखकों ने विस्तार से जानकारी दी है। मंदिरों में पुजारियों का वैभव व प्रतिष्ठा बहुत अधिक थी। इनको न केवल भूमि दान की जाती थी, बल्कि लोगों से चंदा भी मिलता था। साधारण पूजा कराने में भी ब्राह्मणों का विशिष्ट स्थान था। समाज का औद्योगिक उत्पादक वर्ग भी जाति व्यवस्था पर आधारित था। समाज में सबसे निचला स्थान दलित वर्ग का था जो प्रायः श्रमिक थे और ग़ुलामों जैसी स्थिति में थे। सबसे ज़्यादा परिश्रम करने वाले दलितों के प्रति सबसे ज़्यादा घृणा का भाव था। अस्पृश्यता के नियम इन पर लागू होते थे और इन्हें अलग बस्तियों में बसाया जाता था।

भारत की शासन सत्ता अंग्रेज़ों के हाथ में आने के बाद से जातीय व्यवस्था में व्यापक उथल-पुथल हुई। इसके असर के बारे में प्रोफ़ेसर जीएस घुर्ये[56] ने व्यापक अध्ययन किया और एम.एन. श्रीनिवास ने उसे आगे बढ़ाया। यह व्यापक रूप से स्वीकार्य है कि अंग्रेज़ों के दीवानी और फ़ौजदारी न्यायालयों ने भारत की परंपरागत

जाति पंचायतों पर काफ़ी असर डाला। अंग्रेज़ों ने न्याय का एक नया सिद्धांत प्रस्तुत किया कि क़ानून के सामने सभी व्यक्ति बराबर हैं और अपराध का चरित्र न तो इससे प्रभावित होगा कि अपराध किस जाति विशेष द्वारा किया गया है और न तो इससे प्रभावित होगा कि किस जाति विशेष के ऊपर अपराध हुआ है।

अंग्रेज़ों की इस नीति का फ़ायदा निचली जातियों को मिला और उनके लिए तमाम नए-नए अवसर पैदा हुए। निचली जातियों ने धन कमाया और ख़ुद को ऊपर उठाने की कोशिश की और दूसरी जातियों ने उनका विरोध किया। नव धनाढ्य जातियाँ अपने को उच्च जाति घोषित करने के दावे करने लगीं। उनका मकसद अपनी जाति और सामाजिक ओहदे को ऊँचा करना था, जाति व्यवस्था के ख़िलाफ़ आवाज़ धीमी थी।

डॉ. एफ.जी. बेली ने 1952-53 में ओडिशा के फूलबानी ज़िले के एक गाँव बीसीपाड़ा का अध्ययन किया था, जिसका उल्लेख उनकी पुस्तक *कास्ट एंड द इकनॉमिक फ्रंटियर* में है। ओडिशा के, जो पहले बंगाल का हिस्सा था, एक गाँव बीसीपाड़ा में तत्कालीन बंगाल सरकार की शराब बिक्री से संबंधित एक नीति के परिणामस्वरूप बोड़ और गंजम नामक शराब बनाने वाली दो निचली जातियाँ अचानक अमीर हो गईं। इन दो समुदायों की समृद्धि के कारण एक असंतुलन पैदा हुआ क्योंकि दोनों पहले के मुकाबले उच्च सामाजिक स्थिति का दावा कर रही थीं। उसके पहले गाँव की ज़मीन राजपूतों के कब्ज़े में थी, लेकिन 1910 में मद्य निषेध लागू किए जाने के बाद बोड़ जाति के पास जितनी ज़मीन हो गई, उतनी किसी के पास नहीं रह गई। इन दो जातियों द्वारा ज़मीन हासिल करने के बाद उनके जीवन व रीति-रिवाजों, कर्मकांड, जीवन-शैली आदि का संस्कृतिकरण शुरू हो गया। यह उनके द्वारा अपने को ऊँची जाति का बताने की प्रक्रिया का एक अंग था।[57]

इसके अलावा अंग्रेज़ों ने जब जनगणना में जाति पूछना शुरू कर दिया तो यह भी सामाजिक गतिशीलता का बड़ा आधार बन गया। 17 फरवरी 1881 को प्रकाशित जनगणना[58] में अंग्रेज़ों ने विभिन्न श्रेणियों में भारतीयों को गिना। हिन्दू कास्ट्स इन बंगाल के तहत ब्रिटिश बर्मा और नेटिव्स ऑफ़ इंडिया के अतिरिक्त एशियाटिक्स की एक सूची बनाई। दूसरी सूची नेटिव्स ऑफ़ इंडिया एंड ब्रिटिश बर्मा की बनी, जिसमें 1. एबोरिजिनल ट्राइब्स, 2. सेमी हिन्दुआइज़्ड एबोरिजिनल्स, 3. हिन्दू, 4. पर्सन्स ऑफ़ हिन्दू ओरिजिन नॉट रिकॉग्नाइज़िंग कास्ट्स शामिल हुए।

हिन्दू में सुपीरियर कॉस्ट्स, इंटरमीडिएट कास्ट्स, ट्रेडिंग कास्ट्स, पैस्टरल (पशुपालक) कास्ट्स, कास्ट्स इंगेज्ड इन प्रिपेयरिंग कुक्ड फ़ूड, एग्रीकल्चर कास्ट्स,

व्यक्तिगत सेवाएँ देने वाली जातियाँ, आर्टीशन कास्ट्स, वीवर्स कास्ट्स, लेबरिंग कास्ट्स, कास्ट्स ऑक्यूपायड इन सेलिंग फ़िश एंड वेजीटेबल्स, बोटिंग एंड फ़िशिंग कास्ट्स, डांसर, म्यूज़ीशियन, बेगर और वोगाबॉन्ड कास्ट्स, पर्सन्स इन्युमरेटेड बाई नैशनलिटी ओनली में विभाजित हुए।

दिलचस्प है कि 1881 की जनगणना में पशुपालक जातियों में सिर्फ़ सात जातियाँ, भारतीय, गंधारी, गड़ेरी, गोरधा, गूजर, ग्वाला और जाट को रखा गया है, जिनकी कुल आबादी 41,15,377 बताई गई। यानी गूजर और जाट को पशुपालक जातियों में एक साथ रखा गया था। कृषक जातियों में अगरिया, अगुरी, बरुई, भूमिक, चासा, चासाधोपा, चासाती, दास, गोला, हक्कड, कैबर्त, कर्मकार, खैमारू, कांता, खासिया, खरुलि, खेतौरी, कोईरी, कुरार, कुर्मी, लोध, माली, मंडल, मुलिक, मुराली, नागर, ओरहा, पैक, पारिथ, राजू, सदगोप, सरूप, सवारा, सूद, सूद्र, सुकैर, तमोली को रखा गया है।

इसी तरह से 1901 की जनगणना[59] एच. एच. रिजले और ई. ए. गैट ने तैयार कराई थी, जो आईसीएस अधिकारी थे। इसमें पूरा एक अध्याय 11 जाति को समर्पित है, जिसमें उसकी व्याख्याएँ की गई हैं। इस जनगणना में जाति के मुताबिक नागरिकों की स्थिति का वर्णन किया गया है कि उनकी सामाजिक, आर्थिक स्थिति कैसी है और उनमें विवाह की प्रणाली और सामाजिक मान्यताएँ क्या हैं।

1901 की जनगणना में भारत की विभिन्न जातियों को विभाजित किया गया है। 1. तुर्कों इरानियन टाइप (बलूचिस्तान और नॉर्थ वेस्ट फ्रंटियर प्राविंस) 2. इंडो आर्यन टाइप (इसमें राजपूताना, पंजाब और कश्मीर घाटी के लोग शामिल किए गए), 3. सीथो द्रविड़ियन टाइप (गुजरात के कुर्ग इलाक़े के लोग), 4. आर्यों द्रविड़ियन टाइप या हिन्दुस्तानी टाइप 5. मंगोलियो द्रविड़ियन टाइप या बंगाली टाइप, 6. मंगोलियाइड टाइप (उत्तरी और पूर्वी फ्रंटियर भारत) 7. द्रविड़ियन टाइप (इन्हें मोस्ट प्रिमिटिव ऑफ़ इंडियन टाइप में रखा गया, जो पुराने भौगोलिक भारत में घने वन क्षेत्र में रहते हैं)

1911 की जनगणना में हिन्दू की परिभाषा कुछ इस तरह दी गई है—

> भारत का निवासी, जो यूरोपियन, अर्मेनियन, मुग़ल, पर्शियन या अन्य विदेशी मूल का नहीं है, जो एक चिह्नित जाति का सदस्य है, जो ब्राह्मणों के आध्यात्मिक आधिपत्य को स्वीकार करता है, जो गायों का सम्मान करता है, या कम-से-कम मारने या उन्हें नुक़सान पहुँचाने से इनकार करता है, जो उन धर्म या पंथ को स्वीकार नहीं करता, जिसे ब्राह्मण मानने से मना करते हैं।[60]

1911 की जनगणना रिपोर्ट[61] आईसीएस अधिकारी ई.ए. गैट ने तैयार कराई। जनगणनाओं में लगातार विभिन्न तरीके के आँकड़े आते रहे। साथ ही ख़ुद को उच्च जाति घोषित करने के दावे और उनकी मौजूदा स्थिति ब्रिटिश सरकार जनगणना में बताने लगी। उदाहरण के लिए लोगों की जाति लिखी जाती और उसके बाद उनसे यह पूछा जाता कि आपका दावा किस जाति का होने का है। इस दावे का आधार क्या है। इसमें तमाम निम्न जातियों ने अपने जातीय संगठन के बताए के मुताबिक दावा किया कि वे उच्च वर्ण से हैं। 1911 की जनगणना में जाति की परिभाषा में कहा गया कि सगोत्र विवाह, परंपरागत पेशा और एक जगह से उत्पत्ति तीन मूल आधार हैं, जिन पर जाति आधारित होती है।[62]

दक्षिण भारत में ग़ैर ब्राह्मण आंदोलन का इतिहास 1840 ईस्वी के आस-पास से शुरू हुआ। मद्रास में कारीगर जातियों ने राजस्व परिषद को प्रत्यावेदन दिया कि सार्वजनिक कार्यस्थलों में सभी व्यक्तियों को बग़ैर किसी भेदभाव के नियुक्त किया जाना चाहिए और ब्राह्मणों का एकाधिकार ख़त्म किया जाना चाहिए।

कास्ट एंड पॉलिटिक्स इन महाराष्ट्र नाम की पुस्तक में मौरीन पैटरसन ने 1920 के दशक में ब्राह्मणों व ग़ैर ब्राह्मणों के संघर्ष का उल्लेख किया है। हालाँकि ग़ैर ब्राह्मणों को चुनावी राजनीति में सफलता नहीं मिली। पैटरसन लिखती हैं कि 1936-37 के चुनाव में कांग्रेस को मिली एकतरफा जीत और ग़ैर ब्राह्मण दलों की पराजय की एक वजह महात्मा गाँधी थे, मराठा और ग़ैर ब्राह्मणों को कांग्रेस की ओर आकर्षित करने की एक वजह यह भी थी कि गाँधी ग़ैर ब्राह्मण थे। अप्रैल 1948 में कांग्रेस के एक धड़े ने, के. जेधे और एस. एस. मोरे के नेतृत्व में, वर्कर्स एंड पीजेंट्स पार्टी की स्थापना की। इसकी एक बड़ी वजह थी कि महाराष्ट्र कांग्रेस में नेतृत्व के स्तर पर कथित रूप से ब्राह्मणों का वर्चस्व था और उससे मुक्ति पाने का यह एक मार्ग था।

उत्तर और दक्षिण भारत में जातीय संघर्ष

जातियों का सशक्त संघर्ष 1950 के पहले तक महाराष्ट्र और दक्षिण भारत के राज्यों तमिलनाडु, केरल, कर्नाटक और आंध्र प्रदेश में चला। उस समय दक्षिण भारत को जातिवादी माना जाता था, और उत्तर भारत को जातीय संघर्ष से मुक्त। अब स्थिति उल्टी हो गई है और यह चर्चा की जाती है कि दक्षिण भारत में जातिवाद नहीं है, इसलिए वहाँ प्रगति हो रही है और जातिवाद के कारण उत्तर भारत खासकर उत्तर प्रदेश और बिहार सहित हिन्दी इलाक़े बर्बाद हो गए हैं। वहीं एम.एन. श्रीनिवास ने

अपनी पुस्तक *आधुनिक भारत में जाति* में लिखा है कि—

> यह कतई असंभव नहीं कि उत्तर भारत में शक्तिशाली ब्राह्मण समूहों के अभाव ने वहाँ गैर-ब्राह्मण आंदोलन को पनपने से रोक दिया और इसी से आम धारणा बन गई कि जातिवाद उत्तर भारत के बजाय दक्षिण भारत में ही मज़बूत है। उत्तर भारत में जातिगत संघर्ष कभी आज के दक्षिण भारत जितना मज़बूत होगा या नहीं, यह देखना अभी बाकी है।[63]

दरअसल महाराष्ट्र या दक्षिण भारत की तरह हिन्दी पट्टी में भयानक जातीय अत्याचार नहीं हुए हैं। महाराष्ट्र में चितपावन ब्राह्मण पेशवाओं के शासन में मराठों को अपमानित किया गया। अछूतों द्वारा गले में मटकी और कमर में झाड़ू बाँधकर चलने का नियम भी संभवतः महाराष्ट्र के पेशवा राज तक ही सिमटा था। इसी तरह से दक्षिण भारत में निम्न जातियों की महिलाओं को स्तन ढँककर चलने का अधिकार नहीं था। इस पर कर लगता था। और जब इसके विरोध में एक महिला ने अपने स्तन काटकर[64] राजा के प्रतिनिधि को कर के रूप में दे दिए, तब इसके खिलाफ़ तीख़ा आंदोलन हुआ। इसकी मानवीय त्रासदी को समझा गया और इस भयानक प्रताड़ना वाले क़ानून से छुटकारा मिला।

उत्तर भारत में अन्य पिछड़े वर्ग को आरक्षण दिए जाने की माँग को लेकर कोई ख़ास आंदोलन नहीं चला। हाँ, काका कालेलकर आयोग और मंडल आयोग ज़रूर बने। बाद में जब मंडल कमीशन रिपोर्ट लागू की गई तो उत्तर भारत में खूनी संघर्ष छिड़ गया। कथित बौद्धिक वर्ग तो आरक्षण के खिलाफ़ टूट ही पड़ा, जिस पर सवर्णों का वर्चस्व था। एक दौर के सिविल लिबर्टी के पैरोकार अरुण शौरी ने लगातार जातिवादी लेख व संपादकीय लिखना शुरू किया। संविधान के विशेषज्ञ एच. एम. सीरवई उस समय सामाजिक आधिपत्य और संविधान द्वारा उसे शिथिल किए जाने की क़वायदों को भूल ही गए और मेरिट और टैलेंट के नाश होने और उसकी मौत हो जाने की बात करने लगे। गिरिलाल जैन माँग करने लगे कि जल्द-से-जल्द विश्वनाथ प्रताप सिंह सरकार जानी चाहिए। पूरा फ़ॉरवर्ड कास्ट हिन्दू समुदाय अचानक एक चट्टान बन गया। फ़ंडामेंटलिस्ट और सेकुलर, मार्किसस्ट और गांधियन, शहरी और ग्रामीण सभी इस मसले पर ऐसा एकजुट हुए, जैसा इसके पहले कभी नहीं हुए थे।[65]

वहीं मीडिया और बौद्धिक तबके के साथ सवर्ण हिन्दू के विरोध का सामना कर रहे लोगों की बहुत बड़ी आबादी अपने कुछ मुट्ठी भर उन नेताओं के भरोसे थी, जिन्हें 1989 के लोकसभा चुनाव में उन्होंने चुनकर संसद में भेजा था। विश्वनाथ प्रताप

सिंह के साथ खड़े ये नेता लगातार आरक्षण का प्रावधान किए जाने के पक्ष में थे।

जाति को लेकर घृणा अब भी जारी है। सत्ता बदलने पर सोच किस तरह बदलती है, उसका एक नमूना उत्तर प्रदेश के पीलीभीत ज़िले की ख़बर से मिलता है। 2017 में उत्तर प्रदेश में भाजपा की सरकार बनी और योगी आदित्यनाथ मुख्यमंत्री बने। उत्तराखंड मूल के क्षत्रिय वर्ण के योगी आदित्यनाथ का असल नाम अजय सिंह बिष्ट है। भाजपा को इसकी स्थापना और उसके पहले जनसंघ को ब्राह्मण-बनिया पार्टी कहा जाता रहा है। अगर सिर्फ़ एक ज़िले का उदाहरण लें तो 2016 की तुलना में 2017 में पीलीभीत में गैंगरेप सहित दुष्कर्म के मामले 80 प्रतिशत बढ़ गए। 2016 में ज़िले में दुष्कर्म व गैंगरेप के पाँच मामले दर्ज हुए थे, जबकि 2017 में 55 मामले दर्ज हुए। हत्या, छेड़छाड़, मारपीट की घटनाएँ 70 प्रतिशत बढ़ीं। जिन मामलों में पुलिस शिकायत दर्ज हो जाती है, उसमें सरकारी सहायता मिलती है। 2017-18 में पीलीभीत पुलिस ने दलित उत्पीड़न के 259 मामले दर्ज किए और मदद के लिए समाज कल्याण विभाग को प्रस्ताव भेजा गया और सरकार ने 309.33 लाख रुपये बतौर मुआवज़ा दिया।[66]

इन घटनाओं के बढ़ने की एक बड़ी वजह जातीय श्रेष्ठता और ऊँच-नीच की भावना ही है। अनुसूचित जाति एवं जनजाति सेल समिति द्वारा सौंपी गई 24 जून, 2020 की रिपोर्ट में पाया गया कि ऑल इंडिया इंस्टीट्यूट ऑफ़ मेडिकल साइंस, (एम्स) नई दिल्ली की महिला डॉक्टर के खिलाफ़ जातिगत और लैंगिक टिप्पणी की गई है। उसके सीनियर रेज़िडेंट ने महिला चिकित्सक के लिए 'औकात में रहो' जैसी टिप्पणियाँ कीं। *इंडियन एक्सप्रेस*[67] के मुताबिक समिति ने 24 जून को अपनी 17 पृष्ठ की रिपोर्ट एम्स के डायरेक्टर डॉ. रणदीप गुलेरिया को सौंपी और दोषी के खिलाफ़ उचित प्रशासनिक और कानूनी कार्रवाई करने को कहा, जो अस्पताल के सेंटर फ़ॉर डेंटल एजूकेशन एंड रिसर्च (सीडीईआर) से जुड़ा है।

शिक़ायत करने वाली डॉक्टर 17 अप्रैल, 2020 को दवा का ओवरडोज़ लेने के कारण अपने हॉस्टल में अचेत पाई गई थी। इस मसले में दर्ज प्राथमिकी[68] में डॉक्टर ने आरोप लगाया था कि उसके फ़ैकल्टी मेंबर ने, 'तू एससी है, अपने लेवल में रह', 'अपना मुँह बंद कर', 'काली बिल्ली की तरह मेरा रास्ता मत काट' जैसी टिप्पणियाँ की थीं।

इसके पहले 2018 में चंडीगढ़ एम्स में स्नातकोत्तर पाठ्यक्रम में अनिल गंगवार का चयन न करने का मामला आया था। 2011 में एम्स के एमबीबीएस के छात्र

बालमुकुंद भारती ने आत्महत्या कर ली, जिस पर एक दहला देने वाली डॉक्यूमेंट्री 'द डेथ ऑफ़ मेरिट'[69] नाम से आई। इसके अलावा तमाम प्रीमियर इंजीनिरिंग व मेडिकल कॉलेजों में दलितों की सांस्थानिक हत्याओं पर डाक्यूमेंट्री[70] बनीं। इनमें दिखाया गया कि छोटे-छोटे शहरों के सुविधाविहीन परिवारों के छात्र-छात्राएँ अपनी प्रतिभा के दम पर प्रवेश परीक्षा उत्तीर्ण कर किसी तरह मानिंद संस्थानों में तो पहुँच जाते हैं, लेकिन वहाँ मौजूद उच्च वर्ण के जातीय कुंठित लोग उन्हें प्रताड़ित कर आत्महत्या तक करने को मजबूर कर देते हैं और उनके परिवारों के सपने बिखर जाते हैं।

आधुनिक भारत और आधुनिकता को शर्मसार कर देने वाली तमाम घटनाएँ सामने आती रहती हैं। इससे पता चलता है कि बेगारी प्रथा, दास प्रथा इत्यादि क़ानूनन ख़त्म किए जाने के बावजूद सवर्ण तबका यह उम्मीद रखता है कि उनकी एक गुहार पर दलित दौड़ा हुआ काम करने आ जाए। अगर उनके आदेश का पालन नहीं होता है तो वे अपने क़ानून के मुताबिक सज़ा भी दे देते हैं। जातीय संघर्षों को समझने के लिए पिछले कुछ सालों में जातीय उत्पीड़नों की लंबी सूची है। 15 जनवरी, 2018 को हरियाणा के पानीपत में 11 साल की दलित लड़की के साथ तीन लोगों ने गैंगरेप किया। उसकी हत्या कर दी। उसके बाद शव के साथ बलात्कार किया।[71] 18 जनवरी, 2018 को पश्चिमी उत्तर प्रदेश के मुजफ़्फ़रनगर में एक दलित युवक को गालियाँ देते हुए डंडों से बुरी तरह पीटा गया, लात मारी गई और उसे जय माता दी बोलने को मजबूर किया गया। उसके ऊपर युवकों ने आरोप लगाया कि उसने भगवान का अपमान किया है। इसकी वीडियो सोशल मीडिया पर जारी की गई।[72]

यह महज़ संयोग नहीं है कि भगवान का अपमान करने के आरोप में सिर्फ़ दलित की पिटाई व हत्या होती है। भारत का सामाजिक माहौल ऐसा है कि भगवानों या तमाम अंधविश्वासों का विरोध करने के लिए भी उच्च जाति का होना ज़रूरी है। तमाम अंधविश्वासों के शिकार दलित और पिछड़े वर्ग के लोग होते हैं, वे उनका विरोध भी नहीं कर सकते। उनके खिलाफ़ सीधे ईश निंदा जैसा मामला बन जाता है। वहीं अपर कॉस्ट्स कहे जाने वाले लोग अगर उन अंधविश्वासों का विरोध करते हैं तो उनकी हत्या या उनके साथ मार-कुटाई होने की संभावना कम रहती है।

31 मार्च 2018 को एनडीटीवी में प्रसारित ख़बर के मुताबिक गुजरात के भावनगर में 21 वर्ष के युवक प्रदीप राठौड़ को घोड़े की सवारी करने के चलते पीट-पीटकर मार डाला गया।[73] दलितों द्वारा घोड़े की सवारी करना भी सवर्ण जातियों को नागवार गुज़रता है। कुछ इलाक़े में घोड़ी पर सवार दूल्हे की बारात निकालना

सम्मानजनक माना जाता है। राजस्थान सहित देश के कई हिस्सों में यह अभी फ़ैशन में है। अगर कोई वंचित तबके का व्यक्ति घोड़ी पर बैठकर शादी करने निकल जाए, उसमें भी कथित ऊँची जातियों को तकलीफ़ हो जाती है। बीएमडब्ल्यू, फ़ेरारी से लेकर मारुति जैसी कंपनियों की लग्ज़री से लेकर सामान्य स्तर की कारों के ज़माने में भारत अभी भी घोड़ा-घोड़ी युग में जी रहा है। अपर कास्ट्स की देखा-देखी या किन्हीं वजहों से निचली जाति के लोग भी घोड़ी पर बैठकर दूल्हे की सवारी निकालना चाहते हैं और यह ताक़तवर जातियों को नागवार गुज़रता है। तमाम इलाक़ों में तो ऐसी ख़बरें आईं कि प्रशासन को फ़ोर्स लगानी पड़ी जिससे दलित युवा घोड़ी पर बैठकर बारात ले जा सके। गुजरात में बनासकांठा ज़िले के शरीफदा गाँव में फ़रवरी, 2020 में मिलिट्री पुलिस विंग में काम करने वाला जवान जब शादी के लिए घोड़ी पर बैठकर निकला तो पुलिस की मौजूदगी में उसकी बारात पर पत्थर फेंके गए। जवान से कहा गया कि घोड़ी पर चढ़कर बारात निकालनी है तो ऊँची जाति में जन्म लेना पड़ेगा।[74] 30 अप्रैल, 2018 को *द वायर* में प्रकाशित ख़बर के मुताबिक राजस्थान के भीलवाड़ा ज़िले में दलित दूल्हे और उसके परिजनों को पुलिस के सामने ही पीट दिया गया, क्योंकि दूल्हा घोड़ी पर बैठकर निकला था।[75] अप्रैल 2018 में उत्तर प्रदेश के कासगंज में दलित जोड़े की शादी में घोड़ी की सवारी को लेकर विवाद हुआ। उसके बाद पुलिस ने बारात जाने के लिए एक नक्शा तैयार किया और सुरक्षा दी।[76]

मध्य प्रदेश के उज्जैन में तो प्रशासन ने मई 2018 में फ़रमान निकाल दिया कि अगर कोई दलित बारात लेकर निकलता है तो उसे प्रशासन को तीन दिन पहले सूचना देनी होगी। इस प्रशासनिक फ़रमान को भी अमानवीय माना गया कि सिर्फ़ दलितों के लिए ऐसा क्यों किया जा रहा है कि वह बारात निकालने के तीन दिन पहले सूचना दें? स्वाभाविक है कि अगर यह प्रशासनिक आदेश लागू रहता और अगर कोई दलित परिवार पुलिस को सूचना दिए बगैर बारात निकाल देता तो वह भी नाफ़रमानी हो जाती। ख़ैर, इस मसले पर हंगामे के बाद तीन दिन पहले सूचना देने के सरकारी फ़रमान को ख़त्म कर दिया गया। प्रशासन ने सफ़ाई दी कि दलितों के खिलाफ़ मारपीट की घटनाएँ बढ़ गई हैं और ऐसी घटना के लिए फ़ोर्स पहले से तैयार रहे, इस मकसद से सूचना देने वाला फ़रमान सुनाया गया था। लेकिन इस फ़रमान को जारी किए जाने और उसे वापस लिए जाने के दौरान यह खुलकर सामने आ गया कि दलितों की घुड़सवारी सवर्णों के लिए कितनी बड़ी समस्या है और प्रशासनिक अमले को ऐसी घटनाएँ सँभालने में मुश्किल आ रही है।

क्या गाँव, क्या शहर हर जगह दलितों का उत्पीड़न कमोबेश होता ही रहता है। गाँवों में खेत मज़दूर के रूप में सामान्यतया दलित तबके के लोग काम करते हैं। उनका उत्पीड़न सदियों से होता आया है। कुछ अनाज के लिए उनसे अमानवीय तरीके से काम कराया जाता है। देश स्वतंत्र होने और तमाम तरह के सख़्त कानून बनने, काम के घंटे तय होने पर कुछ राहत मिली, लेकिन सामंती और जातिवादी सोच नहीं निकल पाई। ग्रामीण इलाक़ों के खेतिहर लोग खेत मज़दूरों, खासकर निचली जातियों के लोगों को भी अपनी जागीर समझते हैं। 30 अप्रैल, 2018 *आज तक, भाषा, द वायर* में प्रकाशित ख़बर के मुताबिक उत्तर प्रदेश के बदायूँ ज़िले में वाल्मीकि समाज के एक व्यक्ति ने गाँव के ही पाँच लोगों पर मारपीट करने, जातिसूचक गालियाँ देने और मूँछ उखाड़कर जूते में पेशाब पिलाने का आरोप लगाया। पीड़ित के मुताबिक जब उसने गेहूँ काटने से मना किया तो उसके साथ यह दरिंदगी की गई।[77] स्वाभाविक है कि वाल्मीकि समाज के व्यक्ति को ग्रामीण अपनी जागीर समझते थे कि उनके फ़रमान पर उसे गेहूँ काटने जाना ही चाहिए था और ऐसा न करने पर उस व्यक्ति को सज़ा दी गई। मई 2019 में उत्तर प्रदेश के मुजफ़्फ़रनगर में एक ईंट–भट्ठा मालिक व अन्य छह लोगों पर आरोप लगा कि उन्होंने वहाँ काम करने वाली दलित नाबालिग लड़की के साथ सामूहिक बलात्कार किया और सबूत मिटाने के लिए उसे ज़िन्दा जला दिया। कोविड–19 के बाद अचानक लॉकडाउन की घोषणा ग़रीबों और विस्थापित मज़दूरों के लिए त्रासदी बनकर आई। लाखों की संख्या में लोग अपने बाल–बच्चों और सामान लादकर पैदल ही सैकड़ों किलोमीटर यात्रा करने के लिए बाध्य हुए। लॉकडाउन के अचानक सुनाए गए फ़रमान ने पूरे देश को ठप्प कर दिया। अचानक ही रेल सेवा, बस सेवा से लेकर अन्य निजी व सार्वजनिक यातायात के साधनों पर प्रतिबंध लग गया। काम छूटने और भूख से मरने के डर से लोग अपने घरों की ओर चल पड़े। भारत में निर्धनता भी जाति के मुताबिक जानी जा सकती है। अगर कोई अतिशय ग़रीब है और झुग्गियों में रहता है, कम वेतन पर काम करता है तो 99 प्रतिशत संभावना रहती है कि वह दलित या अति पिछड़े वर्ग से होगा। ऐसे में लॉकडाउन की मार तो पड़ी ही, जातीय कुंठाएँ व जातीय भेदभाव भी खूब देखने को मिला। मई 2020 में मध्य प्रदेश के गुना ज़िले में मज़दूर पति–पत्नी को शौचालय में क्वारंटीन[78] कर दिया गया और वहीं पर उन्हें खाना परोसा गया। सोशल मीडिया में जब उस दंपति की फ़ोटो वायरल हुई तो प्रशासनिक अमला सक्रिय हुआ और लोगों में भी थोड़ी संवेदना जाग्रत हुई कि यह गलत किया गया है।

भारत में जातीय कुंठा किस स्तर पर और कहाँ पैदा हो जाए, यह कोई सोच भी नहीं सकता। जून 2018 में गुजरात के मेहसाणा ज़िले में रजवाड़ी मोजड़ी* पहनने पर एक नाबालिग दलित को उच्च जाति के राजपूत युवाओं ने लात-घूँसों से बुरी तरह पीटा।[79] उसके फ़ैशनेबल कपड़े पहनने पर भी आपत्ति जताई। आरामदायक जूते-चप्पल बनाने वाली नाइके, एडीडास, जॉर्डन, रीबॉक, वैंस, कनवर्स, आर्मर, पूमा जैसी वैश्विक कंपनियों के दौर में गुजरात में मोजड़ी पर मार-कुटाई हो रही है। किसी ज़माने में सामंती लोगों द्वारा पहने जाने वाले इस जूते को अगर किसी दलित ने अपने बच्चे को पहना दिया तो ऊँची कही जाने वाली जातियों को चुभ गया।

अनुसूचित जाति, अनुसूचित जनजाति और अन्य पिछड़े वर्ग में आरक्षण पाने वाली हज़ारों जातियों को हिन्दू एक सीमा के भीतर ही माना जाता है। उन्हें जब नौकरियाँ, अधिकार देने की बात आती है तो वे बहुत कम प्रतिशत हिन्दू बचते हैं। स्वतंत्रता आंदोलन के समय मोहनदास करमचंद गाँधी ने अछूतों को अधिकार देने के लिए समानांतर आंदोलन चलाया। सवर्ण व ऊँची जातियों से कहा कि अपनी गंदगी ख़ुद उठाएँ। मंदिरों में अछूत माने जाने वाले लोगों को प्रवेश देने के लिए कई आंदोलन ख़ुद किए, तमाम आंदोलनों के लिए विभिन्न इलाक़ों के कांग्रेसियों को प्रेरित किया। इसके बावजूद दलितों के मंदिर प्रवेश को लेकर भेदभाव बना हुआ है। जब मंदिर में जाने की बात आती है तो दलितों को दुत्कार दिया जाता है। संभवत: दलित तबका मंदिर में मोटा चढ़ावा नहीं चढ़ा सकता, इसलिए उसे मंदिर से वंचित किया गया। तमाम आंदोलनों के बावजूद कथित ऊँची जाति के लोग दलितों के मंदिर में जाने का विरोध करते हैं। मई 2018 में उत्तर प्रदेश के सीतापुर ज़िले में मंदिर में पूजा करने आई 26 साल की एक युवती को बंधक बनाकर उसके साथ युवकों ने गैंगरेप किया।[80] अक्टूबर 2021 में गुजरात के कच्छ ज़िले के भचाऊ थाना क्षेत्र के नेर गाँव में एक दलित के मंदिर में प्राण प्रतिष्ठा के दौरान जाने पर पहले कुछ लोगों ने उसके खेत को नुकसान पहुँचाया और फिर उसके परिवार की पिटाई की।[81]

जून, 2019 में राजस्थान के पाली ज़िले में एक दलित लड़के की बेरहमी से पिटाई का वीडियो वायरल हुआ। धनेरिया गाँव में दलित लड़के की पिटाई मंदिर में जाने की वजह से हुई और गाँव के लोगों ने उसके हाथ-पाँव बाँधकर उसे सड़क पर पीटा। लड़का हाथ जोड़कर रहम की भीख माँगता रहा कि वह कभी हनुमान

---

* मोजड़ी एक अलग डिज़ाइन का जूता होता है, जिसे सामान्यतया उच्च जातियों के अमीर लोग पहनते थे।

मंदिर नहीं जाएगा। मुकदमा दर्ज होते ही आरोपी में से एक ने अपनी बेटी के साथ छेड़खानी का मुकदमा दलित लड़के के खिलाफ़ दर्ज करा दिया।[82]

जब मंदिर में पुजारी बनने की बात आती है तब तो केवल अछूत ही नहीं, ब्राह्मणों को छोड़कर देश की सभी जातियाँ ख़ारिज़ हो जाती हैं। परंपरागत मंदिरों में सिर्फ़ ब्राह्मण ही पुजारी होते हैं। हालाँकि साईं मंदिर पर मराठों और अक्षरधाम मंदिर पर पटेलों का थोड़ा दबदबा है। मंदिर न सिर्फ़ रोज़गार के बड़े साधन हैं, बल्कि उनके पास भारी मात्रा में धन संपदा है। पूजा-पाठ जैसे कम मेहनत वाले काम में आसानी से धन कमाया जा सकता है, लेकिन यहाँ सिर्फ़ एक ही जाति का कब्ज़ा है। तमिलनाडु में हाल के वर्षों में गैर ब्राह्मण पुजारियों को सरकार द्वारा प्रशिक्षित कर मंदिर में नियुक्ति देने की क़वायद की जा रही है। राज्य सरकार गैर ब्राह्मणों को प्रशिक्षित कर रही है, जिससे कि वे पूजा-पाठ का रोज़गार पा सकें।[83]

सितंबर 2021 में एम. के. स्टालिन के नेतृत्व वाली सरकार ने वैदिक मंदिरों में ग़ैर-ब्राह्मण पुजारियों की नियुक्ति शुरू कर दी। ग़ैर-ब्राह्मण भले ही हिन्दू होते हैं, लेकिन उन्हें पुजारी नियुक्त किए जाने को लेकर विवाद हो रहा है। स्टालिन सरकार के इस फ़ैसले के खिलाफ़ मदुरै के आदि शैव शिवचेरियार वेलफेयर एसोसिएशन ने अदालत में अर्ज़ी लगा दी। यह वही संगठन है, जिसने 1939 में मदुरै के मीनाक्षी सुंदरेश्वर मंदिर में अछूतों के प्रवेश का विरोध किया था। इन संगठनों ने न्यायालय में दायर याचिका में कहा है कि ब्राह्मणों में शिवचेरियार और भट्टचेरियार को ही शैव और वैष्णव मंदिरों में पूजा-पाठ कराने का जन्मजात अधिकार है।[84]

भारत में बहुसंख्य आबादी सिर्फ़ कहे जाने और लोकतांत्रिक व्यवस्था में संख्या गिनाने के लिए हिन्दू है। जातिगत भेदभाव मृत्यु तक उसका पीछा नहीं छोड़ता। मरने के बाद उसे श्मशान तक में भेदभाव झेलना पड़ता है। अप्रैल 2019 में हिमाचल प्रदेश के कुल्लू ज़िले के पतली कूहल थाने के धारा गाँव में दलित महिला का श्मशान घाट पर अंतिम संस्कार करने से रोक दिया गया।[85] अंतिम संस्कार की यह रोकटोक सिर्फ़ गाँव या गाँव के ग़रीब दलितों तक नहीं सिमटी हुई है। उत्तर प्रदेश के फ़िरोज़ाबाद ज़िले के शिकोहाबाद में सार्वजनिक ज़मीन पर सीआरपीएफ के जवान वीर सिंह के अंतिम संस्कार की इजाज़त नहीं दी गई, क्योंकि वह नट जाति के थे। वह जून 2016 में कश्मीर के पैंपोर में देश की सीमा की सुरक्षा करते हुए शहीद हुए थे।[86]

ये घटनाएँ बानगी हैं कि 21वीं सदी में किस तरह से भारत में जातीय आधार पर उत्पीड़न जारी है। गूगल बार में 'दलित' लिखकर सर्च दबाते ही निम्न कही जाने वाली जातियों के रोज़ाना के उत्पीड़न के तमाम मामलों से जुड़ी ख़बरें नज़र

आती हैं। यह प्रवृत्ति किसी ख़ास राज्य, ख़ास इलाक़े तक सिमटी हुई नहीं है बल्कि कश्मीर से लेकर कन्याकुमारी और पश्चिम बंगाल से महाराष्ट्र तक के हर इलाक़े में जातीय आधार पर उत्पीड़न, मारपीट, हिंसा की घृणित ख़बरें मिल जाती हैं। जाति की वैदिक उत्पत्ति के बाद लगातार चलाए जा रहे सामाजिक आंदोलनों के बावजूद भारत में जातीय घृणा या भेदभाव ख़त्म होने का नाम नहीं ले रहा है। हालाँकि इसके तमाम साक्ष्य मिले हैं कि भारत में जातियों में मोबिलिटी रही है। सत्ता में आने वाली जातियों या किसी तरीके से संपन्न बन गईं जातियों का रुतबा समाज में बढ़ जाता है। लेकिन इससे समाज में मौजूद जाति व्यवस्था पर कोई असर नहीं पड़ता। संपन्न हो चुकी जातियाँ ख़ुद को उच्च घोषित करती हैं और समाज उन्हें उच्च के रूप में मान्यता भी दे देता है, लेकिन वह अपने पीछे निचली जातियाँ बनाती जाती हैं।

संदर्भ सूची

1. *सरदार वल्लभभाई पटेल की अमर कहानी,* डॉ. पी.सुब्बारायन (राज्यपाल महाराष्ट्र राज्य एवं अध्यक्ष सरदार वल्लभभाई पटेल स्मारक समिति) और डॉ. पी.डी. सागी, प्रकाशन वर्ष : अप्रैल 1962, प्रकाशक: ओवरसीज पब्लिशिंग हाउस, 18, गोल मार्केट, नई दिल्ली। पृष्ठ 65।
2. *प्राचीन भारत,* द्विजेंद्र नारायण झा, पेज 47
3. वही, पेज 51
4. वही, पेज 52
5. यत्पुरुषं व्यदधुः कतिधा व्यकलप्यन्
मुखं किमस्यासीत् किं बाहू, किमूरू पादा उच्यते।
ब्राह्मणोस्य मुखमासीद्बाहू राजन्यः कृतः
उरु तदस्य सद्वैश्यः पद्भ्याँ शूद्रो अयाजत।
https : //www.futurepointindia.com/user/aartibooklet/purush-sukta.pdf
6. *प्राचीन भारत* : द्विजेंद्र नारायण झा, पेज 57
7. वही, पेज 57
8. वही, पेज 58
9. राजाओं और पुरोहितों की बढ़ती महत्त्वाकांक्षा के साथ यज्ञोपासना बढ़ने लगी थी। तमाम आडंबरयुक्त राजयज्ञों का विकास हुआ। वाजपेय (शक्तिपान) यज्ञ सत्रह दिन से एक साल तक चलता था। ऐसा माना जाता था कि उससे न केवल अर्ध वयस राजा की शक्ति वापस आ जाती थी बल्कि वह राजा से सम्राट यानी राजाओं का राजा बन जाता था। इसी तरह राजसूय या राज्य अभिषेक यज्ञ एक जटिल यज्ञ था। यज्ञ कराने वाले पुरोहित को दी गई दक्षिणा की कायों की संख्या कभी–कभी 2,40,000 तक पहुँच जाती थीं। सबसे विख्यात अश्वमेध यज्ञ था। यह तीन दिनों तक चलता था। इसकी तैयारी कई साल पहले शुरू हो जाती थी। चार अनुष्ठानकर्ता, अपने 400 परिचरों के साथ राजा की चार पत्नियाँ और बहुत बड़ी संख्या में दर्शक इसमें भाग लेते थे। विशेष रूप से अभिषिक्त घोड़े को मनचाहे रूप से जाने को छोड़ दिया जाता था। उसके पीछे 400 कुशल योद्धाओं का दल चलता था, जिससे अगर कोई राजा उसे पकड़े तो घोड़े को मुक्त कराने के लिए युद्ध हो सके। घोड़े को साल के अंत तक राजधानी लाया जाता था। 600 सांड़ों के साथ घोड़े की बलि चढ़ा दी जाती थी। राजा की पत्नियाँ उसके शव का चक्कर लगाती थीं। महिषी यानी पटरानी उसके बगल में इस तरह लेट जाती थी, जैसे वह उसके साथ सहवास कर रही हो। समारोह का अंत 21 बंध्या गायों की बलि और पुरोहितों को भारी दान दिए जाने के साथ होता था। (*प्राचीन भारत* : द्विजेंद्र नारायण झा, पेज 61–62)

10 https://hi.krishnakosh.org

11. (https : //hi.krishnakosh.org/
12. (https ://hi.krishnakosh.org//

13. https://shodhganga.inflibnet.ac.in/bitstream/10603/181774/5/05_chapter%202.pdf
14. *प्राचीन भारत* : द्विजेंद्र नारायण झा, पेज 63
15. मेगस्थनीज : सिकंदर की मौत के बाद उसके सेनापति सेलेकस निकाटर ने अपने दूत मेगस्थनीज को चंद्रगुप्त मौर्य के दरबार में करीब 300 ईसा पूर्व पटना भेजा था। मेगस्थनीज ने *इंडिका* नाम की पुस्तक लिखी थी, जो अपने मूल रूप में उपलब्ध नहीं है। उसके कुछ अंश अन्य लेखन में विभिन्न कोट्स के रूप में मिलते हैं, जिन्हें 2300 साल पहले के भारत के इतिहास, सामाजिक स्थिति आदि का बेहतरीन स्रोत माना जाता है। ग्रीक खासकर भौगोलिक स्थिति में दिलचस्पी लेते थे। ऐसे में *इंडिका* के ज़्यादातर पुनर्प्रकाशित हिस्से, जिसमें मेगस्थनीज ने भारत के बारे में बात की है, वह भारत के लोकेशन, डायमेंशन और टोपोग्राफ़ी के बारे में है। उसने भारत में बाजरे की व्यापक खेती का उल्लेख किया है। मेगस्थनीज ने मेरु पर्वत का उल्लेख किया है, जहाँ उसके मुताबिक डायोसियस और हरक्युलस आए थे और उन्होंने यहाँ आराम किया था। मेगस्थनीज ने लॉयन, टाइगर, राइनोसोरस, पाइथन का वर्णन किया है, जो यूरोप में नहीं पाए जाते थे। उसने उड़ने वाले नागों और पंखों वाले बिच्छुओं का वर्णन किया है। https://www.thehindu.com/books/hercules-lived-here-megastheness-indika/article32292473.ece
16. *प्राचीन भारत* : द्विजेंद्र नारायण झा, पेज 116
17. *प्राचीन भारत का इतिहास: मौर्योत्तर काल,* लक्ष्मी श्रीवास्तव, हिन्दी माध्यम कार्यान्वय निदेशालय, दिल्ली विश्वविद्यालय, पेज 242
18. *प्राचीन भारत* : द्विजेंद्र नारायण झा, पेज 147
19. वही, पेज 175
20. फाह्यान : फाह्यान (337–422 ईसवी) चीन का एक बौद्ध भिक्षु था। वह 399 ईस्वी में भारत आया और 414 ईस्वी तक भारत के विभिन्न राज्यों का भ्रमण किया। वह बौद्ध ग्रंथों के अध्ययन के मकसद से भारत आया था। उसने *विनय पिटक* पर अपना ध्यान केंद्रित रखा। उसने भारत के भिक्षुओं की ज़िन्दगी नज़दीक से देखी, जिससे वह अपने देश के भिक्षुओं की ज़िन्दगी सुधारने में मदद कर सके। उसने करीब 27 राज्यों का दौरा किया। तक्षशिला के रेगिस्तानों से होते हुए वह श्रावस्ती तक गया। मिडिल किंगडम (ब्राह्मणों के) की चर्चा करते हुए फाह्यान ने लिखा है कि पूरे देश में कोई किसी जीवित प्राणी को नहीं मारता, न शराब पीता है, न प्याज व लहसुन खाता है। लेकिन चांडाल अलग किए गए हैं। उन्हें खराब व्यक्ति होने के कारण चांडाल नाम दिया गया है। चांडाल अन्य लोगों से दूर रहते हैं, और जब वे शहर या बाज़ार में घुसते हैं तो वे एक लकड़ी को बजाते हुए चलते हैं, जिससे कि पहचाने जा सकें। इस तरह से लोग उन्हें पहचान लेते हैं और उनके संपर्क में आने से बचते हैं। इस देश में कोई सूअर या पक्षी नहीं पालता। पशुओं का कारोबार नहीं होता। बाज़ार में मांस की दुकान या शराब की दुकान नहीं है। विनिमय का माध्यम कौड़ी है। सिर्फ़ चांडाल शिकार करते हैं और मांस का कारोबार करते हैं। (पेज–21) इस जगह का वर्णन करते हुए फाह्यान लिखता है कि जहाँ भिक्षु रहते हैं, वहाँ सारिपुत्र मुगलान और आनंद के सम्मान में पगोडा बनाया गया है। फाह्यान ने लिखा है कि सारिपुत्र मूल रूप से एक ब्राह्मण था। (पेज–

22) पुस्तक द *ट्रैवेल ऑफ़ फाह्यान,* एचए गिलेस द्वारा फिर से अनुवाद, कैंब्रिज यूनिवर्सिटी प्रेस, लंदन) http://obo.genaud.net/resources/pdf/giles_fa-hsien.pdf)

21. https://shodhganga.inflibnet.ac.in/bitstream/10603/181774/5/05_chapter%202.pdf

22. *प्राचीन भारत का इतिहास,* लेखिका-मीनाक्षी सहाय, हिन्दी माध्यम कार्यान्वयन निदेशालय, पेज 303

23 *प्राचीन भारत का इतिहास,* लेखिका-मीनाक्षी सहाय, हिन्दी माध्यम कार्यान्वयन निदेशालय, पेज 305

24. ह्वेनसांग: ह्वेनसांग (596-664 ईसवी) का जन्म चीन के लुओयंग में हुआ था। उसके घर का नाम चिन था। उसे प्रिंस ऑफ़ ट्रैवलर्स कहा जाता है। ह्वेनसांग को मानद उपाधि सान-त्सांग दी गई, उसे मू-चा ति-पो भी कहते हैं। ऐसा उल्लेख है कि 629 में ह्वेनसांग को सपने में भारत जाने की प्रेरणा मिली, जो सातवीं सदी में भारत आया। उसने भारत में 20 साल बिताए और पवित्र बौद्ध ग्रंथों का अध्ययन किया। ह्वेनसांग ने कन्नौज का उल्लेख करते हुए कहा है कि यह साम्राज्य वृत्ताकार 4,000 ली में है। यहाँ पर करीब 100 संघाराम और 10,000 भिक्षु हैं। कन्नौज के राजा हर्षवर्धन का उल्लेख करते हुए ह्वेनसांग ने लिखा है कि वह बैस राजपूत था। ह्वेनसांग ने हर्ष के बारे में लिखा है कि हर पाँच साल पर वह महा मोक्ष परिषद् का आयोजन करता था और अपना पूरा कोषागार दान कर देता था। ह्वेनसांग ने अयोध्या का भी उल्लेख किया है। उसने लिखा है कि करीब 600 ली दक्षिण पूर्व जाने और गंगा पार करने के बाद हम अयोध्या पहुँचे। यहाँ पर करीब 1,000 मंदिर और कुछ हज़ार पुजारी हैं। यह राजधानी एक पुराना संघाराम है। यहाँ पर बोधिसत्व वसुबंधु ने पुस्तकें लिखी थीं। शहर के पाँच ली उत्तर-पश्चिम में गंगा के किनारे संघाराम है, जिसमें 200 फुट ऊँचा स्तूप है। इसे अशोक ने बनवाया था, जहाँ बुद्ध ने तीन महीने उपदेश दिए थे। शहर के दक्षिण-पश्चिम में करीब 5-6 ली दूरी पर एक पुराना संघाराम है। यह वह स्थान है, जहाँ असंघ बोधिसत्व ने उपदेश दिए थे। वह बुद्ध से जुड़े सभी स्थलों पर गया। उसने बौद्ध धर्मग्रंथों का संस्कृत से चीनी में अनुवाद किया। स्रोत : द *लाइफ़ ऑफ़ ह्वेन-सांग,* लेखक शामैन ह्वुई ली, लंदन, केगैन पॉल, ट्रेंच ट्रूबनर एंड कंपनी लिमिटेड, ब्रॉडवे हाउस, कार्टर लेन, ईसी। https://library.um.edu.mo/ebooks/b25788693.pdf)

25. इतिहासकार रामशरण शर्मा ने अपनी पुस्तक *प्राचीन भारत का आर्थिक और सामाजिक इतिहास* में संस्कृत ग्रंथों में महिलाओं और शूद्रों के एक साथ उल्लेख पर अलग से एक अध्याय लिखा है। विभिन्न संस्कृत ग्रंथों में स्त्री और शूद्र के एक साथ ज़िक्र संबंधी श्लोक इसी पुस्तक के पृष्ठ 66-71 से लिए गए हैं, जो हिन्दी माध्यम कार्यान्वयन निदेशालय, दिल्ली विश्वविद्यालय, 1998 ने प्रकाशित किया था।

26. अप्रदूष्य स्त्रियं हत्या शूद्रहत्याव्रतमाचरेत। (*अग्नि पुराण* 173-13)
श्वगोधोलूककाकांश्च शूद्रहत्याव्रत चरेत्।
चतुर्णामपि वर्णानां नारी हत्यानवस्थिताम॥
अमत्यैव स्त्री शूद्रहत्या व्रतं चरेत्। (*अग्नि पुराण* 169, 27-28)

27. शिल्पिनं कारुकं शूद्रं स्त्रियं वा यस्तु घातयेत्।
प्राजापात्यं द्वयं कृत्वा वृषैकादश दक्षिणा। (*पराशर स्मृति* 6-16)

28. मां हि पार्थव्यपाधित्य येपि स्युः पापयोनयः।
स्त्रियो वैश्यास्तथा शूद्रास्तेपि यांति परां गतिम्॥ (*गीता*, नौवां अध्याय, 32)

29. अभोज्यानां तु भुक्त्वान्नं स्त्रीशूद्रोच्छिष्टमेव च।
जग्ध्वा मांसमभक्ष्यं च सप्तरातं यवान्पिबेत। (*मनुस्मृति*, नौवां अध्याय, 53)

30. विश्वासघातकानाज्य कृतघ्णानां जनेश्वर।
शूद्रस्त्रीसंडिगनाज्चैव निष्कृतिर्नास्ति कुत्रचित्॥ (*वृहन्नारदीय पुराण*, अध्याय 14)

31. करिष्यंति कलौ प्राप्ते न च पित्र्युदकक्रियाम्।
स्त्रीपराश्चजनाः सर्वे शूद्रप्रायाश्च शौनक॥ (*गरुण पुराण*, 215, 33)

32. सिनीवाली द्विजैर्ब्राह्या सान्नकैः श्राद्धकर्मणि।
सपिंडीकरणं स्त्रीणां कार्यमेवं तदा भवेत्॥ (*अग्निपुराण*, 157, 33)

33. वेदोक्तम् त्रिषु वर्णेषु स्नानं जाप्यमुदाहृतम्।
स्त्रीशूद्रयोः स्नानजाप्यं वेदोक्तविधिवर्जितम्॥ (*ब्रह्मपुराण*, 67, 19)

34. स्त्रीभिर्वर्णावरैः शूद्रैः विप्राणामनुशासनात्।
अमन्यत्रकं विधिपूर्व वहियागविवजितम्। (*ब्रह्मपुराण*, 220)

35. यदाप्रतिष्ठितं लिंगं मंत्रविदिभर्यथाविधि।
तदाप्रभृति शूद्रश्च योषितो वापि न स्पृशेत्। (*वृहन्नारदीय पुराण* अध्याय 14)

36. स्त्रीणामनुपतीतानां शूद्राणाज्च जनेश्वर
स्पर्शने नाधिकारास्ति विष्णोर्वा शंकरस्ववा। (*वृहन्नारदीय पुराण* अध्याय 14)

37. शूद्रोर्वानुपनीतो वा स्त्रियो वा पपुतितोंपि वा।
केशवं वा शिवं वापि स्पृष्ट्वा नरकमश्नुते। (*वृहन्नारदीय पुराण* अध्याय 14)

38. द्विजातीनां सहोकांरः सहितो द्वादशाक्षर।
स्त्रीशूद्राणां नमस्कारपूर्वकः समुदाहृतः॥ (*स्कन्द पुराण*, ब्राह्माखंड चातुर्मास्य माहात्म्य, 25, 2)

39. स्त्रीशूद्रः श्वाकृष्णः शकुनिस्तानि न प्रेक्षेतः । (*शतपथ ब्राह्मण*, 2.8, 3)

40. स्त्रीशूद्रश्वकृष्णशकुनिशुनां चारदर्शन संभाषा च तैः। (*पारस्कर गृहसूत्र*, 2.8.3)
स्त्रीशूद्रपतितरभसरजस्वलैर्वा न संभावेतेति च्वनो भृगुः। (*काठक गृहसूत्र* 4.15)

41. स्त्रीशूद्रैः नाअभिभाषेत ब्रह्मचारी हविर्व्रतः। (*बौधायन धर्मसूत्र*, 4.5.4)
स्त्रीशूद्रं नाभिभाषेत। (*काठक गृहसूत्र* 5.3)

42. स्त्रीशूद्रपतितांश्चैव नाभिभाषेत कहिंचित्। (*मनुस्मृति*, 11, 224)

43. *कबीर केंद्रित समकालीन आलोचना*, लेखक डा. रवींद्र प्रताप सिंह, अधिकरण प्रकाशन, दिल्ली। (पेज–214)

44. अध्याय : गंगा जमनी संस्कृति और मिला जुला शासक वर्ग, पुस्तक *मध्यकालीन भारत*, लेखक–शिवकुमार मेनन, (पेज 542)

45. *भारत में बौद्ध धर्म : ब्राह्मणवाद और जातिवाद को चुनौती*, लेखिका : गेल ओमवेट (पेज–204)

46. *चोखामेला : पाइअटी एंड प्रोटेस्ट*, जेलियट इलेनॉर, 1995, डेविड लॉरेंजन द्वारा संपादित *भक्ति रिलीजन इन नॉर्थ इंडिया* में उल्लिखित है।

47. *भारत में बौद्ध धर्म : ब्राह्मणवाद और जातिवाद को चुनौती,* लेखिका : गेल ओमवेट (पेज-206)
48. http://tukaram.com/marathi/charitra/charitra_shreedhar_more.asp
49. *भारत में बौद्ध धर्म : ब्राह्मणवाद और जातिवाद को चुनौती,* लेखिका : गेल ओमवेट (पेज-212)
50. *आदि ग्रंथ,* अंग-835/6
51. *सोलहवीं-सत्रहवीं शताब्दी में यूरोपीय यात्री, मध्यकालीन भारत,* लेखिका-मधु त्रिवेदी, पेज 611, हिन्दी माध्यम कार्यान्वयन निदेशालय, दिल्ली विश्वविद्यालय, 1998
52. *सोलहवीं-सत्रहवीं शताब्दी में यूरोपीय यात्री, मध्यकालीन भारत,* लेखिका-मधु त्रिवेदी, पेज 612, हिन्दी माध्यम कार्यान्वयन निदेशालय, दिल्ली विश्वविद्यालय, 1998
53. वही, पेज 613
54. वही, पेज 615
55. वही, पेज 632
56. *कास्ट एंड क्लास इन इंडिया,* लेखक- जीएस घुर्ये
57. *आधुनिक भारत में जाति,* लेखक- एम.एन. श्रीनिवास, राजकमल प्रकाशन, नई दिल्ली, 2012
58. https://censusindia.gov.in/DigitalLibrary/data/Census_1881/Publication/India/1A-Census%20of%20British%20India%20(Vol%20I).pdf
59. https://censusindia.gov.in/DigitalLibrary/data/Census_1901/Publication/India/1A-India%20(Part%20I)%20Report.pdf
60. https://www.jstor.org/stable/pdf/saoa.crl.25394104.pdf?refreqid=excelsior%3A383e439e149cea7cc09270ed1f5a3e0dभारत की जनगणना, 2011 पेज 119
61. http://piketty.pse.ens.fr/files/ideologie/data/CensusIndia/CensusIndia1911/1911%20-%20India%20-%20Vol%20I%20(HQ).pdf
62. https://censusindia.gov.in/DigitalLibrary/data/Census_1911/Publication/Madhya%20Pradesh/48182_1911_IND.pdf पेज-54
63. *आधुनिक भारत में जाति,* लेखक एम.एन. श्रीनिवास
64. https://www.youtube.com/watch?v=Bg0h7XM_7zA
65. के. बालागोपाल, *इकोनॉमिक एंड पॉलिटिकल वीकली,* 6 अक्टूबर, 1990
66. https://www.amarujala.com/uttar-pradesh/pilibhit/111523455800-pilibhit-news
67. https://indianexpress.com/article/india/sc-st-cell-probe-aiims-doctor-caste-and-gender-biased-6512621/
68. https://indianexpress.com/article/cities/delhi/insult-casteist-slurs-aiims-doctors-fir-against-faculty-6379513/
69. https://www.youtube.com/watch?v=2L3y9O1HCBw
70. https://www.youtube.com/watch?v=bTdFSJ4Qnn8
71. https://www.indiatv.in/india/national-haryana-15-yr-old-dalit-girl-gang-raped-killed-564150

72. https://indianexpress.com/article/india/uttar-pradesh-dalit-youth-beaten-with-sticks-made-to-chant-jai-mata-di-5027858/
73. https://www.ndtv.com/india-news/dalit-man-killed-in-gujarat-for-riding-horse-says-police-1830867
74. https://www.dalitdastak.com/dalit-family-should-inform-police-before-marriage/ https://www.thelallantop.com/news/gujarat-dalit-army-man-wedding-procession-stone-pelted/
75. http://thewirehindi.com/41734/dalit-groom-beaten-and-force-to-get-down-from-horse-in-rajasthan/
76. https://timesofindia.indiatimes.com/city/lucknow/dalit-groom-wants-to-ride-horse-police-draw-up-map-for-baraat/articleshow/63603827.cms
77. http://thewirehindi.com/41819/four-arrested-in-uttar-pradesh-for-assaulting-dalit-forcing-him-to-drink-urine/.)
http://thewirehindi.com/83424/uttar-pradesh-rape-setting-ablaze-dalit-girl-in-muzaffarnagar/
78. https://hindi.theprint.in/india/uproar-in-mp-over-quarantine-in-a-toilet-where-labourer-family-was-made-to-live/136111/
79. https://www.amarujala.com/video/gujarat/crime/dalit-boy-beaten-becuse-of-wearing-rajwadi-shoes-in-mehsana-gujrat)
80. https://www.jansatta.com/crime-news-hindi/uttar-pradesh-3-arrested-gang-rape-dalit-woman-near-temple-sitapur/659701/
81. https://www.thelallantop.com/news/gujarat-dalit-family-attacked-for-entering-temple-in-kutch-fir-against-20/
82. https://www.jagran.com/rajasthan/jaipur-oppressed-beating-on-temple-in-rajasthan-pali-district-19285803.html
83. https://www.thehindu.com/news/national/tamil-nadu/tamil-nadus-first-government-trained-non-brahmin-priest-and-his-god-moment/article24604596.ece
84. https://frontline.thehindu.com/social-issues/temple-of-social-justice-tamil-nadu-appoints-non-brahmins-as-archakas-in-vedic-temples/article36294180.ece
85. https://www.amarujala.com/shimla/governor-acharya-dev-vrat-takes-cognisance-cast-discrimination-dalit-woman-shamshan-ghat
86. https://timesofindia.indiatimes.com/city/agra/upper-castes-at-pampore-martyrs-own-village-balk-at-giving-public-land-for-his-funeral/articleshow/52927675.cms

आरक्षण : सैद्धांतिक आधार और ऐतिहासिक परिप्रेक्ष्य

> यहाँ नौकरशाही पुजारियों की नौकरशाही जैसी नहीं है। पुजारियों की सत्ता में न सिर्फ़ जाति, बल्कि योग्यता भी ज़रूरी होती है। योग्य ब्राह्मण पुजारी बनता है। ब्राह्मण नौकरशाही में एकमात्र जातीय योग्यता की ज़रूरत होती है। एक बुरा, दुष्ट, बीमार, अनैतिक आदमी भी अगर ब्राह्मण है तो वह एक राजकुमार, सेना के एक जनरल, एडमिरल या अन्य जाति के किसी भी योग्य व्यक्ति के ऊपर हो सकता है। अगर कोई कदम नहीं उठाया गया तो यह भारत पर महारानी के शासन के हिसाब से ठीक नहीं होगा। मैं यह भी कह सकता हूँ कि भारत में ब्रिटिश शासन है, लेकिन इसके विपरीत यह कहना सही रहेगा कि भारत पर ब्राह्मण शासन है।
>
> —शाहूजी महाराज[1]

विश्व के किसी भी असमानता वाले देश में स्वघोषित आरक्षण होता है। ऐसे समाजों में कुछ तबके ऐसे होते हैं जो उस स्वघोषित आरक्षण का लाभ उठाते हैं। जब तक इस स्वत:स्फूर्त आरक्षण को सकारात्मक कार्रवाई कर सदियों से मलाई काट रहे लोगों के हाथों से लेकर वंचितों को भागीदारी न दी जाए, तब तक असमानता बनी रहती है। भारत के समाज में यह स्वघोषित आरक्षण आर्थिक शोषण तक नहीं सिमटा है। यह सामाजिक सम्मान से भी जुड़ा हुआ मसला है। यहाँ के सामाजिक ढाँचे को इस तरह से जातियों में विभाजित किया गया है कि कथित उच्च जातियों के लिए ही सब कुछ आरक्षित हो गया। प्राचीन काल में इस तरह के क़ानून बने कि लोगों को जाति के आधार पर अधिकार और न्याय मिलते थे। इस जातीय स्वरूप को धर्म और पारलौकिक जगत से भी जोड़ दिया गया। लोगों को तरह-तरह से डराया जाने लगा। ऐसा डर पैदा किया गया कि निम्न जातियाँ अगर अपनी जाति के मुताबिक कर्म नहीं करती हैं तो उन्हें परलोक में भी दंड का भागी होना पड़ेगा। जातियों के मुताबिक लोगों के काम और कर्तव्य निर्धारित कर दिए गए। जितने भी श्रम के कार्य हैं, उन्हें निम्न घोषित कर दिया गया।

जाति व्यवस्था भौतिक जगत, सामाजिक व्यवस्था और पारलौकिक संसार का एक ऐसा मिश्रण बन गया कि लोगों ने धीरे-धीरे उसे स्वेच्छा से स्वीकार कर लिया। जो व्यक्ति जिस जाति में जन्म लेता, उसके काम पहले से ही तय होते हैं।

जातिवाद और जातीय श्रेष्ठता का संघर्ष बहुत पुराना है। आधुनिक भारत में यह लड़ाई 1840 के आस-पास शुरू हुई। कथित अपर कॉस्ट के लोग अंग्रेज़ों से अपने समाज में चल रही बुराइयों के उन्मूलन के सवाल उठा रहे थे, जिनमें बाल-विवाह, विधवा-विवाह, जौहर-प्रथा, सती-प्रथा, बच्चियों के पैदा होते ही मार देने जैसी कुरीतियाँ शामिल हैं। ये समस्याएँ कुलीन या उच्च वर्ग में थीं, जो शासक रहे हैं। इसके अलावा शिक्षा और नौकरियों में अंग्रेज़ों से ज़्यादा-से-ज़्यादा जगह पाने के लिए होड़ लगी थी।

वहीं इसके समानांतर भी एक धारा चली। ज्योतिबा फुले, सावित्री बाई फुले, रमाबाई, रख्माबाई आदि जैसे इंटरमीडिएटरी जातियों* के जागरूक लोगों, महिलाओं ने अंग्रेज़ों से अपने अधिकार माँगना शुरू किया। इसमें प्रमुख रूप से नौकरियों में जगह, शिक्षा का अधिकार देने, सेना में जगह देने की माँग शामिल थी। उधर महाराष्ट्र में कोल्हापुर के राजा शाहूजी महाराज न सिर्फ़ अछूतों, वंचित तबके को अपने साम्राज्य में पद और हक़ दे रहे थे, बल्कि उन्होंने अंग्रेज़ों से मराठों के लिए विशेषाधिकार देने की समय-समय पर माँग रखी।

तमाम जातियों ने ख़ुद को मार्शल जाति घोषित करके अंग्रेज़ों से सेना की भर्तियों में जगह माँगना शुरू किया। परिणामस्वरूप अंग्रेज़ों ने मराठा रेज़ीमेंट, महार रेज़ीमेंट, राजपूताना रेज़ीमेंट, गोरखा रेज़ीमेंट नाम से तमाम सैन्य रेज़ीमेंट बनाए और कुछ हद तक भागीदारी देनी शुरू की। स्वतंत्र भारत में सकारात्मक कार्रवाई के तहत सम्मानजनक सरकारी नौकरियों में पद आरक्षित किए गए, जिससे कि शासन-प्रशासन में सदियों से चल रहे कुछ जातियों के कब्ज़े को तोड़ा जा सके।

प्राचीन व मध्यकालीन भारत के जातीय संघर्षों के बाद आधुनिक भारत में जातीय संघर्ष का दौर और पिछड़े वर्ग के अधिकारों की लड़ाई 1850 के आस-पास शुरू हुई। ज्योतिबा फुले (1827-1890) ने वंचितों के हक में आवाज़ उठाना शुरू कर दिया। फुले माली जाति में पैदा हुए थे। यह खेती करने वाली जाति है, जो फूल उगाकर शहरों में बेचती है। फुले इसी तरह से पूना शहर के संपर्क में आए और उन्होंने स्कॉटिश मिशन स्कूल में पढ़ाई शुरू कर दी। वहीं से उनके दिमाग में

* इनमें रमाबाई चितपावन ब्राह्मण परिवार में पैदा हुई थीं, परन्तु बाद में ईसाई हो गईं।

जाति के ख़िलाफ़ विचारधारा आकार लेने लगी। स्कूल में ही उन्होंने अमेरिका में काले लोगों के बारे में जानकारी पाई और उन्होंने काले लोगों और भारत के वंचित तबके के बीच तालमेल बिठाना शुरू कर दिया। उस शिक्षा का इतना असर हुआ कि फुले ने अपनी पुस्तक *गुलामगीरी* (1873 ई.) को अमेरिका के उन अच्छे लोगों को समर्पित किया, जिन्होंने काले लोगों को दासता से मुक्त कराने में मदद की।

इस बीच कथित ऊँची जातियों के लोग अंग्रेज़ों से लाभ उठाने के लिए ख़ुद की आर्यन उत्पत्ति के सिद्धांत गढ़ रहे थे और उन्होंने किताबों में लिखना शुरू किया कि आर्य और यूरोप के लोगों की उत्पत्ति एक ही जगह से है और वहीं से वह विभिन्न देशों में फैले हैं। इसमें बाल गंगाधर तिलक का नाम सर्वोपरि आता है। तिलक ने *आर्कटिक होम इन द वेदाज़* लिखकर उसमें आर्यों की उत्पत्ति का सिद्धांत दिया। तिलक ने बताया कि आर्य ध्रुवीय इलाक़े में ठंडे क्षेत्र में रहते थे। जलवायु में परिवर्तन के बाद वे वहाँ से अन्य इलाक़ों में गए। यूरोप के कुछ इतिहासकारों ने भी इस सिद्धांत को मान्यता दी है कि यूरोप और ख़ासकर इंग्लैंड के रहने वाले जलवायु परिवर्तन के कारण ध्रुवीय इलाक़े से विस्थापित होकर आए। इस तरह से तिलक की यह ज़ोरदार क़वायद थी कि ख़ुद को अंग्रेज़ों से जोड़कर उनसे सहूलियतें ली जाएँ। वह *केसरी* और *मराठा* नाम के अख़बार भी निकालते थे। अख़बारों के माध्यम से उन्होंने हिन्दू-मुस्लिम विभाजन का भी भरपूर समर्थन किया और कहा, ''हिन्दू और मुस्लिम दो अगल-अलग राष्ट्रीयताएँ हैं।'' हालाँकि बाद में तिलक ने हिन्दुओं तथा मुसलमानों के बीच 1916 में लखनऊ समझौता कराने में महत्त्वपूर्ण भूमिका निभाई।

बैकवर्ड क्लास की अवधारणा 1870 में स्पष्ट रूप से सामने आई, जब मद्रास प्रेसिडेंसी ने पिछड़े वर्ग के लिए शिक्षा में सुविधाएँ देनी शुरू कीं। पहले इसमें 39 जातियाँ थीं। 1920 में जब इसमें 140 जातियाँ हो गईं तो अछूतों ने अपने लिए अलग प्रावधान की माँग की और इसे अछूत पिछड़े (अनटचेबल बैकवर्ड क्लास) और शेष पिछड़े (अदर बैकवर्ड क्लास यानी ओबीसी) में परिभाषित किया गया।

भारत में आरक्षण का आरम्भ : शाहूजी महाराज

आधुनिक भारत के इतिहास में व्यवस्थित तरीके से सकारात्मक कार्रवाई (अफ़र्मेटिव एक्शन) के रूप में आरक्षण की व्यवस्था कोल्हापुर के राजा शाहूजी महाराज (26 जून 1874 से 27 अप्रैल 1922) ने की। शाहूजी 17 मार्च 1884 में कोल्हापुर के राजा बने। शाहूजी ने जब सत्ता सँभाली तो अछूतों को अस्पताल में भर्ती नहीं किया जा सकता था। सत्ता सँभालते ही उन्होंने शासनादेश जारी किया कि किसी भी अछूत को ससम्मान अस्पताल में भर्ती व इलाज किया जाए और इसका उल्लंघन करने पर

कर्मचारी को नौकरी से निकाल देने की सज़ा तय की गई। शाहूजी ने 16 जुलाई 1901 में अपने शासन की नौकरियों में ग़ैर ब्राह्मण वर्ग के लिए 50 प्रतिशत आरक्षण का प्रावधान किया। दरअसल शाहूजी ने सिर्फ़ चार जातियों ब्राह्मण, शेणवी, प्रभु और पारसी को छोड़कर शेष जातियों के लिए इस आरक्षण का प्रावधान किया था। सत्ता सँभालने के बाद शाहूजी ने पाया कि उनके दरबार में 71 उच्च पदों में से 60 ब्राह्मण और 11 ब्राह्मणेत्तर जातियाँ थीं। इसी तरह से निजी सेवा में 52 में से 45 ब्राह्मण अधिकारी व सिर्फ़ सात ब्राह्मणेत्तर पदाधिकारी थे। यह स्थिति देखते हुए दरबार में पदों पर समाज के सभी तबकों को प्रतिनिधित्व व काम करने का मौका देने के लिए उन्होंने आरक्षण का प्रावधान किया।

यह सिर्फ़ रजवाड़ों की नौकरियों की स्थिति नहीं थी कि सभी महत्त्वपूर्ण पदों पर कुछ जाति विशेष के लोगों का कब्ज़ा था। अंग्रेज़ों के शासन-प्रशासन में भी कुछ जातियों का ही प्रतिनिधित्व था, जो 1857 के विद्रोह को कुचलकर देश के बड़े इलाक़े पर कब्ज़ा कर चुके थे। फुले सहित निम्न कही जाने वाली जातियों की क़वायदों के बाद अंग्रेज़ों ने निम्न जातियों को शिक्षा और नौकरियों में जगह सहित विभिन्न सुविधाएँ देनी शुरू कर दीं। इसके खिलाफ़ सबसे मुखर होकर बाल गंगाधर तिलक सामने आए। तिलक ने 'कुनबी' बच्चों को शिक्षा देने का विरोध किया। उन्होंने कहा कि लिखने, पढ़ने और इतिहास, भूगोल और गणित जानने का उनके व्यावहारिक जीवन में कोई मतलब नहीं है। उन्होंने कहा कि यह उनकी बेहतरी से ज़्यादा उनके लिए हानिकारक होगा।

15 मई 1881 को उन्होंने *मराठा* अख़बार में 'अवर सिस्टम ऑफ़ एजुकेशन : ए डिफ़ेक्ट एंड क्योर' शीर्षक से लिखा, 'आप किसान के लड़के को हल जोतने, लोहार के बेटे को धौंकनी से, मोची के बेटे को सूआ के काम से पकड़कर आधुनिक शिक्षा देने के लिए ले जाएँगे...और लड़का अपने पिता के पेशे की आलोचना करना सीखकर आएगा। उसे अपने ख़ानदानी और पुराने पेशे में बेटे का सहयोग नहीं मिलेगा। ऐसा करने पर वह लड़का रोज़गार के लिए सरकार की तरफ़ देखेगा। आप उसे उस माहौल से अलग कर देंगे जिससे वह जुड़ा हुआ है, खुश है और उनके लिए उपयोगी है, जो उन पर निर्भर हैं। उनकी बहुत सी चीज़ों से आप उन्हें दूर कर देंगे।'

तिलक ने इस बात पर भी ज़ोर दिया कि अन्य बच्चों के लिए जो पाठ्यक्रम है वह कुनबी बच्चों के लिए अनुपयोगी है। उन्हें वही विषय पढ़ाए जाने चाहिए जो उनकी जीविका के लिए ज़रूरी हैं। उन्होंने गाँवों में बढ़ई, लोहार, दीवार जोड़ने वाले मिस्त्री, और दर्ज़ी के लिए टेक्निकल स्कूल खोलने की सलाह दी। उन्होंने अंग्रेज़

सरकार के स्कूल खोलने और किसानों के बच्चों को शिक्षा के लिए प्रोत्साहित करने की कोशिशों की आलोचना की।

उन्होंने लिखा—

> स्कूलों में कुनबी बच्चों की हाजिरी सुनिश्चित करने के लिए सरकार ने बाद में प्राइमरी स्कूलों को राजस्व अधिकारियों के नियंत्रण में दे दिया। उन्हें खेती करने व अन्य पेशे में लगे लोगों के बच्चों को स्कूल भेजने के लिए प्रोत्साहित करने का काम करना था। लेकिन किसी ने यह जानने की कोशिश न की कि इस ज़ोर-ज़बरदस्ती करने का क्या फ़ायदा है और इससे लाभ की जगह हानि ज़्यादा हो रही है।[2]

तिलक ने कहा कि कुनबी बच्चों को शिक्षा देना धन की बर्बादी है। वह धन बर्बाद किया जा रहा है जो करदाताओं से लिया जाता है। इस शिक्षा का समाज के एक ख़ास तबके पर बुरा असर पड़ रहा है। बंगाल में भी भद्रलोक ने तिलक का साथ देते हुए निचली जातियों को अंग्रेज़ी शिक्षा दिए जाने का विरोध किया। तमाम लोगों को यह चिंता होने लगी कि निम्न जाति के लोग ज़्यादा मज़दूरी, समानता और उन नौकरियों की माँग करने लगेंगे, जो भद्रलोक करता है।

तिलक ने महार, धाडस बच्चों को ब्राह्मण बच्चों के साथ बिठाकर पढ़ाए जाने की आलोचना की। उन्होंने लिखा—

> अछूत बच्चों की शिक्षा को दिया जाने वाला सरकारी समर्थन ब्रिटिश महारानी की उस घोषणा के विरुद्ध है जिसमें उन्होंने गारंटी दी है कि धार्मिक मान्यताओं में किसी तरह का हस्तक्षेप नहीं किया जाएगा।[3]

कोल्हापुर राज्य के प्रशासन में भर्तियों के बाद भी कथित निम्न जातियों की मुसीबत हल होने का नाम नहीं ले रही थी। भर्ती होने के बाद दलितों के साथ भेदभाव की शिकायत आने पर शाहूजी ने 1919 में एक शासनादेश जारी कर अधिकारियों को निर्देश दिया कि दलित समाज के साथ शालीनता का व्यवहार किया जाए। 15 जनवरी 1919 को जारी शासनादेश में प्राथमिक, माध्यमिक विद्यालयों में जातीय आधार पर भेदभाव को लेकर सख़्त हिदायतें दी गईं। फुले की क़वायदों को मूर्त रूप देते हुए उन्होंने अपने शासन क्षेत्र में बग़ैर किसी भेदभाव के सबको शिक्षा देने का प्रावधान किया।

शाहूजी ने उस दौरान न सिर्फ़ डॉ. भीमराव अम्बेडकर को विदेश में शिक्षा प्राप्त करने में आर्थिक मदद की, बल्कि *मूक नायक* नामक पत्रिका निकालने में भी मदद पहुँचाई। शाहूजी ने शूद्रों व अछूतों के बच्चों के लिए छात्रवृत्तियाँ, छात्रावास

की व्यवस्था की और हर गाँव में प्राथमिक विद्यालय बनवाया। महिलाओं की शिक्षा के लिए 500 से 1000 तक आबादी वाले हर गाँव में कन्या विद्यालय बनवाने की योजना चलाई। शाहूजी ने जब सत्ता सँभाली थी तो उनके राज्य में 158 प्राथमिक पाठशालाएँ थीं, जिनकी संख्या उनके निधन के समय तक 579 हो गई। 28 मार्च 1920 को उन्होंने नागपुर में आयोजित अछूतों के एक अखिल भारतीय सम्मेलन की अध्यक्षता की और अपने राज्य में बलूतदारी प्रथा समाप्त कर दी। इस प्रथा के तहत अतिशूद्र तबके के किसी व्यक्ति को गाँव में रहने के लिए जगह दे दी जाती थी और उसके एवज में उससे व उसके परिवार से पूरे गाँव की सेवा मुफ़्त में कराई जाती थी। इस प्रथा को समाप्त कर उन्होंने दलितों को सम्मान से जीवन जीने के योग्य बना दिया। इसी तरह 1918 में उन्होंने क़ानून बनाकर राज्य की एक और पुरानी प्रथा 'वतनदारी' का अंत किया तथा भूमि सुधार लागू कर महारों को भू-स्वामी बनने का हक दिलाया। इस आदेश से महारों की आर्थिक गुलामी काफ़ी हद तक दूर हो गई।

इसी तरह से एक और मराठा शासक ने पठन-पाठन को बढ़ावा दिया और वंचित तबके को मुफ़्त शिक्षा देकर स्थिति में सुधार की क़वायद की। बड़ौदा के मराठा शासक सयाजी राव गायकवाड़ ने सार्वजनिक पुस्तकालय व्यवस्था की व्यापक परिकल्पना पेश की। अपने साम्राज्य के एक ज़िले में 1893 में सामुदायिक शिक्षा का अनिवार्य कार्यक्रम चलाने वाले गायकवाड़ ने 1907 में अपने पूरे साम्राज्य में सभी लड़कों व लड़कियों के लिए शुरुआती शिक्षा अनिवार्य कर दी। उन्होंने 1910 में सार्वजनिक पुस्तकालय की व्यवस्था पेश की, क्योंकि उन्हें यह महसूस हुआ कि सार्वभौम शिक्षा के लिए मुफ़्त सार्वजनिक पुस्तकालय ज़रूरी हैं। उन्होंने अलग से लाइब्रेरी विभाग बनाया और डब्ल्यू. ए. बोर्डन को राज्य के पुस्तकालयों का पहला पूर्णकालिक निदेशक नियुक्त किया। बड़ौदा में उन्होंने सेंट्रल लाइब्रेरी बनाई, जिसमें उनके निजी संग्रह की करीब 20 हज़ार पुस्तकों सहित लगभग 90 हज़ार पुस्तकें रखी गईं।[4]

नयी सदी : नये आंदोलन

उधर 1900 ईस्वी के बाद से तमाम धार्मिक-राजनीतिक आंदोलन शुरू हुए। अंग्रेज़ सरकार अपनी राजधानी कोलकाता से दिल्ली ले गई। सरकार पर जब दबाव बढ़ने लगा तो उन्होंने प्रशासनिक सुधार के साथ प्रतिनिधित्व देने व प्रशासन में भारतीयों को हिस्सेदारी देने की भी क़वायद शुरू की। उन दिनों सबसे प्रतिष्ठित नौकरी आईसीएस मानी जाती थी, जिसकी परीक्षा लंदन में होती थी। स्वाभाविक है कि वह परीक्षा दलित पिछड़े बच्चों के लिए तो मुश्किल ही थी। उसमें संपन्न परिवारों के बच्चे ही बैठ पाते थे। जब ज़्यादा भारतीय चयनित होने लगे तो अधिकतम उम्र की सीमा

कम करके 19 वर्ष तक कर दी गई। उसके लिए आंदोलन चला तो अधिकतम उम्र सीमा बढ़ाई गई, लेकिन वही ढाक के तीन पात। कुछ ज़मींदार, राजा-महराजा या अंग्रेज़ हुकूमत में बड़े पदों पर विराजमान लोगों के बच्चे ही उसमें जगह पाते थे।

अंग्रेज़ सरकार ने 1909 में प्रसिद्ध मार्ले-मिंटो सुधार पेश किया। उसमें भारत के समाज के विभिन्न वर्गों, समुदायों ने अपनी-अपनी माँगें रखीं और भारत शासन अधिनियम के तहत भारतीयों को कुछ अधिकार मिले। भारतीय राजनीति में मोहनदास करमचंद गाँधी के आगमन के बाद से 1919 में मांटेग्यू-चेम्सफ़ोर्ड सुधार पेश किया गया और महिलाओं को भी मतदान का अधिकार मिला।

दक्षिण भारत में 19वीं सदी के आख़िर में संस्कृतिकरण के साथ जाति संगठनों की शुरुआत हुई। इसे तमिलनाडु की नाडार जाति की स्थिति से समझा जा सकता है। यह एक ताड़ी उतारने वाली जाति थी, जिसे अछूत नहीं माना जाता था। 19वीं सदी की शुरुआत में इस जाति को कुछ सामाजिक-आर्थिक सफलता मिली और यह जाति महाजनी करने लगी और संपत्ति जुटाने लगी।[5] नाडारों ने ख़ुद को क्षत्रिय होने का दावा करना शुरू कर दिया और 1891 की जनगणना में 24,000 लोगों ने ख़ुद को क्षत्रिय होने का दावा किया। उन्होंने अपने जातीय उन्नयन के लिए जनेऊ पहनना भी शुरू कर दिया।

इसके बाद दक्षिण में संस्कृतिकरण को ख़ारिज़ करने और द्रविड़ पहचान का दौर आता है। धीरे-धीरे दक्षिण भारत के ग़ैर ब्राह्मण ख़ुद को द्रविड़ कहने लगे और उसके साथ आदि भी जोड़ दिया। यानी आदि द्रविड़। पैरिया महाजन सभा की स्थापना 1890 में हुई थी, जिसका नाम बदलकर आदि द्रविड़ महाजन सभा कर दिया गया। द्रविड़ आइडियोलॉजी के एक बहुत प्रभावशाली व्यक्ति एम. सी. राजा (1883-1947) थे, जो 1916 में आदि द्रविड़ महाजन सभा के अध्यक्ष बने। उन्होंने ऑल इंडिया डिप्रेस्ड क्लास एसोसिएशन की 1928 से अध्यक्षता की।[6]

द्रविड़ आंदोलन का सबसे सशक्त चेहरा बने ई. वी. रामासामी नायकर पेरियार* (17 सितंबर 1879-21 दिसंबर 1973) का जन्म तमिलनाडु के इरोड कस्बे में हुआ। इनकी माता का नाम चिन्ना थयम्मल उर्फ़ मुथम्मल और पिता का नाम वेंकट नायकर था। इनके पिता बड़े व्यवसायी थे। 25 साल की उम्र में उन्होंने व्यापार पूरी तरह सँभाल लिया और वह व्यापारियों में लोकप्रिय हो गए। ब्रिटिश सरकार ने उन्हें मानद मजिस्ट्रेट बनाया था। इसके अलावा उन्हें ज़िला बोर्ड, तालुका

---

* विस्तार के लिए पढ़ें : राजपाल एण्ड सन्ज़ से प्रकाशित *आधुनिक भारत के निर्माता : पेरियार*, लेखक - डॉ. संजय जोठे

बोर्ड, शहरी बैंक, देवस्थानम, शासकीय पुस्तकालय, युद्ध भर्ती समिति, कृषि वैज्ञानिकों के संघ, व्यापारी संघ, महाजन स्कूल समिति समेत करीब 30 सरकारी संस्थानों में अध्यक्ष, उपाध्यक्ष, सचिव जैसे पद सँभालने के अवसर मिले।[7] 1919 में वह इरोड नगरपालिका के चेयरमैन पद से इस्तीफ़ा देकर वरदुराजुलु नायडू और सी. राजगोपालाचारी के दबाव में कांग्रेस में शामिल हो गए। उन्होंने 1920 के असहयोग आंदोलन में बढ़-चढ़कर हिस्सा लिया।

1923 में पंगल के राजा की अध्यक्षता वाली जस्टिस पार्टी की सरकार ने मद्रास राज्य विधायी परिषद ने एक अधिनियम पारित किया, जिसमें हिन्दू धार्मिक बंदोबस्ती बोर्ड बनाया जाना था, जिससे हिन्दू मंदिरों में ब्राह्मणों द्वारा किया जा रहा शोषण समाप्त किया जा सके। नायकर ने कांग्रेस में रहते हुए इसका खुला समर्थन किया।

मद्रास राज्य में भी पदों पर ब्राह्मणों के कब्ज़े की समस्या थी। 1892 से 1904 के बीच राज्य सिविल सेवा में 16 भर्तियों में से 15 भर्तियाँ ब्राह्मणों की हुईं। 1912 में 140 डिप्टी कलेक्टर में से 77 और 18 डिप्टी जज में से 15 ब्राह्मण थे। प्रशासन में उनके कब्ज़े का परिणाम यह हुआ कि शिक्षण संस्थानों में भी उनका कब्ज़ा हो गया। इसका विरोध हुआ। अगस्त 1919 में सरकार ने आदेश जारी किया—

> अब ऐसा समय आ गया है, जब प्रशासनिक मशीनरी में इस देश के सभी समुदायों से जुड़े लोगों को हिस्सा देने की ज़रूरत है। पंचम (अछूत) और अन्य पिछड़े वर्ग को बग़ैर विशेष सुविधा दिए ऐसा कर पाना असंभव है।[8]

इसके पहले की मद्रास की सरकार ने शिक्षा विभाग में वंचितों को सुविधाएँ देने की क़वायद की थी। 1870 में शिक्षा विभाग ने सबसे पहले हिन्दू को ब्राह्मण और ग़ैर ब्राह्मण दो हिस्सों में बाँटा और 1874 में ब्राह्मण, वैश्य, शूद्र और अन्य हिन्दू में बाँटा। 1880 की शुरुआत में ब्राह्मण और ग़ैर ब्राह्मण के रूप में ही विभाजन को मान्यता मिली। इसके मुताबिक शिक्षा में सुविधाएँ दी गईं। साथ ही यह शासन-प्रशासन और शिक्षा से वंचित रह गए लोगों के एकजुट होने का आधार भी बन गया।

1921 में मद्रास सरकार द्वारा पहला कम्युनल गवर्नमेंट ऑर्डर लाया गया, जिसमें प्रशासनिक सेवाओं के प्रमुखों, ज़िलाधिकारियों, ज़िला जजों से कहा गया कि हर छह महीने पर वे अपनी भर्तियों की सूची जारी करें, जिसमें 6 श्रेणियों, ब्राह्मण, हिन्दू ग़ैर ब्राह्मण, भारतीय ईसाई, मुसलमान, यूरोपियन, एंग्लो इंडियन और अन्य श्रेणी शामिल हों। 1921 में ही 22 प्रतिशत ब्राह्मणों, 48 प्रतिशत ग़ैर ब्राह्मण हिन्दुओं, 10 प्रतिशत ईसाई भारतीयों, 15 प्रतिशत मुसलमानों, 2 प्रतिशत यूरोपियन और एंग्लो इंडियन और 3 प्रतिशत अन्य के लिए प्रशासन में निर्धारित कर दिया गया। उसके बाद 1922 में दूसरा कम्युनल गवर्नमेंट ऑर्डर आया, जिसमें यह आरक्षण

सभी सेवाओं व सभी पदोन्नतियों में कर दिया गया।

1927 में प्रशासन में नया कोटा लाया गया, जिसमें 17 प्रतिशत ब्राह्मणों, 42 प्रतिशत ग़ैर ब्राह्मण हिन्दुओं, 10 प्रतिशत ईसाई भारतीयों, 17 प्रतिशत मुसलमानों, 17 प्रतिशत यूरोपियन और एंग्लो इंडियन और 8 प्रतिशत डिप्रेस्ड क्लास के लिए निर्धारित किया गया।

उधर नायकर कांग्रेस में रहते हुए लगातार वंचित तबके को अधिकार देने के प्रस्ताव लाते रहे, लेकिन उनको तवज्जो नहीं दी गई। आख़िरकार 1925 में उन्होंने कांग्रेस छोड़ दी और सेल्फ़ रेस्पेक्ट मूवमेंट शुरू कर दिया। उन्होंने तमिलनाडु तथा कई और राज्यों में ग़ैर ब्राह्मण कार्यक्रमों व आंदोलनों में हिस्सा लिया। 1927 में उन्होंने बंगलौर में महात्मा गाँधी से मुलाकात की और कहा कि जब तक जाति व्यवस्था यानी वर्णाश्रम धर्म को ख़त्म नहीं किया जाता, अस्पृश्यता ख़त्म नहीं होगी। उन्होंने कहा कि आज़ादी के लिए लड़ने से पहले तीन दुश्मनों—कांग्रेस (जिस पर ब्राह्मणों का दबदबा था), जाति व्यवस्था वाला हिन्दू धर्म और समाज में ब्राह्मणों का दबदबा ख़त्म करना ज़रूरी है। उन्होंने परंपरागत विवाह की जगह सेल्फ़ रिस्पेक्ट विवाह का प्रचलन शुरू कराया, जिसमें मंत्रोच्चार आदि प्रतिबंधित था। इस विवाह पद्धति में किसी भी जाति या धर्म के लड़के-लड़की एक-दूसरे को माला पहनाकर विवाह कर सकते थे।

नायकर ने 1935 आते-आते जस्टिस पार्टी को पूर्ण समर्थन देना शुरू कर दिया। 1940 के पार्टी सम्मेलन में उन्होंने द्रविड़नाडु की माँग की, जिससे द्रविड़ अस्मिता को बचाए रखा जा सके। 27 अगस्त 1944 को जस्टिस पार्टी का नाम बदलकर द्रविड़ कड़गम रख दिया गया। पिछड़े वर्ग के बढ़ते दबाव में 1947 में राज्य सरकार ने प्रतिनिधित्व की व्यवस्था में बदलाव किया, जिसमें ग़ैर ब्राह्मण हिन्दू के लिए 6/14, ब्राह्मण के लिए 2/14, अनुसूचित जाति/वंचित वर्ग के लिए 2/14, मुस्लिम के लिए 1/14, एंग्लो इंडियन और क्रिश्चियन के लिए 1/14, पिछड़े हिन्दू के लिए 2/14 पद आरक्षित कर दिए गए। आरक्षण की माँग में जातीय संगठनों की भूमिका भी अहम रही है।[9]

जातीय संगठनों का उभार तथा ओबीसी आरक्षण की माँग

इस बीच जातीय संगठनों का गठन भी शुरू हो गया। जातियों के संगठन न सिर्फ़ सामाजिक क्षेत्र में कार्य करते थे, बल्कि ब्रिटिश सरकार के सामने अपनी जातियों के हितों की बात रखते थे। इस तरह के पहले यादव एसोसिएशन का गठन 1903

में किया गया। बाद में पेशे से चिकित्सक रघुनाथ विट्ठल खेडेकर यादव गवली एसोसिएशन के अध्यक्ष बने। बिहार में 1912 में गोप जातीय महासभा का गठन किया गया। इसने दावा किया कि अहीर क्षत्रिय होते हैं और इस संगठन ने अपने सदस्यों से जनेऊ पहनने को कहा। इसके पहले 1910 में हरियाणा के रेवाड़ी में राव बहादुर बलबीर सिंह ने अहीर यादव क्षत्रिय महासभा की स्थापना की। संगठन ने दावा किया कि अहीर यदु वंश के हैं, जो कृष्ण से संबंधित हैं और अहीर का वास्तविक नाम यादव है और वे क्षत्रिय थे। यह भी कहा गया कि हिन्दी क्षेत्र, पंजाब, गुजरात में अहीर, महाराष्ट्र में गवली, आंध्र प्रदेश, कर्नाटक आदि में गोला नाम से पहचान वाले यादव हैं। यादवों का पहला इतिहास कैथल कृष्ण खेडेकर ने 19वीं सदी के अंत में लिखा, जो 1959 में *द डिवाइन हेरिटेज ऑफ़ द यादव* नाम से प्रकाशित हुआ।

ब्रिटिश सरकार द्वारा कुर्मियों की पुलिस में भर्ती घटाने के विरोध में लखनऊ में 1894 में कुर्मी सभा का गठन किया गया। यह घोषणा की गई कि गुजरात के पाटीदार, आंध्र प्रदेश के कापू, कर्णाटक के वोक्कालिगा, मद्रास प्रेसिडेंसी के रेड्डी और नायडू और महाराष्ट्र के मराठा भी कुर्मी हैं। 1901 की जनगणना में एसोसिएशन ने दावा किया कि वे क्षत्रिय हैं। पटना में 1910 में ऑल इंडिया कुर्मी क्षत्रिय महासभा का आधिकारिक रूप से पंजीकरण हुआ। इस संगठन ने एक तरफ़ जनेऊ पहनने का दावा किया, वहीं पिछड़ी जाति के तहत प्रशासन में कोटे की माँग की। साथ ही ख़ुद को राम का वंशज बताया।

19, 20, 21 अप्रैल 1919 को कानपुर में हुए अखिल भारतीय कुर्मी क्षत्रिय महासभा की अध्यक्षता कोल्हापुर के शासक शाहूजी महाराज ने की, जो ग़ैर ब्राह्मणों को 50 प्रतिशत आरक्षण सहित वंचित वर्ग को तमाम सुविधाएँ देकर चर्चा में आ चुके थे। शाहूजी ने 1919 में मांटेग्यू-चेम्सफ़ोर्ड सुधार के तहत मराठा आदि के लिए सेपरेट कम्युनल एलेक्टोरेट की माँग की। 1918 में शाहूजी महाराज द्वारा लॉर्ड साइडेनहाम को दिए गए ज्ञापन से यह पता चलता है कि एक जाति विशेष के लोगों ने ब्रिटिश भारत में किस तरह से तिकड़म करके प्रशासनिक पदों पर क़ब्ज़ा जमा लिया था। प्रशासनिक व्यवस्था में बहुसंख्य आबादी का न तो कोई स्थान था, न ही किसी योग्यता का। ऐसे में असंतोष उठना स्वाभाविक ही था।

साइमन कमीशन के गठन के फ़ैसले और 7 नवंबर 1927 को इसकी घोषणा के बाद वंचितों के लिए संघर्ष कर रहे स्वामी अछूतानंद ने उत्तर प्रदेश के आगरा, इलाहाबाद, बस्ती, इटावा, फ़र्रूखाबाद, फ़तेहगढ़ और मैनपुरी जैसे शहरों में बैठकों का आयोजन किया। आदि हिन्दू महासभा के नेता के रूप में शिवदयाल सिंह चौरसिया

और राम चरण ने साइमन कमीशन के समक्ष व्यापक प्रदर्शन किया। शिवदयाल सिंह चौरसिया ने 5 जनवरी 1928 को उसके लखनऊ आगमन पर कमीशन के सामने वंचितों के अधिकार की माँग रखी। चौरसिया ने पिछड़े समाज के विभिन्न जातीय संगठनों द्वारा दिए जा रहे ज्ञापन तथा गवाहों की सुनवाई में हिन्दी का अंग्रेज़ी में अनुवाद कर कमीशन के समक्ष दुभाषिये का काम किया। साथ ही उनकी माँगों का मसौदा बनाने में कानूनी मदद भी की। चौरसिया ने अपना बयान भी साइमन कमीशन के सामने दर्ज कराया। आदि हिन्दू के नेताओं ने वंचितों के लिए राजनीतिक अधिकार के साथ तरजीही व्यवहार की माँग की। उन्होंने तर्क दिया कि निम्न और डिप्रेस्ड दर्जे के कारण उन्हें कम भुगतान, छोटी नौकरियाँ मिलती हैं और उन्हें शिक्षा पाने में दिक्कत होती है और बेहतर रोज़गार नहीं मिल पाता। उनका कहना था कि भारतीय समाज में आदि हिन्दू दोहरी मार खा रहा है—एक तो वह अंग्रेज़ सरकार के अत्याचार सह रहा है, दूसरे वह जातिवादी हिन्दुओं का शिकार है।

चौरसिया 1929 में बने यूनाइटेड प्रॉविंस हिन्दू बैकवर्ड क्लास लीग से शुरुआत से ही जुड़े रहे। उन्होंने 1930 के दशक की शुरुआत में हिन्दू बैकवर्ड शब्द प्रचलित किया, जिससे पिछड़े समाज की डिप्रेस्ड क्लास से अलग पहचान हो सके। सामान्यतया डिप्रेस्ड क्लास से अछूत होने का अर्थ निकलता था। चौरसिया ने यह कहा कि पिछड़े वर्ग के लोग दरअसल शूद्र हैं, जो भारत के मूल निवासी हैं। चौरसिया ने आरक्षण पर इसलिए ज़ोर दिया कि उनका मानना था कि जब तक मार्के की जगह नहीं मिलती, बदलाव नहीं हो सकता। अगर उच्च शिक्षित व्यक्ति और डिग्रीधारक व्यक्ति को प्रमुख पद पर बैठाया जाए, तभी वह किसी चीज़ को नियंत्रित करने की स्थिति में आ सकता है। चौरसिया ने विधानसभाओं और लोकसभा में भी पिछड़े वर्ग को आरक्षण दिए जाने की माँग की।

शिवदयाल सिंह चौरसिया ने लखनऊ के अपने साथियों—एडवोकेट गौरीशंकर पाल, रामचरण मल्लाह, बदलूराम रसिक, महादेव प्रसाद धानुक, छंगालाल बहेलिया, चंद्रिका प्रसाद जिज्ञासु, रामचंद्र बनौध, स्वामी अछूतानंद आदि के साथ मिलकर 'बैकवर्ड क्लासेस लीग' की स्थापना की। बाद में देश भर में इसका गठन किया। तभी से अपने आवास पर कार्यकर्ताओं के प्रशिक्षण के लिए शानदार व्यवस्था कर रखी थी, जिसे वह जीवन भर चलाते रहे।

स्वतंत्रता के पूर्व 1932 में बड़ा बदलाव हुआ। अंग्रेज़ों ने मुसलमान, सिख व ईसाइयों को अलग चुनाव क्षेत्र दिए। अंबेडकर के नेतृत्व में दलित भी अलग प्रतिनिधित्व की माँग कर रहे थे। उसके खिलाफ़ गाँधी ने भूख हड़ताल कर दी।

आख़िरकार पूना समझौता हुआ और दलितों को पृथक प्रतिनिधित्व नहीं मिल सका।

किसान नेता चौधरी चरण सिंह ने सरकारी सेवाओं में प्रतिनिधित्व का एक अलग पहलू पेश किया। उन्होंने अप्रैल 1939 में उत्तर प्रदेश कांग्रेस विधायी पार्टी की कार्यकारी समिति के लिए प्रस्ताव पेश किया। उन्होंने इस प्रस्ताव में किसानों के आरक्षण का समर्थन किया। उनका यह तर्क था कि सरकारी नौकरियों में ग़ैर कृषि क्षेत्र के और शहरी लोगों का बहुमत है, जिससे उन्हें अपना काम कराने में दिक्कत आती है।[10]

चरण सिंह के प्रस्ताव को बहुत ज़्यादा बल नहीं मिला। उन्होंने जाति या धर्म आधारित आरक्षण के बजाय जो लोग हल का मूठ पकड़ते थे, उनके लिए सरकारी नौकरियों में आरक्षण की माँग की थी। बाद में वह अपनी इस माँग पर और दृढ़ होते गए और किसानों के लिए आरक्षण की माँग उन्होंने 50 प्रतिशत से बढ़ाकर 60 प्रतिशत कर दी। चरण सिंह ने दावा किया कि ग्रामीणों को कुछ नहीं मिला और वे जहाँ थे, वहीं रह गए। चरण सिंह मानते थे कि गाँवों में सुविधाएँ न पहुँच पाने की मुख्य वजह सरकारी नियुक्तियों में भेदभाव है।[11]

चरण सिंह के आरक्षण के प्रस्ताव में हल की मूठ पकड़ने वाले शामिल थे। उन्होंने इस बात पर ज़ोर दिया कि सरकार के लगभग सभी विभागों में ज़मीन जोतने वालों को तरजीह देनी चाहिए, क्योंकि उनमें से लगभग सभी को ग्रामीण जनता के साथ व्यवहार करना था। उनका प्रस्ताव सभी खेत जोतने वालों के लिए था, जिसमें ऊँची जाति वाले भी शामिल थे। चरण सिंह ने कई बार कहा कि पूर्वी उत्तर प्रदेश में ऊँची जाति वाले हल की मूठ नहीं पकड़ते, जबकि पश्चिमी उत्तर प्रदेश में ऊँची जाति के लोग भी खेत जोतते हैं। चरण सिंह का आरक्षण प्रस्ताव हल की मूठ से जुड़ा हुआ था। इससे यह साफ़ होता है कि वह जाति आधारित आरक्षण के समर्थन में नहीं थे, लेकिन उस वर्ग को आरक्षण दिए जाने के विरोधी थे, जो हल की मूठ पकड़ने को निम्न कार्य समझते थे। चरण सिंह का इसे लेकर विरोध हुआ कि जुलाहे, धुनिया, बढ़ई, लुहार, धोबी, तेली, लोढ़ा और बाकी लोगों को आरक्षण क्यों नहीं मिलना चाहिए? उसके बाद उन्होंने 21 मार्च 1947 के प्रस्ताव में आरक्षण की माँग बढ़ाकर 75 प्रतिशत कर दी और इसमें श्रमिक वर्ग को भी शामिल कर लिया।

'खेतिहरों के बेटों के लिए 60 प्रतिशत नौकरियाँ क्यों आरक्षित की जाएँ', इस शीर्षक से 21 मार्च 1947 को लिखे गए दस्तावेज़ में कृषकों की उपेक्षा को लेकर चरण सिंह का दर्द झलकता है। चरण सिंह का मानना था कि भारतीय समाज में मुख्य संघर्ष शहर और गाँव के बीच है। चरण सिंह का कहना था कि इस तथ्य का

कोई खंडन नहीं कर सकता है कि शहर के लोग अपने आपको किसानों से श्रेष्ठ समझते हैं। उनका कहना था कि एक शहरी, ग़ैर कृषक अपने ग़रीब देशवासी, जो गाँव से हैं, उन्हें घृणास्पद लहज़े में देहाती गंवार या दहकनी कहता है। चरण सिंह ने किसानों के आरक्षण के समर्थन में लंबे लेख के अंत में जो तर्क दिए थे, वे आज भी प्रासंगिक हैं। ऐसे ही अजीब तर्क देकर 2021 में भी एससी, एसटी, ओबीसी आरक्षण का विरोध किया जाता है, जिसका खंडन चरण सिंह ने किया था।[12]

1935 के अधिनियम में शेड्यूल्ड कॉस्ट (अनुसूचित जाति) शब्द सामने आया और इनके लिए आरक्षण की व्यवस्था हुई। 1947 में भारत के स्वतंत्र होने के बाद से अनुसूचित जाति व अनुसूचित जनजाति को उनकी जनसंख्या के मुताबिक नौकरियों व शिक्षण संस्थानों में आरक्षण की व्यवस्था जारी रखी गई। भारत के संविधान निर्माण के समय भी अन्य पिछड़ा वर्ग को आरक्षण देने की क़वायद की गई, लेकिन इसका कोई प्रारूप नहीं बन पाया और इस प्रश्न को भविष्य पर छोड़ दिया गया।

संविधान सभा में निम्न जातियों (ओबीसी) की वकालत करने वाले एकमात्र सदस्य पंजाब राव देशमुख थे जो महाराष्ट्र के अमरावती के मराठा समुदाय से थे। संविधान सभा में डॉ. देशमुख ने किसानों और वंचित तबकों का मसला उठाते हुए कहा, ''लाखों जाट, अहीर, गूजर, कुर्मी, कुनबी और आदिवासी तथा अन्य को हमने अब तक कौन सा स्थान दिया है?'' देशमुख का कहना था कि अगर मौन रूप से कांग्रेस के आदेशों का पालन करने वाले और स्वतंत्रता के लिए क़ुर्बानियाँ देने वाले इन लोगों का ध्यान नहीं रखा गया तो भविष्य में कष्ट और बर्बादी सामने आएगी।

संविधानविद ऑस्टिन के मुताबिक संविधान सभा के 20 ताक़तवर सदस्यों में 11 ब्राह्मण, 1 कायस्थ, 1 बनिया, 1 राजपूत, 1 अनुसूचित जाति, 2 मुस्लिम, 1 क्रिश्चियन और 2 ओबीसी शामिल थे। देशमुख ने अगस्त 1949 में एक संशोधन प्रस्ताव पेश किया, जिसमें भारत के वर्ग व समुदायों के लिए उनकी आबादी के हिसाब से सरकारी सेवाओं में जगह की माँग रखी गई।

जब डॉ. भीमराव अंबेडकर ने संघ लोक सेवा आयोग के गठन के बारे में प्रस्ताव पेश किया तो पंजाब राव देशमुख ने देश के भीतर असमानता का मसला उठाया। उन्होंने कहा, ''भारत के 85 प्रतिशत व्यक्तियों के लिए शिक्षा की कोई सुविधा नहीं है, क्योंकि वे गाँवों में रहते हैं और हम इन लोगों से यह कह रहे हैं कि वे उन लोगों से मुक़ाबला करें, जिनको ये सुविधाएँ प्राप्त हैं। यह बिलकुल असंभव है। यह उन दो आदमियों में एक मील की दौड़ कराने के समान है, जिनमें से एक आधा मील आगे पहुँच चुका है और दूसरा अभी दौड़ने की तैयारी कर रहा है। यह

बिलकुल असमान, अनुचित और अन्यायपूर्ण है। अगर इस अन्याय और अनौचित्य पर अड़े रहेंगे तो मुझे विश्वास है कि यह हमारे लिए लाभदायक नहीं होगा।''[13]

देशमुख ने संविधान में यह डालने का प्रस्ताव रखा कि नियुक्तियों में विभिन्न वर्गों को संख्या के आधार पर प्रतिनिधित्व मिलेगा। साथ ही उन्होंने कहा कि इस संशोधन का उद्देश्य यह है कि संघ एवं राज्यों की लोक-सेवाओं में सभी वर्गों को ठीक तथा उचित प्रतिनिधित्व प्राप्त हो और इस विषय को सिर्फ़ प्रतियोगिता पर न छोड़ा जाए और लोक सेवा आयोग की इच्छा पर निर्भर न किया जाए। देशमुख ने यह भी याद दिलाया कि जब हम अंग्रेज़ों से मुकाबला न कर सके तो अंग्रेज़ों से हमने भारतीयों के लिए स्थानों की माँग की और हम आईसीएस की भर्ती में वृद्धि करना चाहते थे। उन्होंने कहा कि हमने उसके लिए संघर्ष किया और भारतीय राष्ट्रीय कांग्रेस के सत्र तक में हमने इस पर संकल्प पारित किए।

प्रतिनिधित्व देने के विरोधियों का बार-बार यह तर्क आता था कि अगर योग्यता के आधार पर चयन न करके सरकारी नौकरियों में प्रतिनिधित्व दिया जाएगा तो इससे दक्षता में कमी आएगी। जबकि कांग्रेस आईसीएस में प्रतिनिधित्व के नाम पर पहले ही भारतीयों के लिए जगह माँगने का काम कर चुकी थी। इसके अलावा दक्षिण भारत की मद्रास प्रेसिडेंसी और मुम्बई में यह व्यवस्था पहले से ही लागू थी और संविधान निर्माताओं के सामने नजीर थी कि प्रतिनिधित्व दिए जाने से प्रशासनिक दक्षता में कोई कमी नहीं आती है।

संविधान सभा में देशमुख ने बड़े ज़ोरदार तरीके से दलील पेश करते हुए कहा—

> पिछड़े वर्गों की शायद बड़े संकुचित तथा संकीर्ण रूप में परिभाषा की जाएगी। अत: केवल अनुसूचित जातियों का ही दावा नहीं है कि वे पिछड़े हैं। केवल जनजाति के लोग ही ऐसे नहीं हैं। करोड़ों अन्य लोग हैं जो इनसे भी ज़्यादा पिछड़े हुए हैं और उनके वर्गों की उन्नति के लिए न तो कोई नियम है, न गुंजाइश।

संविधान सभा के सदस्य यह भी तर्क दे रहे थे कि शिक्षा का स्तर ऊपर उठने और धीरे-धीरे पठन-पाठन दुरुस्त होने के साथ शासन-प्रशासन से वंचित जातियों के लोगों को प्रतिनिधित्व मिलना शुरू हो जाएगा, लेकिन देशमुख इस तर्क से संतुष्ट नहीं थे। वह साफ़तौर पर पिछड़े वर्ग के लिए संविधान में स्पष्ट प्रावधान चाहते थे। उन्होंने कहा, ''यदि आप अनुसूचित जातियों से भी कह देते कि धीरे-धीरे उनको शिक्षा दी जाएगी और धीरे-धीरे उन्नत वर्ग होश में आ जाएगा और अस्पृश्यता अपने आप मिट जाएगी। इसलिए क्यों आंदोलन करते हो, क्यों माँग रखते हो। यह सब अपने

आप तुमको मिल जाएगा, चाहे 100 साल बाद ही क्यों न मिले।''

देशमुख चाहते थे कि संविधान सभा ओबीसी परिभाषित कर दे। इसका सभी अन्य सदस्यों ने विरोध किया। अम्बेडकर ने अनुच्छेद 340 में प्रावधान किया कि ओबीसी आयोग की नियुक्ति राष्ट्रपति करेगा, जो ओबीसी को परिभाषित करेगा।

इससे दुखी देशमुख ने कुछ ओबीसी संगठनों को मिलाकर ऑल इंडिया बैकवर्ड क्लास फ़ेडरेशन का गठन किया। यह 26 जनवरी 1950 को अस्तित्व में आया जब संविधान लागू हुआ। देशमुख इसके अध्यक्ष रहे। यह संगठन लगातार पिछड़ों के लिए आबादी के हिसाब से 60 प्रतिशत आरक्षण की माँग करता रहा।

काका कालेलकर आयोग और आगे

सरकार ने समाज के पिछड़े वर्ग को उचित प्रतिनिधित्व देने के लिए सबसे पहले संविधान के अनुच्छेद 340 के तहत पहले पिछड़ा वर्ग आयोग का गठन राष्ट्रपति के आदेश से 29 जनवरी 1953 को किया। इसके अध्यक्ष काका कालेलकर बनाए गए। आयोग ने अपनी रिपोर्ट 30 मार्च 1955 को सरकार को सौंपी।

रिपोर्ट में आयोग के पाँच सदस्यों ने असहमति नोट लगाए। अनूप सिंह, अरुणांग्शु डे और पीजी शाह ने पिछड़ेपन को जाति से जोड़ने का विरोध किया। उन्होंने जाति के आधार पर पदों पर आरक्षण का भी विरोध किया था। आयोग के सदस्य शिवदयाल सिंह चौरसिया ने रिपोर्ट में 67 पेज का असहमति नोट लगाया, जो मंडल कमीशन की रिपोर्ट तैयार करने की बुनियाद बना। टी.मरिअप्पा का असहमति नोट सिर्फ़ दो जातियों को अन्य पिछड़े वर्ग में शामिल किए जाने को लेकर था। काका कालेलकर का रुख गोल-मोल था।

इस तरह से देखें तो इस आयोग के सदस्यों ने कहीं से निष्पक्ष रिपोर्ट तैयार नहीं की। न तो पिछड़ेपन के निर्धारण के लिए कोई क़वायद की, न आरक्षण दिए जाने का कोई आधार देखा। अपनी-अपनी जातीय लोकेशन के मुताबिक आयोग के सदस्यों ने रिपोर्ट लिखी। पिछड़े वर्ग से जुड़े सदस्यों ने यह दिखाया कि जातीय आधार पर भारत में शोषण होता है, लोगों के काम तय हैं। यह बहुत आसानी से देखा जा सकता है कि समाज में जातीय आधार पर लोगों को पढ़ाई-लिखाई और सेवाओं से वंचित किया गया है।

इसी के साथ कई राज्य सरकारों ने ख़ुद के आयोग या समितियाँ बनाईं, जिससे पिछड़ेपन के दायरे को परिभाषित किया जा सके और पिछड़ापन दूर करने के लिए कदम उठाने की सिफ़ारिश की जा सके। इस तरह से 10 राज्य सरकारों ने

इसके आधार पर 15 आयोग व समितियों का गठन किया। इन राज्यों में आंध्र प्रदेश, बिहार, गुजरात, जम्मू कश्मीर, कर्नाटक, केरल, महाराष्ट्र, पंजाब, उत्तर प्रदेश और तमिलनाडु शामिल हैं। इसके बाद आठ अन्य राज्यों व केंद्र शासित प्रदेशों ने अन्य पिछड़े वर्गों की सूची अधिसूचित की, जिससे कि विभिन्न शैक्षिक, रोज़गार व अन्य लाभ इस वर्ग को दिया जा सके। इन राज्यों में असम, दिल्ली, हरियाणा, हिमाचल प्रदेश, मेघालय, ओडिशा, पुडुचेरी और राजस्थान शामिल हैं। इन राज्य सरकारों व केंद्र शासित प्रदेशों में ज़्यादातर अपनी तरफ़ से तैयार की गई ओबीसी की सूची पर भरोसा करते थे। इसका इस्तेमाल 1944 में तैयार किए गए शिक्षा मंत्रालय की योजना के तहत मैट्रिक के बाद छात्रवृत्ति आदि देने में होता था। इसके अलावा अनुसूचित जाति एवं जनजाति आयुक्त द्वारा पहली पंचवर्षीय योजना का मसौदा तैयार किए जाते समय एक और सूची तैयार की गई थी।[14]

ओबीसी आरक्षण दिए जाने की क़वायदों में कुछ उल्लेखनीय कोशिशें देश भर में हुईं, जिनमें कुछ का उल्लेख किया जा सकता है। आंध्र प्रदेश सरकार द्वारा अप्रैल 1968 में मनोहर प्रसाद की अध्यक्षता में पिछड़ा वर्ग आयोग की नियुक्ति अहम है, जिसने अपनी रिपोर्ट जून 1970 में दी। इस आयोग ने ओबीसी की चार विभिन्न श्रेणियों को चिह्नित किया और प्रोफ़ेशनल कॉलेजों व सरकारी सेवाओं में इनके लिए आरक्षण की सिफ़ारिश की। बिहार सरकार ने जून 1971 में मुंगेरी लाल की अध्यक्षता में पिछड़ा वर्ग आयोग का गठन किया। आयोग ने अपनी रिपोर्ट 1976 में सौंपी। इस आयोग ने 128 समुदायों को 'पिछड़े' के रूप में चिह्नित किया और उनमें से 94 को 'अत्यंत पिछड़े—मोस्ट बैकवर्ड' के रूप में वर्गीकृत किया। गुजरात सरकार ने अगस्त 1972 में पिछड़ा वर्ग आयोग का गठन किया। आयोग के अध्यक्ष ए.आर. बख्शी ने अपनी रिपोर्ट 1976 में पेश की। इस आयोग ने 82 जातियों व समुदायों को सामाजिक व शैक्षणिक रूप से पिछड़े वर्ग के रूप में चिह्नित किया और प्रमुख सिफ़ारिशें कीं।

जम्मू कश्मीर सरकार ने 1956 में सिविल सर्विस कानून अधिसूचित किया, जिसमें अन्य बातों के साथ यह भी प्रावधान था कि राज्य सरकार पिछड़े वर्गों के लिए सरकारी सेवाओं में आरक्षण का प्रावधान कर सकती है। नवंबर 1967 में राज्य सरकार ने गजेन्द्र गडकर समिति की नियुक्ति की। समिति को विभिन्न क्षेत्रों, समुदायों और पिछड़े वर्गों को सरकारी रोज़गार में उचित प्रतिनिधित्व देने को लेकर जाँच करनी थी और इस दिशा में उठाए जाने वाले कदमों के बारे में सुझाव देना था। गजेन्द्र गडकर समिति ने अपनी रिपोर्ट दिसंबर 1968 में दी। आयोग ने सिफ़ारिश

की कि पिछड़े समुदाय को चिह्नित करने के लिए आर्थिक पिछड़ेपन, पेशा, निवास, शिक्षा और जाति (हिन्दुओं के मामले में) को मानक बनाया जाना चाहिए। आयोग ने सिफ़ारिश की कि नौकरियों के बारे में उच्चाधिकार प्राप्त समिति को पड़ताल करनी चाहिए। इन सिफ़ारिशों को देखते हुए जम्मू कश्मीर सरकार ने फरवरी 1969 में पिछड़ा वर्ग समिति का गठन किया। इसके चेयरमैन जे.एन. वजीर थे। समिति ने अपनी रिपोर्ट नवंबर 1969 में पेश की। समिति की सिफ़ारिशों पर अमल करते हुए राज्य सरकार ने 'द जम्मू एंड कश्मीर शेड्यूल्ड कास्ट्स एंड बैकवर्ड क्लासेज (रिज़र्वेशन) रूल, 1970' पेश किया। कुछ कश्मीरी पंडितों द्वारा एक याचिका दायर होने के बाद उच्चतम न्यायालय ने इसमें कुछ ख़ामियाँ चिह्नित कीं और कहा कि इसे प्रभावी बनाए जाने के पहले इन ख़ामियों को दूर किया जाना चाहिए। इस फ़ैसले को देखते हुए राज्य सरकार ने न्यायमूर्ति (डॉ.) आदर्श एस. आनंद समिति का गठन अगस्त 1976 में किया।

कर्नाटक सरकार ने 1960 में पिछड़ा वर्ग समिति गठित की। इसके चेयरमैन डॉ. नागन्ना गौड़ा थे, जिन्होंने अपनी रिपोर्ट मई 1961 में पेश की। इस समिति ने सुझाव दिया कि पिछड़े समुदायों की एक सूची नौकरियों में आरक्षण के लिए और एक और सूची शैक्षणिक छूटों व अनुदानों के लिए होनी चाहिए। इसने सिफ़ारिश की कि प्रोफ़ेशनल व टेक्निकल इंस्टीट्यूशंस में पिछड़े वर्ग के विद्यार्थियों के लिए 50 प्रतिशत आरक्षण की व्यवस्था होनी चाहिए। समिति ने यह भी प्रस्ताव किया कि सरकारी रिक्तियों में पिछड़े वर्ग के अभ्यर्थियों के लिए 45 प्रतिशत सीटें आरक्षित होनी चाहिए। अगस्त 1972 में कर्नाटक सरकार ने पिछड़ा वर्ग आयोग का गठन किया, जिसके अध्यक्ष एल.जी. हावनर थे। आयोग ने अपनी रिपोर्ट नवंबर 1975 में सौंपी। अपने निष्कर्ष में आयोग ने कहा कि जातियों और समुदायों के सामाजिक पिछड़ेपन को जानने के लिए जाति को आधार नहीं बनाया गया है। इसके बजाय आयोग ने आर्थिक, आवासीय और पेशा आदि कई परीक्षण किए, जिनके आधार पर जातियों व समुदायों के सामाजिक पिछड़ेपन का निर्धारण किया गया है।

अन्य पिछड़े वर्गों के लिए केरल सरकार ने तीन समितियों/आयोगों का गठन किया। पहली मूल्यांकन समिति का गठन वी.के. विश्वनाथन की अध्यक्षता में जून 1961 में किया गया। समिति ने अपनी रिपोर्ट अक्टूबर 1963 में पेश की। राज्य सरकार ने एम.पी. दामोदरन की अध्यक्षता में अक्टूबर 1967 में पिछड़ा वर्ग आरक्षण आयोग का गठन किया। आयोग ने जून में अपनी रिपोर्ट पेश की।

पूर्व बॉम्बे राज्य के विभाजन के बाद महाराष्ट्र सरकार ने नवंबर 1961 में

बी.डी. देशमुख की अध्यक्षता में समिति का गठन किया। समिति को नौकरियों में पिछड़े वर्ग को आरक्षण पर सिफ़ारिश करनी थी। समिति ने जनवरी 1964 में अपनी रिपोर्ट पेश की।

पंजाब सरकार ने 1951 में पिछड़ा वर्ग आयोग का गठन किया और आयोग की सिफ़ारिशों के आधार पर 14 जातियों को पिछड़ा माना गया। इनकी पहचान आर्थिक, शैक्षणिक और सामाजिक पिछड़ेपन के आधार पर की गई। आयोग की सिफ़ारिशों के आधार पर नौकरियों में पिछड़े वर्ग के लिए दो प्रतिशत सीटें आरक्षित की गईं। इसी तरह की व्यवस्था शैक्षणिक संस्थानों में प्रवेश को लेकर भी की गई। राज्य सरकार ने 1965 में बृषभान की अध्यक्षता में मूल्यांकन समिति का गठन किया, जिसे पिछड़े वर्ग को दी गईं छूटों की समीक्षा करनी थी। अगस्त 1966 में पेश अपनी रिपोर्ट में समिति ने सिफ़ारिशें पेश कीं।

अक्टूबर 1975 में छेदी लाल साथी की अध्यक्षता में 'अत्यंत पिछड़ा वर्ग आयोग' का गठन किया गया। आयोग ने 1977 में अपनी सिफ़ारिशें दीं। आयोग ने पिछड़े वर्ग को तीन श्रेणियों में विभाजित करने की सिफ़ारिश की और इन तीन श्रेणियों के लिए अलग-अलग रिज़र्वेशन कोटे की सिफ़ारिश की।

मंडल कमीशन के गठन के पहले बग़ैर किसी आयोग के भी कुछ सरकारों ने पिछड़े वर्ग को आरक्षण देने की क़वायद की। हरियाणा ने पिछड़े वर्ग के लिए सरकारी नौकरियों में 10 प्रतिशत आरक्षण, प्रोफ़ेशनल व टेक्निकल इंस्टीट्यूशंस में दो प्रतिशत आरक्षण का प्रावधान किया। हिमाचल प्रदेश ने ओबीसी के लिए सभी पदों पर 5 प्रतिशत सीटें आरक्षित कीं और इसका विस्तार कुछ शैक्षणिक छूटों तक भी किया। असम और पुडुचेरी ने ओबीसी के लिए सरकारी नौकरियों में कोई आरक्षण नहीं किया, लेकिन शैक्षणिक संस्थानों में कुछ आरक्षण मुहैया कराया। राजस्थान, उड़ीसा, मेघालय और दिल्ली ने न तो सरकारी सेवाओं में कोई आरक्षण दिया और न ही शैक्षणिक संस्थानों में। इन राज्यों ने स्कूल फ़ीस, किताबों, मध्याह्न भोजन के मामले में कुछ छूट ज़रूर मुहैया कराई। 1961 में उड़ीसा और दिल्ली दोनों ने ही जाति के आधार पर बनी पिछड़ों की सूची वापस ले ली और पिछड़ेपन के निर्धारण के लिए आर्थिक आधार तय किया।

उधर पिछड़े वर्ग को आरक्षण और अन्य सुविधाएँ देने के लिए लगातार माँग चलती रही। 1965 में पंजाब राव देशमुख की मृत्यु के बाद चौधरी ब्रह्मप्रकाश ऑल इंडिया बैकवर्ड क्लास फ़ेडरेशन के अध्यक्ष बने। दिल्ली के यादव परिवार में जन्मे प्रकाश दिल्ली कांग्रेस के 1951 में सचिव और 1952 में दिल्ली के मुख्यमंत्री रहे

थे। ऑल इंडिया बैकवर्ड क्लास फ़ेडरेशन के अध्यक्ष के रूप में उन्होंने ओबीसी को 60 प्रतिशत आरक्षण की माँग को लेकर ज़ोरदार आंदोलन चलाया।

उत्तर भारत का बिहार राज्य पिछड़े वर्ग को लेकर सक्रिय था, जहाँ राम मनोहर लोहिया के विचार प्रभावी होते जा रहे थे। 1965 के बाद बिहार के कांग्रेस नेता रामलखन सिंह यादव और बी.पी. मंडल के हाथों ओबीसी नेतृत्व आ गया। उन्हें हरियाणा के यादव नेता राव वीरेंद्र सिंह का समर्थन मिला। उत्तर भारत में किसान आंदोलन चला और निम्न वर्ग के संरक्षक के रूप में चौधरी चरण सिंह का भारतीय लोक दल उभरा। चरण सिंह किसानों को आरक्षण देने के समर्थक थे, जो जाति पर आधारित नहीं था। लेकिन चरण सिंह यह भी स्वीकारते थे कि उत्तर प्रदेश की ऊँची जाति वाले ज़मींदार, जो ज़मीन नहीं जोतते, सरकारी नौकरियों में आरक्षण के हक़दार नहीं हो सकते।

लोहिया का आंदोलन 'पिछड़े पावैं सौ में साठ' वाला था। स्पष्ट रूप से लोहिया समर्थकों ने जातीय आधार पर आरक्षण और पिछड़ों की पहचान की वकालत की और बिहार में आरक्षण दिया गया। उस दौर में बिहार के मुख्यमंत्री कर्पूरी ठाकुर ने इस दिशा में उत्तर भारत की राजनीति में उल्लेखनीय काम किए। उन्होंने बहुत कम समय सत्ता में रहते सामाजिक क्रांति की नींव रख दी थी। एक साधारण नाई परिवार में जन्मे ठाकुर की ज़िन्दगी संघर्ष, ईमानदारी और सामाजिक न्याय की लड़ाई की ज़िन्दा मिसाल बन गई। 1967 के चुनाव में ठाकुर के नेतृत्व में संयुक्त सोशलिस्ट पार्टी बड़ी ताकत बनकर उभरी। 1970 में वह बिहार के मुख्यमंत्री बने। 1973-77 के दौरान जयप्रकाश नारायण के नेतृत्व में चले आंदोलन में उन्होंने अहम भूमिका निभाई और 1977 में समस्तीपुर लोकसभा क्षेत्र से सांसद चुने गए। ठाकुर 24 जून 1977 को दोबारा मुख्यमंत्री बने। 1967 में संयुक्त विधायक दल की सरकार में ठाकुर उपमुख्यमंत्री बने। शिक्षा मंत्रालय उन्हें मिला। उस समय विद्यार्थियों को हर महीने जो शुल्क देना पड़ता था, उसकी वजह से ग़रीब परिवारों के बच्चे स्कूल छोड़कर चले जाते थे। ठाकुर ने फ़ीस ख़त्म कर दी। अंग्रेज़ी की अनिवार्यता के कारण किसान मज़दूर परिवार के बच्चों, खासकर लड़कियों की पढ़ाई छूट जाती थी। ठाकुर का मानना था कि अंग्रेज़ी के बग़ैर भी बहुत कुछ सकारात्मक किया जा सकता है और उन्होंने अंग्रेज़ी की अनिवार्यता ख़त्म कर दी। उस दौर में अंग्रेज़ी की अनिवार्यता ख़त्म होने से शिक्षा का ज़्यादा प्रसार हुआ।

कर्पूरी ठाकुर[15] जब 1970 में कुछ समय के लिए मुख्यमंत्री बने तो उन्होंने उन खेतों पर मालगुज़ारी ख़त्म कर दी, जिनसे किसानों को कोई मुनाफ़ा नहीं होता

था। साथ ही पाँच एकड़ से कम जोत पर मालगुज़ारी ख़त्म कर दी गई। 1977 में जब ठाकुर मुख्यमंत्री बने तो उन्होंने 11 नवंबर को मुंगेरी लाल समिति की सिफ़ारिशें लागू कर दीं। पिछड़े वर्ग को सरकारी सेवाओं में 26 प्रतिशत आरक्षण मिलने लगा। हालाँकि इसमें ग़रीब सवर्णों के लिए 3 प्रतिशत, महिलाओं के लिए 3 प्रतिशत और पिछड़े वर्ग के लिए 20 प्रतिशत आरक्षण दिए जाने का प्रावधान था, इसके बावजूद ब्राह्मणवादी–सामंतवादी ताकतें इसे पचा नहीं पाईं। हालाँकि ठाकुर के इस फ़ैसले ने उत्तर भारत में सामाजिक न्याय की नींव का पत्थर रख दिया था।

मंडल आयोग : कानून बनाम मनु

इस बीच चरण सिंह भी अपनी राजनीति कांग्रेस से अलग कर चुके थे। समाजवादियों और चरण सिंह की किसान राजनीति में आरक्षण को लेकर मतभेद बहुत संकुचित था। समाजवादी नेता जहाँ पिछड़े वर्ग की पहचान जाति के आधार पर करने के पक्ष में थे, वहीं चरण सिंह हल की मूठ के आधार पर आरक्षण चाहते थे। 1970 के दशक में उत्तर भारत की राजनीति को बदलने में चरण सिंह और लोहिया समाजवादी एक साथ आ गए और उनके पार्टी मंचों पर पिछड़े वर्ग के लिए 50 प्रतिशत आरक्षण की माँग केंद्र में थी। सबसे प्रसिद्ध माँग बिहार के नेता बिंदेश्वरी प्रसाद मंडल की विशेषकर पिछड़ी जातियों के लिए आरक्षण की माँग थी। चरण सिंह के स्वयं के राजनीतिक मंच से यह माँग कभी नहीं की गई।

दरअसल मुश्किल से ही कोई जानता होगा कि जब चरण सिंह 1979 में मोरारजी देसाई सरकार में गृह मंत्री थे, तब जनता पार्टी सरकार की केंद्रीय कैबिनेट के सामने स्वयं चरण सिंह ने ही यह प्रस्ताव प्रस्तुत किया था कि पिछड़े वर्ग के आरक्षण की रिपोर्ट तैयार कराई जाए और उसे इस सरकार द्वारा लागू किया जाए।

केंद्र में 1977 में जनता पार्टी के शासन में आने के बाद पिछड़े वर्ग को आरक्षण दिए जाने की क़वायद एक बार फिर तेज़ हुई। 20 दिसंबर 1978 को भारत सरकार के तत्कालीन प्रधानमंत्री मोरारजी भाई ने बी.पी. मंडल की अध्यक्षता में चार सदस्यों वाले पिछड़ा वर्ग आयोग के गठन के फ़ैसले की घोषणा संसद के सदन में की। आयोग अपना काम पूरा करता, उसके पहले ही जनता पार्टी की सरकार गिर गई। हालाँकि फिर से इंदिरा गाँधी सरकार बनने के बाद भी आयोग का काम जारी रहा और इंदिरा सरकार ने रिपोर्ट पूरी करने के लिए आयोग के कार्यकाल का विस्तार भी किया।

1980 के लोकसभा चुनाव के पहले चौधरी चरण सिंह ने लोकदल का गठन किया। इसमें राजनारायण, मधु लिमये, रवि राय, कर्पूरी ठाकुर, जॉर्ज फर्नांडिज़,

सतपाल मलिक, देवीलाल, हुकुमदेव नारायण यादव, चंद्रजीत यादव, ब्रह्म प्रकाश चौधरी, और शरद यादव जैसे नेता थे। इसमें जाट के बाद यादव दूसरे नंबर पर ताक़तवर थे। पार्टी ने मंडल कमीशन का समर्थन किया, साथ ही इसका विस्तार कर इसमें किसानों को शामिल करने की भी वकालत की।

मंडल कमीशन रिपोर्ट कांग्रेस सरकार के कार्यकाल में दिसंबर 1980 में सौंपी गई, लेकिन इसे 30 अप्रैल 1982 को संसद में पेश किया गया। यह कांग्रेस की प्राथमिकता में नहीं थी। स्थिति यह थी कि चर्चा के दौरान सदन में बमुश्किल खानापूर्ति थी। इसके पक्ष में लोकदल के सांसद चंद्रजीत यादव बोले। साथ ही रामविलास पासवान ने खुलकर रिपोर्ट के पक्ष में दलीलें दीं, जो ओबीसी न होकर दुसाध जाति के थे, और अनुसूचित जाति में आते थे।

उस समय संसद में लड़ाई क़ानून बनाम मनु बन गई। ऐसे में कांग्रेस नेता और रक्षा मंत्री आर. वेंकटरमन ने संस्कृतिकरण का इस्तेमाल किया और ओबीसी भावनाओं को तुष्ट करने के लिए दलील दी कि हिन्दू संस्कृति मनु में नहीं कृष्ण के *गीता* उपदेश में निहित है, जो यादव थे! उन्होंने आरक्षण का विस्तार आर्थिक रूप से पिछड़े वर्ग तक करने की वकालत की। वहीं रामविलास पासवान ओबीसी आरक्षण 27 प्रतिशत से ज़्यादा किए जाने की माँग कर रहे थे। आख़िरकार कांग्रेस सरकार में तत्कालीन गृहमंत्री ज्ञानी जैल सिंह ने इस रिपोर्ट को जटिल बताते हुए राज्यों के पास उनकी राय के लिए भेज दिया।

सरकार का रुख देखते हुए चरण सिंह ने अपील की कि मंडल कमीशन की सिफ़ारिशें लागू करने के लिए दबाव बनाने हेतु एससी, एसटी और ओबीसी को एक साथ आकर विरोध प्रदर्शन करने की ज़रूरत है। उन्होंने 18 फरवरी 1982 को संसद के निकट बोट क्लब पर बड़ी रैली की।

मंडल कमीशन की सिफ़ारिश प्रधानमंत्री विश्वनाथ प्रताप सिंह ने स्वीकार की। 1989 के लोकसभा चुनाव में जनता दल ने आयोग की सिफ़ारिशों को चुनाव घोषणापत्र में शामिल किया। राष्ट्रपति को रिपोर्ट सौंपे जाने के करीब 8 साल बाद जब जनता दल की सरकार बनी तो विभिन्न राज्यों में पिछड़े वर्ग के नेताओं का प्रभुत्व हुआ। यह माना जा सकता है कि 1989 के लोकसभा चुनाव के बाद जो सरकार बनी थी, वह पिछड़े वर्ग की एकता, उस वर्ग के उभार और उस वर्ग के समर्थन से बनी सरकार थी। कांग्रेस से अलग हुए विश्वनाथ प्रताप सिंह के नेतृत्व में चुनाव हुआ। कांग्रेस की पराजय के बाद भारतीय जनता पार्टी (भाजपा) के समर्थन से विश्वनाथ प्रताप सिंह प्रधानमंत्री बने। इस दौर में उत्तर प्रदेश में मुलायम सिंह

यादव व बेनी प्रसाद वर्मा, बिहार में लालू प्रसाद व नीतीश कुमार ताकतवर रूप से सत्ता में आए थे। 7 अगस्त 1990 को विश्वनाथ प्रताप सिंह ने रिपोर्ट लागू करने की घोषणा की। 10 अगस्त 1990 आयोग की सिफ़ारिशों के तहत सरकारी नौकरियों में आरक्षण की व्यवस्था करने के खिलाफ़ देशव्यापी विरोध प्रदर्शन शुरू हो गया। उधर 13 अगस्त 1990 को मंडल आयोग की सिफ़ारिश लागू करने की अधिसूचना जारी कर दी गई। अगले दिन ही 14 अगस्त 1990 को अखिल भारतीय आरक्षण विरोधी मोर्चे के अध्यक्ष उज्ज्वल सिंह ने आरक्षण प्रणाली के खिलाफ़ सुप्रीम कोर्ट में याचिका दायर की।

25 सितंबर 1991 को नरसिंह राव सरकार ने सामाजिक शैक्षणिक रूप से पिछड़े वर्गों की पहचान की। आरक्षण की सीमा बढ़ाकर 59.5 प्रतिशत करने का फ़ैसला किया गया। इसमें ऊँची जातियों के अति पिछड़ों को भी आरक्षण देने का प्रावधान किया गया। 1 अक्टूबर 1991 को सुप्रीम कोर्ट ने केंद्र सरकार से आरक्षण के आर्थिक आधार का ब्यौरा माँगा। 30 अक्टूबर 1991 को मंडल आयोग की सिफ़ारिशों के ख़िलाफ़ दायर याचिका की सुनवाई कर रही सुप्रीम कोर्ट की संविधान पीठ ने यह मामला नौ न्यायाधीशों की पीठ को सौंप दिया। उस समय आर्थिक आधार पर ऊँची जातियों को आरक्षण देने का फ़ैसला लागू नहीं हो सका।

16 नवंबर 1992 को सुप्रीम कोर्ट ने ऐतिहासिक फ़ैसले में मंडल कमीशन की सिफ़ारिशें लागू करने के फ़ैसले को वैध ठहराया। साथ ही आरक्षण की अधिकतम सीमा 50 प्रतिशत रखने और पिछड़ी जातियों के उच्च तबके को इस सुविधा से अलग रखने का निर्देश दिया। यानी उच्चतम न्यायालय ने पिछड़े वर्ग के क्रीमी लेयर को आरक्षण देने से मना कर दिया। न्यायालय के इस फ़ैसले के बाद 8 सितंबर 1993 को केंद्र सरकार ने नौकरियों में पिछड़े वर्गों को 27 प्रतिशत आरक्षण देने की अधिसूचना जारी की। 20 फ़रवरी 1994 को मंडल आयोग की सिफ़ारिशों के तहत वी. राजशेखर आरक्षण के माध्यम से नौकरी पाने वाले पहले अभ्यर्थी बने। केंद्रीय समाज कल्याण मंत्री सीताराम केसरी ने उन्हें नियुक्ति पत्र सौंपा।[16]

इस समय तक सिर्फ़ सरकारी नौकरियों में ही आरक्षण लागू हो पाया। 2004 में कांग्रेस के नेतृत्व में बनी संयुक्त प्रगतिशील गठबंधन (संप्रग) सरकार में अर्जुनसिंह मानव संसाधन विकास मंत्री बने। उन्होंने केंद्रीय उच्च शिक्षण संस्थानों में पिछड़े वर्ग के आरक्षण का मसला उठाया। इसे लेकर पार्टी के तमाम नेताओं से उनके न सिर्फ़ मतभेद हुए, बल्कि ये ख़बरें आने लगीं कि उन्हें पद से हटाया जा रहा है। अर्जुनसिंह ने 10 अगस्त 2006 को कांग्रेस अध्यक्ष सोनिया गाँधी को पत्र

लिखा और अनुरोध किया कि अन्य पिछड़े वर्ग के आरक्षण से संबंधित विधेयक को वर्तमान सत्र में पारित कराने के लिए आवश्यक कदम उठाएँ। उन्होंने यह भी लिखा कि यदि विधेयक इस सत्र में पारित नहीं हुए तो समाज के कमज़ोर वर्ग में इसका गलत संदेश जाएगा, जिसे आप भी पसंद नहीं करेंगी।

अर्जुनसिंह ने 16 अप्रैल 2006 को सोनिया गाँधी को पत्र लिखकर मंडल-2 लागू करने की सिफ़ारिश की थी। इस बीच यह विवाद हो गया कि इसे लेकर प्रधानमंत्री मनमोहन सिंह व अर्जुनसिंह में मतभेद हैं। उस पर भी अर्जुन सिंह ने सोनिया गाँधी को पत्र लिखकर साफ़ किया कि वह उनके निर्देशों के अनुसार बात करने के लिए ही प्रधानमंत्री से मिले थे।[17]

एक तरफ़ अर्जुनसिंह मंडल-2 लागू करने के लिए कोशिशों में लगे थे, वहीं आरक्षण विरोधी भी उसी रफ़्तार से सक्रिय थे। वे लगातार समाचार पत्रों, लेखों, बयानों के माध्यम से सरकार पर दबाव बनाने की क़वायद और आरक्षण के विरोध में जुटे हुए थे। 12 अप्रैल 2006 को बीबीसी संवाददाता सीमा चिश्ती से बातचीत में जवाहरलाल नेहरू विश्वविद्यालय में प्रोफ़ेसर पुष्पेश पंत ने कहा कि जिन पिछड़ी जातियों ने अब तक शिक्षा को नकारा, उन्हें अब विशेषाधिकार क्यों दिए जाएँ। पंत ने कहा, ''आप हरियाणा और पंजाब का इलाक़ा देख लें, वह सिख हो या जाट, चौड़े से यह कहता है कि पढ़े ब्राह्मण का लड़का, मेरे लड़के को पढ़ने की क्या ज़रूरत है। 10 भैंसें बँधी हैं, 50 लीटर दूध बिकता है, इतने बीघे की खेती है और खाता-पीता संपन्न परिवार है।'' उन्होंने कहा, ''आज जो सारा आकर्षण आरक्षण के लिए दिख रहा है, वह इस कारण नहीं है कि लोगों के मन में शिक्षा के लिए एकाएक कोई प्रेम उपजा है। कारण यह है कि शिक्षा का आरक्षण गारंटी है सरकारी नौकरी के आरक्षण की।''[18]

21 अगस्त 2007 को केंद्रीय मंत्रिमंडल ने उच्च शिक्षा संस्थानों में अनुसूचित जाति, जनजाति और अन्य पिछड़े वर्गों के लिए आरक्षण से संबंधित विधेयक के मसौदे को मंज़ूरी दे दी। विधेयक के तहत आईआईटी और आईआईएम जैसे उच्च शिक्षा संस्थानों, केंद्रीय विश्वविद्यालयों और सरकार की मदद से चलाए जाने वाले शिक्षा संस्थानों में आरक्षण का प्रावधान किया गया। 25 अगस्त 2007 को अर्जुनसिंह ने लोकसभा में इस विधेयक को पेश किया।[19]

सिर मुड़ाते ही ओले पड़े। इस आरक्षण के खिलाफ़ विरोध-प्रदर्शन और याचिका दायर होते ही उच्चतम न्यायालय ने सरकार के आरक्षण देने के फ़ैसले पर

रोक लगा दी, और बाद में केंद्र सरकार के अनुरोध पर इस मामले को संविधान पीठ को सौंप दिया गया।

10 अप्रैल 2008 को दिए गए फ़ैसले में उच्चतम न्यायालय ने उच्च शिक्षण संस्थानों में अन्य पिछड़े वर्गों के लिए 27 प्रतिशत आरक्षण को वैध ठहराया, लेकिन संपन्न लोगों को यानी 'क्रीमी लेयर' इस दायरे से बाहर रखा। पाँच न्यायाधीशों की संवैधानिक पीठ ने अहम फ़ैसले में कहा कि इंडियन इंस्टीट्यूट ऑफ़ इंजीनियरिंग (आईआईटी), भारतीय प्रबंधन संस्थान (आईआईएम) और एम्स जैसे केंद्रीय उच्च शिक्षण संस्थानों में ओबीसी को आरक्षण देने के केंद्र सरकार के फ़ैसले से संविधान का उल्लंघन नहीं होता है।

आरक्षण की इस कड़ी में नरेंद्र मोदी सरकार ने 10 प्रतिशत आर्थिक आरक्षण का प्रावधान कर दिया। संविधान संशोधन द्वारा यह प्रस्ताव किया कि आर्थिक रूप से कमज़ोर (ईडब्ल्यूएस) उन तबके के लोगों को 10 प्रतिशत आरक्षण मिलेगा, जो अन्य संवैधानिक प्रावधानों के तहत आरक्षण नहीं पाते हैं। साफ़ मतलब है कि अगर एससी, एसटी या ओबीसी तबके का विद्यार्थी ग़रीबी के आधार पर ईडब्ल्यूएस आरक्षण का दावा करना चाहे तो उसे यह सुविधा नहीं मिल पाएगी।

सत्ता से निकट होने या किसी क्षेत्र विशेष में कुछ विशेष आर्थिक बदलाव होने, शहरीकरण सहित कुछ कारकों से ओबीसी तबके में जातीय हिसाब से आर्थिक असमानता और उनका सामाजिक प्रभाव कम या ज़्यादा हुआ है। हालाँकि इन विभिन्न जातियों और उनकी टाइटल में काफ़ी समानताएँ रही हैं और इनकी जीवन शैली एक तरह की रही है। स्वाभाविक है कि जिस दौर में जातीय संगठन बने और अंग्रेज़ों से अलग से सुविधाओं की माँग की जा रही थी, जो इन जातियों के लोगों की जीवन शैली में तमाम समानताएँ थीं। इनमें पेशेगत समानताएँ थीं। 2021 में भी यह समानताएँ नज़र आती हैं। उज्जैन के सुरेश यादव का कहना है कि उज्जैन संभाग के देवास, कन्नौद, खातेगाँव, हरदा ज़िले की हरदा तहसील, खंडवा ज़िले की मंडी व हरसूद तहसील, खरगोन ज़िले की सनावद और बड़वाह तहसील में गुर्जर जाति के लोग यादव उपनाम लिखते हैं। नर्मदा क्षेत्र में गवली बहुतायत में यादव उपनाम लिखते हैं। इस तरह से उज्जैन में अहीर, गुर्जर और गवली यादव उपनाम लिखते हैं।

वहीं उत्तर प्रदेश के दिलीप पटेल का कहना है कि पीलीभीत और बरेली में कुछ कुर्मी यदुवंशी टाइटल का इस्तेमाल करते थे। वह उदाहरण देते हुए कहते हैं कि कुर्मी समुदाय के प्रताप नारायण यदुवंशी पीलीभीत से दो बार सांसद रहे। पटेल के मुताबिक इलाक़े के लोगों ने अब यदुवंशी टाइटल लिखना छोड़कर गंगवार

लिखना शुरू कर दिया है और 2019 लोकसभा में बरेली से भाजपा के सांसद संतोष गंगवार चुने गए थे।

अब किसानों को उनके उपज का उचित दाम न मिल पाने, शहरी नौकरीपेशा लोगों व ग्रामीणों की आमदनी में भारी अंतर होने जैसी वजहों से किसानों में बेचैनी है। साथ ही इन किसानों से जुड़े भूमिहीन मज़दूर भी प्रभावित हुए हैं। गाँवों में रह रहे इन तबकों में ज़्यादातर आबादी ओबीसी, एससी और एसटी जातियों की है। पिछले एक दशक में इस तबके ने देश में व्यापक आंदोलन किए हैं, जिनमें पटेलों, मराठों, कापू के आरक्षण की माँग, मध्य प्रदेश और महाराष्ट्र में उपज के उचित दाम व अन्य सुविधाओं को लेकर हुए किसान आंदोलन, नरेंद्र मोदी सरकार द्वारा 2020 में कोरोना के दौर में पारित तीन कृषि कानूनों के खिलाफ़ चला आंदोलन, दलित वर्ग द्वारा उच्चतम न्यायालय के फ़ैसले के बाद अनुसूचित जाति एवं जनजाति उत्पीड़न अधिनियम के ख़ात्मे के ख़िलाफ़ आंदोलन, आरक्षण में हो रही तमाम गड़बड़ियों को लेकर हो रहे छिटपुट आंदोलन शामिल हैं। हालाँकि साझा हित और साझा आंदोलन खड़े होने की संभावना को लेकर हमेशा अनिश्चितता की स्थिति बनी रही है।

संदर्भ सूची

1. 1918 में शाहूजी महाराज द्वारा लॉर्ड साइडेनहाम को दिए गए ज्ञापन में, *इंडियाज़ साइलेंट रिवॉल्यूशन, द राइज़ ऑफ़ द लोकास्ट्स इन नॉर्थ इंडियन पॉलिटिक्स,* लेखक—क्रिटोफेजेफ्रले, पेज–158
2. *फ़ाउंडेशंस ऑफ़ तिलक्स नैशनलिज़्म, डिस्क्रिमिनेशन, एजुकेशन एंड हिन्दुत्व*—परिमालावी. राव पेज 139, 140
3. वही, पेज 143
4. https://hindi.theprint.in/opinion/azam-khans-jauhar-university-library-books-madrasa-aaliya/87990/
5. आर. हार्डग्राव, *द नाडार ऑफ़ तमिलनाडु : द पोलिटिकल कल्चर ऑफ़ ए कम्युनिटी इन चेंज,* बर्कले, यूनिवर्सिटी ऑफ़ कैलिफ़ोर्निया प्रेस। इसका उल्लेख क्रिस्टोफे जैफ्रले ने अपनी पुस्तक *इंडियाज़ साइलेंट रिवॉल्यूशन* में किया है।
6. *द शेड्यूल्ड कास्ट इन मॉडर्न इंडियन पॉलिटिक्स : देयर इमर्जेंस ऐज़ ए पॉलिटिकल पॉवर,* लेखक–एस.के. गुप्त
7. *जाति व्यवस्था और पितृसत्ता,* ई.वी. रामासामी नायकर
8. *तमिल रिवाइवलिज़्म इन द 1939,* ईएफ इरशिक, पेज 23, इसका उल्लेख *इंडियाज़ साइलेंट रिवॉल्यूशन, द राइज़ ऑफ़ द लो कास्ट्स इन नॉर्थ इंडियन पॉलिटिक्स,* लेखक- क्रिटोफे जेफ्रले, पेज–172 में किया गया है।
9. *इंडियाज़ साइलेंट रिवॉल्यूशन, द राइज़ ऑफ़ द लो कास्ट्स इन नॉर्थ इंडियन पॉलिटिक्स,* लेखक- क्रिटोफे जेफ्रेले, 2014
10. जब हमारा प्रांत मुख्य रूप से कृषि प्रधान है और बहुत बड़ी संख्या में सरकारी कर्मचारियों का काम कृषि विभाग या उस प्रशासन विभाग में पड़ता है, जो केवल ग्रामीण वर्गों के कल्याण के लिए समर्पित है। जबकि सार्वजनिक रोज़गार अब लगभग पूरी तरह से ग़ैर कृषि या शहर वासियों के पास या उनके पास है, जो ग़रीब किसानों पर रोब जमाते हैं। फलस्वरूप वो कृषकों की परेशानियों के साथ कोई सहानुभूति नहीं रखते या उनकी आवश्यकताओं की कद्र नहीं कर सकते। चूँकि ये किसान ही हैं, जिनका प्रांत के राजस्व में 80 प्रतिशत योगदान है, पार्टी की राय है कि सरकार को कुशलता का पूरा सम्मान करते हुए, सरकारी रोज़गार में कम–से–कम 50 प्रतिशत रोज़गार वास्तविक खेत जोतने वालों के बच्चों या उनके आश्रितों को देने की गारंटी देनी चाहिए, ताकि प्रांत के प्रशासन में किसान अपना उचित हिस्सा पा सकें और सरकार के उद्देश्य और प्रयोजन बेहतर तरीके से पूरे हो सकें। यह अप्रैल 1939 को कांग्रेस की कार्यकारी समिति को भेजे गए प्रस्ताव में उल्लिखित है, जिस पर चरण सिंह के हस्ताक्षर हैं। *एन इंडियन पॉलिटिकल लाइफ़ : चरण सिंह एंड कांग्रेस पॉलिटिक्स, 1937 टु 1961,* लेखक–पॉल आर ब्रास, पृष्ठ–68
11. सार्वजनिक सेवा में प्रवेश के लिए प्रतियोगी परीक्षाओं के स्वीकरण/ अंगीकरण की शुरुआत पहले ही अनुसूचित जातियों और किसानों के बेटों के लिए सीट आरक्षित कर सही दिशा में की जा चुकी है। लेकिन अभी तक आरक्षण बहुत कम रहा है। फिर ईसाइयों, सिखों व

दूसरे अल्पसंख्यकों के लिए भी आरक्षण है। हमारे प्रांत में सरकारी नौकरियों में कुछ सीटें अल्पसंख्यक समुदाय के रूप में मुस्लिमों के लिए भी आरक्षित हैं। लेकिन यह आरक्षण कमोबेश जाति पर आधारित रहे हैं। अगर ऐसे आरक्षणों की संख्या बढ़ाई भी जाए तो भी समस्या का समाधान नहीं होगा। समाज तभी उन्नति करेगा, जब हर वर्ग के लोगों को बराबर मौके उपलब्ध कराए जाएँ। निश्चित समुदायों के लिए सीटें आरक्षित करने के पीछे पिछड़े वर्ग के लोगों को तरक्की मुहैया कराने का सिद्धांत है। यह वहाँ तक सही है, जहाँ तक ये चलता है। लेकिन गाँवों में रहने वाली जनता को इससे न के बराबर फ़ायदा हुआ है। इसलिए हमें वे रास्ते और माध्यम सोचने होंगे, जिनसे कृषक, जोकि प्रांत की जनसंख्या का बहुत बड़ा भाग है, और हमारे देश के दूसरे प्रांतों के कृषक भी लाभान्वित होने चाहिए। चरण सिंह ने यह लेख 1946 में लिखा था। *एन इंडियन पॉलिटिकल लाइफ़ : चरण सिंह एंड कांग्रेस पॉलिटिक्स, 1937 टु 1961*, लेखक–पॉल आर ब्रास, पृष्ठ–68

12. सिद्धांतवादी तर्क कर सकते हैं कि करियर केवल और केवल प्रतिभा के आधार पर तय होना चाहिए। चूँकि किसी भी वर्ग के पक्ष में आरक्षण से दक्षता प्रभावित होगी, क्योंकि यह सबसे अच्छे व्यक्तियों को आने से रोकेगा। प्रजातंत्र का सार है कि सभी व्यक्तियों के साथ केवल गुणवत्ता के आधार पर बर्ताव किया जाए... इत्यादि। ऐसे लोगों को हमारा उत्तर है कि प्रतिभा केवल अकादमिक और किताबी ज्ञान में ही निहित नहीं होती। व्यक्तियों को सबसे अच्छे से जाँचा जाए या केवल उस काम के संबंध में, जिसे करने की उनसे अपेक्षा है, न कि केवल एक निश्चित सैद्धांतिक एक समान स्तर के प्रश्नपत्रों के सवाल–जवाब के संदर्भ में। और जब सार्वजनिक रोज़गार के मामलों में व्यक्तियों के साथ बराबरी का व्यवहार करने की बात आती है तो समाज या लोकतांत्रिक सरकार द्वारा अपने अंतर्गत सभी व्यक्तियों को शिक्षा और उन्नति के समान अवसर प्रदान करने के बाद ही बराबरी की बात होनी चाहिए। यह साफ़तौर पर अन्याय होगा कि लोगों के बहुत बड़े जन समूह को उन्नति व ज्ञानोदय के अवसर नहीं दिए गए और फिर लोक प्रशासन से उनके बाहर होने को इस आधार पर न्यायसंगत ठहराया जाता है कि वे अयोग्य हैं। एक समान अकादमिक मापदंड किसी कारण से केवल तभी उपलब्ध हो सकते हैं, जब समान सुविधाएँ प्रदान की जाएँ। *एन इंडियन पॉलिटिकल लाइफ़ : चरण सिंह एंड कांग्रेस पॉलिटिक्स, 1937 टु 1961*, लेखक–पॉल आर. ब्रास, पृष्ठ–81
13. https://www.constitutionofindia.net/constitution_assembly_debates/volume/9/1949-08-23
14. मंडल कमीशन रिपोर्ट, भाग–1 अध्याय 2
15. कर्पूरी ठाकुर (24 जनवरी 1924 – 17 फरवरी 1988)का जीवन बहुत संघर्षपूर्ण रहा है। उनका जन्म समस्तीपुर ज़िले के पितौझिया गाँव में हुआ। पटना से 1940 में उन्होंने मैट्रिक परीक्षा पास की। बहुत मुश्किलों से हाई स्कूल तक की पढ़ाई की और वह स्वतंत्रता आंदोलन में कूद पड़े। उस समय बिहार कई तरह के आंदोलनों का केंद्र था। स्वामी सहजानंद सरस्वती के नेतृत्व में किसानों का मुक्ति संघर्ष चल रहा था। उसी दौर में पिछड़े वर्ग के लिए काम करने वाला त्रिवेणी संघ भी सक्रिय था। जय प्रकाश नारायण ने पटना में 1934 में कांग्रेस सोशलिस्ट पार्टी की स्थापना की थी. 1939 तक भारतीय कम्युनिस्ट पार्टी ने भी बिहार में

सक्रियता बढ़ा दी थी। कांग्रेस तो लगातार बनी हुई थी, जिसकी शुरुआत महात्मा गाँधी के सत्याग्रह आंदोलन से हुई थी।

कर्पूरी ठाकुर ने उस दौर में समाजवाद का रास्ता चुना। 1942 में गाँधी के असहयोग आंदोलन में हिस्सा लिया। इसके एवज में 26 महीने तक भागलपुर कैंप जेल में रहे और 1945 में रिहा हुए। ठाकुर धीरे-धीरे समाजवादी आंदोलन के चेहरे बन गए, जिसका मकसद सिर्फ़ अंग्रेज़ों को सत्ता से हटाना ही नहीं, बल्कि समाज की तमाम तरह की जातीय और सामाजिक विषमता दूर करना था। 1948 में ठाकुर आचार्य नरेंद्र देव और जयप्रकाश नारायण द्वारा स्थापित सोशलिस्ट पार्टी के प्रदेश मंत्री बने। 1952 में भारतीय गणतंत्र के पहले आम चुनाव में वह 28 साल की उम्र में ताजपुर क्षेत्र से विधानसभा के लिए चुने गए।

दक्षिण भारत में जो महत्त्व पेरियार रामासामी नायकर और अन्नादुरै का है, वैसा ही महत्त्व उत्तर भारत में कर्पूरी ठाकुर का है। राम मनोहर लोहिया उस समय समाजवाद के प्रयोग में जुटे थे, लेकिन ठाकुर उनके साथ नहीं थे। 1964 में लोहिया की सोशलिस्ट पार्टी और ठाकुर की प्रजा सोशलिस्ट पार्टी का विलय हुआ और संयुक्त सोशलिस्ट पार्टी (संसोपा) बनी। उसी समय यह नारा चला, 'संसोपा ने बाँधी गांठ, पिछड़े पावें सौ में साठ'। यह उत्तर भारत में नई समाजवादी राजनीति थी, जिसने ब्राह्मणवादी, सामंतवादी ताकतों को हिला दिया था। उन्होंने वंचितों के हक में न सिर्फ़ काम किया, बल्कि उनका मनोबल भी बढ़ाया, जिसकी वजह से वह ब्राह्मणवादी ताकतों की हर तरह की हिंसा के शिकार बने थे। ठाकुर के खिलाफ़ तमाम अपमानजनक नारे गढ़े गए, जो सामंत वर्ग की उनके प्रति घृणा को दर्शाता है।

नक्सलवाड़ी कहाँ से आई, कर्पूरी की माई बियाई।
पिछड़ी जाति कहाँ से आई, कर्पूरी की माई बियाई।
आरक्षण कहाँ से आई, कर्पूरी की माई बियाई।
कर्पूरी कर्पूरा, छोड़ गद्दी, थाम अस्तुरा।

इन नारों के बीच 1978 में कर्पूरी ठाकुर सरकार ने सिंचाई विभाग में 17,000 पदों के लिए आवेदन मँगाए। इसके सप्ताह भर बीतते उनकी सरकार गिर गई। यह चर्चा होती है कि पहले सिंचाई विभाग में बैक डोर से बहाली हो जाती थी, उसके बाद नौकरी स्थायी कर दी जाती थी। ठाकुर ने खुली भर्ती निकाल दी, जिससे समाज के हर तबके को नौकरी पाने का मौका मिल सके। कहा जाता है कि यह सरकारी व्यवस्था पर कुंडली मारकर बैठे वर्ग को मंजूर नहीं था और कर्पूरी सरकार गिरा दी गई।

कर्पूरी सामाजिक न्याय के सजग योद्धा सिर्फ़ प्रशासनिक फ़ैसलों में ही नहीं रहे। 1977 में जब वह मुख्यमंत्री थे तो नगर निगम के एक सफ़ाई कर्मी ठकैता डोम की पुलिस हिरासत में मौत हो गई। ठाकुर ने इस मामले की लीपापोती न करके पुलिस की गलती मानी। ठकैता को ख़ुद पुत्रवत मुखाग्नि दी।

उनके बारे में एक यह भी किस्सा आम है कि मुख्यमंत्री रहते उनके पिता को गाँव के मनबढ़ सामंतों ने अपमानित किया। ज़िलाधिकारी अपराधियों पर कार्रवाई करना चाहते थे। कर्पूरी ने उन्हें यह कहते रोक दिया कि यह हर गाँव में हो रहा है और एक व्यक्ति के खिलाफ़

कार्रवाई करने के बजाय इसे हर गाँव में रोके जाने की ज़रूरत है।

कर्पूरी ठाकुर ऐसे उपाय चाहते थे, जिससे गाँव-गाँव में ब्राह्मणवादी-सामंतवादी व्यवस्था की जड़ें सूख जाएँ। बिहार में उन्होंने एक सीमा तक ऐसा कर दिखाया था। 1980 में जब राज्य में नक्सलवाड़ी आंदोलन ने जड़ें जमाईं तब भी कर्पूरी ठाकुर के खिलाफ़ नारे बने। ग़रीब गुरबों को लेकर कर्पूरी ठाकुर की प्रतिबद्धता के पुरस्कार के रूप में उन्हें सामंतवादियों की घृणा तोहफ़े में मिली थी। https://www.prabhatbooks.com/mahan-karmayogi-jannayak-karpuri-thakur-vol-1.htm)

16. http://www.bbc.com/hindi/regionalnews/story/2005/09/050908_mandal_cronology.shtml
17. *अर्जुन सिंह, एक सहयात्री इतिहास का,* लेखक रामशरण जोशी राजकमल प्रकाशन, 2009 पेज 388-389
18. http://www.bbc.com/hindi/regionalnews/story/2006/04/060412_reservation_analysis.shtml
19. http://www.bbc.com/hindi/regionalnews/story/2006/08/060825_reservation_parliam_intro.shtml

आरक्षण किसके लिए और क्यों

> हमारा यह दावा कभी नहीं रहा है कि ओबीसी अभ्यर्थियों को कुछ हज़ार नौकरियाँ देकर हम देश की कुल आबादी के 52 प्रतिशत पिछड़े वर्ग को अगड़ा बनाने में सक्षम होंगे। लेकिन हम यह निश्चित रूप से मानते हैं कि यह सामाजिक पिछड़ेपन के खिलाफ़ लड़ाई का ज़रूरी हिस्सा है, जो पिछड़े लोगों के दिमाग में लड़ी जानी है। भारत में सरकारी नौकरी को हमेशा से प्रतिष्ठा और ताकत का पैमाना माना जाता रहा है। सरकारी सेवाओं में ओबीसी का प्रतिनिधित्व बढ़ाकर हम उन्हें देश के प्रशासन में हिस्सेदारी की तत्काल अनुभूति देंगे। जब एक पिछड़े वर्ग का अभ्यर्थी कलेक्टर या वरिष्ठ पुलिस अधीक्षक होता है तो उसके पद से भौतिक लाभ उसके परिवार के सदस्यों तक सीमित होता है। लेकिन इसका मनोवैज्ञानिक असर बहुत व्यापक होता है। पूरे पिछड़ा वर्ग समाज को लगता है कि उसका सामाजिक स्तर ऊपर उठा है। भले ही पूरे समुदाय को ठोस या वास्तविक लाभ नहीं मिलता है, लेकिन उसे यह अनुभव होता है कि उसका 'अपना आदमी' अब 'सत्ता के गलियारे' में पहुँच गया है। यह उसके हौसले व मानसिक शक्ति को बढ़ाने का काम करता है।
>
> —बिंध्येश्वरी प्रसाद मंडल[1]

वंचित वर्ग को सहूलियतें देकर उन्हें मुख्य धारा में लाने की क़वायद हर लोककल्याणकारी राज्य करता है। समाजवादी से लेकर पूँजीवादी और राजतंत्र से लेकर लोकतंत्र तक हर तरह के शासन में और विश्व के हर देश में वंचित समाज को सुविधाएँ देकर उनका जीवन स्तर सुधारने की क़वायद होती है। किसी भी समाज में सरकार को चुनने के पीछे जनता का मक़सद यही होता है कि वह सरकार एक ऐसी सामाजिक व्यवस्था तैयार करे, जिससे उस सरकार के तहत आने वाले भौगोलिक क्षेत्र में रह रहे मानवों, पशु-पक्षियों, पर्यावरण आदि का भला हो सके, उनमें बेहतरी आ सके।

इसमें हर शासन प्रणाली की लोक कल्याण या आम, वंचित नागरिकों को सुविधाएँ देने और उनकी ज़िन्दगी में सुकून लाने का अपना तौर-तरीक़ा होता है। उन

तौर-तरीकों को ही लोकतांत्रिक व्यवस्था के तहत राजनीतिक दल चुनावी घोषणापत्र में लेकर जनता के बीच जाते हैं। चुनाव के पहले वादे करते हैं, लोककल्याण के अपने एजेंडे को जनता के सामने रखते हैं और वोट यानी जनता का समर्थन माँगकर सत्ता में आने की कोशिश करते हैं।

आरक्षण के कई रूप होते हैं। आपने देखा होगा कि सरकारी बसों में दो सीटें सांसद, विधायक के लिए आरक्षित होती थीं। संभव है कि अब भी किसी सरकारी बस में यह लिखा हुआ मिल जाए कि अमुक सीट सांसद, विधायक स्वतंत्रता संग्राम सेनानी के लिए आरक्षित है। यह सीट अब कई तरह से बेमानी हो गई है। सांसद विधायक अब बहुत अमीर होते हैं। चुनाव लड़ने का ख़र्च इतना बढ़ चुका है कि कल्पना ही नहीं की जा सकती कि सामान्य बसों में यात्रा करने वाला व्यक्ति सांसद या विधायक बनेगा। इसी तरह से देश की स्वतंत्रता को सात से अधिक दशक पूरे होने जा रहे हैं और सेनानी भी कोई उस सीट पर बैठने वाला नहीं मिलेगा। साथ ही सबसे अहम बात यह है कि अब बसों की संख्या भी पर्याप्त है और आवागमन के साधनों में निजी कारों से लेकर तमाम सुविधाएँ बढ़ी हैं, जिसकी वजह से बस में सांसद, विधायक, स्वतंत्रता संग्राम सेनानी के लिए आरक्षित सीट बेमानी हो गई है। हाँ, महिलाओं, बुज़ुर्गों व विकलांगों को अभी भी ऐसी सीटों की ज़रूरत पड़ती है, जिनके लिए सरकारें इंतज़ाम करती हैं।

इसी तरह मेट्रो ट्रेनों का उदाहरण लिया जा सकता है। मेट्रो ट्रेन की जो प्रणाली है, उसमें खड़े रहकर यात्रा करने की व्यवस्था अधिक है। कुछ ही सीटें होती हैं। उनमें से कई सीटें महिलाओं, वृद्ध व बीमार लोगों के लिए आरक्षित होती हैं। इसके अलावा कुछ सीटों पर लिखा होता है कि अगर कोई ज़रूरतमंद हो तो इस सीट की पेशकश कर दें। यह स्थिति तभी आती है, जब संसाधन पर्याप्त न हों और किसी विशेष ज़रूरतमंद के लिए विशेष इंतज़ाम करने की ज़रूरत पड़े।

हम हवाईजहाज़ से लेकर लंबी दूरी की रेलगाड़ियों तक में आरक्षण की व्यवस्था देख सकते हैं। आरक्षण के दो प्रयोजन होते हैं। पहला, जगह कम है और ज़रूरतमंद ज़्यादा। ऐसे में पहले से आरक्षण करा लेने के प्रावधान किए जाते हैं। दूसरा, इन सेवाओं का संचालन कर रही कंपनी अपनी सुविधा देखती है कि जितने यात्री हैं, उसके मुताबिक हवाई जहाज़ उड़ा दिए जाएँ। अगर पहले से आरक्षण रहेगा तो कंपनी इसका इंतज़ाम कर सकती है लेकिन अगर हवाईअड्डे पर अचानक ज़्यादा लोग पहुँच जाएँ तो कंपनी कुछ नहीं कर सकती। इन वजहों से आरक्षण किया जाता है।

भारत के वंचित तबके को मुख्य धारा में शामिल करने के लए सामाजिक एवं

शैक्षणिक आधार पर आरक्षण बनाम आर्थिक आरक्षण की लड़ाई भारत में स्वतंत्रता से पहले से चलती रही है। संपन्न तबका हमेशा से आर्थिक आरक्षण के पक्ष में रहा है। वहीं वंचित तबका शासन-प्रशासन में प्रतिनिधित्व की माँग करता रहा है और उसका तर्क यह रहा है कि उसे जातीय आधार पर अलग-थलग कर दिया गया। उनके लिए जाति के आधार पर काम निर्धारित कर दिया गया। और जाति का निर्धारण जन्म के आधार पर होता है। इस ऐतिहासिक गड़बड़ी की वजह से बड़ी आबादी, सत्ता, शासन-प्रशासन, सेना सहित तमाम तरह के रोज़गारों से वंचित हुई और शोषण का शिकार हुई। एससी, एसटी, ओबीसी के लिए प्रशासनिक पद या बेहतरीन शिक्षा केवल रोज़गार का साधन नहीं, बल्कि समाज में सम्मानजनक तरीके से जीने का ज़रिया है।

स्वतंत्रता के पहले से शासन-प्रशासन के लिए जितने भी आरक्षण किए गए, जातीय आधार पर किए गए। इसकी वजह यह है कि यह रेल, बस या हवाई जहाज़ वाले आरक्षण से अलग मामला है। रेल, बस, हवाई जहाज़ 18वीं सदी के बाद की सेवाएँ हैं और विदेश से आई हैं। इसमें जातीय आधार पर भेदभाव नहीं किया जाता और जाति के आधार पर लोगों ने इस पर सदियों से क़ब्ज़ा नहीं जमाया है। इसके विपरीत प्रशासन व शिक्षा में जातीय आधार पर सदियों से क़ब्ज़ा बना हुआ है। इसकी बड़ी वजह यह है कि शासन, प्रशासन व शिक्षा कुछ जाति विशेष तक समेट दी गई थी। यह सार्वजनिक नहीं थी कि हर जाति वाला व्यक्ति शिक्षा प्राप्त कर सकता था।

इन ऐतिहासिक तथ्यों को देखते हुए हमारे संविधान निर्माताओं ने मूल अधिकार में यह प्रावधान किया कि अगर सरकार पाती है कि कोई वर्ग, समुदाय का सामाजिक व शैक्षणिक रूप कमज़ोर है और उसे उचित प्रतिनिधित्व नहीं मिला है, तो सरकार विशेष प्रावधान कर उनके लिए विशेष इंतज़ाम कर सकती है।

इसके बावजूद यह विवाद बना रहा है कि सामाजिक या शैक्षणिक रूप से प्रतिनिधित्व नहीं है, इसे किस तरीक़े से तय किया जाए? क्या जातीय समूह में सामाजिक और शैक्षणिक पिछड़ापन देखा जाए तो यह जाति पर आधारित आरक्षण नहीं हो जाएगा? तमाम क़वायदों के बाद यह पाया गया कि भारत में जाति के अलावा पहचान का कोई और तरीक़ा नहीं है, जिससे सामाजिक और शैक्षणिक रूप से पिछड़े वर्ग की पहचान हो सके और उनके शासन-प्रशासन में प्रतिनिधित्व होने या न होने के बारे में जानकारी हासिल की जा सके। अपवंचन का मूल जातीय घृणा में रहा है, जातीय आधार पर लोगों को सुविधाओं से वंचित किया गया है।

ऐसे में जातीय आधार पर शासन-प्रशासन और अध्ययन में हिस्सेदारी देकर उचित प्रतिनिधित्व का समुचित इंतज़ाम किया जा सकता है।

हालाँकि बीच-बीच में आर्थिक आधार पर नौकरियों व शिक्षण संस्थानों में आरक्षण देने का मसला उठा, लेकिन यह कुछ तर्कों के बाद ही ख़ारिज़ होता रहा। मसलन क्या आर्थिक आधार पर आरक्षण करने से ग़रीबी ख़त्म की जा सकती है? अगर आरक्षण आर्थिक आधार पर है, तो सबसे पहला हक़ सबसे ग़रीब को मिलना चाहिए। ऐसे में क्या रेलवे स्टेशन या मंदिर के सामने या किसी डिब्बे में तेल रखकर गेरुआधारी भिखारी को हम आईएएस अधिकारी बनाएँगे? इसका श्रेणीकरण किस तरह से होगा? क्या ग़रीबी के आधार पर इस तरह मूल्यांकन किया जा सकता है कि रेलवे स्टेशन के भिखारियों की एक श्रेणी होगी, धार्मिक आधार पर त्योहारों में गेरुआ पहनकर भीख माँगने वालों की एक श्रेणी होगी, मंदिरों के सामने बैठकर भीख माँगने वालों की एक श्रेणी होगी? किस तरह के भिखारी को हम प्राथमिकता देकर उनकी ग़रीबी दूर करना चाहते हैं? इन सब सवालों के बाद आर्थिक आधार पर आरक्षण की माँग बेमानी साबित हो जाती है। यह सामने आता है कि आर्थिक आधार पर आरक्षण माँगने वालों का अपना स्वार्थ यह है कि बग़ैर आरक्षण वाली सीटों पर भी उन्हीं की जाति के लोग काबिज़ हो जाएँ और आरक्षण वाली सीटों पर भी उन्हीं की जाति के लोग आएँ। इसका ग़रीबी-अमीरी से दूर-दूर तक कोई मतलब नहीं है।

दरअसल सरकारी सेवाओं व नौकरियों में आरक्षण, नौकरी देने या किसी को आर्थिक रूप से मज़बूत करने की योजना के तहत नहीं लाया गया। हज़ारों जातियों में बँटे भारतीय समाज में महज़ 15 प्रतिशत आबादी वाली जातियों ने देश की सभी सम्मानजनक जगहों पर क़ब्ज़ा जमा लिया था। इस क़ब्ज़े को तोड़ने के लिए क़वायद की गई कि समाज की शेष 85 प्रतिशत आबादी को भी शासन-प्रशासन, पढ़ाई-लिखाई में जगह दी जाए, जिन पर जातिवादी लोगों ने गिरोह बनाकर क़ब्ज़ा कर रखा है।

100 साल से भी अधिक समय से चल रहे तमाम तर्कों और संविधान निर्माताओं द्वारा आर्थिक आधार को ख़ारिज़ किए जाने के बावजूद भारतीय जनता पार्टी (भाजपा) के नेतृत्व वाली सरकार ने 8 जनवरी 2019 को सवर्णों के लिए आर्थिक आधार पर[2] 10 प्रतिशत आरक्षण का प्रावधान कर दिया। यह भी क़वायद की जाने लगी कि क्रीमी लेयर की आमदनी की शर्तों में बदलाव कर ओबीसी आरक्षण को पूरी तरह आर्थिक आधार पर कर दिया जाए। यह दिखाने की कोशिश की जा रही है कि आरक्षण तो रोज़गार का साधन है, न कि प्रतिनिधित्व का मसला।

आरक्षण की ज़रूरत

हकीकत यह है कि अगर भारत में 100 प्रतिशत रोज़गार हो जाए, उसके बावजूद समाज के 85 प्रतिशत वंचित तबके को आरक्षण देने की ज़रूरत होगी। भारत के जाति आधारित समाज में यह संभव नहीं है कि शीर्ष पदों पर क़ब्ज़ाधारी जातियाँ वंचितों को वहाँ तक पहुँचने देंगी। ओबीसी आरक्षण लागू हुए करीब 30 साल होने को हैं। इसके बावजूद अभी विश्वविद्यालयों और तमाम संस्थानों से ख़बरें[3] आती रहती हैं कि ओबीसी का 27 प्रतिशत कोटा नहीं भरा। अनुसूचित जाति व जनजाति के लोगों को भी 'पात्र अभ्यर्थी नहीं मिले' यह दिखाकर सीटें सामान्य की जाती रहीं, जिसके कारण उनका 22.5 प्रतिशत कोटा कभी नहीं भर पाया। इसके बावजूद यह तर्क दिया जाने लगा है कि औद्योगीकरण या 100 प्रतिशत रोज़गार मिलने से जातीय भेदभाव ख़त्म हो सकता है और ऐसी स्थिति में आरक्षण की ज़रूरत नहीं रहेगी।

भारत में अपना आदमी का खेल निराला है। यह किसी से छिपा हुआ नहीं है कि आज भी थानेदार या एसएसपी की जाति बहुत मायने रखती है। जब इन पदों पर किसी जाति विशेष का क़ब्ज़ा होता है तो अन्य लोगों को न्याय पाने में मुश्किलों का सामना करना पड़ता है। साफ़ है कि अगर सबको न्याय देना है तो शासन-प्रशासन में वंचित तबके का प्रतिनिधित्व बढ़ाना होगा।

भारत में जाति आधारित समाज है और यह जीवन के हर स्तर पर प्रभावी है। ऐसे में यह विचार करना ज़रूरी है कि अगर 100 प्रतिशत या 200 प्रतिशत रोज़गार मिल जाए, तो क्या दशकों व सदियों से मलाईदार पदों पर जातीय आधार पर क़ब्ज़ा जमाकर बैठे लोगों से छुटकारा मिल जाएगा? निश्चित रूप से इसका जवाब नहीं में आता है, भले ही एक व्यक्ति के पास दो नौकरियाँ करने को क्यों न हों यानी वह एक छोड़े और दूसरी नौकरी उसके लिए तैयार हो। शीर्ष पदों पर संख्या बहुत सीमित होती है। वह अगर जातीय गिरोहबंदी से भरी जाएँगी तो निश्चित रूप से उन 15 प्रतिशत का क़ब्ज़ा शीर्ष पर बरकरार रहेगा, जो पहले से ही उन पदों पर काबिज़ हैं। खासकर न्यायालय के उदाहरणों से पता चलता है कि वहाँ कुछ ही परिवारों के लोग लंबे समय से काबिज़ होते आ रहे हैं।

इलाहाबाद उच्च न्यायालय के लखनऊ पीठ के न्यायमूर्ति रंगनाथ पांडेय ने 1 जुलाई 2019 को प्रधानमंत्री नरेंद्र मोदी को पत्र लिखकर कहा कि उच्च एवं उच्चतम न्यायालय दुर्भाग्यवश वंशवाद और जातिवाद से बुरी तरह ग्रस्त हैं, जहाँ न्यायाधीशों के परिवार का सदस्य होना ही अगला न्यायाधीश होना सुनिश्चित करता है। चयन की कसौटियाँ जातिवाद और परिवारवाद हैं।[4]

निजी क्षेत्र के मलाईदार पदों पर भी यही होने लगा है। यहाँ तक कि सिस्को कंपनी के मामले में कई लेख लिखे गए और इस बात का तीखा विरोध किया गया कि भारतीय जहाँ नियोक्ता पदों पर पहुँच जाते हैं, वहाँ जमकर भाई-भतीजावाद[5] चलाते हैं। ऐसे में भारत में यह कल्पना करना मुश्किल है कि भारत जैसे जातिवादी देश में 100 प्रतिशत रोज़गार की स्थिति में भी वंचित तबके के लोग उन पदों पर पहुँच पाएँगे, जहाँ सम्मानजनक पद व रोज़गार मिलता है।

आरक्षण का आर्थिक आधार : एक विवेचना

इसमें ग़ौर करने वाली बात यह भी है कि आर्थिक आधार पर आरक्षण से किसी को कोई लाभ नहीं मिलने वाला है। सरकारी नौकरियों की संख्या महज़ दो प्रतिशत के लगभग बची हैं। ऐसे में यह कल्पना कर लेना कि आर्थिक आधार पर नौकरियाँ दिए जाने से ग़रीब तबका अमीर हो जाएगा, यह शेख चिल्ली के क़िस्से जैसा है।

आर्थिक आधार पर आरक्षण से प्रतिनिधित्व की समस्या का भी समाधान नहीं निकलेगा। कल्पना कीजिए कि आईएएस की 100 सीटें हैं। इनमें से 50 सीटें खुली प्रतिस्पर्धा से कर दी जाएँ और 50 सीटें आर्थिक आधार पर आरक्षित कर दी जाएँ। ऐसे में शीर्ष पर बैठे जातिवादी लोग खुली प्रतिस्पर्धा में 50 सीटों पर सामान्य सवर्णों की नियुक्ति कर लेंगे और 50 प्रतिशत सीटों पर ग़रीब सवर्ण रख लिए जाएँगे। शासन सत्ता से वंचित देश की 85 प्रतिशत आबादी को आर्थिक आधार पर आरक्षण के बावजूद भी आईएएस की एक भी सीट नहीं मिल पाएगी। वहीं 100 सीटों पर कब्ज़ा कर लेने के बावजूद ग़रीब सवर्णों को बेकारी या ग़रीबी से भी मुक्ति नहीं मिलेगी, क्योंकि करोड़ों की संख्या में ग़रीब सवर्ण बेरोज़गार घूम रहे हैं।

देश के विकास के लिए यह ज़रूरी है कि 100 प्रतिशत आबादी में से योग्य लोगों को चुना जाए। सामाजिक और शैक्षणिक रूप से पिछड़े वर्ग को आरक्षण दिए बग़ैर यह संभव नहीं हो पाएगा कि जिन जातियों को सैकड़ों साल से शासन-प्रशासन से वंचित रखा गया है और कथित रूप से निम्न कार्यों में लगाया गया है, उन्हें मलाईदार जगहें मिल सकें। ऐसे में भारत में 100 प्रतिशत रोज़गार की स्थिति में भी आरक्षण की ज़रूरत बनी रहेगी।

हाल के वर्षों में आरक्षण को लेकर तरह-तरह के झूठ फैलाए गए। यह काम कथित रूप से बड़े-बड़े विद्वानों द्वारा किया गया, जिनके लेख बड़े अख़बारों में प्रकाशित होते हैं। नरेंद्र मोदी के प्रधानमंत्री बनने के बाद जिस तरह से मिशन के रूप में एक के बाद एक क्रमबद्ध रूप से झूठ फैलाने वाले लेख लिखे गए, इससे

आरक्षण को लेकर आरएसएस और उसके राजनीतिक दल भारतीय जनता पार्टी की सोच का पता चलता है।

कुछ और झूठ

एशियन एज अख़बार में 4 सितम्बर 2015 को 'डिवाइड एंड सर्व' शीर्षक से पूर्व एडिशनल सॉलिसिटर जनरल ऑफ़ इंडिया ने एक लेख लिखा। इसमें यह साबित करने की कोशिश की गई कि अंग्रेज़ों ने बाँटो और राज करो नीति के तहत आरक्षण की खोज की। इसके अलावा कहा जाता है कि वोट के भूखे राजनेताओं ने आरक्षण शुरू किया। यह भी तर्क आता है कि 1950 में भारत का संविधान लागू होने के बाद आरक्षण का प्रावधान किया गया। जबकि हक़ीक़त इससे इतर है।[6] भारत में सबसे पहले कोल्हापुर में आरक्षण दिया गया, जिसकी पहल 1902 में कोल्हापुर के शासक शाहूजी महाराज ने की। उसके बाद मैसूर के महाराजा ने मई 1921 में आरक्षण दिया। तीसरा नाम मद्रास प्रेसिडेंसी का आता है, जो मौजूदा तमिलनाडु और आंध्रप्रदेश, केरल के उत्तरी हिस्से और कर्नाटक के कुछ हिस्से से बना था। सितंबर 1921 में जस्टिस पार्टी ने सत्ता में आने के बाद ब्राह्मण एकाधिकार तोड़ने के लिए मद्रास प्रेसिडेंसी में आरक्षण का प्रावधान किया। उसके बाद 1931 में बॉम्बे प्रेसिडेंसी में आरक्षण का प्रावधान किया गया। बॉम्बे प्रेसिडेंसी के बाद त्रावणकोर का नाम आता है जहाँ महाराजा ने 1935 में आरक्षण का प्रावधान किया था और उसके बाद कोचीन के महाराजा ने भी इसी तरह के क़दम उठाए। इस तरह से देखें तो स्वतंत्रता के पहले ही दक्षिणी प्रायद्वीप के हर इलाक़े में आरक्षण का प्रावधान किया जा चुका था।

आरक्षण के प्रावधान में पिछड़े वर्ग की परिभाषा के अंतर्गत न सिर्फ़ वे लोग आते थे, जो अनुसूचित जाति और जनजाति से हैं बल्कि तमाम वे लोग भी शामिल थे, जो अब सामाजिक व शैक्षणिक रूप से पिछड़े वर्ग में शामिल किए गए हैं। भारत में आरक्षण का प्रावधान सामाजिक रूप से संवेदनशील शासक राजाओं द्वारा किया गया। स्थानीय रूप से चल रहे सामाजिक आंदोलनों को देखते हुए राजाओं ने ये कदम उठाए, जिसमें यह कहा जा रहा था कि कुछ जातियों का एकाधिकार हो गया है और शासन-प्रशासन में उन लोगों को हिस्सेदारी मिलनी चाहिए, जिन्हें इससे बाहर रखा गया है।

सीबीआई के निदेशक जोगिंदर सिंह ने 7 सितंबर, 2015 को अपने लेख 'पंडोराज ओपन बॉक्स ऑफ़ कास्ट बेस रिज़र्वेशन'[7] में यह बताने की कोशिश की कि संविधान में सिर्फ़ अनुसूचित जाति और अनुसूचित जनजाति के लिए आरक्षण का

प्रावधान किया गया। वह इतने पर ही नहीं रुकते। सिंह ने लिखा कि शेष लोगों को 1990 में राजनेताओं द्वारा आरक्षण के दायरे में लाया गया। वह उच्चतम न्यायालय के आदेश का हवाला देते हुए कहते हैं कि अगर शीर्ष न्यायालय ने 50 प्रतिशत से ज़्यादा आरक्षण देने पर रोक नहीं लगाई होती तो 100 प्रतिशत आरक्षण हो जाता। जोगिंदर सिंह लिखते हैं कि 1979 में मंडल कमीशन से आरक्षण का इतिहास शुरू होता है। ओबीसी आरक्षण को मंडल कमीशन की उपज बताना लेखक की साजिश, मूर्खता, धूर्तता या अज्ञान कुछ भी हो सकता है। हक़ीक़त इससे इतर है।

प्रतिष्ठित अंग्रेज़ी अख़बार द *हिन्दू* में 'रीथिंकिंग रिज़र्वेशन एंड डेवलपमेंट' शीर्षक से 31 अगस्त, 2015 को इंदिरा हिरवे ने एक लेख[8] में लिखा कि आरक्षण की नीति एक अस्थाई प्रावधान के तहत लाई गई और हमारे संविधान ने अनुसूचित जाति व अनुसूचित जनजाति के लिए 1950 में 10 साल के लिए आरक्षण का प्रावधान किया। उन्होंने आगे लिखा है कि पिछले 6-7 दशक से इसे लगातार बढ़ाया जा रहा है और यह अब देश की राजनीति में स्थायी बन गया है। दरअसल यह लेख गुजरात में पाटीदारों के आरक्षण की माँग के दौरान लिखा गया और नौकरियों व शिक्षा में आरक्षण के मसले पर केंद्रित था।

द *हिन्दू* बहुत प्रतिष्ठित अख़बार माना जाता है। तमाम विद्यार्थी इसे प्रतियोगी परीक्षा की तैयारियों के लिए पढ़ते हैं। अन्य अख़बारों की तुलना में इसकी ख़बरें और लेख ज़्यादा विश्वसनीय माने जाते हैं। लेकिन अख़बार ने यह झूठ बड़े ज़ोर-शोर से फैलाया कि अनुसूचित जाति व जनजाति के लिए 10 साल के आरक्षण का प्रावधान संविधान में किया गया। यह स्पष्ट नहीं किया गया कि 10 साल के लिए आरक्षण का प्रावधान किस जगह के लिए किया गया है।

अगर द *हिन्दू* की लेखिका को संविधान का प्राथमिक ज्ञान भी होता तो वह ऐसे लेख न लिखतीं। साथ ही अख़बार का संपादन करने और लेख छापने वालों ने भी संविधान की प्राथमिक शिक्षा नहीं पाई थी, ऐसा लगता है। संविधान में पिछड़े वर्ग को अनुच्छेद 340 (1), अनुच्छेद 15 (4), अनुच्छेद 16 (4) में एस.सी., एस.टी. के साथ ही चिह्नित किया गया है।

2021 में मराठा आरक्षण पर सुनवाई के दौरान तरह-तरह की प्रतिक्रियाएँ न्यायालय ने दीं। इस बीच भारत के पूर्व राजदूत विश्व बैंक के ट्रेज़री प्रोफ़ेशनल रहे जैमिनी भगवती ने आरक्षण को कोसते हुए एक लेख 23 मार्च, 2021 को *बिज़नेस स्टैंडर्ड* अख़बार में लिखा।[9] इसमें भगवती ने लिखा कि आरक्षण अगर 50 प्रतिशत से ऊपर जाता है तो यह ज़्यादा विभाजनकारी और आर्थिक रूप से आपदा होगा।

आरक्षण को कोसना जातीय या वर्गीय हित से जुड़ा स्वार्थ होगा या लेखक की अपनी राय हो सकती है। लेकिन भगवती ने भी बार-बार की जा रही तथ्यात्मक गलती को अपने लेख में दोहराते हुए कहा कि आरक्षण का प्रावधान 10 साल के लिए किया गया था। साथ ही इस तथ्य पर भी ध्यान नहीं दिया जाता कि 50 प्रतिशत से ज़्यादा आरक्षण अगर आर्थिक-सामाजिक रूप से आपदा है तो दक्षिण के राज्य इस आपदा को झेलते हुए उत्तर भारत के राज्यों से आगे कैसे हैं, जहाँ स्वतंत्रता के पहले से ही 50 प्रतिशत से ज़्यादा आरक्षण है? तमिलनाडु तमाम मानकों पर उत्तर के राज्यों से आगे है, जबकि ग़ैर आरक्षणवाले राज्य रहे यूपी, बिहार, मध्य प्रदेश, उड़ीसा जैसे राज्यों को बीमारू राज्य कहा जाता रहा है। इन बीमारू राज्यों में 50 प्रतिशत आरक्षण की आपदा 1990 तक नहीं थी और 22.5 प्रतिशत अनुसूचित जाति और जनजाति आरक्षण ही लागू था और कुछ राज्यों में इतना आरक्षण भी नहीं मिलता था।

भारत में सामाजिक व शैक्षणिक रूप से पिछड़ेपन व अछूत होने की वजह से वंचित लोगों के लिए तीन श्रेणी के आरक्षण हैं। पहला, सरकारी नौकरियों में आरक्षण का प्रावधान किया गया है। दूसरा, शैक्षणिक संस्थानों में आरक्षण का प्रावधान किया गया है। तीसरा, लोकसभा और राज्यों की विधानसभाओं में आरक्षण का प्रावधान किया गया है। इसमें से सिर्फ़ तीसरे, यानी लोकसभा और राज्यों की विधानसभाओं में 10 साल के आरक्षण का प्रावधान है। यही वह आरक्षण है, जिसे संसद में हर दस साल पर कई दशक से बढ़ाया जाता रहा है, जबकि इसे बढ़ाने की माँग कभी कोई नहीं करता है।

इस राजनीतिक आरक्षण के खिलाफ़ बामसेफ के संस्थापक कांशीराम ने बाकायदा एक किताब लिखी है, *चमचा युग*। इसमें उन्होंने दिखाया है कि राजनीतिक आरक्षण के कारण किस तरह से नेता नहीं बल्कि इन वर्गों में चमचे[10] पैदा हो रहे हैं। कोई भी दलित संगठन नहीं चाहता है कि विधानसभा और लोकसभा में अनुसूचित जाति या जनजाति के लिए आरक्षण का प्रावधान किया जाए। इसकी वजह यह है कि उन आरक्षित सीटों पर सिर्फ़ अनुसूचित जाति के कैंडीडेट होते हैं और जातीय घृणा की मानसिकता लिए मतदाता उसी कैंडीडेट को चुनने में प्राथमिकता देते हैं, जो उनकी सबसे ज़्यादा चमचागीरी करे और दलितों का विरोध करे। इसका परिणाम यह हुआ है कि ब्राह्मण-बनिया की पार्टी कही जाने वाली भारतीय जनता पार्टी ज़्यादातर आरक्षित सीटों पर चुनाव जीत जाती है, क्योंकि न सिर्फ़ सवर्ण बल्कि पिछड़े वर्ग के लोग भी आरक्षित सीटों पर भाजपा के प्रत्याशी को मतदान कर देते हैं, जिससे ऐसा प्रत्याशी चुना जा सके, जो दलितों से अधिकतम घृणा करता हो।

आरक्षण और मेरिट

रिज़र्वेशन को लेकर यह भ्रम फैलाया जाता है कि इससे मेरिट यानी योग्यता की मौत हो जाती है। इस तरह के पक्षपाती आरोपों को दक्षिण भारत के अनुभव ख़ारिज़ करते हैं, जहाँ उत्तर भारत की तुलना में 60-70 साल पहले से ही आरक्षण का प्रावधान किया गया था। दक्षिण के प्रायद्वीपीय इलाक़े सभी मानकों पर शेष भारत से ऊपर हैं, चाहे वह विकास का मसला हो, या लोक कल्याण का। दक्षिण में यह अनायास नहीं हो गया है। वहाँ की बड़ी आबादी को शासन-प्रशासन में हिस्सेदारी मिली और लोगों ने यह अनुभव किया कि यह देश उनका है, देश के शासन-प्रशासन में उनकी भी हिस्सेदारी है। आरक्षण के माध्यम से आबादी के बड़े हिस्से को शासन-प्रशासन में हिस्सेदार बनाया गया और एक जाति विशेष से हटकर पूरी आबादी में से काबिल और योग्य प्रशासक खोजे गए। यह प्रक्रिया उत्तर भारत में अमूमन 1990 में मंडल कमीशन की सिफ़ारिशें लागू करने के बाद शुरू हुई।

आरक्षण को ग़रीबी से जोड़ने की क़वायद भारत के स्वतंत्र होने के बाद तेज़ हो गई। पहले पिछड़ा वर्ग आयोग में शामिल सवर्ण सदस्यों का झुकाव इस तरफ़ था कि आरक्षण ग़रीबी के आधार पर होना चाहिए, ख़ासकर इसके अध्यक्ष काका साहेब कालेलकर ने तो जातीय आधार पर आरक्षण के विरोध में रिपोर्ट सौंपते समय ऐसी टिप्पणी लिखी कि संसद में उस रिपोर्ट पर चर्चा ही नहीं हो सकी। आरक्षण के माध्यम से कुछ नौकरियाँ देकर ग़रीबी उन्मूलन नहीं किया जा सकता है, यह राजाओं से लेकर इस समय के लोकतांत्रिक शासकों को पता है। इसके बावजूद निहित जातीय स्वार्थों के कारण बार-बार यह मसला उठता रहता है कि आरक्षण का आधार ग़रीबी होना चाहिए।

आरक्षण बेरोज़गारी दूर करने का ज़रिया भी नहीं है। बेरोज़गारी ज़्यादा-से-ज़्यादा नौकरियों के सृजन से ही दूर हो सकती है। इसका किसी समुदाय विशेष या देश की बेरोज़गारी से कोई मतलब नहीं है। रोज़गार पाने के साधन के रूप में आरक्षण दिया जाना, इसके सिद्धांतकारों की सोच कभी नहीं रही है।

आरक्षण की व्यवस्था गवर्नेंस व प्रशासन में आए असंतुलन को दुरुस्त करने के लिए की गई। कोल्हापुर के राजा शाहूजी महाराज के प्रशासन में 90 प्रतिशत से ज़्यादा ब्राह्मण अधिकारी व कर्मचारी थे। इसे देखते हुए अन्य जातियों के लिए उन्होंने अपने प्रशासन की नौकरियों में कुछ जातियों को छोड़कर शेष के लिए 50 प्रतिशत आरक्षण का प्रावधान किया था।

यह असंतुलन भारत में मौजूद जाति व्यवस्था के कारण आया है। भारत में

सैकड़ों जातियाँ हैं, जिनके कर्म का निर्धारण उनके पैदा होते ही हो जाता है। उन्हें अपने निर्धारित कर्म के अलावा किसी दूसरे रोज़गार व पेशे में जाने का मौका ही नहीं दिया जाता था। इसे देखते हुए पठन-पाठन से लेकर प्रशासन में भागीदारी देने की क़वायद की गई।

प्रशासन में जाति असंतुलन का दुष्परिणाम यह हुआ कि तमाम जातियों को विभिन्न साधनों व सुविधाओं से वंचित कर दिया गया। 1882 में हंटर कमीशन की रिपोर्ट में यह सामने आया कि अगर कोई दलित बच्चा स्कूल में पढ़ने जाता है तो रास्ते में उसकी पिटाई हो जाती है और उसे घर वापस जाने को मजबूर किया जाता है।

केवल कोल्हापुर ही नहीं, अंग्रेज़ों द्वारा शासित तमाम राज्यों व राजाओं द्वारा शासित अन्य राज्यों में भी प्रशासन पर जाति विशेष का क़ब्ज़ा था। सरकार की नौकरियों में अनुसूचित जाति, जनजाति और पिछड़े वर्ग के लोग नहीं थे। यहाँ तक कि कुछ राज्यों में तो ग़ैर-ब्राह्मण उच्च जातियाँ भी नहीं थीं। इस तरह से राज्य की सेवाओं में ब्राह्मणों का करीब-करीब एकाधिकार था या कुछ जगहों पर ग़ैर-ब्राह्मण उच्च जातियाँ जैसे राजपूत-ठाकुर, कायस्थ, करण, सीकेपी, खत्री, वैश्य-बनिया, कम्मा और रेड्डी, नैयर, नट्टूक्कोट्टाई, चेट्टियार, वेल्लार काबिज़ थीं। इसकी वजह से बड़े पैमाने पर लोगों ने कोल्हापुर, मैसूर, त्रावणकोर और कोचीन के राजाओं के सामने शांतिपूर्ण विरोध-प्रदर्शन किए और चुनाव होने पर इसकी प्रतिक्रिया में मद्रास में जस्टिस पार्टी को चुना।

इंडियन एक्सप्रेस अख़बार में संपादक पद पर बैठकर मंडल कमीशन के खिलाफ़ आंदोलन चलाने वाले अरुण शौरी (उनके सहकर्मियों के मुताबिक इन्हीं आरोपों के बाद शौरी को पद से हटाया गया था) ने *वर्शिपिंग फ़ाल्स गॉड* नाम से किताब लिखकर यह बताने की कोशिश की कि अनुसूचित जाति व जनजाति को जो सुविधाएँ मिल रही हैं, उसमें डॉ. भीमराव अंबेडकर की भूमिका नगण्य है। यह भी शौरी द्वारा फैलाया गया एक सफ़ेद झूठ है। 1943 में अंबेडकर की पहल पर राष्ट्रीय स्तर पर अनुसूचित जाति के लिए आरक्षण का प्रावधान किया गया। अंबेडकर वायसरॉय की कार्यकारी परिषद में सदस्य के रूप में शामिल हुए। वायसरॉय को आरक्षण का प्रावधान करने के लिए मनाया और कार्यकारिणी के कुछ सदस्यों द्वारा इसके खिलाफ़ दी जा रही सलाहों का खंडन किया। इसके बाद अनुसूचित जाति के लिए आरक्षण के प्रावधान के साथ मैट्रिक के बाद स्कॉलरशिप योजना और ओवरसीज़ स्कॉलरशिप योजना लागू हुई और स्वतंत्रता के बाद अनुसूचित जनजाति के लिए भी इस प्रावधान को विस्तार मिला।

स्वतंत्रता के पहले की आरक्षण व्यवस्था बाद में भी संविधान ने अपनाई और अनुसूचित जाति और जनजाति के लिए आरक्षण का प्रावधान किया गया। इस समय तीन श्रेणियों को आरक्षण मिलता है। पहला—अनुसूचित जाति, जिन्हें दलित के रूप में जाना जाता है। दूसरा—अनुसूचित जनजाति, जिन्हें आमतौर पर आदिवासी के रूप में जाना जाता है। तीसरा—सामाजिक और शैक्षणिक रूप से पिछड़ा वर्ग या अन्य पिछड़ा वर्ग।

पिछड़ा वर्ग कौन है?

पिछड़े वर्ग को लेकर झोल है। सामान्यतया ओबीसी को अदर बैकवर्ड कास्ट यानी अन्य पिछड़ी जाति के रूप में प्रचारित किया जाता है। साथ ही अन्य पिछड़े वर्ग की व्याख्या में टीवी चैनलों की बहसों, अख़बारों की ख़बरों में सामाजिक और आर्थिक रूप से पिछड़ा कहकर ज़बरदस्ती उसमें आर्थिक आधार घुसेड़ा जाता है, जबकि संविधान में स्पष्ट रूप से लिखा गया था, सामाजिक और शैक्षणिक रूप से पिछड़ा वर्ग। मंडल कमीशन रिपोर्ट में उत्तर प्रदेश में गिरि, पुरी और गोसाईं को पिछड़े वर्ग में रखा गया है, जिन्हें समाज में ब्राह्मण के रूप में मान्यता है और कई बार ब्राह्मण उन्हें आरक्षण वाले बाबा कहकर चिढ़ाते भी हैं। ओबीसी आरक्षण में भारत के हर वर्ण के लोग आते हैं, जो मंडल कमीशन रिपोर्ट तैयार किए जाते समय तय किए गए मानकों के मुताबिक सामाजिक और शैक्षणिक रूप से पिछड़े पाए गए थे। इसके बावजूद कुछ भ्रम बार-बार फैलाए जाते हैं, जैसे कि ओबीसी आरक्षण जाति पर आधारित है, जबकि इससे इतर विभिन्न जातियों में सामाजिक और शैक्षणिक स्तर की जाँच की गई और जिन भी जातियों को सामाजिक और शैक्षणिक रूप से पिछड़ा पाया गया, उन्हें अन्य पिछड़े वर्ग में जगह दे दी गई।

संविधान के प्रावधानों के मुताबिक उपरोक्त के अलावा किसी अन्य सामाजिक वर्ग को आरक्षण नहीं दिया जा सकता था। सामाजिक वर्गों के अलावा तार्किक रूप से वर्गीकृत कुछ लोगों को आरक्षण दिया गया है, जैसे महिलाएँ और शारीरिक रूप से विकलांग। यह श्रेणी हर सामाजिक वर्ग में है। उच्चतम न्यायालय ने इन आरक्षणों को हॉरिजेंटल आरक्षण में रखा है, यानी कि जिस श्रेणी की महिला या विकलांग होगा, उस श्रेणी में उसे आरक्षण दे दिया जाता है। मंडल कमीशन की सुनवाई के बाद फ़ैसले में उच्चतम न्यायालय ने तीन सामाजिक श्रेणियों में मिल रहे आरक्षण को वर्टिकल आरक्षण में रखा है।

संविधान में कहीं भी ग़रीबों या आर्थिक रूप से पिछड़े वर्ग के लिए आरक्षण का प्रावधान नहीं था। संविधान ने ऐसे किसी वर्ग की पहचान नहीं की थी। ग़रीबी

के आधार पर भारत में न तो किसी को शासन–प्रशासन से वंचित किया गया है और न ही किसी तरह की छुआछूत ग़रीबी के आधार पर है। इसकी वजह से संविधान निर्माताओं ने ग़रीबी को सरकारी सेवाओं और शिक्षण संस्थानों में आरक्षण का आधार नहीं बनाया।

नौकरियों व शिक्षण संस्थानों में आरक्षण देने के लिए जिन्हें चिह्नित किया गया, उसका ठोस आधार है। अनुसूचित जाति का चयन मुख्य रूप से अछूत होने के आधार पर किया गया। कई प्रेसिडेंशियल ऑर्डर के माध्यम से समाज की अछूत जातियों को अनुसूचित जाति के रूप में चिह्नित किया गया। इसमें प्रावधान किया गया है कि अनुसूचित जाति की सूची में किसी को जोड़ने, किसी को बाहर करने या कोई संशोधन कर किसी को प्रवेश देने का काम केवल संसद द्वारा क़ानून बनाकर ही किया जा सकता है। 'अनुसूचित जाति' का दर्जा किसी सरकार, नेता, दल या समुदाय की उदारता के आधार पर किसी को नहीं दिया जा सकता है। इसके लिए निश्चित प्रावधान संभवत: इसीलिए किया गया है कि आरक्षण पाने की ललक में समय–समय पर तमाम जातियाँ अनुसूचित जाति में शामिल होने की क़वायद करती हैं।

मंडल कमीशन रिपोर्ट में तमाम जातियों को शामिल करते हुए यह कहा गया था कि उन जातियों को अनुसूचित जाति की श्रेणी में रखे जाने की ज़रूरत है, क्योंकि अनुसूचित जाति की सूची बनते समय उल्लिखित जातियाँ छूट गई हैं और वे अछूत होने के बावजूद लाभ पाने से वंचित हैं।

संविधान के मुताबिक अगर कोई समुदाय, जो अनुसूचित जाति की सूची में नहीं है और उसमें शामिल होना चाहता है तो उसे निश्चित तौर पर यह साबित करना पड़ता है कि वह सामाजिक अछूत होने का शिकार है। यह निश्चित रूप से संबंधित राज्य सरकार द्वारा तथ्यों के आधार पर प्रमाणित करना होता है और उसके बाद भारत के महापंजीयक की नृविज्ञान शाखा इस दावे की जाँच करती है। जब राज्य सरकार और महापंजीयक यह प्रमाणित कर देते हैं कि संबंधित जाति अछूत है और सामाजिक न्याय एवं अधिकारिता मंत्रालय भी इससे संतुष्ट हो जाता है तो मामला आगे बढ़ाकर संसद में ले जाया जाता है और कानूनी तौर पर उस समुदाय को अनुसूचित जाति में शामिल कर लिया जाता है।

इसी तरह से अनुसूचित जनजाति की पहचान के लिए भी एक निश्चित मानक तैयार किए गए। इसमें उन समूहों को शामिल किया गया है, जो समाज से अलग–थलग बहुत ही असुरक्षित और कमज़ोर स्थिति में रहने को बाध्य होते हैं। यानी इनका आवास सामान्य नहीं होता। इसमें तमाम घुमंतू जातियों और जंगली इलाक़ों

में रहने वाले लोगों को शामिल किया गया है। पूर्वोत्तर और हिमाचल, उत्तराखंड के पहाड़ी इलाक़ों में तमाम इलाक़ों को ही जनजाति क्षेत्र घोषित किया गया है और उन इलाक़ों में रहने वाले सभी लोगों को जनजाति का दर्जा दिया गया है। अनुसूचित जनजाति में किसी समुदाय को शामिल करने की वही प्रक्रिया है, जो अनुसूचित जाति के लिए है।

अनुसूचित जाति में जहाँ कोई जाति या उपजाति होती है, अनुसूचित जनजाति में एक जाति नहीं हो सकी। किसी भी राज्य का कोई समुदाय अगर ट्राइब में शामिल किए जाने की माँग करता है तो उसे यह साबित करना होता है कि वह ट्राइब है। और उसके बाद उसे ट्राइब के मानदंडों को पूरा करने के साक्ष्य देने होते हैं, जिससे उस समुदाय को शेड्यूल्ड ट्राइब यानी अनुसूचित जनजाति में शामिल किया जा सके। देश के तमाम पर्वतीय इलाक़ों को ट्राइब क्षेत्र घोषित किया गया है और वहाँ निवास करने वाले कुलीन ब्राह्मणों व क्षत्रियों को अनुसूचित जनजाति में आरक्षण का लाभ मिलता है। ऐसे इलाक़ों में उत्तराखंड का जौनसार बावर इलाक़ा शामिल है, जहाँ के निवासी जाने माने गायक जुबिन नौटियाल हैं।

समय-समय पर विभिन्न राज्यों की सरकारें कुछ जातियों व समुदायों को अनुसूचित जाति व जनजाति में शामिल किए जाने के लिए अभियान चलाती हैं और बयान देती हैं, जबकि उन जातियों या समुदायों में ऐसा कुछ नहीं होता, जिससे उन्हें अनुसूचित जाति या अनुसूचित जनजाति के मानदंड में माना जाए। यह विशुद्ध रूप से राजनीतिक क़वायद होती है, जिसमें सत्तासीन दल या विपक्ष के लोग किसी समुदाय को अपने पक्ष में रिझाने की कोशिश करते हैं।

सबसे ज़्यादा विवाद अन्य पिछड़े वर्ग को लेकर है। सत्ता में बैठे ज़िम्मेदार लोग भी इस वर्ग को लेकर तमाम भ्राँतियाँ पाले रहते हैं। ओबीसी को अन्य पिछड़ा 'वर्ग' की जगह अन्य पिछड़ी 'जाति' कह देना आम बात है। इसके अलावा संविधान में सामाजिक एवं शैक्षणिक (सोशल एंड एजुकेशनल) रूप से पिछड़े वर्ग की बात की गई है, जिसे लिखे या कहे जाते वक्त जानबूझकर या साजिशन सामाजिक एवं आर्थिक (सोशल एंड इकोनॉमिक) रूप से पिछड़ा वर्ग कह दिया जाता है।

मंडल आयोग के मानक

मंडल कमीशन ने जब ओबीसी के चयन के लिए मानक तैयार किए तो उसके ठोस वैज्ञानिक आधार बनाए गए कि किस तरीके से किसी समुदाय को सामाजिक एवं शैक्षणिक रूप से पिछड़ा माना जाए। प्रोफ़ेसर एम.एन. श्रीनिवास की अध्यक्षता में विशेषज्ञों के एक दल ने 16 जुलाई से 20 जुलाई 1979 तक दिल्ली में बैठक

की। उसके बाद सामाजिक और शैक्षणिक फ़ील्ड सर्वे के लिए पूरी डिज़ाइन तैयार की गई, जिसमें अनुसूचियों, डमी तालिकाओं, दिशा-निर्देशों आदि को डाला गया था। इसने यह भी पाया कि भारतीय संदर्भ में इस तरह की सामूहिकता जाति अन्य वंशानुगत समूह हो सकता है, जो एक-दूसरे से परंपरागत रूप से पेशे के आधार पर जुड़े हुए हैं और उन्हें निम्न जाति माना जाता है। वे शैक्षणिक रूप से पिछड़े हुए भी हैं और उनकी आमदनी भी कम है।

मंडल कमीशन ने सामाजिक और शैक्षणिक रूप से पिछड़ेपन की जाँच के लिए 11 संकेतकों या मानदंडों का निर्धारण किया। ये 11 संकेतक तीन व्यापक समूहों—सामाजिक, शैक्षणिक और आर्थिक में रखे गए। ये निम्नवत हैं—

1. सामाजिक मानकों में यह तय किया गया कि जाति/वर्ग को अन्य लोग सामाजिक रूप से पिछड़ा मानते हों।
2. जाति/वर्ग मुख्य रूप से आजीविका के लिए शारीरिक श्रम पर निर्भर हो।
3. जाति/वर्ग में राज्य के औसत की तुलना में कम-से-कम 25 प्रतिशत महिलाओं और 10 प्रतिशत पुरुषों का विवाह ग्रामीण इलाक़ों में 17 साल से कम उम्र में और शहरी इलाक़ों में कम-से-कम 10 प्रतिशत महिलाओं और 5 प्रतिशत पुरुषों का विवाह 17 साल से कम उम्र में हुआ हो।
4. जाति/वर्ग में कामकाजी महिलाओं का औसत, राज्य की औसत कामकाजी महिलाओं की तुलना में कम-से-कम 25 प्रतिशत ज़्यादा हो।

शैक्षणिक मानकों में यह तय किया गया कि जाति/वर्ग, जिनमें 5 से 15 साल की उम्र के बच्चों के स्कूल न जाने का औसत राज्य के इस उम्र में स्कूल न जाने वाले बच्चों का कुल औसत इनकी तुलना में 25 प्रतिशत ज़्यादा हो। जाति/वर्ग जिनमें 5 से 15 साल के बच्चों के स्कूल छोड़ने की दर राज्य के औसत से 25 प्रतिशत ज़्यादा हो। जाति/वर्ग जिनमें मैट्रीकुलेशन का औसत राज्य की औसत की तुलना में 25 प्रतिशत कम हो। आर्थिक मानकों में यह तय किया गया कि जाति/वर्ग, जिनके परिवार की औसत संपत्ति राज्य के औसत से 25 प्रतिशत नीचे हो। जाति/वर्ग, जहाँ कच्चे मकान में रहने वाले परिवारों की संख्या के औसत की तुलना में राज्य के औसत से कम-से-कम 25 प्रतिशत ज़्यादा हो। जाति/वर्ग, जिनके 50 प्रतिशत परिवारों के पेयजल का स्रोत आधे किलोमीटर से ज़्यादा दूरी पर हो। जाति/वर्ग, जो राज्य के औसत की तुलना में कम-से-कम 25 प्रतिशत ज़्यादा कर्ज़दार हो।

इन तीनों समूहों के संकेतकों को अलग-अलग अधिभार दिए गए। सभी सामाजिक संकेतकों में प्रत्येक को 3 अंक, शैक्षणिक संकेतकों को 2 अंक और

आर्थिक संकेतकों को 1 अंक दिए गए। सामाजिक और शैक्षणिक संकेतकों के साथ आर्थिक संकेतकों को भी महत्त्वपूर्ण माना गया, क्योंकि वे सीधे तौर पर सामाजिक और शैक्षणिक पिछड़ेपन से जुड़े हैं। इससे यह दिखाने में भी मदद मिलती है कि जो सामाजिक व शैक्षणिक रूप से पिछड़े हुए हैं, वे आर्थिक रूप से भी पिछड़े हुए हैं।

तमाम साफ़ और तार्किक प्रावधानों के बावजूद ओबीसी आरक्षण को लेकर तमाम तरह के भ्रम पैदा किए गए। सुरजीत एस. भल्ला ने 14 जून, 2013 को 'ओबीसी कोटा : ब्लाइंड ओवरसाइट'[11] नाम से लेख लिखा, जिसमें उन्होंने कहा कि कॉलेज या रोज़गार में ओबीसी आरक्षण के लिए कोई नैतिक, दार्शनिक या आर्थिक आधार नहीं है। भल्ला ने यह दिखाने की क़वायद की कि ग़ैर मुस्लिम ओबीसी की आबादी एन.एस.एस.ओ. के 1999-2000 के आँकड़ों के मुताबिक महज़ 32 प्रतिशत है, न कि 52 प्रतिशत, जैसा कि दावा किया जाता है। हालाँकि भल्ला प्रजाति के विद्वानों ने कभी भी जाति जनगणना का समर्थन नहीं किया, जिससे वह आबादी को लेकर इस तरह की हवाई फ़ायरिंग न कर सकें।

2014 में भारतीय जनता पार्टी के केंद्र में सत्ता में आते ही सुरजीत भल्ला और जोश में आ गए। उस दौरान ऑक्सस इन्वेस्टमेंट में चेयरमैन और ऑब्ज़रवेटरी ग्रुप में सीनियर इंडिया एनलिस्ट भल्ला ने 2015 में ओबीसी आरक्षण के विरोध में 'कास्ट रिज़र्वेशंस : हाफ़ प्रेग्नेंट कांस्टीट्यूशन, हाफ़ प्रेग्नेंट स्टेट'[12] नाम से 14 पृष्ठों का शोध पत्र लिख डाला। उन्होंने उन तमाम अवधारणाओं को एक झटके में ख़ारिज़ कर दिया, जिसमें मंडल आयोग इस निष्कर्ष पर पहुँचा था कि जातीय आधार पर भारतीय समाज में आसानी से सामाजिक और शैक्षणिक रूप से पिछड़े वर्ग की पहचान हो सकती है। इसके अलावा ओबीसी आरक्षण के विरोध का भल्ला का एक आधार ओबीसी आबादी 52 प्रतिशत न होने को लेकर सामने आया। मंडल कमीशन ने ख़ुद लिखा है कि इसका कोई ताज़ा आँकड़ा नहीं है कि ओबीसी की आबादी कितने प्रतिशत है, लेकिन 1931 में कराई गई जाति जनगणना को देखें तो जिन जाति/वर्ग को ओबीसी में शामिल किए जाने की सिफ़ारिश की जा रही है, उसकी आबादी 52 प्रतिशत से ज़्यादा है। इस अनुमान के पीछे 1931 की जनगणना को आधार बनाया गया और यह मानकर अनुमान लगाया गया कि हर जाति ने समान रूप से बच्चे पैदा किए होंगे और उनकी आबादी समान अनुपात में बढ़ी होगी। हालाँकि विद्वानों का यह भी कहना है कि ग़रीब और अशिक्षित लोग तेज़ी से आबादी बढ़ाते हैं, लेकिन मंडल कमीशन ने यह नहीं माना था और सिर्फ़ इस आधार पर ओबीसी की आबादी का अनुमान लगाया कि सभी जातियों ने समान अनुपात में बच्चे पैदा किए होंगे।

भल्ला अपने निष्कर्ष में कहते हैं कि भारत में रोज़गार और शिक्षा में सकारात्मक

कार्रवाई की ज़रूरत सिर्फ़ मुस्लिमों के लिए है और उन्हें एससी-एसटी की तरह से सुविधाएँ देने के लिए कानून बनाने की ज़रूरत है।

बहरहाल मंडल कमीशन ने पिछड़े वर्ग की पहचान सामाजिक के साथ-साथ शैक्षणिक पिछड़ेपन से की, आर्थिक आधार सिर्फ़ यह दिखाने के लिए किया गया है कि जो सामाजिक और शैक्षणिक रूप से पिछड़े हैं, वे आर्थिक रूप से भी पिछड़े होते हैं। ओबीसी सूची में न सिर्फ़ सामाजिक व शैक्षणिक रूप से पिछड़े हिन्दू शामिल हैं, बल्कि इसमें मुस्लिम और ईसाई भी शामिल हैं।

कांग्रेस के बड़े नेता, मनमोहन सरकार में मंत्री और पार्टी प्रवक्ता रहे मनीष तिवारी भी ओबीसी आरक्षण को लेकर भ्रम फैलाने में पीछे नहीं रहे। बाबा और नाना के ज़माने से कांग्रेसी रहे मनीष तिवारी ने 5 सितंबर, 2015 को 'रिग्रेशन फ़ॉर प्रोग्रेशन'[13] नाम से *एशियन एज* अख़बार में लेख लिखा। उन्होंने आरक्षण के खिलाफ़ न सिर्फ़ जमकर अपनी भड़ास निकाली, बल्कि उसमें पूर्व प्रधानमंत्री राजीव गाँधी को भी घसीट लाए, जिन्होंने वीपी सिंह के कार्यकाल में मंडल कमीशन रिपोर्ट लागू किए जाने के सरकार के फ़ैसले के विरोध में भाषण दिया था। अब यह चर्चा करना बेमानी है कि कांग्रेस के एक तथाकथित तेज़-तर्रार और ब्यूरोक्रेट से नेता बने व्यक्ति ने राजीव गाँधी का वह लेख तैयार किया था, जिसने हिन्दी पट्टी, खासकर यूपी, बिहार में कांग्रेस का बेड़ा गर्क कर दिया, जहाँ जीत हासिल कर कांग्रेस केंद्र की सत्ता पर काबिज़ होती थी। मनीष तिवारी ने अपने लेख में तमाम कुतर्क गढ़े ही, तथ्यात्मक गलतियाँ भी कीं। उन्होंने लिखा कि ग़रीब ब्राह्मण भी अपनी आजीविका के लिए संघर्ष कर रहा है। यह कहते हुए तिवारी यह भूल गए कि उत्तर प्रदेश की ओबीसी सूची में गिरि और गोसाईं भी हैं, जिन्हें ब्राह्मण माना जाता है, लेकिन उनका प्रतिनिधित्व शिक्षा और सरकारी नौकरियों में नहीं होने के कारण मंडल कमीशन ने उन्हें ओबीसी सूची में रखा।

ओबीसी आरक्षण का विरोध करने की धुन में तिवारी लिखते हैं, "The Indian Temple of affirmative action also leaves out of its ambit"। एक जाने-माने वकील, कैबिनेट मंत्री और खासकर कांग्रेस के नेता से ऐसी मूर्खता की अपेक्षा नहीं की जा सकती थी, लेकिन तिवारी ने कर दिखाया। हकीकत यह है कि भारत की मुस्लिम आबादी का 75-80 प्रतिशत हिस्सा ओबीसी के दायरे में आता है। इसके अलावा ईसाइयों को भी ओबीसी सूची में शामिल किया गया है। सिख समुदाय के एक छोटे समूह को ओबीसी की सूची में शामिल किया गया है। एससी से कनवर्ट होकर बुद्धिस्ट बने लोग भी ओबीसी की सूची में शामिल किए गए थे, हालाँकि अछूत से बुद्धिस्ट बने लोगों को 1990 से अनुसूचित जाति माना जाने लगा, जिसकी

वजह से 1992 में पिछड़े वर्ग पर बनी विशेषज्ञों की समिति ने उन्हें ओबीसी में शामिल नहीं करने की सिफ़ारिश की और भारत सरकार ने उन्हें ओबीसी के केंद्रीय कोटे में शामिल नहीं किया।

ओबीसी की सूची में जैन शामिल नहीं हैं। हर कोई जानता है कि जैन सामाजिक रूप से बहुत आगे हैं और ओबीसी के लिए तय किए गए मानदंड से वे बाहर हो गए। इसी तरह से जरथ्रुस्ट या पारसी भी इसमें शामिल नहीं किए गए क्योंकि यह तबका बहुत कम है और भारत की जातीय शोषण की व्यवस्था से पूरी तरह से बाहर है।

अगर कोई जाति या समुदाय ओबीसी की सूची में शामिल नहीं है और वह इसमें शामिल होना चाहता है तो उसे तीन चरणों में अपनी पात्रता साबित करनी होती है।

पहले चरण में आवेदक समुदाय को स्थापित करना होता है कि वह सामाजिक रूप से पिछड़ा है। मंडल कमीशन में सामाजिक पिछड़े का जो दायरा बताया गया है, उसके मुताबिक सामाजिक पिछड़ेपन को सही तरीके से समझने की ज़रूरत है। यह गणित या सांख्यिकी से जुड़ा मसला नहीं है। सामाजिक पिछड़ापन भारत की परंपरागत सामाजिक व्यवस्था में जाति के परंपरागत पदानुक्रम में निम्न दर्जे के मुताबिक तय किया गया है। मंडल कमीशन ने यह निर्धारित करने के लिए समाज के विभिन्न तबकों से पूछताछ कर साक्ष्य जुटाए थे कि समाज के अन्य लोग जातीय पदानुक्रम में संबंधित जाति को किस स्थान पर रखते हैं। सामान्यतया समुदायों का सामाजिक पिछड़ापन परंपरागत पेशे से जुड़ा होता है, जिसे छोटा काम माना जाता है। अंबेडकर कहा करते थे कि भारत की व्यवस्था में पेशे का पदानुक्रम, जाति के पदानुक्रम के समानांतर है।

इस तरह से सबसे पहले जाति या समुदाय को ख़ुद को सामाजिक रूप से पिछड़ा साबित करना होता है। अगर संबंधित जाति या समुदाय ख़ुद को सामाजिक पिछड़ा साबित कर देता है तो आगे के दो परीक्षण किए जाते हैं, वर्ना दावा इसी स्टेप पर समाप्त हो जाता है।

दूसरे चरण में दावेदार को यह दिखाना होता है कि वह शैक्षणिक रूप से पिछड़ा है। इसमें केवल शिक्षा का स्तर या अलग-अलग साक्षरता स्तर शामिल नहीं है। 2008 में अशोक कुमार ठाकुर बनाम केंद्र सरकार के मामले में उच्चतम न्यायालय ने पाया कि मौजूदा स्थिति में शिक्षा की तुलना का उचित स्तर स्नातक है। दूसरे शब्दों में कहें तो स्नातक या उससे ऊपर के स्तर की शिक्षा की तुलना की जानी चाहिए, जिसमें पेशेवर शिक्षा शामिल है। यह दिखाया जाना चाहिए कि ओबीसी में

शामिल होने की इच्छुक जाति या समुदाय सामाजिक रूप से अगड़ी जातियों की तुलना में बहुत पीछे है।

हकीकत में देखें तो यह पता लगा पाना बहुत मुश्किल काम है कि शैक्षणिक रूप से पिछड़ा समुदाय कौन सा है। लेकिन सामान्यतया जो सामाजिक रूप से पिछड़ा है, वह शैक्षणिक रूप से भी पिछड़ा होता है। अगर कोई समुदाय शैक्षणिक रूप से पिछड़ा नहीं है, तो उसके सामाजिक पिछड़ेपन के दावे की फिर से सावधानीपूर्वक जाँच की जाती है, क्योंकि अगर कोई जाति शैक्षणिक रूप से पिछड़ी नहीं है तो पूरी संभावना है कि समाज में उसे उच्च स्थान प्राप्त हो और वह सामाजिक रूप से पिछड़ी जाति या पिछड़ा समुदाय न हो।

हालाँकि यह ज़रूरी नहीं कि अगर कोई जाति शैक्षणिक रूप से पीछे है तो वह सामाजिक रूप से भी पीछे होगी। तमाम जातियों में उपजातियाँ हैं, जो शैक्षणिक रूप से तो पिछड़ी हैं, लेकिन सामाजिक रूप से उनका उच्च स्थान है। यही वजह है कि संविधान में बहुत बुद्धिमत्तापूर्ण तरीके से प्रावधान किया गया कि पिछड़ापन सामाजिक के साथ-साथ शैक्षणिक भी होना चाहिए।

सामाजिक और शैक्षणिक पिछड़ापन साबित होने के बाद जाँच का तीसरा चरण आता है। तीसरे चरण में आवेदक को यह साबित करना होता है कि उस समुदाय को सरकारी सेवाओं में पर्याप्त प्रतिनिधित्व नहीं मिला है और उन्हें संविधान के मूल अधिकार अनुच्छेद 16 (4) के तहत संरक्षण की ज़रूरत है।

व्यावहारिक रूप से यह असंभव है कि कोई समुदाय सामाजिक और शैक्षणिक रूप से पिछड़ा हुआ हो, लेकिन उसका सरकारी नौकरियों में पर्याप्त प्रतिनिधित्व हो। हालाँकि यह पूरी तरह सत्य नहीं है। कोई ज़रूरी नहीं है कि राज्य की सेवाओं और पदों पर पर्याप्त प्रतिनिधित्व न पाने वाला समुदाय सामाजिक और शैक्षणिक रूप से पिछड़ा भी हो। इस तरह से संवैधानिक प्रावधानों के तहत तीनों मानदंड पूरा करने पर ही ओबीसी सूची में किसी जाति या समुदाय को जगह मिल पाती है।

इन तमाम तर्कों और दशकों की क़वायदों पर राष्ट्रीय स्वयंसेवक संघ की राजनीतिक इकाई भारतीय जनता पार्टी सत्ता में आते ही भारी पड़ गई। अन्य दलों के सत्ता में रहते स्वार्थी तत्व आर्थिक आधार पर आरक्षण दिए जाने की माँग उठाते रहते थे, लेकिन नरेंद्र मोदी सरकार के कार्यकाल में इस तरह का आरक्षण देने की कोई माँग भी नहीं हुई। दरअसल आर्थिक आधार पर आरक्षण की माँग करने वालों की मंशा यह होती है कि मौजूदा एससी, एसटी और ओबीसी आरक्षण ख़त्म कर उसकी जगह पर आर्थिक आधार पर आरक्षण लागू किया जाए। उनकी दिलचस्पी

मौजूदा आरक्षण में आर्थिक आरक्षण प्लस करने में नहीं रहती है।

आर्थिक आरक्षण का खेल

वहीं नरेंद्र मोदी की सरकार आनन-फ़ानन में 29 जुलाई, 2021 को आर्थिक आधार पर आरक्षण का प्रस्ताव लेकर आ गई। इस प्रस्ताव को न तो पार्टी ने अपने घोषणा पत्र में रखा था, न कभी मीडिया से लेकर किसी भी मंच पर इसकी चर्चा हुई। अचानक जब कैबिनेट की मंज़ूरी के कुछ ही दिन बाद इस प्रस्ताव को संसद में पेश किया गया तो सभी दल हतप्रभ थे। संसद में पिछड़े वर्ग के ताकतवर नेता, या ताकतवर लोग नहीं थे, जो इस आरक्षण के खिलाफ़ बोल पाते। कोई सवर्ण नेता भी इतना साहसी नहीं था, जो कुछ बोल पाता। हक्के-बक्के विपक्ष ने लोकसभा में बग़ैर किसी विरोध के आर्थिक आधार पर आरक्षण के प्रावधान को पारित हो जाने दिया। सिर्फ़ दक्षिण भारत के तमिलनाडु राज्य के दल द्रविड़ मुनेत्र कड़गम ने इसका विरोध किया। जिस दिन लोकसभा में यह विधेयक पारित हुआ, सदन में सिर्फ़ 326 सदस्य मौजूद थे, जिनमें 323 सदस्यों ने इस आरक्षण के पक्ष में मतदान किया। कांग्रेस ने सिर्फ़ इस मसले पर गोलमोल किया कि सरकार बग़ैर किसी व्यापक चर्चा के इस विधेयक को पारित करा रही है। कांग्रेस के नेता केवी थॉमस ने कहा, "कांग्रेस हमेशा से सामान्य श्रेणी के आर्थिक रूप से कमज़ोर तबके के लिए सकारात्मक कार्रवाई की समर्थक रही है। लेकिन हम चाहते हैं कि इस विधेयक को संसद की संयुक्त समिति के पास भेजा जाए। सरकार का यह विधेयक लाने का मकसद आगामी चुनाव है, क्योंकि हाल में भाजपा 3 राज्यों में चुनाव हार चुकी है।" कांग्रेस नेता के बयान से साफ़ है कि पार्टी का रुख आर्थिक आधार पर नौकरियों में मिलने वाले आरक्षण के खिलाफ़ नहीं रहा है, लेकिन यह भाजपा कर रही थी और कांग्रेस विपक्ष में थी, इसलिए उसे लीपापोती करनी थी और उसने वही किया।[14]

राज्यसभा में भी आर्थिक रूप से कमज़ोर वर्ग (ईडब्ल्यूएस) के लिए आरक्षण का विधेयक पारित हो गया। राज्यसभा में विधेयक आते-आते द्रमुक को एक और समर्थक राष्ट्रीय जनता दल के रूप में मिल गया और पार्टी से राज्यसभा सांसद मनोज कुमार झा ने आर्थिक आधार पर आरक्षण दिए जाने के खिलाफ़ ज़ोरदार तकरीर दी।[15] यह ध्यान रखे जाने वाली बात है कि राज्यसभा में 245 सदस्यों के सदन में भाजपा का बहुमत नहीं था। भाजपा के राज्यसभा में महज़ 96 सांसद थे, उसे कम-से-कम 163 सदस्यों के समर्थन की ज़रूरत थी। इसकी वजह यह थी कि संविधान के मूल अधिकार में संशोधन कर सरकार को आरक्षण का आर्थिक आधार जोड़ना था, जिससे उसका कुकृत्य संवैधानिक हो सके और न्यायालय उसे ग़ैर संवैधानिक

कहकर ख़ारिज़ न कर सके। लोकसभा में सरकार के इस विधेयक को कांग्रेस और समाजवादी पार्टी का समर्थन मिल चुका था और उसे राज्य सभा में कांग्रेस के 50 सांसदों और समाजवादी पार्टी के 13 सांसदों के समर्थन की सख्त ज़रूरत थी।

बहरहाल 245 सदस्यों वाली राज्यसभा में 165 वोट विधेयक के पक्ष में पड़े और महज़ 7 वोट इसके विपक्ष में पड़े।[16]

इस तरह से दोनों सदनों में उपस्थित सदस्यों के दो तिहाई से ज़्यादा बहुमत से 'कांस्टीट्यूशन (वन हंड्रेड ट्वेंटी फ़ोर्थ अमेंडमेंट) बिल, 2019' पारित हो गया और संविधान में संशोधन से आर्थिक आरक्षण को मूर्त रूप दे दिया गया। मूल अधिकार में संशोधन कर 15 (6) और 16 (6) डाल दिया गया। 12 जनवरी 2019 को इसे राष्ट्रपति की मंज़ूरी भी मिल गई।

सदन में इसे दिल से और खुलकर रोकने की क़वायद सिर्फ़ और सिर्फ़ द्रविड़ मुनेत्र कड़गम करती हुई नज़र आई। राज्यसभा में राष्ट्रीय जनता दल ने भी इसे रोकने की क़वायद की। द्रमुक की राज्यसभा सांसद कनिमोझी ने वाम दलों के समर्थन से इसे रोकने की अंतिम क़वायद की। कनिमोझी ने द्रमुक, राष्ट्रीय जनता दल और वामदलों के समर्थन से इस विधेयक को सेलेक्ट कमेटी को भेजने के लिए प्रस्ताव रखा, लेकिन इन दलों की इतनी औकात नहीं थी कि वे विधेयक को रोक पाते। अगर इस क़वायद में भी कांग्रेस और सपा ने साथ दिया होता तो विधेयक समिति के पास चला जाता और 2019 के लोकसभा चुनाव के बाद ही इस पर कोई फ़ैसला हो पाता। लेकिन ऐसा भी नहीं हो सका और कनिमोझी का यह प्रस्ताव 18 सदस्यों के समर्थन और 155 सदस्यों के विरोध के साथ ख़ारिज़ हो गया।[17]

हालाँकि द्रमुक ने उसके बाद भी हार नहीं मानी। पार्टी ने आर्थिक रूप से कमज़ोर तबके को 10 प्रतिशत आरक्षण दिए जाने के संविधान संशोधन को मद्रास उच्च न्यायालय में चुनौती दी। द्रमुक के संगठन सचिव आर.एस. भारती ने याचिका दाखिल की। डीएमके के प्रमुख एम.के. स्टालिन लगातार इस विधेयक का यह कहकर विरोध करते रहे कि कोटा सामाजिक पिछड़ेपन के आधार पर होना चाहिए, न कि आर्थिक पिछड़ेपन के आधार पर।[18]

मोदी सरकार के आर्थिक रूप से कमज़ोर तबके (ईडब्ल्यूएस) को दिए गए आरक्षण को सवर्ण आरक्षण भी कहा जा रहा है। इसकी वजह यह है कि अब सवर्ण व अवर्ण तबका आरक्षण के हिसाब से देखा जा रहा है। *मनुस्मृति* के सवर्ण-अवर्ण विभाजन का तरीका शिथिल पड़ गया है। अब उस तबके को सवर्ण माना जाता है, जिसे आरक्षण नहीं मिलता, भले ही ब्राह्मण, क्षत्रिय या वैश्य की श्रेणी में नहीं आते

और मध्यवर्ती या इंटरमीडिएटरी जाति में आते हैं। संविधान संशोधन में लिखा गया है कि यह आरक्षण उन लोगों को मिलेगा, जो सामान्य श्रेणी में आते हैं, जो इस संशोधन के पहले आरक्षण की योजनाओं में शामिल नहीं हैं।

जाति के दर्जे की भूमिका भारतीय समाज में इतनी व्यापक है कि विचार और प्रशासन, न्याय पूरी तरह से इसी रंग में रंगे हैं। इसे अगर आज के कानून के शासन के हिसाब से देखें तो इसकी तुलना हम पहले के हिन्दू समाज से कर सकते हैं, जहाँ एक व्यक्ति अपने जाति क्रम के दर्जे से सीधे तौर पर जुड़ा हुआ था। सरकारों और तमाम मौके पर शीर्ष न्यायालय के कुछ न्यायाधीशों के फ़ैसले इससे प्रेरित नज़र आते हैं। इस स्थिति को लेकर तमाम अध्ययन हुए हैं कि जाति किस तरह से फ़ैसले को प्रभावित करती है।

'एक अंग्रेज़ के लिए कानून, अगर है, तो सार्वभौमिक, अवैयक्तिक, निष्पक्ष, सबके लिए एक समान, एक भौगोलिक क्षेत्र के लिए तैयार किया हुआ और न्याय का प्रतिनिधित्व करने वाला और संतुलित है। वहीं हिन्दू कानून के मामले में इसका उलटा होता है। यहाँ समाज में लोगों के बीच विभेद किया गया है, जहाँ कानूनी पहचान, अधिकार व बाध्यताएँ अलग-अलग व्यक्तियों के लिए अलग-अलग हैं।'*

उच्चतम न्यायालय सामान्यतया ऐसी संवैधानिक उलझनों के मामले में स्थगनादेश जारी कर देती है,जैसा ईडब्ल्यूएस आरक्षण के मामले में है। लेकिन ईडब्ल्यूएस आरक्षण के मामले में उच्चतम न्यायालय के न्यायाधीश जस्टिस एस.ए. बोबडे की पीठ ने इस पर स्थगनादेश देने से इनकार कर दिया।[19] हालाँकि उन्होंने इस कानून की जाँच करने के अनुरोध को मान लिया।

यह आरक्षण लागू होते ही केंद्र सरकार की हर भर्तियों में धड़ाधड़ ईडब्ल्यूएस कोटे के तहत रिक्तियाँ आने लगीं। तमाम भर्तियों में ओ.बी.सी. और एस.सी. कोटे से भी नीचे इसकी मेरिट जाती है। लेकिन ओ.बी.सी. और एस.सी. तबके के लोग ख़ुद को ग़रीब बताकर इस कोटे में शामिल नहीं हो सकते।

इस बीच जस्टिस बोबडे उच्चतम न्यायालय के मुख्य न्यायाधीश बन गए। जस्टिस बोबडे, जस्टिस आर. सुभाष रेड्डी और जस्टिस बी.आर. गवई की पीठ ने इस मामले को 5 सदस्यों की संविधान पीठ को सौंप दिया।[20] इन न्यायमूर्तियों ने इस मसले पर विचार नहीं किया कि भविष्य में अगर इस संशोधन को संविधान की

---

*द *मॉडर्निटी ऑफ़ ट्रेडीशन*, लॉयड आई रुडोल्फ और सुसेन होएबर रुल्डोफ, ओरिएंट लॉन्गमेन्स लिमिटेड, नई दिल्ली, 1967

मूल भावनाओं के विरुद्ध पाया जाता है और संविधान पीठ कानून रद्द कर देती है तो उन लाखों कर्मचारियों का क्या होगा, जिन्हें सुनवाई के दौरान विभिन्न जगहों पर नियुक्त किया जा चुका होगा। खासकर उन विद्यार्थियों का क्या होगा, जो ईडब्ल्यूएस आरक्षण के माध्यम से इंजीनियरिंग, मेडिकल या यूनिवर्सिटी में पढ़ाई कर रहे हैं। कानून ख़ारिज़ होने पर न्यायालय आख़िर उन विद्यार्थियों के प्रति न्याय कैसे कर पाएगा, जो ईडब्ल्यूएस आरक्षण न होने पर प्रवेश पाते और इंजीनियरिंग, मेडिकल की पढ़ाई कर रहे होते? ख़ैर उच्चतम न्यायालय ने नवम्बर, 2022 में ई.डब्ल्यू.एस. आरक्षण को वैद्य ठहरा दिया।

इसके पहले भी सवर्णों को नौकरियों व शिक्षण संस्थानों में 10 प्रतिशत आरक्षण रद्द करने की अपील पहली सुनवाई में ही ख़ारिज़ हो गई और इस पर कोई स्थगनादेश नहीं मिल पाया। उच्चतम न्यायालय के न्यायाधीश को यह समझना मुश्किल पड़ा कि 8 लाख रुपये सालाना कमाने वाले अन्य पिछड़े वर्ग को भी आरक्षण नहीं मिलता और 8 लाख रुपये सालाना कमाने वाले अपर कास्ट को भी आरक्षण नहीं मिलता। किस तर्क से ओबीसी आरक्षण जातीय आधार पर है और किस तर्क से सवर्ण आरक्षण ग़रीबी के आधार पर है। दोनों आरक्षणों में अंतर क्या है? ओबीसी आरक्षण का मामला कोर्ट में दो साल चला। तब आरक्षण दिया गया,जब आय सीमा तय कर दी गई कि इतनी संपत्ति या कमाई वाले लोगों को आरक्षण नहीं मिलेगा।

लेटरल भर्तियाँ : कुलीनों के लिए जगह बनाने की क़वायद

केंद्र सरकार निजी क्षेत्र से योग्य लोगों को सरकार में लेने के नाम पर उन नीति-नियामक पदों पर लेटरल एंट्री[21] से सीधी भर्तियाँ कर रही है, जिन पर वरिष्ठ आईएएस अधिकारी ही पहुँचते थे। यह भी वंचित तबके को नीति नियामक पदों पर जाने से रोकने का एक हथकंडा नज़र आता है। गाँव गिरांव के लोगों के प्रतिभाशाली बच्चों को एक उम्मीद रहती थी कि वे आईएएस अधिकारी बनकर देश के नीति निर्माण का हिस्सा बन सकेंगे, लेकिन सरकार ने कॉर्पोरेट जगत से नीति नियामक लेना शुरू कर दिया।

भारत में जाति आधारित समाज है और यह जीवन के हर स्तर पर प्रभावी है। ऐसे में यह विचार करना ज़रूरी है कि क्या अगर 100 प्रतिशत या 200 प्रतिशत रोज़गार मिल जाए, तो दशकों व सदियों से मलाईदार पदों पर जातीय आधार पर कब्ज़ा जमाकर बैठे लोगों से छुटकारा मिल जाएगा? निश्चित रूप से इसका जवाब नहीं में आएगा, भले ही एक व्यक्ति के पास दो नौकरियाँ करने को क्यों न हों यानी

वह एक छोड़े और दूसरी नौकरी उसके लिए तैयार हो। शीर्ष पदों पर संख्या बहुत सीमित होती है। वह अगर जातीय गिरोहबंदी से भरी जाएँगी तो निश्चित रूप से उन 15 प्रतिशत का कब्ज़ा शीर्ष पर बरकरार रहेगा, जो पहले से ही उन पदों पर काबिज़ हैं। निजी क्षेत्र के मलाईदार पदों पर भी यही होने लगा है। सिस्को कंपनी के मामले में कई लेख लिखे गए और इस बात का तीखा विरोध किया गया कि भारतीय जहाँ नियोक्ता पदों पर पहुँच जाते हैं, वहाँ जमकर भाई-भतीजावाद[22] चलाते हैं। ऐसे में भारत में यह कल्पना करना मुश्किल है कि भारत जैसे जातिवादी देश में 100 प्रतिशत रोज़गार की स्थिति में वंचित तबके के लोग उन पदों पर पहुँच पाएँगे, जहाँ नीति-नियामक सम्मानजनक पद व रोज़गार मिलता है।

आर्थिक आधार पर अगर आरक्षण कर दिया जाए, तो भारत के नियोक्ता प्रतिनिधित्व के सिद्धांत और देश के हर तबके को समान मौका देने की परिकल्पना को सिर के बल खड़ा कर देंगे। कल्पना कीजिए कि आईएएस की 100 सीटें हैं। इनमें से 50 सीटें खुली प्रतिस्पर्धा से कर दी जाएँ और 50 सीटें आर्थिक आधार पर आरक्षित कर दी जाएँ। ऐसे में शीर्ष पर बैठे जातिवादी लोग खुली प्रतिस्पर्धा में 50 सीटों पर सामान्य सवर्णों की नियुक्ति कर लेंगे और 50 प्रतिशत सीटों पर ग़रीब सवर्ण रख लिए जाएँगे। शासन सत्ता से वंचित देश की 85 प्रतिशत आबादी को आर्थिक आधार पर आरक्षण के बावजूद भी आईएएस की एक भी सीट नहीं मिल पाएगी।

संदर्भ सूची

1. मंडल कमीशन रिपोर्ट, अध्याय 13
2. https://www.businesstoday.in/current/economy-politics/govt-tables-bill-10pc-reservation-for-economically-weak-from-general-category-in-lok-sabha/story/307956.html
3. (https://theprint.in/india/education/du-has-less-than-5-obc-teachers-theres-no-professor-among-them-parliament-panel-finds/464102/
4 (https://www.satyahindi.com/india/justice-ranganath-pandey-appointment-in-judiciary-pm-modi-103218.html?fbclid=IwAR3PfVa64sB6_p7geVruJST8IGH66kkBfBssadg6N3v5fym5_GE3s42CM6Y
5. https://www.glassdoor.co.in/Reviews/Employee-Review-Cisco-Systems-RVW17358501.htm
6. *रिज़र्वेशन फ़ॉर हूम,* लेखक–पीएस कृष्णन, पीपुल्स पब्लिशिंग हाउस, नई दिल्ली।
7. https://www.dailypioneer.com/2015/columnists/pandoras-open-box-of-caste-based-reservation.html
8. https://www.thehindu.com/opinion/op-ed/hardik-patels-call-for-reservations/article7596766.ece
9. https://www.business-standard.com/article/opinion/india-s-ever-increasing-reservations-121032201479_1.html
10. *चमचा युग,* लेखक– कांशीराम, सिद्धार्थ बुक्स, दिल्ली
11. https://www.business-standard.com/article/opinion/surjit-s-bhalla-obc-quotas-blind-oversight-106081901058_1.html
12. http://ssbhalla.org/wp-content/uploads/2019/01/Ch-5.-Caste-Reservations-Half-Pregnant-Constitution-Half-Pregnant-State_Surjit-Bhalla-revised.pdf
13. https://www.pressreader.com/india/the-asian-age/20150905/281908771914177
14. https://www.livemint.com/Politics/f8v46qvKEfV9lKm4QUmfHI/Lok-Sabha-clears-quota-bill-with-nearfull-majority.html
15. https://www.youtube.com/watch?v=ltr5eLnErBo
16. https://economictimes.indiatimes.com/news/politics-and-nation/after-lok-sabha-rajya-sabha-approves-quota-bill-for-economically-weak-in-general-category/articleshow/67455461.cms?from=mdr
17. https://economictimes.indiatimes.com/news/politics-and-nation/after-lok-sabha-rajya-sabha-approves-quota-bill-for-economically-weak-in-general-category/articleshow/67455461.cms?from=mdr
18. https://www.hindustantimes.com/india-news/dmk-challenges-recently-passed-10-quota-for-poor-bill/story-F4x2uWQsX5Fh6DLdJKvjEI.html

19. https://economictimes.indiatimes.com/news/politics-and-nation/no-stay-supreme-court-to-examine-ews-quota-law-soon/articleshow/70031371.cms?from=mdr
20. https://indianexpress.com/article/india/sc-refers-anti-ews-quota-pleas-to-five-judge-bench-6541439/
21. https://theprint.in/opinion/subramanian-swamy-was-right-modis-lateral-entry-plan-will-make-reservations-irrelevant/250311/
22. https://www.glassdoor.co.in/Reviews/Employee-Review-Cisco-Systems-RVW17358501.htm
23. पी.एस. कृष्णन (1932 से 10 नवंबर 2019) नौकरशाह, समाज सुधारक और एक्टिविस्ट के असाधारण मिश्रण थे। केरल में ब्राह्मण हिन्दू परिवार में जन्मे कृष्णन 1956 में आंध्र प्रदेश कैडर में भारतीय प्रशासनिक सेवा (आईएएस) के अधिकारी बने। जातीय शोषण के खिलाफ़ कृष्णन का संघर्ष उनकी युवावस्था से ही शुरू हो गया था। वह अंतरजातीय विवाह ही नहीं, जाति विहीन विवाह के समर्थक थे। उनका कहना था कि अपनी ही जाति में विवाह को रोकने के लिए कानून बनाया जाना चाहिए। 1957 की शुरुआत में उन्होंने आंध्रप्रदेश के भूमिहीनों और बेघरों के लिए कृषि भूमि और मकान बनाने के लिए ज़मीन देने का व्यापक अभियान चलाया। सिविल सर्वेंट के रूप में दो दशक पूरे करने के बाद वह बीपी मंडल आयोग के साथ काम करने वाली टीम के सदस्य बने। इसके एक दशक बाद जब वीपी सिंह के नेतृत्व में राष्ट्रीय मोर्चे की सरकार बनी और सरकार ने मंडल कमीशन की सिफ़ारिशें लागू करने का फ़ैसला किया तो कृष्णन सामाजिक कल्याण मंत्रालय के सचिव थे और सरकार के आदेश को लागू कराने में उन्होंने अग्रणी भूमिका निभाई। मंडल कमीशन रिपोर्ट लागू करने के लिए कैबिनेट नोट कृष्णन ने ही लिखा था, जिसके आधार पर 27 प्रतिशत ओबीसी आरक्षण लागू हुआ। जब मंडल कमीशन की सिफ़ारिशें लागू करने के मसले को न्यायालय में चुनौती दी गई तो उन्होंने न्यायिक प्रक्रिया में तर्क पेश करने के लिए मसौदा तैयार कराया और आख़िरकार न्यायालय से ओबीसी को 27 प्रतिशत आरक्षण दिए जाने के प्रस्ताव को हरी झंडी मिली। मंडल कमीशन में नियुक्ति के पहले उन्होंने अनुसूचित जाति के लिए स्पेशल कंपोनेंट प्लान तैयार कराया और 1978–80 की अवधि के दौरान इसका ठोस फ़ॉर्मूला तैयार कराया। इस अवधि के दौरान कृष्णन ने स्पेशल कंपोनेंट प्लान के लिए राज्यों को केंद्र से मदद के लिए मसौदा तैयार कराने का काम किया। उन्होंने अनुसचित जाति और अनुसूचित जनजाति के ऊपर हो रहे अत्याचारों को रोकने के लिए 1989 में कानून तैयार कराने में मदद की और राजीव गाँधी सरकार के कार्यकाल में अनुसूचित जाति एवं जनजाति (उत्पीड़न रोकथाम) अधिनियम बना। अनुसूचित जाति एवं जनजाति आयोग को संवैधानिक दर्जा देने के लिए संविधान में 65वां संशोधन अधिनियम, 1990 का मसौदा तैयार कराया। केंद्रीय कल्याण मंत्रालय का नाम बदलकर सामाजिक न्याय एवं अधिकारिता मंत्रालय कराने में भी उनकी भूमिका रही। उन्होंने पी.वी. नरसिंहराव के शासनकाल में इंप्लाइमेंट ऑफ़ मैनुअल स्कैविंजर्स एंड कंस्ट्रक्शन ऑफ़ ड्राई लैट्रिन्स (प्रोहिबिशन) ऐक्ट, 1993 तैयार कराने

में अहम भूमिका निभाई। सेवानिवृत्ति के बाद भी जब कभी एससी, एसटी, ओबीसी के आरक्षण के खिलाफ़ अख़बारों में लेख आते तो कृष्णन भी जवाबी लेख लिखकर तथ्यों के आधार पर उसका खंडन करते रहे। दिल्ली में उनकी 86 साल की उम्र में मृत्यु होने पर संयुक्त प्रगतिशील गठबंधन के कई पूर्व मंत्री, दलित कार्यकर्ता, दलित कर्मचारी संगठनों के सदस्य, कम्युनिस्ट पार्टी के नेता, उनके पारिवारिक मित्र और तमाम दलित अधिकारी जमा हुए। जब अंतिम संस्कार के लिए लोदी रोड स्थित इलेक्ट्रिक शवदाह गृह के लिए उनका शव उठाया गया तो क्रीमेटोरियम हॉल जोहार कॉमरेड कृष्णन, जय भीम पी.एस. कृष्णन के उद्घोष से गूँज उठा। https://indianexpress.com/article/opinion/columns/p-s-krishnan-ias-andhra-pradesh-6129265/;https://caravanmagazine.in/caste/the-social-justice-man-ps-krishnan-december-1932-november-2019;https://frontline.thehindu.com/other/obituary/article30026340.ece और https://www.epw.in/journal/2019/48/commentary/p-s-krishnan-and-ias-instrument-social-change.html

मंडल कमीशन और राजनीति

> जो लड़ाई मैं शुरू कर रहा हूँ, वह अगले 100 साल तक चलेगी। पहली पीढ़ी मारी जाएगी, दूसरी पीढ़ी जेल जाएगी और तीसरी पीढ़ी राज करेगी।
>
> —जगदेव प्रसाद[1]

बात 18 दिसम्बर 1990 की है। मंडल आयोग की रिपोर्ट लागू किए जाने के बाद विश्वनाथ प्रताप सिंह (वी.पी.) की सरकार गिर गई थी। गोरखपुर के तमकुही कोठी मैदान में मांडा के राजा और 1989 के चुनाव के पहले देश की तक़दीर के रूप में प्रचारित फ़कीर विश्वनाथ प्रताप सिंह की सभा होने वाली थी। अन्य पिछड़े वर्ग को आरक्षण दिए जाने के बाद सामाजिक न्याय के मसीहा का पहला और मेगा शो गोरखपुर में हुआ।

गोरखपुर ज़िले की पिपराइच विधानसभा क्षेत्र के विधायक बाबू केदारनाथ सिंह को सभा का संयोजक बनाया गया, महराजगंज के सांसद हर्षवर्धन सिंह कार्यक्रम करा रहे थे। कुल मिलाकर कार्यक्रम में तत्कालीन विधायक केदारनाथ सिंह, हर्षवर्धन और मार्कंडेय चंद की अहम भूमिका थी। प्रदेश में मुलायम सिंह यादव की सरकार थी, जो चंद्रशेखर के नेतृत्व वाले समाजवादी जनता दल में चले गए थे। इसका गठन चंद्रशेखर ने जनता दल को तोड़कर किया था। चंद्रशेखर करीब 40 सांसदों के साथ कांग्रेस के समर्थन से प्रधानमंत्री थे।

मांडा नरेश ने समाज के 52 प्रतिशत वंचित तबके को वह अधिकार दे दिया था, जिसकी माँग स्वतंत्रता के समय से ही हो रही थी। सरकार गिर गई, लेकिन मांडा नरेश ने जो क्रांति की, उसकी धमक ऐसी हुई कि दक्षिणपंथी दल भाजपा और उसकी मातृ संगठन राष्ट्रीय स्वयंसेवक संघ बौखला गए थे।

वी.पी. सिंह ने गोरखपुर रैली में कहा, ''भूख एक ऐसी आग है कि जब वह पेट तक सीमित रहती है तो अन्न और जल से शांत हो जाती है और जब वह दिमाग तक पहुँचती है तो क्रांति को जन्म देती है। इस पर गौर करना होगा। ग़रीबों के मन की बात दब नहीं सकती और अंततः उनके दृढ़ संकल्प की जीत होगी।''

वी.पी. सिंह ने गोरखपुर की उसी सभा में कहा, ''ग़रीबों की कोई बिरादरी नहीं होती। दंगों में मारे जाने वाले लोग हिन्दू और मुसलमान नहीं, हिन्दुस्तान के ग़रीब लोग हैं। ग़रीबों के साथ हमेशा अत्याचार होते रहे हैं। इस शोषण और अत्याचार को बंद करके समाज के पिछड़े तबके के लोगों को ऊपर उठाना होगा।''

मंडल आयोग : समाज में बँटवारा

वी.पी. की गोरखपुर रैली कई मामलों में अहम है। उसने एक विभाजन रेखा खींच दी। समाज दो धड़ों में बँट चुका था, मंडल समर्थक और मंडल विरोधी। वी.पी. की रैली को देखते हुए गोरखपुर में सुरक्षा की कड़ी व्यवस्था की गई। इसी बीच 17 दिसंबर को एक अज्ञात सा संगठन सवर्ण लिबरेशन फ्रंट उभरा। उसने चेतावनी दी कि किसी भी हालत में वी.पी. की सभा नहीं होने दी जाएगी। अन्य पिछड़े वर्ग (ओबीसी) का आरक्षण लागू होने का भारतीय जनता पार्टी (भाजपा) पिछले दरवाज़े से विरोध कर रही थी। आर.एस.एस. और उसके आनुषंगिक संगठन खुलेआम आरक्षण के विरोध में मैदान में कूद पड़े थे।

सवर्ण लिबरेशन फ्रंट ने सिर्फ़ धमकी ही नहीं दी, बल्कि सभा के एक दिन पहले केदारनाथ सिंह के आवास परिसर में बम विस्फोट भी कराया। इस मामले में न तो किसी का नाम सामने आया, न गिरफ़्तारी हुई। हालाँकि पुलिस व्यवस्था और सख्त कर दी गई। केदारनाथ सिंह ने मीडिया में बयान जारी कर ऐलान किया कि सभा हर हाल में और हर कीमत पर होगी। इस तरह की कायराना हरकत करने से अब पिछड़ा वर्ग दबने वाला नहीं है। कुल मिलाकर आरक्षण विरोधियों व आरक्षण समर्थकों के बीच सीधी जंग शुरू हो चुकी थी।

सभा के दिन सवर्ण लिबरेशन फ्रंट ने जनता कर्फ़्यू का ऐलान किया। हंगामे को देखते हुए प्रशासन ने भी स्कूल-कॉलेजों को बंद कराना ही उचित समझा। सुबह-सवेरे से आरक्षण विरोधियों व आरक्षण समर्थकों के बीच जंग छिड़ चुकी थी। सवर्ण लिबरेशन फ्रंट ने जगह-जगह बम विस्फोट कराए। यहाँ तक कि जनसभा के स्थल तमकुही कोठी मैदान में भी सभा में आए लोगों को निशाना बनाकर बम फेंके गए। प्रशासन के हाथ-पाँव फूले हुए थे। जनता दल के स्थानीय नेताओं और आरक्षण समर्थकों की एक दिन पहले से ही शिक़ायत आने लगी थी कि डीज़ल और पेट्रोल की आपूर्ति रोक दी गई है, जिससे कि ट्रैक्टर ट्रॉलियों में भरकर लोग तमकुही मैदान में न पहुँच सकें। इसके बावजूद किसी-न-किसी माध्यम से शहर और आस-पास के इलाक़ों से पचास हज़ार से ऊपर लोग जनसभा में पहुँच चुके थे।

उस समय वी.पी. के समर्थन में पहुँचने वाले संजय कुमार सिंह बताते हैं कि उनके पिता ख़ुद ट्रैक्टर ट्रॉली में लोगों को भरकर तमकुही मैदान आए थे। डीज़ल की कमी की बात स्वीकार करते हुए उन्होंने उन दिनों को याद करते हुए कहा कि उनके ट्रैक्टर में इत्तेफ़ाक से तेल भरा हुआ था, साथ ही दो रोज़ पहले ही कंटेनर में भी डीज़ल भरकर लाया गया था क्योंकि गेहूँ की सिंचाई का मौसम चल रहा था। संजय बताते हैं कि उनके पिताजी ने पूरा डीज़ल कई रिश्तेदारों, परिचितों के ट्रैक्टर में डलवाया। यहाँ तक कि अपने ट्रैक्टर में से भी डीज़ल निकालकर जीप और ट्रैक्टरों में डालने के लिए दिया, जिससे कि लोग सभा स्थल तक पहुँच सकें और वहाँ से वापस लौट सकें। लेकिन हंगामा बढ़ते देख प्रशासन ने 12 बजे के बाद गोरखपुर के चारों तरफ़ शहर में प्रवेश करने वाली सड़कों की नाकेबंदी कर दी और जनता दल के झंडे, डंडे से लैस आम लोगों की गाड़ियों, ट्रैक्टरों को बाहरी इलाक़े में रोका गया और उन्हें वापस भेजा जाने लगा।

तमकुही कोठी मैदान के बगल में ही केदारनाथ सिंह का सरकारी बंगला था, जिसमें दर्जनों गाड़ियों की पार्किंग थी। आर.एस.एस. व उससे जुड़े जितने छोटे-मोटे समूह थे, सभी आरक्षण के विरोध में सक्रिय थे। जिधर से जनता दल नेताओं के वाहन निकलते, पथराव शुरू हो जाते।

केदारनाथ सिंह के पुत्र अजय सिंह ने ख़ुद मोर्चा सँभाल रखा था। सभा के संयोजक के रूप में सभी पार्टी कार्यकर्ताओं को उनका निर्देश था कि मांडा नरेश को एक पत्थर नहीं लगना चाहिए, उसके लिए जो भी करना पड़े, वे करें। अपनी जान पर खेलकर उन्हें बचाया जाए। इसी बीच अजय सिंह को सूचना मिली कि कुछ संघी गुंडे उनके बंगले में घुसने की कोशिश कर रहे हैं और हाते में खड़े वाहनों पर पत्थर फेंकने की क़वायद में हैं।

अजय ने अपने ड्राइवर से तत्काल आवास की ओर गाड़ी मोड़ लेने को कहा। जैसे ही वाहन रुका, उन्हें निशाना बनाकर बम फेंका गया। किसी तरह से वह बचे, लेकिन एक छर्रा उनके पैर में लग गया था।

इस सभा के करीब 30 साल बाद पुरानी याद दिलाने पर अजय सिंह ने हँसते हुए बताया कि उनका ड्राइवर डर के मारे बेहोश हो गया था। लगा चिल्लाने, "साहब हम मर गए, बाल-बच्चेदार आदमी हैं, मेरे परिवार का क्या होगा।" हालाँकि बाद में पता चला कि उसे बम का एक छर्रा भी नहीं लगा था।

अजय सिंह पर बम फेंके जाने तक जीप में बैठे युवा धड़ाधड़ उतर चुके थे। यह तो नहीं पता चला कि बम किसने फेंका था, लेकिन सामने पड़े विश्व हिन्दू

परिषद के महानगर मंत्री आनंद कुमार गुप्ता। उन्हें युवाओं ने पीटना शुरू किया और पथराव कर रहे उसके अन्य सहयोगियों को भी दौड़ाया,जो एकाध हॉकी और थप्पड़ खाने के बाद भागने में सफल हो गए। गुप्ता की जमकर पिटाई हो गई।

उस समय के अख़बारों का रुख पूरी तरह से मंडल समर्थकों के खिलाफ़ था। स्थानीय अख़बार *स्वतंत्र चेतना* ने 'विश्व हिन्दू परिषद के मंत्री की असामाजिक तत्वों द्वारा पिटाई' शीर्षक से ख़बर छापी।[2] *स्वतंत्र चेतना* अख़बार ने सर पर पट्टी बाँधे गुप्ता की फ़ोटो भी छापी। अख़बार ने कथित रूप से गुप्ता की पिटाई करने वाले लोगों का नाम दिया और भारतीय जनता पार्टी सिविल लाइंस के वार्ड मंत्री रविंद्र कुमार मौर्य के हवाले से उन्हें अपराधी लिखा। लेकिन अख़बार ने विधायक के पुत्र से बात करने की ज़हमत भी नहीं उठाई कि आख़िर वहाँ पर क्या हुआ। केवल *स्वतंत्र चेतना* ही नहीं, करीब सभी अख़बारों का रुख सवर्ण लिबरेशन फ्रंट को हीरो बताने वाला था। वी.पी. की सभा की रिपोर्टिंग भी उसी लहज़े में की गई। जनसभा को फ्लॉप शो बताया गया।

इस सभा के दौरान जनता दल के राष्ट्रीय नेता चौधरी अजीत सिंह का सर फट गया, शरद यादव को भी चोटें आईं। अजीत सिंह ने कहा कि सामाजिक न्याय की ओर कदम बढ़ाने पर इस तरह की बाधाएँ आती रहेंगी और हम इसके लिए पूरी तरह से तैयार हैं। बिहार के तत्कालीन मुख्यमंत्री लालू प्रसाद ने भी सामाजिक न्याय के प्रति निष्ठा जताते हुए घोषणा की कि बिहार सरकार हर हाल में ओबीसी आरक्षण लागू करेगी। लालू प्रसाद और पूर्व गृह मंत्री मुफ़्ती मोहम्मद सईद के भाषण के दौरान सभा स्थल पर बम फेंके गए, जिसमें दर्जनों लोग घायल हुए।

इस बीच सभा स्थल पर मंच पर चढ़ने की क़वायद कर रहे लिबरेशन फ्रंट के गुंडों को पीटने के लिए विधायकों तक को सामने आना पड़ा। यह आश्चर्यजनक, लेकिन सत्य है कि मीडिया में उस दिन की ख़बरें भरी पड़ी हैं कि पुलिस ने आरक्षण के विरोध में प्रदर्शन, पथराव, बमबाज़ी कर रहे छात्रों की पिटाई की, लेकिन यह भी सूचना अख़बारों में है कि पूर्व प्रधानमंत्री, दर्जनों पूर्व कैबिनेट मंत्री, बिहार के तत्कालीन मुख्यमंत्री के मंच पर गुंडे चढ़ गए। इस दौरान बम और पत्थर चलते रहे। पुलिस उन्हें रोकने में नाकाम रही।

जब मंच पर गुंडे चढ़ गए तो विधायक केदारनाथ सिंह ने मोर्चा सँभाला और गुंडों को पीटना शुरू कर दिया। उसके बाद मार्कंडेय चंद ने भी मंच पर चढ़े गुंडों की पिटाई करनी शुरू की और मंच से उन्हें खदेड़ दिया गया। उसके बाद तो जनसभा में आए लोगों ने भी मोर्चा सँभाल लिया। जिन लाठियों में झंडे बाँधकर लाए गए

थे वे लाठियाँ, बाँस निकल गए और सभा में आए लोगों ने मोर्चा सँभालकर गुंडों को रोका। पत्थरबाज़ों को दौड़ा-दौड़ाकर मारा। शरद यादव ने जनसभा में ही कहा कि आज की घटनाओं के पीछे भाजपा, राष्ट्रीय स्वयं सेवक संघ तथा विश्व हिन्दू परिषद का हाथ है।

उस दौर में पहले नंबर पर रहे *आज*[3] अख़बार की रिपोर्टिंग का भी रुख जानना ज़रूरी है, जिसे कांग्रेस समर्थक अख़बार माना जाता था। इस अख़बार ने 'वीपी सिंह के राजनीतिक उत्थान के बाद पतन का भी साक्षी बना गोरखपुर' शीर्षक से ख़बर लिखी।[4] वह उस दौर की सबसे संतुलित रिपोर्ट थी, जिसे पढ़कर अहसास किया जा सकता है कि अख़बार, उसमें लिखने वालों व लोकतंत्र के अन्य कथित झंडाबरदारों का उस दौर में क्या रुख था। यह पिछड़े वर्ग की सामाजिक जागरूकता न होने का परिणाम था कि आरएसएस ने अपने आनुषांगिक संगठनों के माध्यम से अन्य पिछड़े वर्ग से जुड़े तबकों को ही आरक्षण के विरोध में खड़ा कर दिया था।

मंडल आयोग : उपेक्षाओं का इतिहास

इस लड़ाई की नींव जनता पार्टी की सरकार बनने और मंडल कमीशन के गठन के साथ पड़ी थी। आयोग को काम करने के दौरान तमाम कठिनाइयों और चुनौतियों से जूझना पड़ा। रिपोर्ट तैयार होती, उसके पहले ही मोरारजी देसाई और अल्पकाल के लिए बनी चौधरी चरण सिंह की सरकार गिर गई। जुलाई 1979 में लोकसभा भंग हो गई। उसके बाद मार्च 1980 में 9 राज्य विधानसभाएँ भंग हो गईं। राज्य का पूरा अमला चुनाव की तैयारियों में जुट गया, जिसकी वजह से आयोग का काम सुस्त हो गया। आयोग को 3 विस्तार मिले। पहला विस्तार तीन महीने के लिए 1 जनवरी से 31 मार्च 1980 तक था। दो और विस्तार 1 अप्रैल से 30 सितंबर 1980 और 1 अक्टूबर से 31 दिसंबर 1980 तक के लिए थे।[5] इस तरह से आयोग ने अपना काम करीब दो सालों में पूरा किया, जिसमें इंदिरा गाँधी सरकार ने भी आयोग भंग न करके दो बार उसका कार्यकाल बढ़ाया और रिपोर्ट तैयार करने में पूरी मदद दी।

1980 के लोकसभा चुनाव के पहले चरण सिंह ने लोक दल नाम से नई पार्टी का गठन किया। इसका मकसद समाजवादी समाज की स्थापना करना था। यह दल चरण सिंह की किसान राजनीति और लोहिया की समाजवादी और सत्ता में हिस्सेदारी वाली राजनीति का मिश्रण था।

लोकदल के अध्यक्ष चरण सिंह थे, वहीं इसके उपाध्यक्ष राजनारायण थे। साथ ही समाजवादी नेता मधु लिमये पार्टी के महासचिव बने। कर्पूरी ठाकुर, जॉर्ज

फ़र्नांडिज, रवि राय जैसे समाजवादी इसमें शामिल थे। साथ ही जाट नेता देवीलाल और सतपाल मलिक भी थे और हुकुमदेव नारायण यादव, चंद्रजीत यादव, ब्रह्मप्रकाश चौधरी और शरद यादव जैसे पिछड़े वर्ग के नेता भी लोकदल में थे। दल के घोषणापत्र में जाति का उन्मूलन और अंतरजातीय विवाह करने वाले युवाओं को गजटेड पदों पर आरक्षण देने का प्रस्ताव शामिल था।[6] यह दल न सिर्फ़ ओबीसी बल्कि किसान समुदाय को भी आरक्षण दिए जाने के पक्ष में था।

मंडल कमीशन ने अपनी रिपोर्ट दिसंबर 1980 में इंदिरा गाँधी सरकार को सौंपी, जो मध्यावधि चुनाव के बाद बनी थी। इस रिपोर्ट को 30 अप्रैल 1982 में संसद में पेश किया गया। इतनी देरी से संसद में रिपोर्ट पेश होने के बाद बमुश्किल संसद सदस्यों की संख्या सदन की गणपूर्ति भर को थी। इससे रिपोर्ट को लेकर सरकार की सुस्ती का संकेत मिलता है। उस समय लोकदल के सांसद चंद्रजीत यादव ने लोकसभा में खुलकर बोला। वहीं रामविलास पासवान भी इसके पक्ष में खुलकर बोले, जो ओबीसी न होकर अनुसूचित जाति की दुसाध जाति के थे।[7] लोकसभा में कुछ दिन की चर्चा के बाद गृह मंत्री ज्ञानी जैल सिंह ने बयान दिया, ''इस रिपोर्ट की सिफ़ारिशों ने महत्त्वपूर्ण व जटिल मसलों को उठाया है, जिसका देश पर गहरा असर पड़ेगा। केंद्र सरकार इसे राज्यों के विचारार्थ भेज रही है, जिससे उनकी राय ली जा सके।''

कांग्रेस की ओर से आयोग का कार्यकाल बढ़ाने से लेकर संसद में चर्चा और राज्यों के विचारार्थ भेजने की कार्रवाई की गई। लोकदल इसे राजनीतिक मुद्दा बना चुका था और ओबीसी रिज़र्वेशन पर मुखर था। पार्टी के शीर्ष नेता चौधरी चरण सिंह ने कहा, ''हमारे संविधान निर्माताओं ने साफ़ तौर पर हमारे समाज के सामाजिक और शैक्षणिक रूप से पिछड़े लोगों को सेवाओं में आरक्षण देने का प्रावधान किया है, जिससे वे अन्य अगड़ी जातियों के समकक्ष आ सकें। लेकिन सत्तासीन कांग्रेस पार्टी ने 31 साल के शासन में अब तक इस दिशा में कोई कार्रवाई नहीं की। 1955 में गठित काका कालेलकर आयोग की सिफ़ारिशें लागू नहीं की गईं। इसके पीछे ऊँची जातियों व पूँजीपति तबके का षड्यंत्र रहा है। अब ऐसा लगता है कि अगर व्यापक आंदोलन करके सरकार पर दबाव नहीं डाला गया तो मंडल कमीशन रिपोर्ट का भी वही हश्र हो जाएगा, जो कालेलकर आयोग की रिपोर्ट का हुआ था। मैं पिछड़ी जातियों, हरिजन और गिरिजन से अपील करता हूँ कि 18 फरवरी 1982 को दोपहर को बोट क्लब पर आयोजित रैली में बड़ी संख्या में पहुँचें, जब संसद का बजट सत्र शुरू होने जा रहा है।''

चरण सिंह ने 18 फरवरी 1982 को ओबीसी आरक्षण लागू कराने के लिए लोकसभा के बाहर बैठक भी की। लेकिन पार्टी की उतनी हैसियत न थी कि वह मंडल कमीशन की सिफ़ारिशों को लागू कराने की दिशा में कुछ कर पाती। इसके अलावा पार्टी के भीतर भी दो धड़े थे। पहला धड़ा किसान राजनीति वाला और दूसरा समाजवादी राजनीति वाला था। चरण सिंह ने जब अलग पार्टी बनाई थी तब भी चंद्रशेखर के नेतृत्व में जनता पार्टी चल रही थी, जिसमें सुरेंद्र मोहन, रामकृष्ण हेगड़े शामिल थे। इनके अलावा अशोक मेहता, एन.जी. गोरे और रामानंद तिवारी भी चंद्रशेखर के साथ थे, जो पक्के समाजवादी माने जाते थे। जनता पार्टी और समाजवादियों के बँटवारे के बीच चरण सिंह का दल एक बार फिर टूट गया। 25 अगस्त 1982 को लोकदल की कार्यकारिणी की बैठक में पार्टी विरोधी गतिविधियों के आरोप में हरियाणा के जाट नेता देवीलाल, ओडिशा के बीजू पटनायक, कर्पूरी ठाकुर, जॉर्ज फ़र्नांडिस, शरद यादव, हेमवती नंदन बहुगुणा और राम विलास पासवान को निकाल दिया गया।

इसके बारे में संसदीय दल के मुख्य सचेतक राशिद मसूद ने बताया था कि जनता पार्टी के शासन में चरण सिंह और उनके समर्थकों ने मंडल कमीशन के गठन का समर्थन किया था, क्योंकि उनका मानना था कि सभी किसान जातियों को आरक्षण का लाभ मिलेगा। लेकिन कमीशन ने जाट को ओबीसी के रूप में चिह्नित नहीं किया। उसके बाद चरण सिंह की जाति के नेताओं की दिलचस्पी इसमें ख़त्म हो गई।[8]

नई सरकार : नए समीकरण

इंदिरा गाँधी की मृत्यु के बाद 1984 के लोकसभा चुनाव में कांग्रेस ने अप्रत्याशित बढ़त के साथ वापसी की। इंदिरा गाँधी की हत्या के बाद उपजे भावनात्मक तूफ़ान में सभी विपक्षी दल बह गए। राजीव गाँधी ने सरकार बनाई, जिनकी लोकसभा में कुल 415 सीटें थीं। राजीव गाँधी ने कटाक्ष में कहा कि हमने विपक्ष के लिए 10+2+3 का सिस्टम लागू कर दिया है। यह इशारा जनता पार्टी, भारतीय जनता पार्टी और लोकदल को क्रमशः मिली 10, 2 और 3 सीटों की ओर था।[9] किसान और समाजवादी राजनीति से जूझता लोकदल चरण सिंह के निधन के बाद एक बार फिर टूट गया। 1987 में मुलायम सिंह यादव सहित यादव नेताओं ने अपने को जाट नेताओं से अलग कर लिया, जिनकी संख्या पार्टी में शुरू से दूसरे स्थान पर रही थी। चरण सिंह के पुत्र अजीत सिंह के साथ सिर्फ़ जाट नेता रह गए। हालाँकि कांग्रेस के इतने प्रचंड बहुमत के बाद भी विपक्ष राजीव गाँधी के गले पर सवार हो गया। मंडल कमीशन से लेकर शाहबानो प्रकरण तक सरकार को घेरा गया। जब राजीव सरकार मीडिया पर लगाम

लगाने के लिए 'एंटी डिफ़ेमेशन बिल' लाई, तब विपक्ष के तेवर और सख्त हो गए।

उधर कांग्रेस सरकार के भीतर मांडा के राजा विश्वनाथ प्रताप सिंह का संघर्ष चल रहा था। वह 1980–82 तक उत्तर प्रदेश के मुख्यमंत्री रह चुके थे। राजीव गाँधी ने उन्हें वित्त मंत्री नियुक्त किया, जहाँ उन्होंने कारोबारियों की कर चोरी के खिलाफ़ ज़बरदस्त अभियान चलाया। 1987 में उन्हें रक्षा मंत्रालय में भेज दिया गया। उनको पद से हटाए जाने की प्रमुख वजह कारोबारियों का दबाव माना जाता है। रक्षा मंत्रालय में रहते हुए उन्होंने बोफ़ोर्स सौदे में हेराफेरी को लेकर सवाल उठाने शुरू किए, जिसकी आँच राजीव गाँधी तक पहुँच रही थी। जुलाई 1987 में वह कांग्रेस से निकाल दिए गए। कुछ कांग्रेसियों के साथ मिलकर उन्होंने जनमोर्चा की स्थापना की, जिसमें पूर्व समाजवादी भी थे। इस संगठन ने जनता दल के गठन में अहम भूमिका निभाई।

1989 के लोकसभा चुनाव की तैयारियों के साथ समाजवादियों और लोकदल का मिलन शुरू हो गया। अजीत सिंह के लोकदल–ए और देवीलाल के लोकदल–बी को मिलाकर समाजवादी जनता दल बनाया गया, जिसमें से देवीलाल की आपत्ति के बाद समाजवादी निकालकर जनता दल नाम रखा गया।[10] विश्वनाथ प्रताप सिंह ने वाम दलों को प्राकृतिक सहयोगी घोषित कर दिया और सभी को मिलाकर राष्ट्रीय मोर्चे का गठन हुआ।

जनता दल ने 60 प्रतिशत टिकट समाज के कमज़ोर तबके को देने की घोषणा की। हालाँकि यह व्यावहारिक रूप से पदों के बँटवारे में लागू नहीं हो पाया, जो 60 के दशक में लोहिया का दिया हुआ विचार था। 1989 के राष्ट्रीय मोर्चा के चुनाव घोषणा पत्र में सरकार, सार्वजनिक व निजी कंपनियों, बैंकिंग संस्थानों में आरक्षण नीति लागू करने की घोषणा की गई।[11] विश्वनाथ प्रताप सिंह की सरकार बनी तो वह पहली सरकार थी, जिसमें सबसे ज़्यादा 4 कैबिनेट मंत्री ओबीसी थे।[12] विश्वनाथ प्रताप सिंह ने चौधरी देवीलाल को मंडल कमीशन लागू करने पर बनी समिति की अध्यक्षता सौंपी। इस समिति को लेकर देवीलाल ने पूरी तरह निष्क्रियता दिखाई, जिसके बाद रामविलास पासवान इस समिति के प्रमुख बने। सभी जाट नेता इसके लिए लॉबिंग कर रहे थे कि जाटों को भी ओबीसी आरक्षण की सूची में शामिल किया जाए। देवीलाल गुट की असल लड़ाई यही थी।

मंडल कमीशन की एक रिपोर्ट लागू हो गई और ओबीसी के लिए सरकारी सेवाओं में 27 प्रतिशत आरक्षण का प्रावधान कर दिया गया। 7 अगस्त 1990 को वीपी सिंह ने रिपोर्ट लागू करने की घोषणा की। 10 अगस्त 1990 आयोग की सिफ़ारिशों के तहत सरकारी नौकरियों में आरक्षण की व्यवस्था करने के खिलाफ़

देशव्यापी विरोध-प्रदर्शन शुरू हो गया। उधर 13 अगस्त 1990 को मंडल आयोग की सिफ़ारिश लागू करने की अधिसूचना जारी कर दी गई। अगले दिन ही 14 अगस्त 1990 को अखिल भारतीय आरक्षण विरोधी मोर्चे के अध्यक्ष उज्ज्वल सिंह ने आरक्षण प्रणाली के खिलाफ़ सुप्रीम कोर्ट में याचिका दायर की। बहरहाल देश की एक बड़े और शासन-प्रशासन, शिक्षा और देश के मलाईदार पदों से वंचित पिछड़े वर्ग को उनका वाजिब हक वीपी ने दे दिया था। उनका संदेश साफ़ था कि देश तभी समावेशी और विकसित होने की दिशा में बढ़ सकता है, जब हर किसी को यह अहसास हो कि भारत उनका भी देश है और भारत में मौजूद हर गम के साथ हर खुशी भी उनकी है।

मंडल कमीशन की रिपोर्ट लागू होने पर जहाँ आरएसएस-भाजपा परोक्ष रूप से विरोध कर रहे थे, वहीं विश्व हिन्दू परिषद और भाजपा के ज़िला स्तर के कार्यकर्ता खुलेआम आरक्षण और वीपी सिंह के विरोध में उतर आए। भाजपा के वरिष्ठ नेता लालकृष्ण आडवाणी पहले से ही रथ लेकर निकल पड़े थे और देश भर में दंगे हो रहे थे।

उसी बीच जनता दल के नेता शरद यादव ने 25 अगस्त 1992 से 6 नवम्बर 1992 तक मंडल रथ यात्रा निकाली। इसका मकसद न सिर्फ़ यह बताना था कि सरकार ओबीसी रिज़र्वेशन को लेकर साजिश न करे, साथ ही पिछड़ा वर्ग भी अपने अधिकारों के प्रति जागरूक हो। शरद यादव ने घोषणा की, "हम वर्तमान केंद्र की सरकार को ख़बरदार करना चाहते हैं कि हमें उनकी नीयत का पता है। हमें यह भी पता है कि अयोध्या में राम मंदिर का शिलान्यास मंडल कमीशन द्वारा उत्पन्न पिछड़े व दलितों के जागरण को कब्र में भेजने की यह चतुर द्विज चाल है।"

वीपी सिंह भारत की ऐसी शख्सियतों में शामिल हैं, जिन्होंने ग़ैर-बराबरी दूर करने के लिए बड़ी जंग लड़ी। 1989 के आम चुनाव के पहले प्रधानमंत्री पद के उम्मीदवार के रूप में उन्होंने वंचितों को अपनी ओर खींचा ही नहीं बल्कि चुनाव घोषणा पत्र में मंडल कमीशन की रिपोर्ट लागू करने का वायदा भी किया। उनकी वंचितों के प्रति भावना ही कहेंगे कि उन्होंने सत्ता में आते ही मंडल कमीशन की रिपोर्ट लागू करवाने पर काम शुरू कर दिया। उन्होंने दक्षिण भारत के तेज़-तर्रार आईएएस अधिकारी पी.एस. कृष्णन को इस काम पर लगाया, जिन्होंने बखूबी यह काम करके दिखाया और मंडल कमीशन लागू करने की नींव तैयार कर दी।

स्वतंत्रता के बाद 1989 के चुनाव तक जब-जब कांग्रेस मज़बूत रही है, आँकड़ों के मुताबिक हिन्दी भाषी क्षेत्रों में लोकसभा में सवर्ण सांसदों की संख्या

ज़्यादा रही है। लोकसभा में एससी-एसटी के लिए सांसदों का आरक्षण है, जिसकी वजह से उनका प्रतिशत तो तकरीबन पहले से ही तय होता है, सरकार चाहे जिसकी बने। लेकिन ज़्यादा सवर्ण सांसद होने का खामियाज़ा खासकर पिछड़ी जातियों को भुगतना पड़ता रहा है। क्रिस्टोफे जेफ्रले के जुटाए गए आँकड़ों से पता चलता है कि हिन्दी बेल्ट में सवर्ण सांसदों का प्रतिशत 1980 में 40.88 प्रतिशत, 1984 में 46.9 प्रतिशत, 1989 में 38.2 प्रतिशत, 1991 में 37.11 प्रतिशत, 1996 में 35.3 प्रतिशत, 1998 में 34.67 प्रतिशत, 1999 में 30.9 प्रतिशत रहा है। वहीं ओबीसी सांसदों का प्रतिशत 1980 में 13.71 प्रतिशत, 1984 में 11.1 प्रतिशत, 1989 में 20.87 प्रतिशत, 1991 में 22.6 प्रतिशत, 1996 में 24.8 प्रतिशत, 1998 में 23.56 प्रतिशत, 1999 में 22.2 प्रतिशत रहा है।[13]

2014 के चुनाव के पहले कई तरीक़े से यह प्रचार किया गया कि मंडल कमीशन के आरक्षण का ज़्यादातर लाभ यादवों को मिल गया। ख़ासकर यह प्रचार उत्तर प्रदेश और बिहार में ज़्यादा हुआ, जहाँ लंबे समय तक ओबीसी के नाम पर मुलायम सिंह यादव और लालू प्रसाद यादव के नेतृत्व वाले दलों का दबदबा रहा। इसकी वजह से न सिर्फ़ शासन-प्रशासन में इनका प्रभुत्व रहा, बल्कि विधायिका और संसद में भी यादवों की आवाज़ गूँजती रही।

हालाँकि इस हकीकत से परे भी एक सच्चाई है। 1970 के दशक में लोकसभा में ओबीसी के नाम पर यादव और कुर्मी सांसद ही हुआ करते थे। वहीं जब उत्तर भारत में किसान राजनीति और लोहियावादी राजनीति ने ज़ोर पकड़ा तो 1980 के आस-पास लोकसभा में लोध, कोइरी, गूर्जर, माली जैसी जातियाँ भी आने लगीं। उसके बाद 1990 आते-आते इसमें मल्लाह, केवट, जायसवाल, काछी जैसी जातियाँ भी जुड़ गईं। यह अलग बात है कि उत्तर भारत में यादवों और कुर्मियों का लोकसभा और विधायिकाओं में अभी भी दबदबा रहा है।

मंडल कमीशन और यूपी की राजनीति

अगर उत्तर प्रदेश की राजनीति की बात करें तो मंडल कमीशन रिपोर्ट लागू होने के बाद मंडल और कमंडल की राजनीति खूब चली। उत्तर प्रदेश की राजनीति में मुलायम सिंह की भूमिका अहम रही है और वह राजनीति में कम-से-कम चार दशक तक छाए रहे। इटावा में जन्मे मुलायम सिंह यादव (22 नवंबर, 1939) ने लोहिया के समाजवाद और चरण सिंह के किसान राजनीति के बीच अपना राजनीतिक करियर चलाया। इटावा ज़िला लंबे समय से समाजवादियों का गढ़ रहा है, जहाँ दिग्गज समाजवादी और स्वतंत्रता संग्राम सेनानी अर्जुन सिंह भदौरिया ने 1957 में लोकसभा

चुनाव जीता था। 1950 में उन्होंने समाजवादियों के साथ मिलकर किसानों की लड़ाई लड़ी, जिन्हें चरण सिंह ने 'छोटा नेपोलियन' नाम दिया।[14] वह 1967 में पहली बार विधायक बने और सबसे युवा विधायक बनकर उत्तर प्रदेश की विधानसभा में पहुँचे। 1975 में इमरजेंसी के दौरान जेल गए। 1977 में वह जनता पार्टी के विधायक बने और सहकारिता, पशुपालन और लघु उद्योग मंत्री बने। 1980 में वह चुनाव हार गए, लेकिन लोकदल के उत्तर प्रदेश के अध्यक्ष बने। 1987 में लोकदल अजीत और लोकदल बहुगुणा बनने के बाद मुलायम सिंह लोकदल बी के नेता बन गए। 1987 में उन्होंने क्रांति यात्रा निकाली, जिसका मकसद किसान और कोटा राजनीति को आगे बढ़ाने का था। उन्होंने मंडल कमीशन की सिफ़ारिशें लागू किए जाने की माँग की। जनता दल में शामिल होने के बाद 1989 में हुए विधानसभा चुनाव के बाद बहुमत विधायकों के समर्थन से अजीत सिंह को पछाड़कर मुलायम सिंह यादव सितंबर 1989 में उत्तर प्रदेश के मुख्यमंत्री बने। इस दौरान मुलायम सिंह ने मंडल कमीशन की सिफ़ारिशों के मुताबिक 27 प्रतिशत आरक्षण लागू कर दिया। इस पर इलाहाबाद उच्च न्यायालय ने रोक लगा दी। उसके बाद 1992 में उच्चतम न्यायालय के फ़ैसले के बाद ओबीसी आरक्षण लागू हुआ। इस बीच भारतीय जनता पार्टी के मुख्यमंत्री बने कल्याण सिंह के शासन में 6 दिसंबर, 1992 में बाबरी मस्जिद गिराए जाने के बाद उत्तर प्रदेश में मंडल और कमंडल की लड़ाई और तेज़ हो गई।

कांग्रेस ने उत्तर प्रदेश में पिछड़े वर्ग की राजनीति पकड़ने की कभी क़वायद नहीं की। राज्य में कांग्रेस का दुर्भाग्य भी मंडल कमीशन के कुछ साथ-साथ चला। पूर्वी उत्तर प्रदेश में पड़रौना के राजा सीपीएन सिंह संजय गाँधी के दाहिने हाथ माने जाते थे, जो कांग्रेस की राजनीति में सक्रिय थे। आपातकाल में चुनावी हार के बाद हुए लोकसभा चुनाव में इंदिरा गाँधी ने लोकसभा चुनाव प्रचार अभियान पड़रौना में बने सीपीएन सिंह के मंच से शुरू किया था। इंदिरा गाँधी की सत्ता में वापसी पर वह रक्षा राज्य मंत्री बने। सामंती छवि के बावजूद सैंथवार जाति के होने की वजह से पिछड़े वर्ग में उनकी लोकप्रियता थी। 1989 में वह पड़रौना से लोकसभा प्रत्याशी थे। चुनाव अभियान के बीच में ही उनके चचेरे भाई डीपीएन सिंह ने उनकी हत्या कर दी। हालाँकि माना जाता है कि यह हत्या लंबे समय से चल रहे संपत्ति के विवाद के कारण हुई, लेकिन डीपीएन उस समय सीपीएन सिंह के विपक्षियों की मूठ बने हुए थे, जो उनके ऊपर तमाम घिनौने आरोप लगा रहे थे।[15] इसके पहले गोरखपुर के बहुत ही लोकप्रिय क्षत्रिय नेता और एन.डी. तिवारी के पहले मुख्यमंत्री रह चुके वीर बहादुर सिंह का असामयिक निधन संचार मंत्री रहते महज़ 54 साल की उम्र में 30 मई 1989 को फ्रांस की राजधानी पेरिस में हो गया था। पूर्वांचल

का बड़ा इलाक़ा इन दो नेताओं के निधन के बाद नेतृत्वविहीन हो गया, जिनकी उत्तर प्रदेश और दिल्ली की राजनीति में पैठ थी। वहीं मऊ से चुनाव जीतने वाले एक और महत्त्वपूर्ण नेता भूमिहार जाति के कल्पनाथ राय थे। उन्होंने थोड़ा-बहुत कांग्रेस को सँभाला और अपनी लोकसभा सीट बचाए रखी। कल्पनाथ राय के महज़ 58 साल की उम्र में 6 अगस्त 1999 को निधन के बाद पूर्वांचल में कांग्रेस एक तरह से नेतृत्वविहीन हो गई। 1995 में पश्चिमी उत्तर प्रदेश के शाहजहाँपुर के ब्राह्मण नेता जितेंद्र प्रसाद ने एनडी तिवारी की जगह प्रदेश का कामकाज सँभाला। राज्य में ओबीसी को लेकर कांग्रेस कभी सक्रिय नहीं रही और बसपा के उभार के बाद धीरे-धीरे अनुसूचित जाति मतदाताओं को भी गँवा दिया। इस तरह से 1989 के बाद से धीरे-धीरे कांग्रेस हाशिये पर चली गई। 2009 के लोकसभा चुनाव में कांग्रेस ने सपा नेता बेनी प्रसाद वर्मा को अपने पाले में खींचने के बाद यूपी में उल्लेखनीय सफलता पाई और पड़रौना, महराजगंज, डुमरियागंज, कैसरगंज, गोंडा, बहराइच सहित कुर्मी बहुल इलाक़ों में अप्रत्याशित रूप से एकतरफ़ा जीत हासिल करने में कामयाब रही। हालाँकि इसमें मुलायम सिंह के कल्याण सिंह से हाथ मिला लेने और सपा से मुस्लिम वोट छिटक जाने और 2008 में कांग्रेस द्वारा उच्च शिक्षण संस्थानों में ओबीसी को आरक्षण दिए जाने की भी अहम भूमिका मानी जाती है। लेकिन कुल मिलाकर कांग्रेस इस जीत को न तो पचा पाई, न सँभाल पाई। पार्टी ने इस जीत की समीक्षा करने, उसे आगे बढ़ाने के बजाय यह बताने में सारा ज़ोर लगा दिया कि राहुल गाँधी का जादू चल गया और उन्होंने जिन-जिन इलाक़ों में भाषण दिया, कांग्रेस जीत गई। जनता दल सरकार में कैबिनेट मंत्री रहे बेनी प्रसाद वर्मा को कांग्रेस ने राज्यमंत्री पद देकर उनका कद समेट दिया। उसके बाद कांग्रेस इधर-उधर गठजोड़ करती रही और शर्मिंदगी योग्य ही सीटें जीतती रही, चाहे वह लोकसभा हो या विधानसभा चुनाव। इसकी चरम परिणति 2019 के चुनाव में हुई, जब पार्टी के शीर्ष नेता राहुल गाँधी ही अमेठी से लोकसभा चुनाव हार गए।

उधर भाजपा ने कमंडल अभियान और ओबीसी नेतृत्व का तड़का लगाया। आरएसएस से जुड़े रहे लोध नेता कल्याण सिंह उत्तर प्रदेश में ताकतवर बनकर उभरे। कल्याण सिंह ने अपना राजनीतिक कौशल दिखाते हुए उत्तर प्रदेश के हर इलाक़े में जातीय समीकरण के मुताबिक प्रत्याशी उतारे। पार्टी ऐसी स्थिति में आ गई कि 1991 में कल्याण सिंह राज्य के मुख्यमंत्री बन गए। वह जोड़-तोड़ और गठजोड़ का दौर था। कल्याण सिंह ने तमाम अद्भुत काम किए। किसी भी दल से टूटकर आने या निर्दलीय प्रत्याशी के भाजपा में आने पर उन्होंने हर किसी को मंत्री बना दिया। उस समय तक मंत्री बनने की अधिकतम सीमा तय नहीं की गई थी।

उत्तर प्रदेश की राजनीति में ऐसा पहली बार हुआ था, जब बड़ी संख्या में माफ़िया को मंत्री बनने का मौका मिला। कल्याण सिंह भी उमा भारती की तरह ही ओबीसी को लेकर मुखर नेता थे। उस दौर में मुलायम, मायावती और कल्याण की तिकड़ी को ही नेता माना जाता था। मुलायम और मायावती को उनके दल में कोई चुनौती देने वाला नहीं था। वहीं कल्याण सिंह को अपनी ही पार्टी में कलराज मिश्र और राजनाथ सिंह से चुनौती मिल रही थी। दूसरी बार 1997 में कल्याण सिंह 2 साल के लिए मुख्यमंत्री बने। कल्याण, कलराज और राजनाथ की जंग में राम प्रकाश गुप्ता भी 351 दिन के मुख्यमंत्री बने, लेकिन वह भाजपा की आंतरिक कलह में नाइट वाचमैन की भूमिका में लाए गए थे, जो ज़िन्दगी से करीब संन्यास ले चुके थे। आख़िरकार राजनाथ सिंह को उन्हें हटाकर एक साल के लिए मुख्यमंत्री बनने का मौका मिला। आख़िरकार कल्याण सिंह का भी हश्र उमा भारती जैसा हुआ और उन्हें पार्टी के बाहर का रास्ता दिखा दिया गया। इसका परिणाम भाजपा के लिए घातक हुआ और 2004 के लोकसभा चुनाव में अटल बिहारी वाजपेयी के लखनऊ से प्रत्याशी होने, बेहतरीन आधार होने, शाइनिंग इंडिया के धुआँधार प्रचार के बावजूद 80 लोकसभा सीट वाले उत्तर प्रदेश में भाजपा एक अंक में सिमट गई और नरेंद्र मोदी के उभार के पहले तक हाशिये पर ही रही। 2017 के विधानसभा चुनाव में भाजपा को अप्रत्याशित सफलता मिली और कांग्रेस के दौर के बाद उत्तर प्रदेश में पहली बार भाजपा की ओर से योगी आदित्यनाथ के रूप में राज्य को पूर्ण बहुमत की सरकार वाला सवर्ण नेता मिल पाया जो 2022 में अपनी जीत दुहराने में सफल रहे।

हालाँकि उत्तर प्रदेश में कमंडल की राजनीति शुरुआती दौर में बहुत प्रभावशाली नहीं दिखी। इसकी वजह यह है कि राज्य में दलित राजनीति भी मंडल कमीशन की सिफ़ारिशें लागू होने के साथ प्रभावशाली हो गई थी। कांशीराम का बामसेफ उत्तर प्रदेश में सक्रिय हो गया था। उत्तर प्रदेश में उन्होंने न सिर्फ़ अंबेडकरवादियों को आकर्षित किया, बल्कि जगमोहन सिंह वर्मा जैसे समाजवादियों को भी आकर्षित किया। लखनऊ विश्वविद्यालय में प्रोफ़ेसर वर्मा कुर्मी समाज के थे और बामसेफ को उत्तर प्रदेश में स्थापित करने में उन्होंने अहम भूमिका निभाई थी। कांशीराम ने 6 दिसंबर 1981 को दलित शोषित समाज संघर्ष समिति (डीएस-4) नाम से पहला राजनीतिक संगठन बनाया था। कांशीराम ने डीएस-4 के अंग्रेज़ी मुखपत्र *द ओप्रेस्ड इंडियन* में तमाम लेख लिखकर यह साबित करने की कोशिश की कि शूद्र (ओबीसी) और अति शूद्र (अनुसूचित जाति) एक-दूसरे से जुड़े रहे हैं और इसमें आदिवासी भी शामिल रहे हैं। बहुजन समाज भारत में आर्यों के आने के पहले वाली आबादी है। इस संगठन से न सिर्फ़ दलितों, बल्कि पिछड़ों को जोड़ने की क़वायद की। बड़ी

संख्या में ओबीसी, खासकर कुर्मी समुदाय के नेता कांशीराम से जुड़ते चले गए। कांशीराम ने मुस्लिमों को भी अपने पाले में करने की क़वायद की। उत्तर प्रदेश में अलीगढ़ मुस्लिम विश्वविद्यालय में अस्थायी शिक्षक के रूप में काम करने वाले डॉ. मसूद अहमद 1983 में इसके पूर्णकालिक संगठनकर्ता बन गए। बामसेफ के विपरीत डीएस-4 ने गाँवों के दलितों को पार्टी से जोड़ने की क़वायद की।

कांशीराम ने *चमचा युग* नाम से किताब लिखी। ज्योतिबा फुले को समर्पित यह किताब चार भागों में विभाजित है- पूना पैक्ट की पूर्व पीठिका, पूना पैक्ट पर डॉ. अंबेडकर, चमचा युग और उपाय। इसमें पूना पैक्ट के लिए महात्मा गाँधी को दोषी ठहराया गया है, जिससे दलितों में चमचा नेता पैदा हुए।[16] इस किताब में लोकसभा और राज्यसभा में ब्राह्मणों की संख्या का उल्लेख किया गया है। पुस्तक के मुताबिक लोकसभा में ब्राह्मण सांसदों का प्रतिशत 1947 में 490 में 230, 1952 में 499 में 173, 1962 में 410 में 210, 1967 में 523 में 192, 1971 में 523 में 178, 1977 में 542 में 136, 1980 में 530 में 190 था।[17] कांशीराम ने 14 अप्रैल 1984 को बहुजन समाज पार्टी की स्थापना की। मंडल कमीशन रिपोर्ट लागू होने के पहले ही उन्होंने मंडल कमीशन पर चर्चा शुरू कर दी थी। 1987 में हरियाणा विधानसभा चुनाव के दौरान उन्होंने कहा, ''स्वतंत्रता के 39 साल के बाद भी न तो इस वर्ग को चिह्नित किया गया, न कुछ इस वर्ग को मिला। सच्चाई यह है कि इस देश की सरकार ओबीसी को चिह्नित करने को तैयार नहीं है। डॉ. अंबेडकर द्वारा संविधान में डाले गए अनुच्छेद 340 के मुताबिक काका कालेलकर आयोग और मंडल आयोग का गठन हुआ, लेकिन दोनों रिपोर्टों को कचरे के डब्बे में डाल दिया गया।''

कांशीराम ने नारा दिया, 'मंडल आयोग लागू करो, वर्ना कुर्सी खाली करो।' यह कांशीराम के बहुजन समाज को एकीकृत करने की रणनीति थी, जिसमें वह कम-से-कम उत्तर प्रदेश में सफल नज़र आते हैं। 1990 के दौरान उन्होंने राजबहादुर और जंग बहादुर पटेल व सोने लाल पटेल जैसे कुर्मी नेताओं को अपने साथ जोड़ा। हालाँकि पार्टी के मज़बूत होने के साथ बसपा ने पिछड़े वर्ग खासकर कुर्मी नेताओं को एक-एक कर उखाड़ फेंका। समाजवादी पार्टी द्वारा 2000 ई. के आस-पास मुस्लिम-यादव समीकरण पर केंद्रित होने के साथ बहुजन समाज पार्टी ने ब्राह्मण, दलित गठजोड़ पर ज़ोर दिया। मायावती ने कैबिनेट में पद देने के वादे के साथ ब्राह्मणों को प्रभावित किया। यह अवधारणा सामने आई कि आज दलित का सीधे-सीधे उत्पीड़न करने वाले ओबीसी हैं, जो ज़मीन के मालिक हैं और ब्राह्मणों का दलितों से कोई सीधा टकराव नहीं है।[18] दलितों के बीच लगाए जाने वाले नारे

'ब्राह्मण, ठाकुर, बनिया चोर, बाकी सब हैं डीएस फ़ोर', 'बहुजन हिताय, बहुजन सुखाय', 'जिसकी जितनी संख्या भारी, उसकी उतनी भागीदारी', '85 पर 15 का राज, नहीं चलेगा, नहीं चलेगा', 'वोट हमारा, राज तुम्हारा, नहीं चलेगा, नहीं चलेगा', 'तिलक, तराजू और तलवार, इसको मारो जूते चार', का नारा धीरे-धीरे बदलकर 'हाथी नहीं गणेश है, ब्रह्मा, विष्णु, महेश है', 'ब्राह्मण शंख बजाएगा, हाथी बढ़ता जाएगा', 'सर्वजन हिताय, सर्वजन सुखाय' ने ले लिया।

विश्वनाथ प्रताप सिंह सरकार गिरने के बाद चंद्रशेखर द्वारा गठित समाजवादी जनता दल में मुलायम सिंह यादव शामिल हो गए और उसके बाद उन्होंने 1992 में समाजवादी पार्टी की स्थापना की। मुलायम सिंह यादव की समाजवादी पार्टी के शुरुआती साथियों में कुर्मी समाज से आने वाले नेता बेनी प्रसाद वर्मा, ब्राह्मण समाज से आने वाले जनेश्वर मिश्र, क्षत्रिय समाज के मोहन सिंह, मुस्लिमों के बीच खासे लोकप्रिय समाजवादी नेता आजम खां सहित कई बड़े नाम थे। लेकिन धीरे-धीरे पार्टी परिवार तक सिमटती गई। बेनी प्रसाद वर्मा के अलग होने के बाद सपा पिछड़े वर्ग की न होकर एकतरफ़ा यादव पार्टी बन गई, जिसमें अन्य तमाम पिछड़े नेता आए और गए, लेकिन कोई कद्दावर नेता नहीं बचा। 2000 आते-आते समाजवादी पार्टी पूरी तरह माई (मुस्लिम-यादव) समीकरण पर नज़र आने लगी। पार्टी की राष्ट्रीय कार्यकारिणी में यादव को छोड़ दें तो पहले स्थान पर अपर कास्ट थे। दूसरे स्थान पर मुस्लिम थे। इसी तरह से ज़िले या शहर के 90 अध्यक्षों में से अगस्त 2020 में 35.6 प्रतिशत यादव और 25.6 प्रतिशत मुस्लिम थे। वहीं अन्य ओबीसी का प्रतिनिधित्व 19 प्रतिशत और अपर कास्ट का प्रतिनिधित्व 15 प्रतिशत हो गया।[19]

इस तरह मंडल राजनीति से अन्य पिछड़े वर्ग के लोगों के सामाजिक न्याय की लोहियावादी और सत्ता में जनसंख्या के मुताबिक भागीदारी देने की अंबेडकरवादी राजनीति की चरम परिणति मुस्लिम-यादव समीकरण और दलित-ब्राह्मण समीकरण पर हुई। समाजवादी पार्टी में मुलायम सिंह परिवार के सदस्यों के अलावा किसी अन्य जाति या अन्य परिवार के नेता प्रभावशाली नहीं रह गए। वहीं बहुजन समाज पार्टी में मायावती और पार्टी महासचिव सतीश मिश्र के अलावा कोई प्रभावशाली नेता नहीं रह गया। बसपा से डॉ. मसूद अहमद, नसीमुद्दीन सिद्दीकी, उनके बेटे अफ़ज़ल सिद्दीकी, राजबहादुर, सोनेलाल पटेल, जंग बहादुर पटेल, बरखूराम वर्मा, संजय निषाद, स्वामी प्रसाद मौर्य, ओम प्रकाश राजभर, इंद्रजीत सरोज, महाबली कुशवाहा जैसे नेता एक-एक कर बाहर कर दिए गए, या वे बाहर चले जाने के लिए मजबूर कर दिए गए। कांशीराम सवर्णों को मनुवादी यानी मनु का धर्मशास्त्र मानने वाले कहा करते थे, जो

मायावती की राजनीति के चरम पर आते-आते काफ़ी कुछ बदल गया। कांशीराम का 'जाति तोड़ो, समाज जोड़ो' का नारा ब्राह्मण जोड़ो, चुनाव के दौरान जाति गिनो तक सिमट गया। दलित, ओबीसी और मुस्लिम नेताओं के पार्टी से निकाले जाने या उनके ख़ुद निकल जाने के बाद बसपा समर्थक उनके खिलाफ़ आक्रामक प्रचार चलाते रहे कि उन नेताओं की कोई औकात नहीं थी, बसपा ने फ़र्श से अर्श तक पहुँचाया और निजी स्वार्थों में वे दूसरे दलों के गुलाम हो गए। शायद यही वजह रही कि बसपा पर कुछ समय तक पिछड़े वर्ग के लोगों का भरोसा कायम रहा और पिछड़े वर्ग के बड़े नेताओं के पार्टी से निकलने के बावजूद बसपा बढ़ती रही और 2007 में पहली बार बहुजन समाज पार्टी उत्तर प्रदेश में पूर्ण बहुमत की सरकार बनाने में सफल रही। यही स्थिति समाजवादी पार्टी की रही। समाजवादी पार्टी के बुज़ुर्ग नेताओं के निधन और तमाम नेताओं के पार्टी छोड़कर निकलते जाने के बाद भी पार्टी पर पिछड़े वर्ग का भरोसा बना रहा और 2012 के चुनाव में उत्तर प्रदेश की जनता ने पार्टी को पूर्ण बहुमत दे दिया। हालाँकि सपा और बसपा की स्थिति अब बदल चुकी थी। 2017 के उत्तर प्रदेश विधानसभा चुनाव के पहले बहुजन समाज पार्टी अध्यक्ष मायावती ने अपर कास्ट में ग़रीबों को आरक्षण देने की माँग पेश कर दी। भागीदारी का सिद्धांत पीछे छूट गया और मायावती यह बताने लगीं कि सवर्णों में भी जो ग़रीब हैं, वह समाज के वंचित तबके की ही तरह हैं।[20] इसके पहले 2011 में भी मायावती ने अपर कास्ट ग़रीबों और मुस्लिमों के लिए अलग से नौकरियों व शिक्षा के क्षेत्र में आरक्षण की माँग की थी।[21] उधर समाजवादी पार्टी भी इसी ढर्रे पर चल रही थी। 2014 के लोकसभा चुनाव के चुनाव घोषणापत्र में इसे शामिल किया गया कि अपर कास्ट को आरक्षण दिए जाने के मसले पर विचार करने के लिए पार्टी एक आयोग का गठन करेगी।[22] स्वाभाविक है कि भागीदारी के सिद्धांत से सपा और बसपा पूरी तरह भटक चुकी थीं और वोट लुभाने की राजनीति के तहत उन्होंने आरक्षण को ग़रीब भोजनालय बनाने में अहम भूमिका निभाई।

2014 में नरेंद्र मोदी के नेतृत्व में भाजपा के उभार के बाद उत्तर प्रदेश में बसपा के ब्राह्मण-दलित समीकरण और सपा के मुस्लिम यादव समीकरण का एक विकल्प सामने आया। कमंडल की राजनीति और सोशल जस्टिस के जातीय प्रतिनिधित्व की चाशनी के साथ भाजपा सामने थी। 2014 के लोकसभा चुनाव में सपा और बसपा का सूपड़ा साफ़ हो गया। यूपी की 80 लोकसभा सीटों में से भाजपा को 71, भाजपा की सहयोगी अपना दल को 2, कांग्रेस को 2, सपा को 5 और बसपा को शून्य सीटें मिलीं। तमाम सर्वे के मुताबिक न सिर्फ़ अपर कास्ट, बल्कि ग़ैर यादव, ग़ैर जाटव ओबीसी और दलित वोट भी भाजपा के खाते में चला गया। यह ट्रेंड बरकरार रहा

और 2019 के लोकसभा चुनाव में सपा-बसपा के गठबंधन के बावजूद भाजपा को 62, बसपा को 10, सपा को 5, अपना दल को 2 और कांग्रेस को 1 सीट मिली। 2017 के विधानसभा चुनाव में भी सपा और बसपा बुरी तरह से धराशायी हुईं। राज्य की 403 विधानसभा सीटों में भारतीय जनता पार्टी को 312, समाजवादी पार्टी को 47, बहुजन समाज पार्टी को 19, अपना दल को 9, कांग्रेस को 7, सुहेलदेव भारतीय समाज पार्टी को 4, निर्बल इंडियन शोषित हमारा आम दल को 1, राष्ट्रीय लोकदल को 1 सीट मिली, जबकि 3 विधानसभा क्षेत्रों में निर्दलीय प्रत्याशी कामयाब रहे।

जातियों को प्रतिनिधित्व देने के बसपा के कथित सामाजिक न्याय के समीकरण को भारतीय जनता पार्टी ने अच्छी तरह आत्मसात कर लिया। आरएसएस ने ओबीसी और दलितों में नेतृत्व उभारने में अच्छी-खासी मशक्कत की। यह अलग बात है कि उन्होंने अपना वैचारिक धरातल नहीं बदला और वह हिन्दुत्व के फ़ॉर्मूले पर ही चले, जिसमें जातीय वर्गीकरण के मुताबिक ही सम्मान मिलता है। वंचित जातियों को प्रतिनिधित्व और हिन्दुत्व के तड़के ने भाजपा को भारत की राजनीति में प्रमुख भूमिका में लाकर खड़ा कर दिया।

मंडल के बाद बिहार की राजनीति

बिहार में कोटा पॉलिटिक्स यूपी की तुलना में सशक्त रही है। कर्पूरी ठाकुर से लेकर जय प्रकाश नारायण और राम मनोहर लोहिया की राजनीति का केन्द्र पटना ही रहा। 1974 में इंदिरा गाँधी सरकार के खिलाफ़ आंदोलन भी पटना से शुरू हुआ और उस दौर में बिहार में तमाम छात्र नेता उभरे, जिन्होंने भारतीय राजनीति पर असर डाला। आंदोलन से लालू प्रसाद, नीतीश कुमार, राम विलास पासवान जैसे समाजवादी नेता उभरे, वहीं रविशंकर प्रसाद और सुशील कुमार मोदी जैसे नेता भी सामने आए, जिन्होंने आरएसएस-भाजपा में अहम भूमिका निभाई। मंडल कमीशन लागू होने के सबसे बड़े लाभार्थी लालू प्रसाद बने। लालू प्रसाद (11 जून 1948) का जन्म बिहार के सारण ज़िले के फुलवरिया गाँव में हुआ। 1966 में उन्होंने पटना के बी.एन. कॉलेज में दाखिला लिया। गाँवों की कहानियाँ और रोचक ढंग से बात कहने के अंदाज़ ने उन्हें विद्यार्थियों में लोकप्रिय बना दिया। उन्होंने सबसे पहला आंदोलन दूर-दराज के इलाक़ों से पैदल विश्वविद्यालय पढ़ने जाने वाले छात्रों के लिए बस की सुविधा देने को लेकर चलाया। पढ़ाई के दौरान वह राम मनोहर लोहिया के समाजवादी आंदोलन से प्रभावित हुए और आपातकाल के विरोध में चल रहे आंदोलन के दौरान जयप्रकाश नारायण के करीबी बन गए। लालू ने 1970-71 में विश्वविद्यालय में चुनाव कराने की माँग को लेकर आंदोलन चलाया और उसके बाद राजेश्वर प्रसाद अध्यक्ष और

लालू प्रसाद महासचिव चुने गए। बाद में लालू प्रसाद पटना यूनिवर्सिटी स्टूडेंट्स एसोसिएशन (पीयूएसए) के अध्यक्ष भी बने।

आपातकाल के खिलाफ़ जब जेपी ने जेल भरो आंदोलन शुरू किया तो लालू प्रसाद भी गिरफ़्तारी देकर जेल चले गए। जुलाई/अगस्त 1974 में उन्होंने कैदियों को सुविधाएँ बढ़ाए जाने के लिए आंदोलन चलाया। उसी दौरान 22 मई 1975 को उनकी बड़ी बेटी का जन्म हुआ और मीसा के तहत जेल में बंद होने के कारण लालू ने बेटी का नाम मीसा रख दिया। जेल में रहते ही लालू प्रसाद का एलएलबी का परीक्षा परिणाम आया और उन्हें वकालत की डिग्री मिल गई। इंदिरा गाँधी ने आपातकाल के खात्मे और लोकसभा चुनाव की घोषणा की और लालू प्रसाद 18 जनवरी, 1977 तिथि को अपने जीवन में अहम मानते हैं। भारतीय क्रांति दल, भारतीय जनसंघ, सोशलिस्ट पार्टी, कांग्रेस (ओ) आदि दलों को मिलाकर जनता पार्टी का गठन हुआ और युवा तुर्क कहे जाने वाले चंद्रशेखर को जेपी ने पार्टी अध्यक्ष मनोनीत किया। इस लोकसभा चुनाव में लालू प्रसाद को छपरा लोकसभा से चुनाव लड़ने का मौका मिला और उन्होंने जेल से ही हथकड़ी लगे लोकसभा चुनाव का नामांकन भरा। छपरा सीट उन्होंने 3.75 लाख मतों के भारी अंतर से जीती और कांग्रेस प्रतिद्वंद्वी रामशेखर सिंह को महज़ 85,000 वोट मिल पाए। वह लोकसभा में सबसे कम उम्र के नेता के रूप में सांसद बन गए।[23] उसके बाद लालू प्रसाद 1980 और 1985 में सोनपुर से विधानसभा के लिए चुने गए और उन्होंने 1985 में पहली बार विधासनभा चुनाव जीतकर आए नीतीश कुमार से तालमेल के साथ राज्य की राजनीति शुरू की। जब फरवरी 1988 में कर्पूरी ठाकुर का निधन हो गया तो लालू प्रसाद उनके उत्तराधिकारी के रूप में उभरे। नीतीश ने लालू को समर्थन दिया और लालू प्रसाद बिहार विधानसभा में विपक्ष के नेता बन गए। 1989 में जनता दल के गठन और वीपी सिंह के उभार के साथ लालू प्रसाद का ग्राफ़ बढ़ता गया। 1990 में बिहार विधानसभा में जनता दल की सफलता के बाद 10 मार्च 1990 को लालू प्रसाद ने बिहार के मुख्यमंत्री पद की शपथ ली और वह बिहार की राजनीति पर छा गए। इस बीच उनके सबसे करीबी नीतीश कुमार उनसे अलग हो गए, लेकिन करीब 15 साल तक बिहार की राजनीति में लालू प्रसाद का एकछत्र राज बना रहा। लालू प्रसाद के शुरुआती नारों में भूराबाल (भूमिहार, राजपूत, ब्राह्मण, लाला यानी कायस्थ) साफ़ करो अहम था। हालाँकि, अपनी जीवनी *गोपालगंज से रायसीना* में लालू प्रसाद का कहना है कि उन्होंने न तो कभी ऐसा नारा दिया, न कभी अपनी ज़िन्दगी में यादव सहित किसी भी जाति के सम्मेलन में गए।

1990 के चुनाव में जनता दल ने मतदाताओं को आश्वासन दिया कि वह

एकमात्र पार्टी है, जो मंडल कमीशन की सिफ़ारिशों को लागू करेगी। सत्ता में आने पर लालू के नेतृत्व वाली जनता दल सरकार ने 1992 में ओबीसी कोटा 20 प्रतिशत से बढ़ाकर 27 प्रतिशत कर दिया। आर्थिक रूप से कमज़ोर तबके के लिए लागू 3 प्रतिशत कोटे को ख़त्म कर दिया गया। अगस्त 1993 में पटना यूनिवर्सिटी एंड बिहार यूनिवर्सिटी अमेंडमेंट बिल पारित किया गया और इसके मुताबिक विश्वविद्यालयों के सीनेट और सिंडिकेट में 50 प्रतिशत पद आरक्षित कर दिए गए।[24] शैक्षणिक संस्थानों और विश्वविद्यालयों में ज़्यादातर कुलपति और प्रमुख पदों पर पिछड़े वर्ग के लोगों की नियुक्ति हुई। 1993 में ब्राह्मण मुख्य सचिव को हटाकर उसकी जगह एक अनुसूचित जाति के आईएएस को नियुक्त किया गया। एक और ब्राह्मण को हटाकर पिछड़ी जाति के पुलिस महानिदेशक को नियुक्त किया गया। तमाम ओबीसी अधिकारी, जो हाशिये पर डाले गए थे, उन्हें प्रमुख पदों पर लाया गया। *इंडिया टुडे* के 28 फरवरी 1995 में छपे आँकड़ों के मुताबिक राज्य में कुल 50 ज़िलाधिकारियों में 26 ओबीसी, 4 अल्पसंख्यक और 20 अगड़ी जातियों के थे। वहीं डिप्टी डिविज़नल मजिस्ट्रेट में 30 ओबीसी, 4 अल्पसंख्यक, 16 अगड़ी जाति के थे।[25] 1993 में बिहार विधानसभा में पंचायती राज विधेयक पारित किया गया, जिसमें अनुसूचित जाति, अनुसूचित जनजाति और अन्य पिछड़े वर्ग को उनकी जनसंख्या के अनुपात में आरक्षण का प्रावधान कर दिया गया।

बहरहाल इसी के साथ लालू प्रसाद पर यादववाद के आरोप लगने भी शुरू हो गए। 1995 में कुल चुने गए विधायकों में 57 प्रतिशत ने ख़ुद को पिछड़ी जाति का बताया, जिनमें से 38 प्रतिशत यादव थे। 1990 और 2000 के बीच लालू प्रसाद और उनकी पत्नी के बीच शासन के बँटवारे ने आरोपों को और पुख़्ता बनाने का काम किया। खासकर कुर्मी जातियों ने अपने को उपेक्षित महसूस करना शुरू कर दिया, जब प्रमुख बोर्डों जैसे बिहार पब्लिक सर्विस कमीशन, बिजली बोर्ड, औद्योगिक निगम में यादव जाति के प्रमुख बनाए गए। नीतीश कुमार ने जब 1994 में जनता दल छोड़ दिया और जॉर्ज फ़र्नांडिस के साथ समता पार्टी का गठन किया तो ग़ैर-यादव प्रभावशाली नेता का रहा-सहा पर्दा भी ख़त्म हो गया। लालू प्रसाद के जनता दल ने 1995 के चुनाव में 28 प्रतिशत टिकट यादवों[26] और 5 प्रतिशत टिकट कुर्मियों को देकर यह आरोप और पुख़्ता कर दिया।

नीतीश कुमार : छात्र आंदोलन से बिहार की गद्दी तक

नीतीश कुमार का जन्म पटना ज़िले के बख़्तियारपुर गाँव में 1 मार्च 1951 को हुआ। उनके पिता रामलखन सिंह कांग्रेसी और आयुर्वेद के चिकित्सक थे और माँ परमेश्वरी

देवी गृहिणी। रामलखन सिंह स्वतंत्रता संग्राम सेनानी थे और कई बार जेल जा चुके थे। स्वतंत्रता के बाद उन्होंने कांग्रेस से टिकट की दावेदारी की, लेकिन उनकी जगह पर लाल बहादुर शास्त्री की बहन सुंदरी देवी को टिकट दे दिया गया। जब दूसरी बार 1957 में रामलखन सिंह को टिकट न देकर सुंदरी देवी को दे दिया गया तो उन्होंने कांग्रेस छोड़ दी। उसके बाद उन्होंने समाजवादी गुटों का दामन थामा, लेकिन बाढ़ से चुनाव हार गए।[27]

नीतीश कुमार ने बख़्तियारपुर में प्राथमिक शिक्षा प्राप्त करने के बाद इंजीनियरिंग की पढ़ाई का रास्ता चुना। उन्होंने बिहार कॉलेज ऑफ़ इंजीनियरिंग में इलेक्ट्रिक शाखा में दाखिला लिया और अभियंत्रण महाविद्यालय छात्र संघ बीएमएसयू के अध्यक्ष बन गए। 1972 में उन्होंने ज़्यादा फ़ीस और घटिया हॉस्टल सुविधाओं को लेकर हिंसक आंदोलन चलाया। उन्होंने इसके बाद गिरफ़्तारी दी और जेल गए। यही वह दौर था, जब लालू प्रसाद भी पटना में आ चुके थे और छात्र राजनीति में सक्रिय थे। दोनों के बीच संबंध बन चुके थे और नीतीश कुमार ने लालू प्रसाद के अध्यक्ष पद पर खड़ा होने पर उनके पक्ष में इंजीनियरिंग कॉलेज के छात्रों को लामबंद किया।

लालू के विपरीत नीतीश कुमार अपने परिवार की तीसरी पीढ़ी थे, जो पढ़ाई कर रहे थे। वह अंतर्मुखी और कम बोलने वाले और एक्शन के लिए जाने जाते थे। उनका राजनीतिक सफ़रनामा निराशाओं के साथ शुरू हुआ। जब 1977 में कांग्रेस के खिलाफ़ लहर में नेता जीत रहे थे, नीतीश कुमार अपना पहला विधानसभा चुनाव हार गए। दरअसल हरनौत में 1977 के चुनाव के पहले जातीय लामबंदी शुरू हो गई थी। दुसाध जाति के लोगों ने कुर्मी ज़मींदारों के खिलाफ़ मोर्चेबंदी शुरू कर दी थी। सिंघवा नामक एक भूमिहीन मज़दूर ने बगावत कर दी और कुर्मी प्रभुत्व के खिलाफ़ खड़ा हो गया। कुर्मियों व दलितों में संघर्ष छिड़ गया और दोनों पक्षों ने एक-दूसरे पर कई हमले किए। ऐसे में दलितों को सबक सिखाने के लिए कुर्मियों ने महावीर महतो से संपर्क साधा। सिंघवा ने महतो को आमने-सामने चुनौती दी। उसे सबक सिखाने के लिए महतो की अगुआई में सिंघवा समेत 11 दलितों को पकड़ लिया और रात के अंधेरे में उन्हें बाँधकर ज़िन्दा जला दिया। बेलछी में हुआ यह नरसंहार पूरी दुनिया में सनसनी बनकर उभरा।

लोहिया और किशन पटनायक के विचारों के समर्थक नीतीश कुमार ने कुर्मियों के आंदोलन का नायक बनने से इनकार कर दिया। कुर्मियों ने उन्हें बागी करार दिया और उनके मुख्य प्रतिद्वंद्वी भोला प्रसाद सिंह बने, वह भी कुर्मी जाति के थे। भोला प्रसाद सिंह चुनाव जीतने में कामयाब रहे। 1980 के विधानसभा चुनाव में भोला

प्रसाद ने बेलछी नरसंहार के आरोपी रहे अरुण कुमार सिंह को समर्थन दे दिया और नीतीश कुमार दोबारा चुनाव हार गए।

लगातार दो हार के बाद नीतीश ने राजनीति छोड़ने का मन बना लिया। उन्हें परिवार चलाने में दिक्कत आने लगी। विवाह को 7 साल हो गए थे और वह इंजीनियरिंग करने के बाद खाली बैठे थे। 1984 का लोकसभा चुनाव नीतीश के लिए आसान नहीं था क्योंकि इंदिरा गाँधी की हत्या के बाद कांग्रेस की लहर थी और उन्होंने चुनाव न लड़ने का फ़ैसला किया। उसके बाद 1985 में वह पत्नी के साथ इस शर्त पर चुनाव में उतरे कि हार जाने पर वह हमेशा के लिए राजनीति छोड़ देंगे। उनकी पत्नी ने आर्थिक मदद की। हरियाणा के देवीलाल ने चुनाव प्रचार के लिए कार भिजवा दी। इस बार नीतीश विजयी रहे। इसके बाद से ही नीतीश कुमार के राजनीतिक सफ़र का उभार शुरू हुआ। वह 1989 के लोकसभा चुनाव में नौवीं लोकसभा के लिए नालंदा लोकसभा सीट से निर्वाचित हुए और देवीलाल के अधीन केंद्रीय कृषि और सहकारिता राज्य मंत्री बने। दसवीं लोकसभा के लिए 1991 में वह फिर निर्वाचित हुए और जनता दल के संसद में उपनेता और 1991-93 के बीच पार्टी के महासचिव बने। इसी बीच उनका लालू प्रसाद से मनमुटाव शुरू हो गया। 1992 में उन्होंने लालू प्रसाद को पत्र लिखा, जो अहम है—

> बिहार का मुख्यमंत्री पद मिलने तक मैं आपके साथ चट्टान की तरह खड़ा रहा। मैं आपकी सरकार का बचाव करता रहा हूँ और उसके लिए काम करता रहा हूँ। मगर इस सरकार ने हमारी सभी आशाओं को झुठला दिया है। यह सरकार आपके इर्द-गिर्द सत्ता लोलुप गुटों के खेल का मैदान बन गई है। एक बात साफ़ है कि आप सरकारी नियुक्तियों और ठेकों का लाभ किसी एक विशेष जाति वर्ग के लोगों को पहुँचा रहे हैं। पिछड़ी जातियों में इस तरह के भेदभाव के कारण ग़ैर-यादव गुटों में निराशा फैल रही है।[28]

बाद में तल्खियाँ ऐसे बढ़ीं कि नीतीश कुमार को अलग रास्ता अपनाना पड़ा। अप्रैल, 1994 में जनता दल के 14 सांसदों ने अलग गुट बनाया और उसका नाम जनता दल (जॉर्ज) रखा। 19 अक्टूबर, 1994 को जनता दल जॉर्ज का नाम बदल गया और समता पार्टी का गठन हुआ। 1995 के चुनाव के पहले लालू की लोकप्रियता चरम पर थी। लालकृष्ण आडवाणी की रथयात्रा रुकवाकर वह हीरो बन गए थे। चुनाव में जनता दल को राज्य की 324 सीटों में से 164 सीटों पर जीत के साथ स्पष्ट बहुमत मिला। जीत के सपने देख रही समता पार्टी ने 310 प्रत्याशी खड़े किए थे, जिनमें से 271 की ज़मानत ज़ब्त हो गई और महज़ 7 सीटों पर जीत मिली। इस करारी हार

के बाद पटना के गाँधी मैदान में बड़ी जनसभा हुई। नीतीश कुमार ने ऐलान किया कि मैं बिहार में खूँटा गाड़कर बैठूँगा और लालू प्रसाद के ख़िलाफ़ संघर्ष करूँगा। उसके बाद नीतीश ने विधानसभा से इस्तीफ़ा दे दिया और लोकसभा की सदस्यता बनाए रखी। नीतीश कुमार अपने बयान पर कुछ महीने भी कायम नहीं रह सके।[29]

बहरहाल इसके बाद लालू प्रसाद चारा घोटाले में फँस गए। नीतीश कुमार 1996 के चुनाव में तीसरी बार बाढ़ से लोकसभा के लिए चुने गए। 1998 के चुनाव में समता पार्टी ने भारतीय जनता पार्टी से गठजोड़ कर बिहार में 54 लोकसभा में से 29 सीटों पर जीत हासिल की। 1999 में समता पार्टी और शरद यादव के जनता दल का विलय हो गया और जनता दल यूनाइटेड बना। 1999 में हुए लोकसभा चुनाव में समता पार्टी और भाजपा गठजोड़ ने 54 में से 42 सीटें जीत लीं। हालाँकि 2000 में हुए विधानसभा चुनाव में जदयू और समता पार्टी आपस में लड़ गए। समता पार्टी ने 120 सीटों पर प्रत्याशी उतारे। जदयू ने 87 प्रत्याशी उतारे और भाजपा 168 सीटों पर लड़ी। आनंद मोहन सिंह की पीपुल्स पार्टी भी 23 सीटों पर लड़ी। लोकसभा में समता पार्टी की ज़ोरदार सफलता के बावजूद लालू प्रसाद के राष्ट्रीय जनता दल ने 124 सीटें हासिल कर लीं, जबकि राजग को 122 सीटें ही मिल सकीं। नीतीश कुमार ने मुख्यमंत्री बन समर्थन जुटाने की कोशिश की, लेकिन विधानसभा में हार गए। वहीं 1999 में नीतीश कुमार लगातार पाँचवीं बार लोकसभा सदस्य बन चुके थे। उन्होंने केंद्र की राजनीति पकड़े रखी और अटल बिहारी वाजपेयी सरकार में कृषि मंत्री, भूतल परिवहन मंत्री और रेल मंत्री के लिए काम करते रहे। 2004 में वह छठी बार सांसद बने। 2005 में खंडित बिहार में 243 विधानसभा सीटों में राष्ट्रीय जनता दल को महज़ 75 सीटें मिलीं। उसके बाद से जीतनराम मांझी के कुछ समय के कार्यकाल को छोड़कर नीतीश कुमार 2022 में पहले राजद, फिर भाजपा और अब फिर राजद के साथ लगातार मुख्यमंत्री बने हुए हैं।

2002 में गुजरात दंगों के बाद भी भाजपा की सांप्रदायिक राजनीति से चिपके रहने के बावजूद नीतीश कुमार की धर्मनिरपेक्ष और अच्छे प्रशासक की छवि बनी रही। जब भारतीय जनता पार्टी ने 2014 के लोकसभा चुनाव के लिए नरेंद्र मोदी को पार्टी का उम्मीदवार बनाया तो नीतीश ने भाजपा से अलग राह अपनाई। नीतीश कुमार जब भारतीय जनता पार्टी से अलग हुए तब भी उन्होंने कसम खाई थी। बिहार विधानसभा में उन्होंने बड़े दावे के साथ कहा था[30] कि किसी भी परिस्थिति में लौटकर जाने (भाजपा के साथ) का प्रश्न नहीं उठता, हम रहें या मिट्टी में मिल जाएँ, आप लोगों के साथ भविष्य में कोई समझौता नहीं हो सकता...असंभव, नामुमकिन...अब वह चैप्टर ख़त्म

हो चुका है। उसके बाद राष्ट्रीय जनता दल और जनता दल यूनाइटेड में गठजोड़ हुआ और 2015 के विधानसभा चुनाव में गठबंधन की धमाकेदार जीत हुई। लेकिन कुछ समय बाद ही जब भ्रष्टाचार के मसले पर लालू प्रसाद को घेरा जाने लगा तो नीतीश ने पलटी मारकर भाजपा से समझौता कर लिया। 2019 के लोकसभा चुनाव में भी नीतीश भाजपा के साथ रहे और 40 में से 39 लोकसभा सीटें जीतने में कामयाबी हासिल की। भाजपा के प्रचंड बहुमत के बाद जयदू को केंद्र सरकार में नरेंद्र मोदी सरकार ने कोई हिस्सेदारी नहीं दी। फिर भी दोनों दलों के बीच गठबंधन बना रहा। 2020 में हुए विधानसभा चुनाव में पहली बार जनता दल यूनाइटेड बिहार में भाजपा की जूनियर पार्टनर बन गई और भाजपा को 74 और जदयू को 43 सीटें मिलीं। राजद 75 सीटों के साथ सबसे बड़े दल के रूप में उभरा।[31] 2020 के विधानसभा चुनाव में राजद ने 94 पिछड़े प्रत्याशियों में से 58 यादव प्रत्याशी उतारे और पार्टी ने एक भी कुर्मी प्रत्याशी को टिकट नहीं दिया।[32] दलितों, पिछड़ों की यात्रा पर चलते-चलते राजद अब यादव और परिवार की पार्टी बन गई, वहीं नीतीश कुमार सामाजिक न्याय और ग़ैर-बराबरी दूर करते-करते 2021 तक कुर्सी कुमार के रूप में स्थापित हो गए। फ़िलहाल उन्होंने फिर एक बार भाजपा को किनारे कर राष्ट्रीय जनता दल के साथ सरकार बना ली है। बहरहाल, 1990 में मंडल राजनीति शुरू होने के बाद बिहार में अभी तक किसी सवर्ण को मुख्यमंत्री बनने का मौका नहीं मिल पाया।

मध्य प्रदेश और पिछड़े वर्ग का उभार

मध्य प्रदेश की राजनीति में भी मंडल कमीशन की रिपोर्ट लागू किए जाने का समय बदलाव का चरण था। उत्तर प्रदेश और बिहार में जहाँ कांग्रेस बुरी तरह पिट गई, मध्य प्रदेश में जातीय प्रतिनिधित्व में विविधता लाकर उसने कांग्रेस को मज़बूत करने की क़वायद की। मंडल कमीशन लागू होने के पहले 1980 से 1985 के बीच मुख्यमंत्री बने अर्जुन सिंह ने पिछड़े वर्ग की स्थिति की जानकारी के लिए 1981 में रामजी महाजन आयोग की नियुक्ति की, जो माली जाति के थे। महाजन रिपोर्ट की सिफ़ारिशों के आधार पर अर्जुन सिंह ने आयोग की सिफ़ारिशें लागू करने की घोषणा की, लेकिन उस पर उच्च न्यायालय ने रोक लगा दी।

मंडल कमीशन की सिफ़ारिश लागू हुई तो मध्य प्रदेश में भाजपा के सबसे कद्दावर नेता सुंदरलाल पटवा मुख्यमंत्री थे। 1990 के आस-पास मध्य प्रदेश में भी ओबीसी में वर्गीय चेतना आई और चुनाव में ध्रुवीकरण शुरू हुआ। कांग्रेस में खासकर कुर्मी जाति ने हौशंगाबाद में अपनी जाति के लोगों के लिए आगामी चुनाव में टिकट की माँग की।[33] मध्य प्रदेश पिछड़ा वर्ग संगठन ने सभी निचली जातियों को एकजुट

करने की कोशिश की। इसके अलावा विभिन्न जातियों व अधिकारियों, कर्मचारियों के संगठनों ने भी पिछड़े वर्ग को तमाम सुविधाओं की माँग को लेकर ज्ञापन तैयार किए। मध्य प्रदेश बैकवर्ड क्लास ऑफ़िसर्स एंड इंप्लाइज़ एसोसिएशन, मध्य प्रदेश बलाई समाज, मध्य प्रदेश वाल्मीकि समाज, एमपी शेड्यूल्ड कास्ट, शेड्यूल्ड ट्राइब अनइंप्लाइड ग्रेजुएट इंजीनियर्स एसोसिएशन, साहू समाज ने विभिन्न माँगें रखीं और सरकार पर दबाव बनाना शुरू किया। कांग्रेस के नेता रामजी महाजन ने मंडल कमीशन की सिफ़ारिशें लागू करने पर उच्चतम न्यायालय के स्टे के तत्काल बाद मुख्यमंत्री सुंदरलाल पटवा को चुनौती देते हुए कहा कि वह मंडल कमीशन रिपोर्ट पर अपना रुख साफ़ करें। उधर 1993 में विधानसभा चुनाव के दौरान माधवराव सिंधिया और अर्जुन सिंह ने मंडल कमीशन की सिफ़ारिशें लागू करने की माँग की। साथ ही कांग्रेस ने 70 टिकट ओबीसी वर्ग को दिए। राज्य कांग्रेस के लिए 1990 बदलाव का बिंदु था। 1990 में जहाँ कांग्रेस के 50 प्रतिशत विधायक ऊँची जातियों से थे, 1993 और 1998 में इनकी संख्या घटकर करीब 35 प्रतिशत रह गई। कांग्रेस में ओबीसी में सबसे बड़ा समूह कुर्मियों का था, जिनकी कांग्रेस विधायकों की कुल संख्या में हिस्सेदारी 7.6 प्रतिशत हो गई, जबकि राज्य में उनकी जनसंख्या राज्य की कुल आबादी का करीब 3.7 प्रतिशत है।[34]

उत्तर प्रदेश और बिहार के विपरीत कांग्रेस में ओबीसी को प्रतिनिधित्व दिलाने में मुख्यमंत्री अर्जुन सिंह की अहम भूमिका थी। वह संभवत: जनता पार्टी के उभार के साथ ही यह समझ चुके थे कि अब पिछड़ों को प्रतिनिधित्व दिए बग़ैर सत्ता की राजनीति कर पाना संभव नहीं होगा। मंडल कमीशन के गठन के पहले से ही उन्होंने सक्रिय रूप से इस दिशा में राज्य में काम करना शुरू कर दिया था। 1993 के चुनाव में उन्होंने कांग्रेस को स्पष्ट सुझाव दिया कि अब वक्त आ गया है कि पार्टी का नेतृत्व किसी ओबीसी नेता को दे दिया जाए, लेकिन उनकी नहीं सुनी गई। राज्य में एक और ठाकुर नेता दिग्विजय सिंह मुख्यमंत्री बने और वह पिछड़े वर्ग को तमाम सहूलियतें देने की राजनीति पर चलते हुए 10 साल सत्ता में बने रहे। उन्होंने महाजन कमीशन की रिपोर्ट के मुताबिक 1993 में राज्य में पिछड़े वर्ग के लिए 14 प्रतिशत आरक्षण लागू कर दिया। 1995 में ओबीसी कोटा बढ़ाकर 27 प्रतिशत करने की क़वायद की। अनुसूचित जाति व जनजाति के लिए विशेष प्रावधान किए। अभयारण्यों से तेंदू पत्ता इकट्ठा करने की छूट दे दी। आदिवासी समुदाय के प्यारेलाल कंवर ओबीसी सुभाष यादव को उपमुख्यमंत्री बना दिया। 1994 में अनुसूचित जाति के परशुराम भारद्वाज को प्रदेश अध्यक्ष बनाया गया।

पिछड़े वर्ग को नेतृत्व देने की अर्जुन सिंह की सलाह उस समय कांग्रेस ने भले नहीं मानी, लेकिन भारतीय जनता पार्टी ने उस पर अमल शुरू कर दिया था। शुरुआती दौर में भाजपा के ओबीसी नेता जातीय पहचान से बचते रहे। पटवा सरकार में ताकतवर मंत्री रहे भेरूलाल पाटीदार 1993–1998 तक विधानसभा में डिप्टी स्पीकर रहे, लेकिन कोई उन्हें आसानी से जानता भी नहीं था कि वे कुर्मी जाति के हैं।[35] इसी तरह से पार्टी के ताकतवर नेता बाबूलाल गौर ने भी पार्टीलाइन के मुताबिक ओबीसी कोटे को लेकर आपत्ति जताई और कहा कि हम अपने समाज को बाँटना नहीं चाहते। इसमें लोध जाति से आने वाली उमा भारती ओबीसी आरक्षण को लेकर सबसे मुखर थीं।[36] 1996 के चुनाव के बाद भाजपा इस मामले में सक्रिय हुई और उसने जनाधार बचाओ समिति का गठन किया। बाबूलाल गौर ने जनाधार बचाओ समिति का प्रावधान 1997 में लिखा, जो 8 सदस्यों वाली समिति के प्रमुख थे। गौर ने अपने आपको ओबीसी नेता के रूप में प्रस्तुत किया। उन्होंने भाजपा पिछड़ा वर्ग मोर्चा के सम्मेलन में ओबीसी आरक्षण की वकालत की और 27 प्रतिशत आरक्षण के लिए आंदोलन चलाया। भाजपा ने गौर को पिछड़े वर्ग के नेता के रूप में बढ़ावा देना शुरू कर दिया। 1997 में आदिवासी नेता नंद कुमार साय को प्रदेश अध्यक्ष बनाया गया।

इसका परिणाम भाजपा के पक्ष में गया। 2003 के विधानसभा चुनाव में भाजपा को मध्य प्रदेश में बहुमत मिला और उमा भारती को मुख्यमंत्री बनाया गया। उमा भारती पिछड़े वर्ग के हितों को लेकर न सिर्फ़ मुखर, बल्कि उग्र थीं और 1990 से ही वह भाजपा के अपर कास्ट नेताओं को खटकती थीं। बहरहाल उन्हें 259 दिनों में ही पद से हटना पड़ा और बाबूलाल गौर को मुख्यमंत्री बनाया गया। उमा भारती के सामने ऐसी परिस्थिति आ गई कि उन्हें पार्टी छोड़नी पड़ी और उन्होंने अपना दल बनाया। हालाँकि उन्हें कोई खास सफलता नहीं मिली और घूम-फिरकर वह फिर से भाजपा में ही शामिल हो गईं। बाबूलाल गौर भी एक साल ही मुख्यमंत्री रह सके। उनकी जगह सत्ता सँभालने वाले पिछड़े वर्ग के एक और नेता शिवराज सिंह चौहान मुख्यमंत्री बने, जो किरार जाति से आते हैं। शिवराज सिंह चौहान लगातार 13 साल मुख्यमंत्री रहे और उन्होंने अपने नेतृत्व में लगातार दो चुनावों में पार्टी को पूर्ण बहुमत दिलाया। 2018 में हुए विधानसभा चुनाव में भाजपा बहुत मामूली सीटों से कांग्रेस से पिछड़ गई। कांग्रेस ने कमलनाथ को मुख्यमंत्री बनाकर राज्य में ओबीसी मुख्यमंत्री बनने का सिलसिला तोड़ने की कोशिश ज़रूर की, लेकिन कमलनाथ सरकार महज़ एक साल चल पाई। मराठा समाज के कांग्रेसी दिग्गज ज्योतिरादित्य सिंधिया ने कमनलाथ सरकार के खिलाफ़ विद्रोह कर दिया और एक बार फिर शिवराज सिंह को मुख्यमंत्री पद सँभालने का मौका मिल गया।

भारत के अन्य राज्यों की राजनीति के बारे में मंडल कमीशन रिपोर्ट के संदर्भ में व्यापक चर्चा का कोई खास महत्त्व नहीं है। राजस्थान में कांग्रेस में पहले से ही ओबीसी नेता प्रभावशाली रहे हैं, जिनमें राजेश पायलट का नाम अहम है। उनके अलावा अशोक गहलोत भी पिछड़ी जाति से आते हैं। उसके अलावा पर्वतीय राज्यों की सीटों पर कांग्रेस-भाजपा की लड़ाई चलती रहती है। छत्तीसगढ़ की राजनीति कमोबेश मध्य प्रदेश से जुड़ी रही। भाजपा ने हिन्दुत्व की धार तेज़ कर गोधरा दंगों के बाद विजयी बढ़त बना ली। महाराष्ट्र में भी शिवसेना, भारतीय जनता पार्टी, राष्ट्रवादी कांग्रेस पार्टी और कांग्रेस के बीच राजनीति झूलती रही। इधर पश्चिम बंगाल में आरक्षण को लेकर लगातार फ़्लिप फ़्लॉप खेलने वाली माकपा का 37 साल पुराना किला 2011 के विधानसभा चुनाव में ममता बनर्जी ने ढहा दिया। असम में छात्रनेता से नेता बने प्रफुल्ल कुमार महंता 1985 से लेकर 1990 तक मुख्यमंत्री रहे। उसके बाद कांग्रेस के हितेश्वर सैकिया और भूमिधर वर्मन ने पाँच साल सरकार चलाई। इसके बाद 1996 से 2001 के बीच के पाँच साल फिर प्रफुल्ल कुमार महंता के नाम रहे। और फिर 2001 से लगातार 3 कार्यकाल तरुण गोगोई राज्य के मुख्यमंत्री बने रहे। भाजपा की आँधी में 2016 में हुए विधानसभा चुनाव में कांग्रेस का यह किला ढह गया और सर्वानंद सोनोवाल राज्य के मुख्यमंत्री बन गए। असम में भी मंडल का कोई खास असर नहीं दिखता है। वहीं पंजाब और हरियाणा भी मंडल राजनीति से निरपेक्ष रहे। हालाँकि मंडल के दौर में हरियाणा बहुत अहम था, और देवीलाल परिवार राज्य की सत्ता में अहम बना रहा। 1991 के चुनाव के बाद कांग्रेस के भजन लाल, फिर हरियाणा विकास पार्टी के बंसीलाल, 1999 के विधानसभा चुनाव में ओमप्रकाश चौटाला के मुख्यमंत्री बनने के बाद 2005 तक उनका शासन रहा। 2005 में कांग्रेस के भूपेंद्र सिंह हुड्डा के नेतृत्व में सरकार बनी, जो 2014 तक चली। उसके बाद नरेंद्र मोदी की आँधी में हरियाणा में भी जाट राजनीति हाशिये पर चली गई और राज्य में कई दशक के बाद मनोहरलाल खट्टर के रूप में ग़ैर जाट मुख्यमंत्री मिला। भाजपा ने उत्तर प्रदेश और बिहार में जिस तरह से यादव को खलनायक के बतौर पेश किया, ऐसा ही माहौल हरियाणा में जाटों के खिलाफ़ बना दिया गया। जाटों की छवि ऐसी बन गई कि वंचित तबके के असल शोषक वही हैं और भाजपा ने राज्य के अन्य मतदाताओं को अपने पक्ष में लामबंद कर लिया।

पंजाब में मंडल कमीशन का कोई खास असर नहीं दिखा और वहाँ सत्ता अकालियों व कांग्रेस के बीच में ही इधर-उधर होती रही। ओडिशा में ओबीसी आरक्षण के विरोधी रहे मुख्यमंत्री (1990-1995) बीजू पटनायक के बाद कांग्रेस सत्ता में आई, जिसने 1995-2000 के बीच पाँच सालों में तीन मुख्यमंत्री बदले। मज़बूत

नेतृत्व व खींचतान ने कांग्रेस को हाशिये पर ला दिया और 2000 में चुनाव जीतकर सत्ता में आए बीजू पटनायक के पुत्र नवीन पटनायक पिछले 22 सालों से लगातार मुख्यमंत्री बने हुए हैं। कर्नाटक, आंध्र प्रदेश, तमिलनाडु और केरल में स्वतंत्रता के पहले ही ओबीसी, एसटी, एसटी का राजनीति से लेकर प्रशासन में उभार हो चुका था और मंडल रिपोर्ट का उधर कोई खास असर नहीं पड़ा।

केंद्र की राजनीति में बदलाव

उत्तर भारत में राजनीति से लेकर व्यापक सामाजिक समीकरण बदल देने वाली विश्वनाथ प्रताप सिंह की सरकार एक साल से भी कम समय (2 दिसंबर 1989–10 नवंबर, 1990) तक चली। बिहार में लालू प्रसाद सरकार द्वारा लालकृष्ण आडवाणी का मंदिर रथ रोके जाने के बाद भारतीय जनता पार्टी ने विश्वनाथ प्रताप सिंह सरकार से समर्थन वापस ले लिया, जो ओबीसी रिज़र्वेशन लागू किए जाने को लेकर पहले से ही घुट रही थी। उसके बाद चंद्रशेखर की प्रधानमंत्री बनने की महत्त्वाकांक्षा जागी और जनता दल टूट गया। चंद्रशेखर के नेतृत्व में समाजवादी जनता पार्टी का गठन हुआ, और महज़ 40 विधायकों को लेकर कांग्रेस के समर्थन से चंद्रशेखर करीब सात महीनों के लिए (10 नवंबर, 1990–21 जून, 1991) प्रधानमंत्री बने।

मंडल कमीशन की रिपोर्ट लागू होने की चर्चा कांग्रेस के भीतर व्यापक रूप से हुई। कांग्रेस के कोषाध्यक्ष सीताराम केसरी पिछड़ी जाति के थे, जो बिहार से आते थे। उन्होंने खुले तौर पर आरक्षण का पक्ष लिया। वहीं राजीव गाँधी ने मंडल कमीशन रिपोर्ट की लोकसभा में सबसे तीखी आलोचना की थी और उसके बाद पार्टी के अध्यक्ष भी परंपरागत रूप से ओबीसी आरक्षण के विरोधी थे। राजीव गाँधी ने तो 6 सितंबर 1990 को लोकसभा में बहस के दौरान यहाँ तक कह डाला था कि जाति आधारित आरक्षण करके मेरे देश को तोड़ने की कोशिश की जा रही है।[37] हालाँकि यह कहा जाता है कि नौकरशाह से नेता बने एक कांग्रेसी ने राजीव गाँधी का यह भाषण लिखा था, जिसने कांग्रेस के पतन की नींव रखी थी। 6 सितंबर, 1990 को ही भारतीय कम्युनिस्ट पार्टी के नेता और लोकसभा सांसद इंद्रजीत गुप्त ने संसद में मंडल कमीशन रिपोर्ट लागू किए जाने के पक्ष में ज़ोरदार दलील दी। उन्होंने मंडल कमीशन के विभिन्न अंशों और भारतीय समाज की स्थिति का ज़िक्र करते हुए बताया कि यह आरक्षण क्यों ज़रूरी है।

इसके पहले भी भारतीय कम्युनिस्ट पार्टी अन्य पिछड़े वर्ग को आरक्षण दिए जाने का समर्थन करती थी। भाकपा का मानना था कि पूँजीवादी पश्चिमी देशों में जहाँ वर्ग विभाजन है, वहीं भारत में वंचित तबके को जातीय उत्पीड़न अतिरिक्त

झेलना पड़ता है। 1986 में लिखे एक लेख में ए.बी. वर्धन ने आँकड़ों का हवाला देते हुए लिखा, 'एक अघोषित आरक्षण अभी भी ऊँची जातियों के हित में काम कर रहा है। यह आरक्षण इतना कड़ा है कि अनुसूचित जाति तथा अनुसूचित जनजाति के लिए लागू आरक्षण का संवैधानिक कदम भी उसे ख़त्म करने में कठिनाई महसूस कर रहा है।'[38]

इस मसले पर वर्धन ने उन कम्युनिस्टों की आलोचना भी की, जो जाति पर बोलने के आलोचक थे। उन्होंने लिखा, 'समस्या को दरी के नीचे दबा देने से वह गायब नहीं हो जाएगी। जाति को अनदेखा कर केवल वर्ग की बात करने से और जातीय उत्पीड़न को अनदेखा करने से, केवल वर्ग शोषण के खिलाफ़ लड़ने से समाजवादी आंदोलन को आगे ले जाने में हमेशा मदद नहीं मिली है।'

हालाँकि मार्क्सवादी कम्युनिस्ट पार्टी उन दलों में थी, जो ओबीसी आरक्षण पर मौन धारण करने को वरीयता देती थी। मंडल कमीशन से बातचीत में ज्योति बसु ने कहा कि जाति सामंती व्यवस्था की विरासत है। जातिवादी दृष्टिकोण से सामाजिक परिदृश्य को देखना पश्चिम बंगाल के मामले में व्यावहारिक नहीं होगा। उसके बाद जब मंडल कमीशन रिपोर्ट लागू हुई तो उन्होंने प्रधानमंत्री विश्वनाथ प्रताप सिंह को पत्र लिखकर सवर्ण ग़रीबों के लिए भी आरक्षण की माँग की।[39] ज्योति बसु का मानना था कि विश्वनाथ प्रताप सिंह ईमानदार थे और उन्हें माकपा का पूरा समर्थन था, लेकिन जाति के मसले को बढ़ा-चढ़ाकर दिखाने और आर्थिक पहलुओं की उपेक्षा करने को लेकर माकपा असहज थी।[40] इतना ही नहीं, आरक्षण लागू होने के बाद भी प्रकाश करात जैसे माकपा नेता आर्थिक आधार पर आरक्षण देने के ही समर्थक बने रहे।[41] 1979 में मंडल कमीशन से बात करते पश्चिम बंगाल की भारतीय कम्युनिस्ट पार्टी की नेता गीता मुखर्जी ने कहा कि जाति आधारित भेदभाव पश्चिम बंगाल में बीते दिनों की बात है, अब कोई ऐसी एक जाति नहीं है, जो कई पीढ़ियों से एक पेशे में लगी हो। ओबीसी आरक्षण के खिलाफ़ कम्युनिस्टों का यह रुख निश्चित रूप से कंबल ओढ़कर नहाने जैसा था। इस तरह से माकपा सहित कम्युनिस्ट दलों ने सत्ता में भागीदारी के सिद्धांत का कभी खुलकर समर्थन नहीं किया और जातीय उत्पीड़न की उपेक्षा करते-करते मिट गए।

1990 तक कांग्रेस को 'कैच ऑल पार्टी' कहा जाता था। यानी पार्टी को हर वर्ग, हर जाति, हर धर्म के धड़ों का समर्थन मिलता था। वहीं मई-जून 1991 के लोकसभा चुनाव से परिस्थितियाँ बदलने लगीं। 1991 में लोकसभा चुनाव में प्रचार के दौरान राजीव गाँधी की तमिलनाडु के श्रीपेरंबदूर में आत्मघाती हमले में हत्या कर

दी गई। चुनाव परिणाम करीब-करीब कांग्रेस के पक्ष में रहे। हालाँकि भाजपा ने भी उल्लेखनीय बढ़त हासिल की। दसवीं लोकसभा (20 जून, 1991 से 22 मई 1996) में कांग्रेस को 252, भारतीय जनता पार्टी को 121, जनता दल को 63, मार्क्सवादी कम्युनिस्ट पार्टी को 36, भारतीय कम्युनिस्ट पार्टी को 14, और ऑल इंडिया अन्ना द्रविड़ मुनेत्र कड़गम को 12 सीटें मिलीं।[42] अल्पमत की ही सही, कांग्रेस को सरकार बनाने के लिए केंद्र में समर्थन मिल गया। प्रधानमंत्री पी.वी. नरसिंहराव ने कार्यभार सँभालते ही पहले के आरक्षणों में आरक्षण नहीं पा रहे लोगों में से ग़रीब तबके के लिए 10 प्रतिशत आरक्षण देने की घोषणा कर दी। कांग्रेस इस समय तक एससी, एसटी और ओबीसी और सवर्णों के बीच बन चुकी खाई को पाटने की क़वायद कर रही थी। हालाँकि उच्चतम न्यायालय ने नवंबर 1992 के फ़ैसले में सवर्णों को 10 प्रतिशत आरक्षण देने के प्रस्ताव को यह कहकर ख़ारिज़ कर दिया कि संविधान के अनुच्छेद 15 और 16 आर्थिक आधार पर आरक्षण की अनुमति नहीं देते।

बहरहाल नरसिंहराव ने अपने कार्यकाल के दौरान चुनावी रणनीति का मिला-जुला व्यंजन तैयार किया। उन्होंने दक्षिण भारत में हुए मध्यावधि चुनाव में अपनी स्थिति मज़बूत की और उत्तर भारत में उत्तर प्रदेश व बिहार की उपेक्षा की।[43] द्वारका और शृंगेरी के शंकराचार्यों ने 'ग़ैर राजनीतिक' रामालय ट्रस्ट बनवाने की घोषणा की। हालाँकि नरसिंहराव ने सार्वजनिक रूप से ट्रस्ट से दूरी बनाई, लेकिन यह व्यापक तौर पर माना गया कि अपर कास्ट हिन्दुओं को अपने पाले में लाने की क़वायद के तहत उन्होंने यह ट्रस्ट बनवाने का काम किया। इसके अलावा उन्हें यह अहसास था कि बाबरी मस्जिद टूटने से मुसलमान नाखुश हैं। उन्होंने कमालुद्दीन अहमद को आंध्र प्रदेश कांग्रेस का अध्यक्ष नियुक्त किया। मुख्यमंत्री विजय भास्कर रेड्डी को तेलंगाना मुस्लिम गौरव को तुष्ट करने के लिए हैदराबाद फ़ेस्टिवल आयोजित कराने का सुझाव दिया। इस तरह उन्होंने दक्षिण भारत के चुनावों में दक्षिण गौरव का मसला उठाया, वहीं वह अपर कास्ट हिन्दुओं को भाजपा की ओर जाने से रोकने की क़वायद करते रहे। वह आरक्षण कोटे की राजनीति भी कर रहे थे और मुस्लिमों को भी लुभाने की कोशिश कर रहे थे। हालाँकि नरसिंहराव ने कर्नाटक के चुनाव में मुख्यमंत्री वीरप्पा मोइली को आरक्षण कोटा बढ़ाकर 73 प्रतिशत करने की अनुमति दे दी और इस विधेयक को 25 अक्टूबर को राष्ट्रपति की मंज़ूरी भी मिल गई। आंध्र प्रदेश में सरकार ने मुस्लिमों को 10 प्रतिशत आरक्षण देने की क़वायद की। हालाँकि इस फ़ैसले को उच्चतम न्यायालय ने पलट दिया।

नरसिंहराव के शासनकाल में बिहार के पिछड़ी जाति के नेता सीताराम केसरी

आरक्षण के बड़े समर्थक थे। सामाजिक कल्याण मंत्री पद पर रहते ओबीसी आरक्षण से बने पहले आईएएस अधिकारी को नियुक्तिपत्र उन्होंने सौंपा था। उन्होंने ओबीसी को निजी क्षेत्र में आरक्षण के लिए उद्योगपतियों की बैठक भी बुलाई।[44] 1991 से 1996 के कांग्रेस के शासनकाल में शरद यादव और रामविलास पासवान, मुलायम सिंह यादव सहित कई नेता मुखर होकर आरक्षण के पक्ष में बोल रहे थे और अभियान भी चला रहे थे। इसी दौरान 25 अगस्त, 1992 से 6 नवंबर 1992 तक शरद यादव ने प्रसिद्ध मंडल रथयात्रा निकाली। उन्होंने यात्रा के मकसद में कहा कि 7 अगस्त 1990 को जनता दल द्वारा केंद्र के स्तर पर मंडल कमीशन की सिफ़ारिशों को लागू किया गया था, लेकिन वर्तमान केंद्रीय सरकार संविधान के विपरीत इसमें आर्थिक आधार जोड़कर सामाजिक न्याय की अवधारणा को ही समाप्त करना चाहती है। उन्होंने कहा, ''सारे भारतवर्ष में 90 प्रतिशत अच्छी नौकरियों में आज देश के 10 प्रतिशत द्विज काबिज़ होकर हमारे सिर पर बैठ गए हैं। हमारे सर पर बैठा यह सुविधाभोगी वर्ग हमें ही सीख दे रहा है कि आरक्षण का आधार आर्थिक होना चाहिए।''[45]

मंडल के बरअक्स कमंडल आंदोलन भी साथ-साथ चल रहा था। विश्वनाथ प्रताप सिंह की ओर से आरक्षण की घोषणा के तुरंत बाद राष्ट्रीय स्वयंसेवक संघ के मुखपत्र *ऑर्गेनाइज़र* में इसके खिलाफ़ 'राजा'ज़ कास्ट वार' नाम से लेख प्रकाशित हुआ, जिसमें लिखा गया कि आरक्षण की राजनीति करके सामाजिक ताने-बाने के साथ खिलवाड़ किया जा रहा है, जो उच्च गुणवत्ता के बजाय औसत दर्जे और प्रतिभा पलायन को बढ़ावा देता है, जाति विभाजन तेज़ करता है। उधर पार्टी के शीर्ष नेता लालकृष्ण आडवाणी हिन्दुओं को एकजुट करने के लिए रथयात्रा पर निकल पड़े। भाजपा ने सीधे-सीधे कभी मंडल रिपोर्ट लागू करने का विरोध नहीं किया, क्योंकि वह ख़ुद को ओबीसी से जोड़े रखना चाहती थी। इसके बदले वह पर्दे के पीछे से मंडल रिपोर्ट लागू किए जाने के खिलाफ़ प्रदर्शन कर रहे छात्रों का समर्थन कर रही थी। यहाँ तक कि राज्यसभा सदस्य जे.के. जैन जब मंडल रिपोर्ट लागू किए जाने के खिलाफ़ भूख हड़ताल पर बैठ गए तो भाजपा के शीर्ष नेतृत्व ने इसकी आलोचना की। हालाँकि भाजपा का चरित्र साफ़ था और 1993 में उत्तर प्रदेश और मध्य प्रदेश के चुनाव में पार्टी को करारी हार का सामना करना पड़ा और केवल राजस्थान में ही भैरो सिंह शेखावत के नेतृत्व में वह सरकार बचा पाई। उसके बाद पार्टी ने यादव नेता हुकुमदेव नारायण यादव और लोध नेता उमा भारती जैसे पिछड़े नेताओं को राष्ट्रीय राजनीति में महत्त्व देना शुरू किया। भाजपा के सोशल इंजीनियरिंग का जनक के.एन. गोविंदाचार्य को माना जाता है, जिनकी वजह से हर राज्य में ओबीसी नेताओं को महत्त्व दिया गया, जिनमें मध्य प्रदेश से उमा भारती, झारखंड में रघुवर

दास, उत्तर प्रदेश में कल्याण सिंह आदि के नाम प्रमुख हैं।[46]

झटकों के बावजूद भाजपा आरएसएस की मूल विचारधारा पर टिकी रही। जब 1995 में केंद्रीय सामाजिक कल्याण मंत्री सीताराम केसरी ने आरक्षण के मसले पर सर्वदलीय बैठक बुलाई तो उसमें भाजपा की ओर से पहुँचे अटल बिहारी वाजपेयी एकमात्र नेता थे, जिन्होंने अनुसूचित जाति एवं जनजाति को प्रमोशन में आरक्षण देने का विरोध किया और एससी, एसटी, ओबीसी आरक्षण की सीमा 50 प्रतिशत से ऊपर किए जाने के समर्थन से साफ़ इनकार कर दिया।[47] बहरहाल 1996 के लोकसभा चुनाव के पहले आए घोषणापत्र में भाजपा और कांग्रेस दोनों ने ख़ुद को सामाजिक न्याय का चैंपियन बताने की क़वायद की। कांग्रेस ने कहा कि ओबीसी आरक्षण का विचार कांग्रेस का है और इसके लिए जवाहरलाल नेहरू ने 1952 में संविधान में बदलाव किया था। अपने घोषणापत्र में कांग्रेस ने कहा कि नरसिंहराव सरकार ने मंडल कमीशन की सिफ़ारिशों को शांतिपूर्वक, लेकिन दृढ़ता के साथ लागू करवाया। वहीं भाजपा ने अपने घोषणापत्र में यह वादा किया कि जब तक ओबीसी तबका समाज के शेष हिस्से से बराबरी नहीं कर लेता है, ओबीसी रिज़र्वेशन जारी रखा जाएगा।

जब जनता दल, समाजवादी पार्टी और बहुजन समाज पार्टी जैसे दल आरक्षण की सुविधाओं के विस्तार की माँग कर रहे थे, आरएसएस का मुखपत्र लगातार आरक्षण के खिलाफ़ लिख रहा था। आरएसएस का मानना था कि नौकरियों में कोटे को धीरे-धीरे कम किया जाना चाहिए।[48] आरएसएस के सेवा भारती ने कल्याणकारिता की रणनीति अपनाई। 1996 में समरस्य संगम कराए। छुआछूत के उन्मूलन का लक्ष्य रखा।

बहरहाल 1996 के चुनाव में कांग्रेस पिछड़ गई। सामाजिक समरसता, सोशल इंजीनियरिंग और हिन्दुत्व का कॉकटेल ज़्यादा प्रभावी रहा। ग्यारहवीं लोकसभा (15 मई, 1996 से 14 दिसंबर, 1997)[49] में भारतीय जनता पार्टी 163 सीटों के साथ लोकसभा में पहले स्थान पर पहुँच गई और 140 सीटों के साथ कांग्रेस दूसरे स्थान पर। कम्युनिस्ट पार्टी ऑफ़ इंडिया (मार्क्सवादी) को 32 सीटें मिलीं। तमिल मनीला कांग्रेस मूपनार को 20 सीटें मिलीं। जनता दल खंड-खंड में बिखर चुका था और जनता दल को 44 (बाद में आपसी खींचतान में जनता दल टूटा और 15 सांसदों के साथ लालू प्रसाद ने राष्ट्रीय जनता दल बना लिया और अन्य टूट-फूट भी हुई), समाजवादी पार्टी को 18, समाजवादी जनता पार्टी को 3 सीटें मिलीं। इनके अलावा द्रविड़ मुनेत्र कड़गम को 17, तेलुगुदेशम पार्टी को 17, शिवसेना को 15, कम्युनिस्ट पार्टी ऑफ़ इंडिया को 12, बहुजन समाज पार्टी को 11, स्वतंत्र उम्मीदवारों को 11,

शिरोमणि अकाली दल को 9 सीटें मिलीं। एक तरह से हर राज्य के क्षत्रप प्रभावी थे।

1996 में अटल बिहारी वाजपेयी ने सबसे बड़े दल के रूप में सरकार बनाने का दावा पेश किया। उन्हें शपथ भी दिला दी गई और 16 मई 1996 को प्रधानमंत्री बन गए। 16 मई को शपथग्रहण और 29 मई 1996 को विश्वास प्रस्ताव हासिल करने की तिथि के बीच वह एक भी समर्थक नहीं जोड़ सके, जबकि 1996 की संसद सबसे बिखरी हुई संसद थी। संसद में विश्वास प्रस्ताव पर चर्चा के दौरान ही उन्होंने इस्तीफ़ा देने की घोषणा की। उन्होंने कहा, ''लोकसभा अध्यक्ष महोदय, मैं इस्तीफ़ा देने जा रहा हूँ।'' साथ ही यह भी जोड़ा कि ''अगर आप हमें बाहर रखकर सरकार बनाते हैं तो मुझे कोई स्थिरता नज़र नहीं आ रही है। पहले तो जन्म ही कठिन है और जन्म के बाद जीवित रहना कठिन है। हर बात के लिए आपको कांग्रेस के पास दौड़ना पड़ेगा।''[50]

उधर जनता दल भी अपनी पार्टी का नेता चुनने की क़वायद में लगा था। बड़े पैमाने पर विश्वनाथ प्रताप सिंह की जनता दल में स्वीकार्यता थी और उन्हें नेता बनाने की पेशकश भी की गई।

मुफ़लिस से
अब चोर बन रहा हूँ मैं
पर
इस भरे बाज़ार से
चुराऊँ क्या
यहाँ वही चीज़ें सजी हैं
जिन्हें लुटाकर
मैं मुफ़लिस बन चुका हूँ।

भारत के प्रधानमंत्री रहे विश्वनाथ प्रताप सिंह ने उपरोक्त लाइनें कब लिखीं, यह बता पाना तो मुश्किल है। लेकिन इन पंक्तियों में मांडा नरेश के प्रधानमंत्री बनने से लेकर उन्हें गालियाँ दिए जाने तक का उनका दर्द समाया हुआ है। प्रधानमंत्री की कुर्सी पाना नेताओं का सबसे बड़ा सपना होता है, वहीं विश्वनाथ प्रताप सिंह शायद भारत के एकमात्र नेता थे कि उन्हें प्रधानमंत्री बनाने के लिए खोजा जा रहा था और वह अपने सहयोगी समर्थक नेताओं को ड्राइंग हॉल में बिठाकर पिछले दरवाज़े से बंगला छोड़कर चले गए। उनके इनकार के बाद जनता दल ने कर्नाटक में मुख्यमंत्री रहे अनुभवी समाजवादी नेता एच.डी. देवगौड़ा को पार्टी की ओर से नेता चुना। जनता दल के 44 सांसदों ने देवगौड़ा को अपना नेता चुना था। चौधरी चरण सिंह

की सरकार के बाद वह दूसरे ऐसे नेता थे, जो उच्च जातियों में से नहीं थे। साथ ही वह मंडल कमीशन द्वारा निर्धारित अन्य पिछड़े वर्ग के वोक्कालिगा समुदाय से थे, जिस जाति को स्वतंत्रता के पहले की जनगणना में कुर्मी जाति में रखा गया था।

बहरहाल वाजपेयी की विदाई के बाद शाम को ही एच.डी. देवगौड़ा ने राष्ट्रपति शंकर दयाल शर्मा को 190 सांसदों के समर्थन वाला पत्र सौंप दिया, जिसमें कांग्रेस के 136 सांसदों को शामिल नहीं किया गया था। राष्ट्रपति ने तत्काल ही देवगौड़ा को वाजपेयी का उत्तराधिकारी बना दिया और उन्हें संसद में बहुमत साबित करने के लिए 12 जून 1996 तक का वक्त दिया गया। 190 सांसदों का 'यूनाइटेड फ्रंट' महज़ एक हफ़्ते पहले वामदलों और 13 क्षेत्रीय दलों ने मिलकर बनाया था।[51] 1 जून 1996 को देवगौड़ा प्रधानमंत्री बने और विश्वास मत में उन्हें कांग्रेस का भी समर्थन मिल गया। उस समय जनता दल के अध्यक्ष बिहार के मुख्यमंत्री लालू प्रसाद थे।

बिहार में लालू प्रसाद के खिलाफ़ ज़बरदस्त अभियान चल रहा था। कांग्रेस के प्रदेश अध्यक्ष सरफ़राज़ अहमद लालू प्रसाद के खिलाफ़ थे, जिनका मानना था कि सामाजिक न्याय एक नारा है, केवल दो, चार, दस लोगों को राजनीतिक लाभ मिल गया।[52] वहीं लालू प्रसाद को कम्युनिस्टों का ज़बरदस्त समर्थन मिल रहा था और उनका मानना था कि लालू प्रसाद के पहले भी बहुत बुरा हाल था।[53] यही वह दौर था, जब लालू प्रसाद के खिलाफ़ चारा घोटाला मामला दर्ज हो गया था और सीबीआई उनके खिलाफ़ आरोपपत्र दाखिल करने की तैयारी कर रही थी। देवगौड़ा के प्रधानमंत्री रहते लालू प्रसाद ने चारा घोटाला मामले से निपटने की क़वायद की। लालू प्रसाद और देवगौड़ा के बीच विवाद उसी समय शुरू हो गया था, जब उन्होंने अपने एक करीबी अधिकारी को सीबीआई प्रमुख बनाने के लिए दबाव डाला था।[54] इसके बाद लालू प्रसाद और देवगौड़ा का झगड़ा बढ़ता ही गया। लालू प्रसाद ने कांग्रेस के कोषाध्यक्ष सीताराम केसरी से हाथ मिला लिया। इन दोनों बिहारी नेताओं में समानता यह थी कि दोनों पर सीबीआई की तलवार लटकी हुई थी। तंवर हत्याकांड से लेकर पार्टी के चंदे का मामला केसरी को परेशान किए हुए था, वहीं चारा घोटाला मामले में लालू प्रसाद फँसते जा रहे थे।[55]

1996 के राजनीतिक दौर में सबकी अपनी-अपनी महत्त्वाकांक्षाएँ थीं। लालू प्रसाद केंद्र की राजनीति में दखल दे रहे थे, क्योंकि वह भाजपा और कांग्रेस के बाद सबसे बड़े दल के और सबसे ज़्यादा लोकप्रिय नेता थे। वहीं शरद यादव ने अपनी राजनीतिक तिकड़मों से छोटे-छोटे राज्यों में अपने पदाधिकारी बिठा रखे थे, जिससे कभी भी पार्टी में वोटिंग होने की स्थिति में उनका पलड़ा भारी हो सके।

सीताराम केसरी को कांग्रेस ने अपना वफ़ादार मानकर पार्टी में बनाए रखा था और कोषाध्यक्ष का पद दे रखा था, क्योंकि वह बिहार के एक अत्यंत पिछड़ी जाति से आते थे और उनकी महत्त्वाकांक्षा कांग्रेस में किसी को चुनौती नहीं दे सकती थी। जनता दल की आपसी खींचतान के बीच देवगौड़ा के सलाहकारों ने यह क़वायद की कि उन्हें भारतीय जनता पार्टी का समर्थन मिल जाए और ऐसा माना जाता है कि ऐसा आश्वासन मिलने के बाद वह लालू प्रसाद के खिलाफ़ सख़्त रुख अपना चुके थे।[56] वह ऐसा दौर था, जब सीताराम केसरी ख़ुद भी प्रधानमंत्री बनने का सपना देखते थे[57] और लालू प्रसाद को अपने पाले में रखने की क़वायद कर रहे थे।

बहरहाल कांग्रेस ने कई दिन चले नाटक के बाद समर्थन वापस लेने की घोषणा कर दी। 11 अप्रैल 1997 को विश्वास मत के प्रस्ताव के दौरान देवगौड़ा ने कहा, ''मैंने पिछले 10 महीनों में किसी भी राजनीतिक के खिलाफ़ सीबीआई को कोई आदेश नहीं दिया है। लेकिन मैंने इस दौरान किसी भी राजनेता के खिलाफ़ सीबीआई की जाँच में किसी भी तरह का दख़ल भी नहीं दिया। और तो और, इन मामलों में हमारे एक मुख्यमंत्री भी शामिल थे।'' साफ़तौर पर यह इशारा लालू प्रसाद की ओर था। विश्वास मत पर मतदान हुआ, जिसमें 292 के मुकाबले 158 मत पाकर देवगौड़ा सरकार गिर गई, जबकि 6 सदस्य अनुपस्थित रहे।[58] 180 सांसदों वाले यूनाइटेड फ्रंट के लिए यह बड़ा झटका था। देवगौड़ा ने विपक्ष के नेताओं से मुस्कुराते हुए हाथ मिलाया और वह राष्ट्रपति शंकर दयाल शर्मा को इस्तीफ़ा देने के लिए निकल गए।

देवगौड़ा के बयानों से साफ़ पता चलता है कि लालू प्रसाद और देवगौड़ा में खींचतान चरम पर थी। अटल बिहारी वाजपेयी ने 22 अप्रैल 1997 को लोकसभा में अपने भाषण में देवगौड़ा के भाषण का ज़िक्र करते हुए सवाल भी उठाया, ''वह मुख्यमंत्री कौन है?'' जब वह इंद्र कुमार गुजराल के विश्वास मत पर बोल रहे थे। वाजपेयी ने शरद यादव की ओर इशारा करते हुए कहा, ''आप तो जानते ही होंगे कि यह मुख्यमंत्री कौन है?'' शरद यादव ने बाद में कहा कि जिस मुख्यमंत्री की बात की जा रही है वह बिहार के मुख्यमंत्री और जनता दल अध्यक्ष लालू प्रसाद यादव हैं, लेकिन आरोप लगने से कोई दोषी साबित नहीं हो जाता। इन तमाम वजहों से देवगौड़ा सरकार गिराने में लालू प्रसाद की भूमिका संदिग्ध नज़र आती है।

दरअसल संयुक्त मोर्चे की तरफ़ से कांग्रेस से बातचीत के लिए पाँच नाम तय किए गए थे। इसमें जनता दल की तरफ़ से शरद यादव का नाम था। 10 अप्रैल 1997 को लालू प्रसाद और देवगौड़ा से बातचीत के बाद यह तय हुआ कि शरद यादव की जगह लालू प्रसाद बैठक में शामिल होंगे। लालू ने कांग्रेस के साथ बैठक

में कड़ा रुख अख़्तियार कर लिया और वार्ता विफल हो जाने के बाद कहा कि अगला समाधान केवल चुनाव है। लालू प्रसाद ने दावा किया कि कांग्रेस के पास न सांसद हैं, न वोट। लालू प्रसाद ने समाचार चैनल के संवाददाताओं से कहा, ''चलो गाँव की ओर, चलो ग़रीबों–मतदाताओं के पास,'' अब यही समाधान है। वहीं जब एक संवाददाता ने नेतृत्व बदलने की संभावना पर पूछा तो लालू ने जवाब दिया, ''देवगौड़ा को हमने नेता बनाया है, हम नेता बदल देंगे।''[59]

देवगौड़ा सरकार गिरने के बाद दूसरे दिन देवगौड़ा के ही घर पर राजनीतिक मामलों की समिति की बैठक हुई। बैठक में पहले शरद यादव और देवगौड़ा के बीच नोकझोंक हुई। स्थिति यहाँ तक पहुँच गई कि देवगौड़ा ने शरद यादव से कहा, ''आप कांग्रेस में क्यों नहीं शामिल हो जाते हैं।'' जब दोनों में बीच–बचाव हुआ तो लालू और देवगौड़ा भिड़ गए। लालू को रोककर जब देवगौड़ा ने कुछ कहना चाहा तो लालू डाँटते हुए बोले, ''आप 9 महीने से यही कर रहे हैं। दूसरों को बोलने नहीं देते। कोई ज़रूरत नहीं आपकी। आप अपना कर्नाटक देखिए।''[60] इसी दिन कांग्रेस की भी 12 अप्रैल 1997 को शरद पवार के आवास पर हुई बैठक में 100 से ज़्यादा सांसद शामिल हुए।[61] इसमें सवाल उठा कि किस आश्वासन पर केसरी ने सेकुलर ताकतों से समर्थन वापस लिया है और सरकार गिराई है। इसमें कई दिलचस्प सवाल किए गए। कांग्रेस सांसद और राष्ट्रपति शंकर दयाल शर्मा के दामाद विनोद शर्मा ने कहा, ''हमने यह जाने बग़ैर सरकार गिरा दी कि अगली सरकार किसकी होगी।'' वहीं पश्चिम बंगाल में साम्यवादी सरकार से लोहा ले रहीं ममता बनर्जी ने कहा, ''हम अपने कार्यकर्ताओं से क्या कहेंगे? हमने एक सेकुलर सरकार क्यों गिराई? क्या इसके बाद मुस्लिम कभी कांग्रेस के साथ आएँगे?'' वहीं शरद पवार ने कहा, ''केसरी जी का ऑपरेशन सफल रहा, लेकिन मरीज़ मर गया।''

बहरहाल उस लोकसभा में प्रमुख भूमिका निभा रहे दलों में तेलुगुदेशम पार्टी के नेता खासकर अलमाटी डैम के मसले पर बमुश्किल देवगौड़ा से सीधे आँख मिलाते थे। वहीं मुलायम सिंह यादव और लालू प्रसाद की समस्या क्रमशः आयुर्वेद घोटाले और चारा घोटाले को लेकर सीबीआई जाँच से जुड़ी थी। वामपंथी नेता इंद्रजीत गुप्त गृहमंत्री बने हुए थे, लेकिन आर्थिक नीतियों पर वामपंथी आपत्तियों को देवगौड़ा दरकिनार कर रहे थे। और आख़िरकार देवगौड़ा की विदाई हो गई।

12 अप्रैल 1997 को देवगौड़ा के घर हुई बैठक के बाद लालू प्रसाद पूजा–पाठ करने तिरुपति चले गए। इस बीच संयुक्त मोर्चा के मार्क्सवादी कम्युनिस्ट पार्टी नेता हरकिशन सिंह सुरजीत और तेलुगुदेशम पार्टी के नेता चंद्रबाबू नायडू के निर्देशन

में नया नेता चुनने की क़वायद चलती रही। देवगौड़ा के विश्वास मत के दौरान ही इंद्रजीत गुप्त ने बयान में संकेत दे दिया था कि कांग्रेस नेता बदलना चाहती है और उसके लिए काम शुरू हो गया। तमिल मनीला कांग्रेस के जी.के. मूपनार, कर्नाटक के नेता एस.आर. बोम्मई और उत्तर प्रदेश के नेता मुलायम सिंह यादव का नाम सामने आया। सुरजीत की क़वायदों से 110 सांसदों का समर्थन मुलायम सिंह के पक्ष में था। ऐसी जानकारी मिलते ही लालू प्रसाद ने धमकी दी कि ऐसा हुआ तो हम मोर्चा तोड़ देंगे और अपने सांसदों को लेकर अलग हो जाएँगे। इसके बाद मुलायम सिंह समर्थकों ने अपने कदम पीछे खींच लिए और मोर्चा टूटने का डर दिखाकर लालू प्रसाद ने होशियारी से अपना कठपुतली प्रधानमंत्री चुनवाने का इंतज़ाम कर लिया।[62] इंद्र कुमार गुजराल नेता चुने गए, जिनका कोई जनाधार नहीं था। वह लालू प्रसाद के भी कृपापात्र थे और सीताराम केसरी को भी उनसे कोई दिक्कत नहीं थी। कांग्रेस के समर्थन से उन्होंने 22 अप्रैल 1997 को बहुमत हासिल कर लिया। उनके प्रधानमंत्री बनते ही 27 अप्रैल 1997 को सीबीआई निदेशक जोगिंदर सिंह ने ट्रांसफ़र की संभावना को देखते हुए लालू प्रसाद के खिलाफ़ आरोप पत्र दाखिल कर दिया और लालू प्रसाद उस मुकदमे से कभी उबर नहीं पाए। वहीं गुजराल की सरकार भी एक साल से कम उम्र की साबित हुई। सीताराम केसरी ने एक संवाददाता सम्मेलन में घोषणा की कि द्रविड़ मुनेत्र कड़गम को छोड़कर किसी भी सांसद से हमारा कोई मतभेद नहीं है, और मौजूदा परिस्थितियों को देखते हुए पार्टी ने सरकार से अपना समर्थन वापस लेने की घोषणा की है। दरअसल एक रिपोर्ट आई थी, जिसमें पूर्व प्रधानमंत्री राजीव गाँधी की हत्या को लेकर द्रविड़ मुनेत्र कड़गम पर आरोप लगाए गए थे। रिपोर्ट में कहा गया था कि यूनाइटेड फ्रंट की प्रमुख सहयोगी द्रविड़ मुनेत्र कड़गम ने श्रीलंकन तमिल टाइगर्स का समर्थन किया था, जो राजीव गाँधी की हत्या के लिए ज़िम्मेदार था। केसरी ने समर्थन वापसी का वह पत्र भी मीडिया को दिखाया जो उन्होंने राष्ट्रपति को सौंपा था। जनता दल के नेता राम विलास पासवान ने घोषणा की कि यूनाइटेड फ्रंट एकजुट है और हमने राष्ट्रपति से कहा है कि कांग्रेस या भाजपा के नेतृत्व में अगर कोई सरकार बनती है तो यूनाइटेड फ्रंट उसका समर्थन नहीं करेगा। सभी नेताओं ने कैमरों के सामने खड़े होकर एकजुटता दिखाई।[63]

बहरहाल गुजराल के इस्तीफ़े के बाद कोई सरकार बन नहीं पाई और उसके बाद 1998 में लोकसभा चुनाव की घोषणा हो गई। कांग्रेस की पैंतरेबाज़ी और जनता दल के जूतम पैजार और टूट-फूट के बीच भाजपा कुछ कदम और आगे बढ़ गई और कांग्रेस कुछ कदम और पीछे सरक गई। जनता दल के उन धड़ों की बरकत हुई, जो भाजपा के सहयोगी बन गए थे। बारहवीं लोकसभा (10 मार्च, 1998 से 26 अप्रैल,

1999)[64] में भारतीय जनता पार्टी को 183, कांग्रेस को 142, मार्क्सवादी कम्युनिस्ट पार्टी को 32, समाजवादी पार्टी को 20, ऑल इंडिया अन्ना द्रविड़ मुनेत्र कड़गम को 18, राष्ट्रीय जनता दल को 17, समता पार्टी को 12, बीजू जनता दल को 9, भारतीय कम्युनिस्ट पार्टी को 9, शिरोमणि अकाली दल को 8, द्रविड़ मुनेत्र कड़गम को 6, जनता दल को 6, शिवसेना को 6, तृणमूल कांग्रेस को 6, बहुजन समाज पार्टी को 6 सीटें मिलीं। अटल बिहारी वाजपेयी अपने सहयोगी दलों के समर्थन के साथ फिर प्रधानमंत्री बने। शुरुआत से ही अन्नाद्रमुक प्रमुख जे. जयललिता का दबाव और विभिन्न माँगें शुरू हो गईं। वाजपेयी ने रक्षा मंत्री जॉर्ज फ़र्नांडिज़ सहित कई वरिष्ठ नेताओं को जयललिता से बात करने को भेजा। जब कावेरी जल बँटवारे पर 10 अगस्त को वाजपेयी तमिलनाडु, कर्नाटक, केरल और पुडुचेरी के साथ समझौते पर पहुँचे। जयललिता ने समर्थन पर पुनर्विचार की चेतावनी दे दी और कहा कि मूल मसौदे को अधिसूचित नहीं किया जाता तो वह समर्थन पर पुनर्विचार करेगी। बहरहाल वाजपेयी सरकार उनको मना नहीं पाई। लोकसभा में भाजपा सरकार एक वोट से गिर गई।[65] 13 दिन की सरकार के बाद वाजपेयी ने 13 महीने की सरकार चलाई। वाजपेयी के धराशायी होने के बाद कांग्रेस सरकार बनाने की स्थिति में नहीं थी और अगले लोकसभा चुनाव की घोषणा हो गई।

एक तरफ़ जहाँ भारतीय जनता पार्टी ओबीसी, एससी, एसटी चेहरों को प्रतिनिधित्व देती जा रही थी और 1996 के विश्वास मत के समय लोकसभा में अटल बिहारी वाजपेयी ने एससी, एसटी सांसदों का ज़िक्र करना शुरू कर दिया था, वहीं कांग्रेस इस मामले में फिसड्डी साबित हुई। अन्य पिछड़े वर्ग के सबसे बड़े पैरोकार रहे सीताराम केसरी के पर कतरे जा चुके थे। 1996 से 1998 के बीच वह अध्यक्ष रहे। 1998 में चुनाव प्रचार से उन्हें दूर रखा गया, लेकिन 1998 में हार का ठीकरा उनके सर फोड़ दिया गया।[66]

ओबीसी पॉलिटिक्स में कांग्रेस के पीछे छूट जाने की एक वजह यह भी है कि पार्टी ने जिन इंटरमीडिएरी जातियों को अपना आधार बनाया था, उन्हें मंडल कमीशन रिपोर्ट में ओबीसी से बाहर कर दिया गया। इनमें महाराष्ट्र के मराठा, आंध्र प्रदेश के रेड्डी व नायडू, तेलंगाना के कापू, गुजरात के पटेल, हरियाणा के जाट, महाराष्ट्र के मराठा शामिल हैं। कांग्रेस के शासन काल में इन जातियों ने राज्य विशेष में अपने संख्या बल और खेतिहर होने के कारण अच्छी पकड़ बनाई। इन जातियों का सामाजिक स्तर ओबीसी के लिए बने मानकों में फ़िट नहीं बैठ पाया। हालाँकि इनकी शासन-प्रशासन में पकड़ कमज़ोर है और उच्च पदों पर हिस्सेदारी न के बराबर है। कृषि की बर्बादी के बाद ये

जातियाँ आरक्षित वर्ग में शामिल होने के लिए बड़े और आक्रामक आंदोलन चला चुकी हैं।[67] तेरहवीं लोकसभा (10 अक्टूबर, 1999 से 6 फरवरी 2004) में भाजपा थोड़ी और मज़बूत हो गई, और कांग्रेस हाशिये पर आ गई। इस चुनाव में भारतीय जनता पार्टी को 189, कांग्रेस को 118, मार्क्सवादी कम्युनिस्ट पार्टी को 35, तेलुगुदेशम पार्टी को 30, समाजवादी पार्टी को 29, बहुजन समाज पार्टी को 15, शिवसेना को 15, द्रविड़ मुनेत्र कड़गम को 12, समता पार्टी को 12, ऑल इंडिया अन्ना द्रविड़ मुनेत्र कड़गम को 11, बीजू जनता दल को 11, तृणमूल कांग्रेस को 9, राष्ट्रवादी कांग्रेस पार्टी को 8 सीटें मिलीं। अटल बिहारी वाजपेयी की सरकार बनी और उसने सफलतापूर्वक अपना कार्यकाल पूरा कर लिया। भले ही वाजपेयी अपने दम पर बहुमत में नहीं थे, लेकिन पाँच सालों के उनके कार्यकाल में भाजपा-आरएसएस को संगठन मज़बूत करने का भरपूर मौका मिला। आरएसएस को भी नया जोश मिल गया था। 18 जुलाई 2004 को आरएसएस के मुखपत्र *ऑर्गेनाइज़र* में लिखे एक लेख में डॉ. एल.एस. माधवराव ने न सिर्फ़ डॉ. भीमराव अंबेडकर द्वारा की गई आरक्षण व्यवस्था की आलोचना की, बल्कि सीताराम केसरी, रामविलास पासवान, मायावती और मुलायम सिंह द्वारा निजी क्षेत्र में की जा रही आरक्षण की माँग पर भी तंज कसा। साथ ही तर्क दिया कि बहुराष्ट्रीय कंपनियाँ सॉफ़्टवेयर पर भारी-भरकम राशि खर्च कर रही हैं और अगर आरक्षण की बात की जाती है तो वे अपने कदम पीछे खींच सकती हैं। माधवराव ने यह भी कहा कि अंबेडकर की आरक्षण की नीति के कारण ग़रीब ब्राह्मण बच्चों के ऊपर कुल्हाड़ी चल रही है, जो अपने परिश्रम, प्रतिभा और ईमानदारी के कारण जाने जाते हैं और उनकी मेरिट पर असर पड़ रहा है।[68] हालाँकि समता पार्टी और इस द्रविड़ मुनेत्र कड़गम जैसे सहयोगी दलों के दबाव के चलते वाजपेयी ज़्यादा उछलकूद करने की स्थिति में नहीं थे, लेकिन उन्होंने देवगौड़ा की तरह मूर्खताएँ भी नहीं कीं और आसानी से पाँच साल सरकार चलाने में सफल रहे।

वाजपेयी सरकार के निजीकरण की नीतियों, सरकारी नौकरियों में पेंशन ख़त्म करने, शाइनिंग इंडिया के नारों, उमा भारती और कल्याण सिंह जैसे पिछड़े वर्ग के नेताओं की दुर्दशा के बीच 2004 में हुए लोकसभा चुनाव में कांग्रेस को सहारा मिल गया। कल्याण सिंह के बाहर होने से उत्तर प्रदेश में भाजपा की राजनीति बुरी तरह चौपट हो गई। कल्याण सिंह ही नहीं, बजरंग दल के मुखिया बनकर अपने भाषणों में सांप्रदायिक आग उगलने वाले विनय कटियार जैसे नेता भी दृश्य से गायब हो गए थे। भले ही कल्याण सिंह और कटियार जैसे नेता भाजपा में थे, लेकिन पार्टी संदेह के घेरे में थी और 2004 की लोकसभा में यूपी में 9 सीटों पर सिमटकर रह गई। चौदहवीं लोकसभा (17 मई, 2004 से 16 मई, 2009) में कांग्रेस को 159,

भारतीय जनता पार्टी को 144, मार्क्सवादी कम्युनिस्ट पार्टी को 44, समाजवादी पार्टी को 40, राष्ट्रीय जनता दल को 25, बहुजन समाज पार्टी को 24, द्रविड़ मुनेत्र कड़गम को 16, शिवसेना को 14, राष्ट्रवादी कांग्रेस पार्टी को 12, बीजू जनता दल को 11, भारतीय कम्युनिस्ट पार्टी को 11, जनता दल यूनाइटेड को 10, शिरोमणि अकाली दल को 8 सीटें मिलीं। इस चुनाव में कांग्रेस को थोड़ी बढ़त मिली और उसके सहयोगी दल मज़बूत बनकर उभरे। कम सांसदों से सरकार चलाने का अनुभव भी कांग्रेस के सामने था। सोनिया गाँधी ने नेता बनने का प्रस्ताव ठुकरा दिया। अर्थशास्त्री राजनेता मनमोहन सिंह कांग्रेस के नेता चुने गए और उन्होंने पदभार सँभाला। मनमोहन सिंह के पहले कार्यकाल में आम जनता से लेकर दलितों-पिछड़ों के हित में तमाम कार्य किए गए। मानव संसाधन मंत्री रहते अर्जुन सिंह ने पिछड़े वर्ग को केंद्रीय शिक्षण संस्थानों में अन्य पिछड़े वर्ग के लिए 27 प्रतिशत आरक्षण का प्रावधान करा दिया। इसके अलावा खाद्य सुरक्षा विधेयक, राष्ट्रीय जनता दल के समाजवादी नेता रघुवंश प्रसाद सिंह के कृषि मंत्रालय द्वारा महात्मा गाँधी राष्ट्रीय रोज़गार गारंटी योजना (मनरेगा) पेश किया जाना आदि उल्लेखनीय फ़ैसले रहे। साथ ही आश्चर्यजनक तरीके से मनमोहन सिंह ने फिक्की के एक कार्यक्रम में कहा कि अगर उद्योगपति ख़ुद दलितों और पिछड़ों के लिए अफ़र्मेटिव एक्शन नहीं करते हैं तो मजबूर होकर सरकार को निजी क्षेत्र में आरक्षण का प्रावधान करना पड़ेगा। इस दौरान अमेरिका से परमाणु सुरक्षा समझौता हुआ, जिस पर कम्युनिस्ट दलों ने मनमोहन सिंह सरकार के खिलाफ़ मत दिया और मनमोहन सिंह सरकार के समाजवादी और बहुजन राजनीति करने वाले साथियों ने अपने-अपने स्वार्थों, मजबूरियों और विचारों के चलते एकजुटता नहीं दिखाई। इसका परिणाम यह हुआ कि सामाजिक न्याय के झंडाबरदार और कमज़ोर हो गए।

2009 का चुनाव हुआ तो कांग्रेस और ज़्यादा मज़बूती के साथ उभरी। अर्जुन सिंह ने सामाजिक न्याय का मुलम्मा उसके चेहरे पर चढ़ा दिया था। पंद्रहवीं लोकसभा (18 मई, 2009 से 18 मई 2014)[69] चुनाव में कांग्रेस को 211, भारतीय जनता पार्टी को 119, समाजवादी पार्टी को 23, तृणमूल कांग्रेस को 21, बहुजन समाज पार्टी को 21, जनता दल यूनाइटेड को 20, द्रविड़ मुनेत्र कड़गम को 18, मार्क्सवादी कम्युनिस्ट पार्टी को 16, बीजू जनता दल को 14, शिवसेना को 11, ऑल इंडिया अन्ना द्रविड़ मुनेत्र कड़गम को 9, राष्ट्रवादी कांग्रेस पार्टी को 9, तेलुगुदेशम पार्टी को 6 सीटें मिलीं।

इस लोकसभा में कांग्रेस की विशेषता उसकी मज़बूती रही। सहयोगी दलों की मोलभाव की क्षमता कम हो गई। कांग्रेस पार्टी कैग जाँच के कथित घोटालों में

फँसती गई। उसने वंचितों को सहूलियतें देने की राजनीति को पूरी तरह तिलाँजलि दे दी। निजी क्षेत्र में आरक्षण जैसे मसले पूरी तरह गायब हो गए। विनिवेश के लिए हर साल का लक्ष्य तय होने लगा और सरकारी कंपनियों में हिस्सा बेचने की क़वायद तेज़ हो गई। इधर उत्तर प्रदेश और बिहार में सामाजिक न्याय और बहुजन राजनीति की हवा निकलनी शुरू हो गई थी और समाजवाद की जगह वंशवाद ने ले ली। साथ ही एक जाति विशेष यादवों की दबंगई, उनको सुविधाएँ देने के आरोप तेज़ हो गए और मीडिया में ऐसी तमाम ख़बरें आईं कि एक जाति विशेष को सहूलियतें दी जा रही हैं।[70] मायावती ने आरोप लगाए कि राज्य में यादवों को बढ़ावा दिया जा रहा है और दलितों का उत्पीड़न हो रहा है।

भ्रष्टाचार के हो-हल्ले, उत्तर प्रदेश, बिहार, कर्नाटक से लेकर ओडिशा तक समाजवादी राजनीति के परिवारकरण के बीच 2014 के चुनाव में भारतीय जनता पार्टी ने नरेंद्र मोदी के रूप में अन्य पिछड़े वर्ग के चेहरे के साथ कट्टर हिन्दुत्व का कॉकटेल बनाकर पेश किया। लगातार 10 साल कांग्रेस के साथ उकताई जनता ने नरेंद्र मोदी को प्रचंड बहुमत से सत्तासीन कर दिया। सोलहवीं लोकसभा (18 मई 2014 से 25 मई 2019) में भारतीय जनता पार्टी को 289 सीटें मिलीं। 1984 के बाद पहली बार ऐसा हुआ कि किसी दल को लोकसभा में पूर्ण बहुमत मिला। कांग्रेस अपने ऐतिहासिक निचले स्तर पर पहुँच गई और उसे महज़ 50 सीटें मिलीं। वहीं तृणमूल कांग्रेस को 38, ऑल इंडिया अन्ना द्रविड़ मुनेत्र कड़गम को 37 सीटें, बीजू जनता दल को 21 सीटें, शिवसेना को 18 सीटें, तेलुगुदेशम पार्टी को 16 सीटें, तेलंगाना राष्ट्र समिति को 13 सीटें, मार्क्सवादी कम्युनिस्ट पार्टी को 9 सीटें, युवजन श्रमिक रैयतु कांग्रेस पार्टी (वाईएसआर कांग्रेस) को 9 सीटें, राष्ट्रवादी कांग्रेस पार्टी को 7 सीटें, समाजवादी पार्टी को 7 सीटें, लोक जनशक्ति पार्टी को 6 सीटें, राष्ट्रीय जनता दल को 5 सीटें, आम आदमी पार्टी को 4 सीटें मिलीं। कुल मिलाकर बड़ा नुकसान कांग्रेस और उसके सहयोगी दलों को हुआ। 2002 में गुजरात दंगों के दागदार नरेंद्र मोदी प्रधानमंत्री बन गए।

नरेंद्र मोदी सरकार सवर्णों को आगे बढ़ाने और हिन्दुत्व के एजेंडे के साथ आगे बढ़ी। विभिन्न सरकारी पदों पर सवर्णों का बोलबाला हुआ ही, 2018 में ईडब्ल्यूएस के नाम पर सवर्णों के लिए नौकरियों में 10 प्रतिशत आरक्षण का प्रावधान भी कर दिया। मंडलीकरण उल्टी दिशा में चल पड़ा। पुलवामा में जवानों की हत्या से उपजे राष्ट्रवाद, किसानों को वार्षिक नकद सहायता जैसे कदमों ने नरेंद्र मोदी की लोकप्रियता और बढ़ा दी।

सत्रहवीं लोकसभा[71] में भारतीय जनता पार्टी को 300, कांग्रेस को 51, द्रविड़ मुनेत्र कड़गम को 24, तृणमूल कांग्रेस को 22, वाईएसआर कांग्रेस को 21, शिवसेना को 18, जनता दल यूनाइटेड को 16, बीजू जनता दल को 12, बहुजन समाज पार्टी को 10, तेलंगाना राष्ट्र समिति को 9, लोक जनशक्ति पार्टी को 6, राष्ट्रवादी कांग्रेस पार्टी को 5, समाजवादी पार्टी को 5 सीटें मिलीं।

नरेंद्र मोदी को पिछली लोकसभा से भी अपार जनसमर्थन मिल गया। लेकिन इसका परिणाम क्या हुआ? 1989 और उसके बाद जहाँ लोकसभा और विधानसभा चुनावों में दलितों और पिछड़ों के विधायकों व सांसदों की संख्या उत्तर भारत में बढ़ रही थी, वह घटने लगी। भाजपा को जहाँ 2009 में ओबीसी का 22 प्रतिशत मत मिला था, 2014 के चुनाव में 34 प्रतिशत और 2019 के चुनाव में 44 प्रतिशत मिल गया। वहीं हिन्दी पट्टी में भाजपा के 2014 और 2019 में 45 प्रतिशत सांसद अपर कास्ट हुए। सामान्य श्रेणी के सभी सांसदों में हिन्दी पट्टी में भाजपा के 62 प्रतिशत सांसद अपर कास्ट हैं, जबकि अन्य सभी दलों में कुल मिलाकर अपर कास्ट सांसदों की संख्या महज़ 37 प्रतिशत है।[72] केंद्र सरकार में नियुक्त 89 सचिवों में से सिर्फ़ एक दलित, 3 आदिवासी थे और उनमें से एक भी ओबीसी नहीं था।[73]

2019 में नरेंद्र मोदी के साथ मंत्री पद की शपथ लेने वाले सांसदों में बड़ा हिस्सा अपर कास्ट का था। 58 मंत्रियों में 32 मंत्री अपर कास्ट के बने। अपर कास्ट मंत्रियों में 9 ब्राह्मण, 3 ठाकुर मंत्री बने। वहीं धर्मेंद्र प्रधान एकमात्र मज़बूत ओबीसी चेहरा हैं। अनुसूचित जाति के 6 और अनुसूचित जनजाति के 4 सांसदों को मंत्री बनाया गया।[74]

विश्वनाथ प्रताप सिंह ने पिछड़े तबके के उभार के लिए जो क्रांति कर दी, उसकी धमक उत्तर भारत में तीन दशक तक बनी रही। वंचित तबके के हज़ारों युवा आईएएस, आईपीएस और पीसीएस सहित विभिन्न न्यायिक सेवाओं में पहुँचे। सरकारी नौकरियों, विश्वविद्यालयों, शिक्षण संस्थानों में तेज़ी से पिछड़े वर्ग की हिस्सेदारी बढ़ी। इंजीनियरिंग कॉलेजों और मेडिकल कॉलेजों में बड़े पैमाने पर समाज के पिछड़े वर्ग के बच्चों को प्रवेश मिलने लगा और ताकत का उचित बँटवारा नज़र आने लगा। विश्वनाथ प्रताप सिंह ने वह कर दिखाया, जिससे यह कहकर इनकार किया जाता रहा था कि पाँचों अँगुलियाँ बराबर नहीं होतीं और यह संभव ही नहीं है कि समाज का हर वर्ग उचित हिस्सेदारी प्राप्त कर सकता है।

विश्वनाथ प्रताप सिंह की एक कविता है...

भगवान हर जगह है
इसलिये जब भी जी चाहता है
मैं उन्हें मुट्ठी में कर लेता हूँ
तुम भी कर सकते हो
हमारे तुम्हारे भगवान में
कौन महान है
निर्भर करता है
किसकी मुट्ठी बलवान है।

उन्होंने अन्य पिछड़े वर्ग की मुट्ठी बहुत बलवान कर दी। वहीं भारतीय जनता पार्टी प्रतिक्रांति लेकर आई है, जो भागीदारी के हिसाब से खासकर अन्य पिछड़े वर्ग की मुट्ठी कमज़ोर करती हुई दिख रही है। संस्कृतिकरण के माध्यम से भाजपा का जवाबी हमला हो रहा है। पार्टी इस बात पर ज़ोर दे रही है कि तमाम निचली जातियों को उनकी पसंदीदा जाति का घोषित करके उन्हें संतुष्ट कर दिया जाए। भाजपा ने 2018 में सुहेलदेव को हिन्दू आइकन बनाने की कोशिश शुरू की। सरकार ने राजा सुहेलदेव को सुहेलदेव राजभर के तौर पर प्रचारित करना शुरू किया। 16 फरवरी 2020 को सरकार ने *टाइम्स ऑफ़ इंडिया* अख़बार के दिल्ली संस्करण में आधे पेज का विज्ञापन देकर बताया कि श्रावस्ती में सुहेलदेव की अश्वारोही मुद्रा में कांस्य प्रतिमा की स्थापना हुई। वहाँ कैफ़ेटेरिया बना, चितौरा झील के तट पर घाट व छतरी का निर्माण हुआ। सामाजिक महोत्सव हॉल बना। बच्चों के लिए पार्क और ओपन जिम बना। प्रधानमंत्री नरेंद्र मोदी, उत्तर प्रदेश के मुख्यमंत्री योगी आदित्यनाथ, राज्यपाल और दर्जनों नेता सुहेलदेव जयंती मनाएँगे।

इसके पहले सुहेलदेव को पासी के रूप में प्रचारित किया गया था। बड़ी संख्या में लोग सुहेलदेव को राजपूत मानते हैं। हकीकत में सुहेलदेव के बारे में जानकारी न के बराबर है।[75]

सुहेलदेव पर विभिन्न जातियों की दावेदारी के बीच भारतीय जनता पार्टी ने राजपूतों की नाराज़गी भी दूर करने की कोशिश की। इस प्रकरण के बाद भाजपा के एक वरिष्ठ नेता ने क्षत्रिय नेता राकेश रघुवंशी को शिष्टाचार भेंट के लिए बुलाया। वहाँ मौजूद भाजपा के वरिष्ठ नेता और भारतीय जनता पार्टी के श्रावस्ती के सांसद विजय सोनकर शास्त्री ने राकेश रघुवंशी पर हिन्दू एकता को कमज़ोर करने के आरोप लगाते हुए कहा कि आप लोगों की वजह से दलित पिछड़ा ईसाई और बौद्ध बन जाएगा।

विजय सोनकर शास्त्री निम्न और अछूत जातियों को असली क्षत्रिय बताने के

अभियान से जुड़े हुए हैं। शास्त्री ने *हिन्दू चर्मकार जाति : एक स्वर्णिम गौरवशाली राजवंशीय इतिहास* नाम से किताब लिखी। जनवरी 2016 में इस पुस्तक का प्रकाशन प्रभात प्रकाशन ने किया। इसी क्रम में शास्त्री ने *हिन्दू वाल्मीकि जाति : एक गौरवशाली इतिहास के पतन का सिंहावलोकन* नाम से किताब लिखी। जनवरी 2014 में इस पुस्तक का प्रकाशन प्रभात प्रकाशन ने किया। उन्होंने *हिन्दू खटिक जाति : एक धर्माभिमानी समाज की उत्पत्ति, उत्थान एवं पतन का इतिहास* नाम से किताब लिखी। 21 मई, 2019 को प्रकाशित इस पुस्तक को प्रभात प्रकाशन ने छापा। इन किताबों और दलितों, वंचितों के संस्कृतिकरण में आरएसएस की दिलचस्पी इससे समझी जा सकती है कि किताबों का विमोचन राष्ट्रीय स्वयंसेवक संघ के प्रमुख मोहन भागवत ने किया। शास्त्री लिखते हैं कि हिन्दू खटिक जाति की उत्पत्ति, उत्थान एवं पतन की ऐतिहासिक घटनाओं एवं विभिन्न कालखंडों का इस कृति में सजीव चित्रण है। वैदिक काल के बलि देने वाले खट्टिक (ब्राह्मण) त्रेता युग के पहले भगवान् श्रीराम के कुल के पूर्वज राजा खट्वाग (क्षत्रिय), द्वापर युग यानी महाभारत काल के पूर्व काशी अथवा मिथिलांचल में मांस का व्यवसाय करने वाले ऋषि व्याघ्र (वैश्य) और मुगलकाल में महाराष्ट्र के संत उपासराव एवं ब्रिटिश काल में राजस्थान के संत दुर्बल नाथ (दलित) को अपना पूर्वज मानने वाले हिन्दू आज खटिक जाति के लगभग 1871 गोत्रों; उपनामों एवं उपजातियों के रूप में पहचाने जाते हैं। इतना ही नहीं, इसमें मुस्लिम छौंक भी मारी जाती है कि मुसलमानों से टक्कर लेने के कारण उन्हें क्षत्रिय की जगह अछूत बन जाना पड़ा। सोनकर आगे लिखते हैं कि तैमूर लंग के लूटपाट एवं अत्याचार का मुँहतोड़ प्रत्युत्तर कठोर राज्य के कठिकों (खटिक) ने दिया था। सिकंदर के विश्व विजय के स्वप्न को भी खटिक जाति ने ही चूर-चूर किया था। विदेशी मुगल; तुर्क एवं मुस्लिम आक्रांता शासकों के हिन्दू उत्पीड़न तथा हिन्दुस्तान में हिन्दुओं को हिन्दू होने का यानी हिन्दू टैक्स अथवा जजिया कर का खुलकर विरोध महान् हिन्दू खटिक जाति ने किया था। विदेशी मुस्लिम आक्रांताओं के हिन्दुस्तान में प्रवेश से लेकर उनके शासन तक लगातार डटकर यदि किसी ने उनका विरोध किया तो खटिक जाति ने किया। अंग्रेज़ों के विरुद्ध 1857 के प्रथम स्वतंत्रता संग्राम के नायक मेरठ के 'तितौरिया' भी खटिक ही थे। इसी तरह चमार जाति के बारे में उन्होंने लिखा है कि विदेशी अरेबियन आक्रांताओं के आक्रमण के पूर्व भारत में मुस्लिम, सिख एवं दलित नहीं थे, वे धर्म के मूल्य पर बलपूर्वक चर्मकर्म में लगाए गए। चर्मकार जाति का स्वर्णिम गौरवशाली राजवंशीय इतिहास रहा है। इसी तरह वाल्मीकि समाज को भी वह राजवंशीय और गौरवशाली इतिहास वाला बताते हैं।

हकीकत यह है कि लोकसभा और विधानसभाओं के चुनाव में भारतीय जनता पार्टी अनुसूचित जातियों और जनजातियों को सिर्फ़ आरक्षित सीटों पर ही टिकट देती है। ऐसे मामले नगण्य हैं कि कोई सीट सामान्य है, वहाँ पर भाजपा किसी दलित कैंडीडेट को चुनाव लड़ने के लिए उतार दे। खटिक, चर्मकार और वाल्मीकि जाति के संस्कृतिकरण कराने का उपरोक्त उदाहरण एकमात्र क़वायद नहीं है, बल्कि देश भर में इस तरह की क़वायदें चल रही हैं, जिससे जाति व्यवस्था को श्रेष्ठ व्यवस्था माना जाए, जैसा कि आरएसएस के प्रमुख रहे एमएस गोलवरकर कहा करते थे। देश भर में इस तरह की क़वायदें होती रहती हैं। पिछड़े वर्ग की तो करीब हर जाति का संस्कृतिकरण करके उनके अंदर क्षत्रिय होने का गर्व भरा जा चुका है। इस संस्कृतिकरण से निम्न जातियों को बग़ैर नौकरी, बग़ैर उच्च शिक्षा, बग़ैर शासन में हिस्सेदारी के गर्व करने का मौका मिल रहा है और शासन–प्रशासन में उनकी हिस्सेदारी लगातार कम हो रही है।

संदर्भ सूची

1. https://navbharattimes.indiatimes.com/navbharatgold/day-today/jagdev-prasad-who-brought-the-politics-of-the-backwards-and-dalits-in-bihar/story/78911619.cms
2. विहिप महानगर मंत्री आनंद कुमार गुप्त आज अपराह्न लगभग ढाई बजे अपने व्यक्तिगत कार्य से पार्क रोड की सड़क से होते हुए जा रहे थे। जनता दल विधायक केदारनाथ सिंह के घर के सामने उनके लड़के और भतीजे जो कि 8–10 लोगों के साथ सड़क के किनारे खड़े थे, उन्होंने आनंद कुमार गुप्त को देखते ही कहा कि यह विश्व हिन्दू परिषद का महामंत्री है, बचकर जाने न पाए। और इतना कहते ही सब लोगों ने स्कूटर धर लिया और आनंद कुमार को ईंटों से मारने लगे। जिससे उनका सर फट गया तथा अन्य जगहों पर भी गंभीर चोटें आईं। भारतीय जनता पार्टी सिविल लाइंस के वार्ड मंत्री श्री रविंद्र कुमार मौर्य ने इस घृणित कृत्य की घोर निंदा करते हुए कहा कि तुरंत ही अपराधियों को गिरफ़्तार किया जाए अन्यथा हम आंदोलन के लिए बाध्य होंगे।''
3. *आज* अख़बार की स्थापना शिवप्रसाद गुप्त ने 5 सितंबर, 1920 को की थी। गुप्त ने 1914 ईस्वी में विश्वभ्रमण के दौरान विश्वविख्यात *दि लंदन टाइम्स* को देखकर हिन्दी में भी उसी तरह का अख़बार निकालने की कल्पना की थी, जो *आज* के रूप में सामने आया। *आज* का नामकरण उसके प्रथम संपादक श्रीप्रकाश ने किया था। *आज* शुरू हुआ तो उसका ध्येय वाक्य था, 'स्वराज्य हासिल करना, लोगों को उनके अधिकारों के प्रति सचेत करना, ईश्वरीय न्याय में विश्वास रखना और धर्मत: कर्तव्य पालन करते समय अगर कोई विघ्न उपस्थित हो तो उनकी परवाह न करना।' इस अख़बार ने भारत के स्वतंत्रता आंदोलन में अहम भूमिका निभाई। हिन्दी भाषा के विकास में अहम भूमिका निभाई। कहा जाता है कि प्रेज़ीडेंट को हिन्दी में 'राष्ट्रपति' शब्द इसी अख़बार ने दिया था। इस तरह के तमाम शब्द गढ़ने के लिए भी *आज* अख़बार जाना जाता है।
4. 'पूर्व प्रधानमंत्री विश्वनाथ प्रताप सिंह के राजनीतिक उत्थान का जहाँ गोरखपुर साक्षी रहा, वहीं उसने आज उनका पतन भी देख लिया। वोट की राजनीति के चलते सैकड़ों निर्दोष छात्र–छात्राओं को अग्निस्नान तथा आत्महत्या के लिए मानसिक रूप से बाध्य करने के ज़िम्मेदार वीपी सिंह ने जब 15 माह पहले गोरक्षनाथ की धरती पर कदम रखा था तो यहाँ की जनता ने उन्हें सिर आँखों पर बैठाया था। लेकिन मंडल के चक्कर में देश में जातिवाद की खाई पैदा करने वाले वीपी और उनके सहयोगियों ने यहाँ के लोगों का गुस्सा भी आज देखा और अनुभव किया। लोकतांत्रिक वामपंथी मोर्चा के बैनर पर आज स्थानीय तमकुही मैदान में बने सभास्थल पर बैठे वीपी सिंह, अजित सिंह, शरद यादव, मुफ़्ती मोहम्मद सईद और शरद यादव के अंगरक्षक समेत कई लोग घायल हो गए। आज नगर के पूर्वी भाग में बम, कट्टा, आँसू गैस, लाठी, ईंट, पत्थर आदि दोपहर से सायंकाल तक चलते रहे। जगह–जगह छात्रों ने सड़कों पर अवरोध खड़े किए। गड़बड़ी उस समय शुरू हुई जब आरक्षण विरोधियों द्वारा सभा में व्यवधान डालने की कोशिश की गई और महराजगंज के सांसद हर्षवर्धन ने मंच से लठैतों को पूर्व मंत्रियों की सुरक्षा के लिए चलने को ललकारा। सभास्थल पर कार से आ रहे पूर्व केंद्रीय मंत्रियों पर पथराव किया गया और बम फेंके गए।

परिणामस्वरूप शरद यादव और मुफ़्ती मोहम्मद सईद घायल हो गए। जिस समय अजित सिंह मंच पर चढ़ रहे थे, तभी एक पत्थर से उनके सिर में चोटें आईं। शरद यादव का अंगरक्षक टॉमस गंभीर रूप से घायल हो गया। अपराह्न लगभग ढाई बजे जिस समय अजित सिंह घायल होने के बाद मंच पर बैठे, मंच के पास तेज़ विस्फोट हुआ। सौभाग्य से कोई घायल नहीं हुआ। इससे पूर्व आज अपराह्न 12.20 बजे तमकुही मैदान की पश्चिमी सड़क पर जमी भीड़ पर जब पुलिस ने लाठीचार्ज किया, उसी समय पहला बम विस्फोट हुआ। यह स्थान मंच से लगभग 200 गज़ दूर था। इसके बाद सभास्थल के पूर्वी छोर से आरक्षण विरोधियों की बड़ी भीड़ ने पुलिस पर पथराव शुरू कर दिया, जिससे मंच पर भी कुछ पत्थर आए और वहाँ बैठे जद नेता रणजीत सिंह राज घायल हुए। मंच पर भगदड़ मच गई और देखते-देखते पूरा मंच खाली हो गया। इसी पथराव में बिहार से आए एक वयोवृद्ध स्वतंत्रता संग्राम सेनानी विष्णु प्रसाद यादव भी घायल हो गए। सवर्ण आर्मी लिबरेशन फ्रंट ने आज जनता कर्फ़्यू का ऐलान किया था। कल रात भी कई बम विस्फोट हुए थे। वीपी सिंह तथा बिहार के मुख्यमंत्री लालू प्रसाद यादव को हवाई अड्डे से भारी पुलिस सुरक्षा व्यवस्था में सभास्थल तक लाया गया। लालू यादव के भाषण के समय भी बम विस्फोट और सभा में पथराव की अनेक घटनाएँ हुईं। आज अपराह्न 12 बजे से आंदोलनकारी सक्रिय हो गए। पथराव, बमबाज़ी कर सभा को कई बार भंग करने का प्रयास किया। आंदोलनकारियों ने आज नगर में अनेक वाहनों को आग लगा दी तथा ज़िलाधिकारी आवास पर जमकर पथराव किया जिससे ज़िलाधिकारी की कार का शीशा टूट गया। वीपी सिंह के भाषण के समय पूर्ण शांति रही, लेकिन इससे पूर्व शरद यादव के भाषण के समय से ही पुलिस ने लोगों को सभा स्थल पर जाने से रोक दिया था। भय और आतंक के माहौल के कारण लोग धीरे-धीरे सभा स्थल से खिसकने लगे। शरद यादव के भाषण के समय सभास्थल पर जमकर ढेलेबाज़ी हुई। बाहर से लाए गए जद कार्यकर्ता डंडों में झंडा लगाकर मुकाबले के लिए पूरी तरह से तैयार होकर आए थे। वीपी के भाषण के समय सभास्थल पर श्रोताओं की संख्या बहुत कम रही। पुलिस द्वारा लाठीचार्ज तथा आंदोलनकारियों के पथराव में दर्जनों घायल हो गए। घायलों में कुछ पुलिसकर्मी भी शामिल हैं। श्री सिंह को सभास्थल तक नहीं पहुँचने देने की धमकी दे चुके छात्रों को हटाने के लिए विश्वविद्यालय छात्रावासों में घुसकर पुलिस ने छात्रों की पिटाई की। उत्तेजित छात्रों ने पुलिस पर जमकर पथराव किया। बाद में सब इंस्पेक्टर की मोटरसाइकिल पर बम फेंका, जिससे उसमें आग लग गई। हॉस्टल रोड को पूरी तरह घेर लिया। वीपी इसी मार्ग से सभास्थल तक गए।''

5. *मंडल कमीशन : राष्ट्र निर्माण की सबसे बड़ी पहल*, सत्येन्द्र पीएस, पेज- 86
6. लोकदल, चुनाव घोषणापत्र, मध्यावधि चुनाव, 1980
7. *इंडियाज़ साइलेंट रिवॉल्यूशन, द राइज़ ऑफ़ द लो कास्ट्स इन नॉर्थ इंडियन पॉलिटिक्स*, लेखक- क्रिस्टोफे जेफ्रले, पेज 329
8. क्रिस्टोफे जेफ्रले ने राशिद मसूद का साक्षात्कार किया था, जिसमें उन्होंने यह जानकारी दी थी। इसका उल्लेख *इंडियाज़ साइलेंट रिवॉल्यूशन, द राइज़ ऑफ़ द लो कास्ट्स इन नॉर्थ इंडियन पॉलिटिक्स* में पेज 332 पर है।
9. https://theprint.in/national-interest/theres-no-stopping-modi-govt-because-rahul-

gandhi-is-flaunting-his-muscles-as-congress-sinks/616720/

10. *द लोनली प्रॉफ़ेट वीपी सिंह ए पॉलिटिकल बॉयोग्राफ़ी*, लेखिका : सीमा मुस्तफा, न्यू एज इंटरनैशनल, 1995
11. *इंडियाज़ साइलेंट रिवॉल्यूशन, द राइज़ ऑफ़ द लो कास्ट्स इन नॉर्थ इंडियन पॉलिटिक्स*, लेखक- क्रिस्टोफे जेफ्रले, पेज 338
12. *द इंडियन कैबिनेट : ए स्टडी इन गवर्नेंस*, नई दिल्ली, लेखक-वीए पई पनांदिकर और एके मेहता, 1998। इसका ज़िक्र क्रिस्टोफे जेफ्रले ने अपनी पुस्तक में किया है।
13. *इंडियाज़ साइलेंट रिवॉल्यूशन, द राइज़ ऑफ़ द लो कास्ट्स इन नॉर्थ इंडियन पॉलिटिक्स*, लेखक- क्रिस्टोफे जेफ्रले, पेज 351
14. https://www.samajwadiparty.in/party-leader
15. इंदर मल्होत्रा का लेख https://india.eu.org/spip.php?article6143
16. *चमचा युग*, लेखक-कांशीराम, सिद्धार्थ बुक्स, दिल्ली
17. *चमचा युग*, लेखक-कांशीराम, सिद्धार्थ बुक्स, दिल्ली, पेज-108
18. *बीएसपी एट द क्रॉस रोड्स*, लेखिका—सुधा पई, जवाहरलाल नेहरू यूनिवर्सिटी, नई दिल्ली। https://www.india-seminar.com/2011/617/617_sudha_pai.htm
19. अगस्त 2000 में क्रिस्टोफे जेफ्रले ने समाजवादी पार्टी के नेताओं से बातचीत कर ये आँकड़े हासिल किए थे, जिसका उल्लेख उन्होंने *इंडियाज़ साइलेंट रिवॉल्यूशन, द राइज़ ऑफ़ द लो कास्ट्स इन नॉर्थ इंडियन पॉलिटिक्स* में पेज 372 पर किया है।
20. https://www.business-standard.com/article/politics/mayawati-demands-reservation-for-upper-caste-poor-116060400475_1.html
21. https://economictimes.indiatimes.com/news/politics-and-nation/mayawati-demands-quota-for-upper-caste-poors/articleshow/10034085.cms?from=mdr
22. https://economictimes.indiatimes.com/news/politics-and-nation/ls-polls-2014-samajwadi-party-promises-panel-to-look-into-reservation-for-poor-among-upper-castes/articleshow/33153167.cms?from=mdr
23. *गोपालगंज से रायसीना*, लेखक लालू प्रसाद यादव/नलिन वर्मा, रूपा पब्लिकेशन, 2019, पेज 44
24. *पावर डिपेंडेंस रिलेशंस*, लेखक : एसएन चौधरी, पेज 209। इसका उल्लेख क्रिस्टोफे जेफ्रले ने अपनी पुस्तक *इंडियाज़ साइलेंट रिवॉल्यूशन, द राइज़ ऑफ़ द लो कास्ट्स इन नॉर्थ इंडियन पॉलिटिक्स* में पेज 379 पर किया है।
25. https://www.indiatoday.in/magazine/special-report/story/19950228-abuse-and-politicisation-of-bihar-bureaucracy-become-scandalous-as-polls-draw-near-806954-1995-02-28
26. *इंडियाज़ साइलेंट रिवॉल्यूशन, द राइज़ ऑफ़ द लो कास्ट्स इन नॉर्थ इंडियन पॉलिटिक्स*, लेखक- क्रिस्टोफे जेफ्रले, पेज 381
27. *अकेला आदमी*, लेखक- संकर्षण ठाकुर, पेज 88
28. वही, पेज 130

29. बिहार के समाजवादी नेता शिवानंद तिवारी ने लंबे समय तक पहले लालू प्रसाद, फिर नीतीश कुमार के साथ काम किया और इस समय वह लालू प्रसाद के जनता दल में हैं। सोशल मीडिया पर लेखक से चर्चा के दौरान उन्होंने नीतीश कुमार के अपनी बात से पलट जाने का पूरा इतिहास बताया, जब नीतीश ने 2020 के विधानसभा चुनाव के दौरान कहा था कि यह उनका आख़िरी चुनाव है।

30. https://www.youtube.com/watch?v=6pZDzfwoOec

31. https://www.timesnownews.com/elections/party-wise-result

32. https://www.livehindustan.com/assembly-elections/bihar-election-2020/story-mahagathbandhan-released-list-of-all-243-candidates-for-bihar-assembly-elections-2020-congress-bets-on-upper-caste-and-rjd-on-backward-3563760.html

33. *इंडियाज़ साइलेंट रिवॉल्यूशन, द राइज़ ऑफ़ द लो कास्ट्स इन नॉर्थ इंडियन पॉलिटिक्स,* लेखक- क्रिस्टोफे जेफ्रले, पेज 436

34. *इंडियाज़ साइलेंट रिवॉल्यूशन, द राइज़ ऑफ़ द लो कास्ट्स इन नॉर्थ इंडियन पॉलिटिक्स,* लेखक- क्रिस्टोफे जेफ्रले, पेज 441

35. क्रिस्टोफे जेफ्रले ने 17 फरवरी 1993 को भेरूलाल पाटीदार का साक्षात्कार लिया, जिसमें उन्होंने यह जानकारी दी। इसका उल्लेख *इंडियाज़ साइलेंट रिवॉल्यूशन, द राइज़ ऑफ़ द लो कास्ट्स इन नॉर्थ इंडियन पॉलिटिक्स* में पेज 447 पर किया गया है।

36. *मंडल कमीशन : राष्ट्र निर्माण की सबसे बड़ी पहल* पुस्तक पर 10 जून 2018 को आयोजित एक परिचर्चा में 1989 के लोकसभा चुनाव में सांसद और मंडल कमीशन रिपोर्ट पर संसद की बहस में शामिल रहीं मार्क्सवादी कम्युनिस्ट पार्टी नेता सुभाषिनी अली सहगल ने लेखक से ज़िक्र किया कि भाजपा के नेता जहाँ रिपोर्ट को लेकर खामोश थे, रिपोर्ट लागू होने की घोषणा के बाद उमा भारती खुशी से नाच उठीं और उसके बाद उन्होंने विश्वनाथ प्रताप सिंह को गले लगा लिया।

37. https://www.outlookindia.com/website/story/breaking-up-my-country/231503

38. *वर्ग, जाति आरक्षण और जातिवाद के खिलाफ़ संघर्ष,* लेखक- एबी वर्धन, पीपुल्स पब्लिशिंग हाउस, 2010, पेज-44

39. https://www.indiatoday.in/magazine/cover-story/story/19900915-decision-to-implement-mandal-commission-report-threatens-to-tear-india-fabric-apart-812994-1990-09-15

40. https://www.business-standard.com/article/economy-policy/vp-overplayed-caste-isssue-says-jyoti-basu-197013101122_1.html

41. https://cpim.org/content/obc-reservations

42. http://loksabhaph.nic.in/Members/partyar.aspx?lsno=10&tab=6

43. *मिड टर्म पोल्स, दिसंबर 1994 टु मार्च 1995* लेखिका : बबिता https://core.ac.uk/download/pdf/144525074.pdf

44. *इंडियाज़ साइलेंट रिवॉल्यूशन, द राइज़ ऑफ़ द लो कास्ट्स इन नॉर्थ इंडियन पॉलिटिक्स,* लेखक- क्रिस्टोफे जेफ्रले, पेज 429

45. मंडल रथयात्रा के लिए शरद यादव द्वारा हस्ताक्षरित 4 पृष्ठों का पैंफ़्लेट

46. https://economictimes.indiatimes.com/news/politics-and-nation/mission-obc-elevation-of-narendra-modi-signals-a-major-shift-in-sangh-and-bjp-approach-to-backward-castes/articleshow/33415830.cms

47. सीताराम केसरी संसद में संविधान संशोधन विधेयक लाकर उच्चतम न्यायालय द्वारा अनुसूचित जाति, जनजाति और पिछड़े वर्ग के आरक्षण की सीमा 50 प्रतिशत तक सीमित किए जाने को अशक्त करना चाहते थे। साथ ही अनुसूचित जाति व जनजाति को सरकारी नौकरियों में प्रमोशन में आरक्षण देने के लिए भी विधेयक लाना चाहते थे। इसको लेकर उन्होंने सर्वदलीय बैठक बुलाई थी। भोपाल में अनुसूचित जाति, अनुसूचित जनजाति के विधायकों, मंत्रियों, मेयरों, डिप्टी मेयरों, कॉर्पोरेटरों और पंचायत पदाधिकारियों के सम्मेलन को संबोधित करते हुए उन्होंने वाजपेयी के इस रुख का हवाला देते हुए कहा कि भाजपा एससी, एसटी और ओबीसी की सबसे बड़ी शत्रु है। यह *नैशनल मेल,* भोपाल के 19 मई, 1995 के अंक में प्रकाशित हुआ था। इसका ज़िक्र *इंडियाज़ साइलेंट रिवॉल्यूशन, द राइज़ ऑफ़ द लो कास्ट्स इन नॉर्थ इंडियन पॉलिटिक्स* में क्रिस्टोफे जेफ्रले ने पेज 463 पर किया है।

48. *आर्गेनाइज़र,* 14 जनवरी 1996, पेज 7। इसका ज़िक्र *इंडियाज़ साइलेंट रिवॉल्यूशन, द राइज़ ऑफ़ द लो कास्ट्स इन नॉर्थ इंडियन पॉलिटिक्स* में क्रिस्टोफे जेफ्रले ने पेज 454 पर किया है।

49. http://loksabhaph.nic.in/Members/partyar.aspx?lsno=11&tab=5

50. https://www.hindustantimes.com/india-news/when-nda-s-first-pm-atal-bihari-vajpayee-lost-no-confidence-motion-by-1-vote/story-wIzcIvDLfNv7kbuNFmoHxI.html

51. https://www.washingtonpost.com/archive/politics/1996/05/29/indian-government-falls-after-13-days-in-power/10f84c0d-5122-4866-ba75-4fc2bf505438/

52. सरफ़राज़ अहमद ने *राष्ट्रीय सहारा* अख़बार से बातचीत में कहा कि "जहाँ तक विकास का सवाल है, तो लालू प्रसाद के सात साल के कार्यकाल में हम पचास साल पीछे चले गए। जातिवादी हिंसा बढ़ी है। सामाजिक न्याय केवल नारा है। यह बिहार को नहीं भा रहा है। इसके कारण दो-चार-दस लोगों को राजनीतिक फ़ायदा मिल गया, परंतु बहुसंख्य आबादी अभी भी उपेक्षित है। उनके सामने सुरक्षा का संकट है। सामाजिक न्याय के नारे से समाज में मारकाट और हिंसा बढ़ी है। जाति जाति के बीच विद्वेष बढ़ा है।" इसका ज़िक्र *लालू प्रसाद यादव : तब और अब* नामक पुस्तक में अंबरीश कुमार ने पेज 358 पर किया है।

53. *राष्ट्रीय सहारा* अख़बार से बातचीत में भारतीय कम्युनिस्ट पार्टी के नेता अर्धेंदु भूषण वर्धन ने कहा, "लालू प्रसाद के पहले बिहार की स्थिति बहुत बेहतर थी, ऐसी बात नहीं है। मैंने बिहार को सिर्फ़ छह वर्षों से ही नहीं देखा है। पिछले 15 वर्षों में मैंने बिहार के बेगूसराय, मधुबनी, और चंपारण के अनेक इलाक़ों में आज से बदतर स्थिति देखी है। यह भी देखा है कि सामंती तत्वों ने किस तरह से भूमिहीनों को ज़िन्दा तक जलाया है। खेतिहर मज़दूरों की ऐसी स्थिति देखी है, जिसकी आप कल्पना भी नहीं कर सकते।" इसका ज़िक्र *लालू प्रसाद यादव : तब और अब* नामक पुस्तक में अंबरीश कुमार ने पेज 359 पर किया है

54. आज लालू यादव ही ऐसे नेता हैं, जो काफ़ी विवादास्पद हो रहे हैं। गौरतलब है कि केंद्र में संयुक्त मोर्चे की सरकार बनने के बाद लालू यादव ने अपने एक चहेते आईपीएस अधिकारी एस.एन. सिंह को सीबीआई का निदेशक बनाने का आग्रह किया। लाख कोशिशों के बावजूद देवगौड़ा ने जब उनकी बात नहीं मानी तो लालू ने कांग्रेस अध्यक्ष नरसिंहराव से मिलकर एक नई रणनीति तैयार की। चूँकि राव पर भी सीबीआई की छाया है, इसलिए लालू ने उनसे मिलकर एस.एन. सिंह को साझा सिफ़ारिशी बनाने की कोशिश की। राव ने मनाही की, या नहीं, यह दीगर बात है। लेकिन देवगौड़ा ने अंततः कर्नाटक कैडर के आईपीएस अधिकारी जोगिंदर सिंह को इस पद पर नियुक्त कर दिया। 30 सितंबर 1996 में *माया* पत्रिका में प्रकाशित, इसका ज़िक्र *लालू प्रसाद यादव : तब और अब नामक* पुस्तक में अंबरीश कुमार ने पेज 151 पर किया है।
55. *लालू प्रसाद यादव : तब और अब* लेखक अंबरीश कुमार पेज– 152
56. उस दौर में जनता दल की रिपोर्टिंग करने वाले वरिष्ठ पत्रकार दिलीप मंडल से बातचीत के आधार पर
57. https://www.timesnownews.com/india/article/when-sitaram-kesri-was-shown-the-door-and-sonia-gandhi-took-charge-as-congress-president/440548
58. https://gulfnews.com/today-history/april-11-1997-deve-gowda-loses-confidence-vote-1.2009205
59. *लालू प्रसाद यादव : तब और अब*, लेखक– अंबरीश कुमार पेज– 158
60. *जनसत्ता* में 15 अप्रैल 1997 की प्रदीप श्रीवास्तव की रिपोर्ट
61. https://www.indiatoday.in/magazine/cover-story/story/19970430-sitaram-kesri-pulls-down-uf-govt-deve-gowda-goes-down-fighting-831321-1997-04-30
62. अभय कुमार दुबे, *मुलायम सिंह : एक आलोचनात्मक अध्ययन*, राजकमल प्रकाशन, नई दिल्ली।
63. https://www.youtube.com/watch?v=BgrCP46XG4k
64. http://loksabhaph.nic.in/Members/partyar.aspx?lsno=12&tab=4
65. https://www.newindianexpress.com/states/tamil-nadu/2018/aug/18/atal-bihari-vaj-payees-not-so-comfortable-ties-with-dravidian-parties-1859243.html)
66. https://www.youtube.com/watch?v=g5AFwaaFgUU
67. इन आंदोलनों के बारे में विस्तार से *मंडल कमीशन : राष्ट्र निर्माण की सबसे बड़ी पहल* पुस्तक में विस्तार से जाना जा सकता है। आंदोलन के दौरान बड़ी संख्या में युवाओं पर मुकदमे हुए और उन्हें एक और संकट से जूझना पड़ा।
68. 'रिज़र्वेशन मेनिया इन प्राइवेट सेक्टर', डॉ. एल.एस. माधव राव, 18 जुलाई, 2004 https://www.organiser.org/archives/dynamic/modulesba78.html?name=Content&pa=showpage&pid=32&page=6
69. http://loksabhaph.nic.in/Members/partyar.aspx?lsno=15&tab=1
70. http://www.catchnews.com/politics-news/yadav-pradesh-56-out-of-86-sdms-ap-pointed-by-akhilesh-are-from-his-own-caste-1437768615.html

71. http://loksabhaph.nic.in/Members/PartywiseList.aspx
72. https://indianexpress.com/article/opinion/columns/hindu-nationalism-mandal-commission-upper-caste-politics-modi-govt-7181746/
73. https://theprint.in/india/governance/of-89-secretaries-in-modi-govt-there-are-just-3-sts-1-dalit-and-no-obcs/271543/
74. https://timesofindia.indiatimes.com/india/union-cabinet-2019-pm-tries-to-accommodate-most-castes/articleshow/69589639.cms
75. माना जाता है कि 11वीं सदी में महमूद गजनवी के भारत आक्रमण के वक्त सालार मसूद गाजी ने बहराइच पर आक्रमण किया लेकिन वहाँ के राजा सुहेलदेव से बुरी तरह पराजित हुआ और मारा गया। राजा सालार मसूद गाजी की यह कहानी चौदहवीं सदी में अमीर खुसरो की किताब *एजाज-ए-खुसरवी* और उसके बाद 17वीं सदी में लिखी गई किताब *मिरात-ए-मसूदी* में मिलती है। लेकिन महमूद गजनवी के समकालीन इतिहासकारों ने न तो सालार मसूद गाजी का ज़िक्र किया है और न राजा सुहेलदेव का और न बहराइच का। https://www.bbc.com/hindi/india-56078187

आरक्षण का प्रभाव : भागीदारी के संदर्भ में

> आरक्षण नीतियों के बारे में खराब बात यह है कि कोटा की जंग को लेकर एक तरह का जुनून है। हमारी राजनीतिक व्यवस्था हमेशा ही आरक्षण कोटा का यह खेल खेलती रहती है। हमें कोटा में शामिल होने की अपेक्षा नहीं करनी चाहिए, बल्कि सरकार से यह पूछना चाहिए कि उसने सार्वजनिक क्षेत्र के बाहर नौकरियाँ बढ़ाने के लिए क्या किया है? सरकारी नौकरियों के बजाय हमारी रुचि यह पूछने में होनी चाहिए कि हम अर्थव्यवस्था की रफ़्तार किस तरह तेज़ कर सकते हैं, अधिक नौकरियाँ कैसे पैदा होंगी, सभी को घर कैसे मिलेगा और आधारभूत ढाँचे में सुधार कैसे होगा और इस पूरे माहौल में बदलाव किस तरह से आएगा।
>
> —अभिजित बनर्जी[1]

भारत के स्वतंत्रता संघर्ष की लड़ाई सत्ता में भागीदारी को लेकर हुई। भारत के लोगों को यह अनुभव होने लगा था कि हमें स्वशासन चाहिए, अंग्रेज़ हमारे ऊपर राज नहीं कर सकते। वहीं अंग्रेज़ों ने कई बार यह जताने की कोशिश की कि भारत के लोग सत्ता सँभालने के काबिल नहीं हैं। सत्ता में भागीदारी पाने की यह लड़ाई अंग्रेज़ सरकार के विभिन्न अधिनियमों के माध्यम से स्थानीय शासन, विधानसभाओं में भागीदारी देने, नौकरियों में भागीदारी देने से लेकर कांग्रेस के पूर्ण स्वराज की माँग तक पहुँची। आख़िर में सत्ता में भागीदारी का यह नारा 'पूर्ण स्वराज' से होते हुए 'अंग्रेज़ों भारत छोड़ो' में तब्दील हो गया। स्वतंत्रता आंदोलन के दीवानों ने यह स्वीकार नहीं किया कि अंग्रेज़ काबिल हैं, इसलिए उन्हें भारत का शासन सँभालना चाहिए।

भागीदारी के कई स्वरूप हैं। आरक्षण और मंडल कमीशन रिपोर्ट इस मामले में मुख्य रूप से चर्चा में रहती है। उसी की सिफ़ारिशों के मुताबिक देश में केंद्रीय स्तर पर अन्य पिछड़ा वर्ग आरक्षण लागू किया था। हालाँकि स्वतंत्रता के पहले और उसके बाद भी कई राज्य अपने मुताबिक हाशिये के समाज के लोगों को मुख्य धारा में लाने की क़वायद में आरक्षण देते रहे हैं और अनुसूचित जाति व जनजाति का आरक्षण भी केंद्रीय स्तर पर लागू है।

मंडल कमीशन ने अपनी रिपोर्ट में कहा था, "आयोग की सिफ़ारिशें लागू करने की अवधि के बारे में आयोग की राय है कि पूरी योजना 20 साल के लिए लागू की जानी चाहिए और उसके बाद इसकी समीक्षा की जानी चाहिए। हमारी सलाह है कि एक पीढ़ी के इस चक्र से सामाजिक जागरूकता आएगी और यह पीढ़ीगत प्रगति होगी। कम अवधि में की गई कोई भी समीक्षा मनमानी होगी और इससे हमारी सिफ़ारिशों के असर का उचित संकेत नहीं मिल सकेगा कि ओबीसी के दर्जे और जीवन शैली में कोई बदलाव हुआ है या नहीं।"[2]

मंडल कमीशन की रिपोर्ट आने के दस साल बाद उसे लागू किया गया। हालाँकि यह कहना कि रिपोर्ट लागू हुई, वह भी एक भ्रम है। कमीशन ने अपनी रिपोर्ट में 40 बिंदुओं में सिफ़ारिशें की थीं। 1990 में नौकरियों में आरक्षण लागू किया। बाद में 2008 में केंद्र के शिक्षण संस्थानों तक उसका प्रसार किया गया। शेष सिफ़ारिशें राज्य सरकारें या केंद्र अपने स्तर पर किस्तों में लागू करती रही हैं, जिन पर न तो सरकारों का ध्यान होता है न उनके परिणामों की समीक्षा होती है। समग्र रूप से सिफ़ारिशें लागू नहीं हो सकीं।

अब आंशिक रूप से सिफ़ारिशें लागू हुए तीन दशक होने को हैं। सरकार या विपक्ष इस मसले पर संसद में या किसी भी स्तर पर बहस करने को तैयार नहीं है कि आरक्षण लागू होने के क्या परिणाम हुए। अनुसूचित जाति व जनजाति को दिया जाने वाला आरक्षण दशकों से चल रहा है। उसके असर की जाँच भी अब तक नहीं हो सकी।

हालाँकि अनुसूचित जाति एवं जनजाति के संदर्भ में यह तर्क हो सकता है कि उन्हें उनकी आबादी के हिसाब से 22.5 प्रतिशत आरक्षण दे दिया गया है। ऐसे में यह आरक्षण जारी रखा जाना चाहिए और इसे जारी रखने में कोई दिक्कत नहीं होनी चाहिए। जनसंख्या के मुताबिक सत्ता में भागीदारी के सिद्धांत के हिसाब से यह सही है।

अगर आरक्षण जारी रखने को इस तर्क से भी देखा जाए तब भी इस पर विचार करना ज़रूरी है कि जिस मकसद से आरक्षण लागू किया गया था, क्या वह मकसद पूरा हो चुका है? अगर जातीय भेदभाव ख़त्म करने व प्रतिनिधित्व देने के लिए आरक्षण की व्यवस्था की गई तो प्रतिनिधित्व की मौजूदा स्थिति क्या है। आरक्षण का विरोध करने वाले ग़ैर आरक्षित वर्ग के भी हित में है कि आरक्षण की मौजूदा स्थिति की जाँच की जाए और देखा जाए कि एससी-एसटी वर्ग को कहीं उनकी जनसंख्या से ज़्यादा प्रतिनिधित्व तो नहीं मिल गया। अगर उन्हें ज़्यादा

प्रतिनिधित्व मिल चुका है तो उन्हें उनकी आबादी के मुताबिक समेट दिया जाए। अगर ऐसा नहीं है तो कोई विशेष अभियान चलाकर उनकी जनसंख्या के मुताबिक जल्द-से-जल्द भागीदारी सुनिश्चित कर दी जाए। ऐसा करने पर ही आरक्षण का मकसद पूरा हो सकेगा। साथ में यह भ्रम भी दूर हो सकेगा कि आरक्षण कोटे वाले पूरा लाभ ले रहे हैं और वह सामान्य सीटों पर भी कब्ज़ा करके ग़ैर आरक्षित तबके के लिए जगह ही नहीं छोड़ते हैं।

अगर हम ओबीसी की बात करें तो 1993 में न्यायालय के फ़ैसले के बाद सरकारी नौकरियों में आरक्षण दिया गया, उसके बाद 2008 में केंद्रीय शिक्षण संस्थानों में पढ़ने व पढ़ाने का मौका भी उस सामाजिक व शैक्षणिक रूप से पिछड़े तबके को दे दिया गया, जो वहाँ नहीं पहुँच पाते थे।

आइए कुछ आरटीआई के माध्यम से मिली जानकारियों की हकीकत से रू-ब-रू हो लें। आरटीआई से माँगी गईं ये जानकारियाँ विभिन्न अख़बारों में प्रकाशित भी हुईं। *अमर उजाला* अख़बार में आरटीआई के माध्यम से 2016 में छपी एक ख़बर के मुताबिक देश के 39 केंद्रीय विश्वविद्यालयों में सिर्फ़ 33 एससी और 10 एसटी प्रोफ़ेसर हैं। विश्वविद्यालय अनुदान आयोग ने आरटीआई एक्टिविस्ट महेंद्र प्रताप सिंह की ओर से केंद्रीय विश्वविद्यालयों में शिक्षकों की संख्या के संबंध में ब्योरा माँगा था। यूजीसी ने मार्च 2016 को दिए गए जवाब में सितंबर 2015 तक की स्थिति की जानकारी दी। यूजीसी के मुताबिक केंद्रीय विश्वविद्यालयों में स्वीकृत शिक्षकों के पदों की संख्या 16,525 थी, इनमें लगभग सभी विश्वविद्यालयों में एससी-एसटी के असिस्टेंट प्रोफ़ेसर, असोसिएट प्रोफ़ेसर और प्रोफ़ेसर के अधिकांश पद खाली थे। यूजीसी के मुताबिक दिल्ली विश्वविद्यालय में एससी और एसटी वर्ग के क्रमश: 3 और 1 प्रोफ़ेसर थे। जेएनयू में एससी वर्ग के 8 प्रोफ़ेसर थे, एसटी एक भी नहीं।

उत्तर प्रदेश में काशी हिन्दू विश्वविद्यालय और इलाहाबाद विश्वविद्यालय का और बुरा हाल है। काशी हिन्दू विश्वविद्यालय में एससी वर्ग के एक प्रोफ़ेसर थे, जबकि दोनों में से किसी भी विश्वविद्यालय में एसटी प्रोफ़ेसर नहीं थे। बीएचयू ने तो कमाल ही कर दिया। सामान्य वर्ग के लिए स्वीकृत पदों से ज़्यादा असिस्टेंट प्रोफ़ेसरों की भर्तियाँ कर डालीं। जबकि केंद्रीय विश्वविद्यालयों में एससी, एसटी और ओबीसी के 58 प्रतिशत यानी कुल स्वीकृत पदों में आधे से ज़्यादा पद पर भर्तियाँ नहीं की गईं। कुल 16 ऐसे केंद्रीय विश्वविद्यालय थे, जहाँ एससी और एसटी प्रोफ़ेसर ही नहीं थे।

अब उन पदों पर एससी-एसटी और ओबीसी की हालत जान लेते हैं, जो देश के शासन-प्रशासन और सत्ता के केंद्र होते हैं। ये ऐसे पद हैं, जो नीतियाँ बनाते

हैं। यहीं से तय होता है कि किस जगह कितना पैसा आवंटित किया जाएगा। महेंद्र प्रताप सिंह ने इस बार कार्मिक एवं प्रशिक्षण विभाग (डीओपीटी) में सामान्य, पिछड़ा, अनुसूचित जाति और अनुसूचित जनजाति वर्ग के ग्रुप ए के अफ़सरों की संख्या की जानकारी माँगी। सितंबर 2016 में विभाग की ओर से केंद्रीय मंत्रालय के अंडर सेक्रेटरी, डिप्टी सेक्रेटरी, डाइरेक्टर, ज्वाइंट सेक्रेटरी, एडिशनल सेक्रेटरी और सेक्रेटरी या इनके समकक्ष पदों के बारे में जानकारी दी गई।

आरटीआई के दस्तावेज़ों के मुताबिक ओबीसी वर्ग का एक भी अधिकारी केंद्रीय मंत्रालयों में सचिव व अतिरिक्त सचिव स्तर पर नहीं था। सचिव पद पर सामान्य वर्ग के 110 और एसटी वर्ग के दो अफ़सर कार्यरत थे। अतिरिक्त सचिव पद पर 106 अधिकारी सामान्य वर्ग के और 5-5 अधिकारी एससी और एसटी वर्ग के थे। कुल मिलाकर इन मलाईदार पदों पर नियुक्ति पाने वालों में 82 प्रतिशत अधिकारी सामान्य वर्ग से थे, जबकि 5.40 प्रतिशत अन्य पिछड़े वर्ग के और 8.63 प्रतिशत लोग अनुसूचित जाति के पहुँच पाए थे।

एक बार फिर याद दिला दें कि 1950 में संविधान लागू होने के बाद से ही सरकारी पदों पर एससी और एसटी का 22.5 प्रतिशत आरक्षण है। लेकिन सात दशक में केंद्रीय मंत्रालयों में सिर्फ़ 8.63 प्रतिशत अनुसूचित जाति वर्ग से पहुँच पाए। वहीं 1993 से ओबीसी आरक्षण लागू है और महज़ 5.40 प्रतिशत ओबीसी अधिकारी हैं। ये आँकड़े चीख-चीखकर कह रहे हैं कि संवैधानिक प्रावधानों के मौजूद होने के बावजूद सत्तासीन तबके ने तमाम तिकड़म लगाकर एससी, एसटी और ओबीसी तबके को उन पदों पर नहीं पहुँचने दिया है, जहाँ से नीति नियंत्रण होता है या जहाँ से बौद्धिक कसरत होती है। विश्वविद्यालयों व केंद्रीय मंत्रालयों में एससी-एसटी नगण्य हैं वहीं ओबीसी की तो बमुश्किल ही गणना की जा सकती है। सत्ता पर कब्ज़ा किए बैठे लोग अपने लोगों को किसी-न-किसी तरीके से भरते रहते हैं और आरक्षित तबके के लोग संवैधानिक तरीके से आरक्षण के बावजूद पदों पर नहीं पहुँच पाते हैं।

इतना ही नहीं, सरकार ने खासकर ओबीसी आरक्षण लागू होने के बाद तो सरकारी नौकरियों व विद्यालयों का खात्मा ही शुरू कर दिया। 1993 में ओबीसी आरक्षण लागू होने के बाद कितने सरकारी स्कूल, विश्वविद्यालय, डिग्री कॉलेज खुले और कितने प्राइवेट, इसका कोई ठोस आँकड़ा तो नहीं है। हाँ अगर आप जिस किसी छोटे ज़िले, कस्बे, विधानसभा क्षेत्र में रहते हैं, वहाँ अगर गिनें तो पाएँगे कि पिछले तीन दशक में सिर्फ़ प्राइवेट स्कूल खुले। एकाध स्कूल सरकारी खुल गया हो तो उसे अपवाद स्वरूप ही माना जा सकता है।

सरकारी नौकरियों के तो आँकड़े मौजूद हैं कि किस तरह से इस सरकार ने ओबीसी आरक्षण के बाद सरकारी नौकरियाँ ही ख़त्म करनी शुरू कर दीं। 1991–92 में जब भारत की आबादी 83.9 करोड़ थी तो सरकारी नौकरियों की संख्या 1.95 करोड़ थी। यानी हर 43 आदमी में से एक व्यक्ति सरकारी नौकरी करता था। सरकारों ने इसे बढ़ाने के बजाय घटा दिया। 2017 में भारत की आबादी करीब 130 करोड़ हो गई, जबकि सरकारी नौकरियों की संख्या घटकर 1.76 करोड़ रह गई हैं। यानी इस समय 74 व्यक्ति में से एक आदमी सरकारी नौकरी पर निर्भर है।[3]

15 मार्च 2021 को सरकार की ओर से लोकसभा में दिए गए जवाब के आँकड़ों के मुताबिक देश के 44 केंद्रीय विश्वविद्यालयों में 6,074 पद रिक्त थे, जिनमें से 75 प्रतिशत पद आरक्षित श्रेणी के थे। अन्य पिछड़े वर्ग के आधे से ज़्यादा पद खाली पड़े थे। इन आँकड़ों में प्रतिष्ठित इंडियन इंस्टीट्यूट ऑफ़ मैनेजमेंट में ओबीसी, एससी, एसटी की स्थिति और खराब दिखी, जहाँ इस वर्ग के लिए सृजित कुल पदों में 60 प्रतिशत से ज़्यादा खाली पड़े थे, जबकि अनुसूचित जनजाति के 80 प्रतिशत पद खाली थे।

केंद्रीय शिक्षा मंत्री रमेश पोखरियाल निशंक ने 15 मार्च 2021 को ओडिशा के कोरापुट से कांग्रेस सांसद सप्तगिरि शंकर उलाका, केरल के चालाकुडी लोकसभा से कांग्रेस के सांसद बैन्नी बेनहन और तमिलनाडु के विरुधनगर लोकसभा से कांग्रेस सांसद बी. मणिक्कम टैगोर की ओर से पूछे गए कई सवालों के जवाब में विस्तार से ब्योरा दिया। निशंक ने कहा कि नियुक्तियों में एससी, एसटी, और ओबीसी के अधिकारों की सुरक्षा सुनिश्चित करने के लिए 12 जुलाई, 2019 को केंद्रीय शैक्षिक संस्थान (शिक्षक संवर्ग में आरक्षण) अधिनियम 2019 अधिसूचित किया गया, ताकि विश्वविद्यालय को एक इकाई मानकर केंद्रीय शैक्षिक संस्थानों में शिक्षक संवर्ग में सीधी भर्ती में पदों का आरक्षण प्रदान किया जा सके। इसके बाद ओबीसी आरक्षण सभी स्तरों पर लागू किया गया।

इसके बाद यूजीसी ने 4 जून, 2019 को अपने अ.शा. पत्रांक एफ. 1–14/2019 (सीपीपी–2) द्वारा भर्ती के लिए चयन प्रक्रिया और समय सीमा निर्धारित करते हुए विश्वविद्यालयों, कॉलेजों और संबंधित विश्वविद्यालयों में संकाय की भर्ती के लिए दिशा–निर्देश तैयार किए, जो सभी विश्वविद्यालयों को भेजे गए। विश्वविद्यालयों को यह सुनिश्चित करने को कहा गया कि विश्वविद्यालयों के साथ संबद्ध कॉलेजों में रिक्त पदों को जल्द–से–जल्द भरा जाए।

इसके बाद यूजीसी ने 31 जुलाई, 2019, 7 अगस्त, 2019, 5 सितंबर,

2019 और फिर 22 अक्टूबर, 2019 को पत्र लिखकर विश्वविद्यालयों और उनसे संबद्ध कॉलेजों में रिक्त पदों को जल्द भरने पर भर्ती प्रक्रिया की स्थिति यूजीसी के विश्वविद्यालय गतिविधि निगरानी पोर्टल पर अपलोड करने को कहा।

यूजीसी ने जून 2019 में स्पष्ट रूप से सभी विश्वविद्यालयों को पत्र लिखकर रिक्तियाँ भरने के लिए 6 महीने का वक्त दिया था और चेतावनी दी थी कि अगर दिशा-निर्देशों का उल्लंघन होता है, अनुदान रोक दिया जाएगा। इतनी कार्रवाई के बाद इस चार्ट से केंद्रीय विश्वविद्यालयों में एससी, एसटी, ओबीसी की स्थिति देखी जा सकती है (देखें तालिका-1)—

(तालिका-1)

संस्थान का नाम	स्वीकृत आरक्षित पद			रिक्त आरक्षित पद		
	एससी	एसटी	ओबीसी	एससी	एसटी	ओबीसी
42 केंद्रीय विश्वविद्यालय*	5,714	3,135	7,589	2,255	1,320	3,949
3 संस्कृत केंद्रीय विश्वविद्यालय**	120	69	182	14	9	24
इंदिरा गाँधी राष्ट्रीय मुक्त विवि***	380	180	346	57	88	231
आईआईटी (ग़ैर संकाय)***	901	410	1,291	325	193	539
आईआईएम	55	24	96	34	19	60
आईआईएसईआर	71	19	153	28	11	67
आईआईएससी	168	84	303	34	46	272
कुल	7,409	3,921	9,960	2,747	1,686	5,142

स्रोत : लोकसभा में मंत्री द्वारा दिया गया जवाब[4]

*1 जनवरी, 2021 तक

** 9 मार्च, 2021 तक

***31 दिसंबर, 2020 तक

वहीं तेलंगाना के नालगोंडा लोकसभा क्षेत्र से कांग्रेस के सांसद उत्तम कुमार रेड्डी द्वारा पूछे गए सवाल के जवाब से अलग-अलग पदों पर ब्रेकअप से भी समझा जा सकता है कि उच्च शिक्षण संस्थानों में वंचित तबके की हिस्सेदारी कितनी है (देखें तालिका-2)—

(तालिका-2)

विश्वविद्यालय का नाम	पद	स्वीकृत संख्या	पदों का श्रेणीवार विवरण					
			सामान्य	एस. सी.	एस. टी.	ओ. बी. सी.	ई. डब्ल्यू. एस.	पी. डब्ल्यू. डी.
42 केंद्रीय विश्वविद्यालय	प्रोफ़ेसर	2,507	1,505	295	137	378	122	70
	एसोसिएट प्रोफ़ेसर	5,024	2,980	603	295	770	243	133
	सहायक प्रोफ़ेसर	10,877	5,751	1,369	709	2,206	524	318
संस्कृत केंद्रीय विश्वविद्यालय	प्रोफ़ेसर	45	26	6	4	7	2	0
	एसोसिएट प्रोफ़ेसर	79	46	11	4	14	4	0
	सहायक प्रोफ़ेसर	380	185	55	27	82	26	5
इंदिरा गाँधी राष्ट्रीय मुक्त विश्वविद्यालय	प्रोफ़ेसर	67	–	–	–	–	–	–
	एसोसिएट प्रोफ़ेसर	134	–	–	–	–	–	–
	सहायक प्रोफ़ेसर	243	–	–	–	–	–	–

(तालिका-3)

विश्वविद्यालय का नाम	पद	स्वीकृत संख्या	पदों का श्रेणीवार विवरण					
			सामान्य	एस. सी.	एस. टी.	ओ. बी. सी.	ई. डब्ल्यू. एस.	पी. डब्ल्यू. डी.
42 केंद्रीय विश्वविद्यालय	प्रोफ़ेसर	1,445	543	232	128	361	120	61
	एसोसिएट प्रोफ़ेसर	2,346	578	449	254	708	237	120
	सहायक प्रोफ़ेसर	2,283	359	310	207	790	464	153
संस्कृत केंद्रीय विश्वविद्यालय	प्रोफ़ेसर	3	1	0	2	0	0	0
	एसोसिएट प्रोफ़ेसर	16	4	4	1	6	1	0
	सहायक प्रोफ़ेसर	27	4	9	4	6	3	1
इंदिरा गाँधी राष्ट्रीय मुक्त विश्वविद्यालय	प्रोफ़ेसर	49	28*	8	5	8	–	–
	एसोसिएट प्रोफ़ेसर	60	27*	14	8	11	–	–
	सहायक प्रोफ़ेसर	90	31*	17	7	35	–	–

स्रोत : केंद्रीय शिक्षा मंत्री द्वारा लोकसभा में दिया गया जवाब[5]

*ईडब्ल्यूएस और पीडब्ल्यूडी की रिक्तियाँ इसी में शामिल हैं

– केंद्रीय विश्वविद्यालयों के आँकड़े 1 जनवरी, 2021 तक, संस्कृत केंद्रीय विश्वविद्यालय के आँकड़े 9 मार्च, 2021 तक और इंदिरा गाँधी मुक्त विश्वविद्यालय के आँकड़े 31 दिसंबर 2020 तक के

उत्तम कुमार रेड्डी द्वारा पूछे गए सवाल "अन्य पिछड़ा वर्ग (ओबीसी) के लिए स्वीकृत पदों में रिक्तियों की अधिक संख्या का क्या कारण है?" का मंत्री द्वारा बहुत मासूम सा जवाब आया। मंत्री ने कहा, "विभिन्न स्तरों पर ओबीसी के लिए स्वीकृत पदों में रिक्तियाँ गतिशील प्रक्रियाओं के कारण होती हैं, जो कि अन्य बातों के साथ-साथ सेवानिवृत्ति, त्यागपत्र, मृत्यु, प्रतिनियुक्ति, सेवा विस्तार और नए संस्थान खोलते जाने पर निर्भर है।"

मंत्री के इस मासूम जवाब में रेड्डी यह पूरक सवाल पूछ सकते थे कि मंत्री महोदय क्या स्पष्ट करेंगे कि विश्वविद्यालयों में ओबीसी की सेवानिवृत्ति, त्यागपत्र, मृत्यु, प्रतिनियुक्ति और सेवा विस्तार की दर सामान्य वर्ग के प्रोफ़ेसरों की तुलना में बहुत ज़्यादा क्यों है? आख़िर ये परिस्थितियाँ उन लोगों पर लागू क्यों नहीं होतीं जो कई पीढ़ियों से विश्वविद्यालयों में कुंडली मारे बैठे हैं और दूसरे किसी को टिकने ही नहीं दे रहे हैं।

राष्ट्रीय पिछड़ा वर्ग आयोग (एनसीबीसी) की जून 2020 की एक सुनवाई में बहुत दिलचस्प केस सामने आया। इसमें पता चला कि नैशनल लॉ यूनिवर्सिटीज़ (एनएलयू)/स्कूलों में आरक्षण के संवैधानिक प्रावधानों व सरकारी आदेशों (जीओ) की धज्जियाँ उड़ाई जा रही हैं और एलएलबी व एलएलएम के प्रवेश में सामाजिक और शैक्षणिक रूप से पिछड़े वर्ग (ओबीसी) को आरक्षण नहीं दिया जा रहा है।

आयोग के सामने देश के युवाओं को कानून पढ़ाने वाले विश्वविद्यालयों के कुलपतियों ने अजीब-अजीब बयान दिए। कुलपतियों ने कहा कि वे विश्वविद्यालय गवर्निंग काउंसिल के नियमों, अधिनियमों और कानूनों के मुताबिक विश्वविद्यालय चला रहे हैं और उन पर कोई अन्य कानून लागू नहीं होता है। यानी विश्वविद्यालय चलाने के लिए उनके गवर्निंग काउंसिल ने जो नियम बना दिया, उसी के मुताबिक विश्वविद्यालय चलाएँगे और भारत के संविधान में दिए गए प्रावधानों या केंद्र व राज्य सरकारों के आदेशों का उनके ऊपर कोई असर नहीं पड़ेगा!

कानून के विश्वविद्यालयों के कुलपतियों का एक और मज़ेदार तर्क आया। आंध्र प्रदेश के उच्च न्यायालय ने एक आदेश दिया था कि जब तक सरकार पिछड़े वर्ग (बीसी) के लिए कोई विशेष प्रावधान नहीं करती है, तब तक विश्वविद्यालयों को ऐसा करने का निर्देश नहीं दिया जा सकता। उसके बाद पिछड़े वर्ग के लोग रोते-गाते तेलंगाना सरकार के पास पहुँचे और राज्य सरकार ने 2014 में सभी उच्च शिक्षण संस्थानों में 29 प्रतिशत आरक्षण लागू करने के लिए सरकारी आदेश

निकाला। इसी तरह से हर राज्य ने उच्च शिक्षण संस्थानों में आरक्षण लागू करने के लिए जीओ जारी कर दिया। तेलंगाना ने विशेष रूप से जीओ में उल्लेख किया कि नलसर यूनिवर्सिटी ऑफ़ लॉ सहित सभी उच्च शिक्षण संस्थानों में आरक्षण दिया जाए।

ऐसा नहीं कि नलसर यूनिवर्सिटी ने राज्य सरकार के जीओ के बाद आरक्षण देना शुरू कर दिया। नलसर के कुलपति ने कहा कि उनको यूजीसी, केंद्र या राज्य सरकार से कोई अनुदान नहीं मिलता है और उनका विश्वविद्यालय स्ववित्तपोषित है, इसलिए वह आरक्षण नहीं देंगे। एनसीबीसी के समक्ष आवेदन देने वाले विद्यार्थियों ने साक्ष्य दिए कि नलसर को यूजीसी से हर साल अनुदान मिलता है। एनसीबीसी ने सुनवाई के दौरान यूजीसी के प्रतिनिधि से भी यह पुष्टि की कि नलसर को सरकारी अनुदान मिल रहा है। यानी आरक्षण नहीं देना है, उसके लिए कुछ भी तर्क विश्वविद्यालय के कुलपति गढ़ सकते हैं। देश के सभी राज्यों ने जीओ जारी कर दिया है कि उच्च शिक्षण संस्थानों में ओबीसी आरक्षण होगा, लेकिन कानून पढ़ाने वाले विश्वविद्यालय इसे मानने को तैयार नहीं हैं।

एनसीबीसी की सुनवाई में पंजाब के उच्च शिक्षा विभाग के डिप्टी डायरेक्टर, नलसर यूनिवर्सिटी हैदराबाद के रजिस्ट्रार, नैशनल लॉ यूनिवर्सिटी, जोधपुर की वाइस चांसलर, डीएसएनएलयू विशाखापत्तनम आंध्र प्रदेश के वाइस चांसलर, आंध्र प्रदेश के बीसी वेलफ़ेयर के निदेशक, एनएलआईयू भोपाल के डीन, राजस्थान के हायर एंड टेक्निकल एजुकेशन की सचिव, यूजीसी नई दिल्ली के ज्वाइंट सेक्रेटरी, यूजीसी नई दिल्ली के एडीशनल सेक्रेटरी, धर्मशाला नैशलन लॉ यूनिवर्सिटी जबलपुर के रजिस्ट्रार, तेलंगाना के बीसी वेलफ़ेयर डिपार्टमेंट के डिप्टी डायरेक्टर, नैशनल लॉ यूनिवर्सिटी शिमला के रजिस्ट्रार, आरजीएनयूएल के रजिस्ट्रार उपस्थित थे।

यूजीसी ने ओबीसी को आरक्षण देने को लेकर समय-समय पर जारी सरकारी आदेशों को दिखाया, जो प्रवेश को लेकर जारी किए गए थे। इस दौरान कुछ कुलपतियों ने कहा कि अगर एनसीबीसी कोई सिफ़ारिश करता है तो वे ओबीसी आरक्षण लागू करने के मसले पर जल्द-से-जल्द गवर्निंग काउंसिल/एग्जुक्यूटिव काउंसिल में चर्चा करेंगे। एनसीबीसी ने सिफ़ारिश की कि नैशनल लॉ यूनिवर्सिटीज़ प्रवेश प्रक्रिया में चल रही गंभीर अनियमितताओं को जल्द-से-जल्द ठीक करें और संवैधानिक कानूनों, केंद्र व राज्य सरकारों के आदेशों (जीओ) और यूजीसी के निर्देशों के मुताबिक ओबीसी आरक्षण प्रदान करें।

इंडियन एक्सप्रेस में 1 जनवरी 2020 को प्रकाशित ख़बर[6] के मुताबिक देश के 20 भारतीय प्रबंध संस्थान (आईआईएम) ने केंद्रीय मानव संसाधन विकास मंत्रालय

से पत्र लिखकर माँग की कि उन्हें 'इंस्टीट्यूशंस ऑफ़ एक्सिलेंस' का दर्जा दिया जाए। इन आईआईएम ने तर्क दिया है कि छूट दिए जाने के उदाहरण पहले भी हैं, इसलिए आईआईएम को भी छूट दी जाये। आईआईएम ने तर्क दिया है कि संस्थान की भर्ती प्रक्रिया साफ़-सुथरी है और संस्थान यह क़वायद करता है कि वंचित तबके को भी इसी प्रक्रिया के तहत प्रवेश दिया जाए। लेकिन आरक्षण से संभवत: वैश्विक रूप से प्रतिस्पर्धा करने का रास्ता नहीं हो सकता है।

दरअसल यह दर्जा इन शीर्ष प्रबंध संस्थानों को सम्मान दिलाने या छात्र-छात्राओं या देश के हित को देखते हुए नहीं माँगा, बल्कि इसका मकसद संस्थानों में आर्थिक रूप से कमज़ोर वर्ग (ईडब्ल्यूएस), अनुसूचित जाति, अनुसूचित जनजाति और अन्य पिछड़े वर्ग के कोटे के माध्यमों से प्रोफ़ेसरों की भर्तियाँ ख़त्म कर दी जाएँ।

9 जुलाई 2019 को ही केंद्र सरकार ने राजपत्र[7] प्रकाशित किया। इस राजपत्र में केंद्रीय शिक्षण संस्थानों में अध्यापक की श्रेणी में आरक्षण का नियम दिया गया था। इस ऐक्ट की धारा 4 के मुताबिक आरक्षण के प्रावधान इंस्टीट्यूशन ऑफ़ एक्सिलेंस, रिसर्च इंस्टीट्यूशंस, राष्ट्रीय और रणनीतिक महत्त्व के संस्थानों में लागू नहीं होंगे। इस श्रेणी में गजट में 8 संस्थान रखे गए थे—होमी भाभा नैशनल इंस्टीट्यूट (इसके तहत आने वाले 10 संस्थान भी) मुंबई, टाटा इंस्टीट्यूट ऑफ़ फ़ंडामेंटल रिसर्च, नॉर्थ ईस्टर्न इंदिरा गाँधी रीजनल इंस्टीट्यूट ऑफ़ हेल्थ एंड मेडिकल साइंस, शिलॉन्ग, नैशनल ब्रेन रिसर्च सेंटर मानेसर, गुड़गाँव, जवाहरलाल नेहरू सेंटर फ़ॉर एडवांस्ड साइंटिफ़िक रिसर्च, बेंगलूरु, फ़िज़िकल रिसर्च लैबोरेटरी, अहमदाबाद, स्पेस फ़िज़िक्स लैबोरेटरी, तिरुवनंतपुरम, इंडियन इंस्टीट्यूट ऑफ़ रिमोट सेंसिंग। आईआईएम इसी श्रेणी में आने को उतावले हो गए, जिससे उनके टीचिंग स्टाफ़ आरक्षण के माध्यम से न आ सकें।

उत्तर प्रदेश उच्चतर शिक्षा सेवा आयोग के 27 जून 2019 के परीक्षा परिणामों में अद्‌भुत विसंगतियाँ देखने को मिलीं। सामान्य वर्ग की मेरिट ज़्यादा जाती है क्योंकि उसमें सभी शामिल होते हैं और वे सीटें जब भर जाती हैं, उसके बाद आरक्षित वर्ग का चयन शुरू होता है। लेकिन उत्तर प्रदेश के इस परीक्षा परिणाम में कॉलेज लेक्चरर और प्रोफ़ेसर की बहाली के लिए जो परीक्षाएँ लीं, उसमें आरक्षित श्रेणी के उम्मीदवारों का इंटरव्यू के लिए चुनाव सामान्य श्रेणी के उम्मीदवारों से अधिक नंबर पर किया गया। आयोग ने 16 विषयों में शिक्षकों की नियुक्ति के लिए परीक्षाएँ लीं और इंटरव्यू के लिए बुलाया। इनमें से 14 विषयों में आरक्षित श्रेणी का कट ऑफ़ सामान्य श्रेणी की कट ऑफ़ से ऊपर था, यानी अधिक नंबर पर चुनाव हुआ। सिर्फ़

वाणिज्य और सैन्य विज्ञान विषय ही अपवाद रहे। इससे आरक्षण की विसंगतियों का साफ़ पता चलता है।[8]

इसी तरह से 22 जनवरी 2019 को प्रकाशित एक ख़बर के मुताबिक राजस्थान लोकसेवा आयोग (आरपीएसपी) की प्रारंभिक परीक्षा में 200 अंक में सामान्य उम्मीदवारों का कट ऑफ़ 78.54 अंक जबकि ओबीसी उम्मीदवारों के लिए कट ऑफ़ 94.98 अंक था।[9]

इसके पहले 26 जून 2016 में *टाइम्स ऑफ़ इंडिया* में प्रकाशित एक ख़बर के मुताबिक राजस्थान एडमिनिस्ट्रेटिव सर्विस (आरएएस) परीक्षा, 2013 की मुख्य परीक्षा के परिणाम में ओबीसी श्रेणी का कट ऑफ़ 381 अंक जबकि सामान्य कैटेगरी का कट ऑफ़ 350 अंक था। यहाँ तक कि ओबीसी महिला श्रेणी में भी कट ऑफ़ सामान्य से ज़्यादा 351 अंक था।[10] वहीं देश की राजधानी दिल्ली में संसद की नाक के नीचे भी यह खेल देखने को मिला। 22 फरवरी 2019 को *जनसत्ता* में प्रकाशित ख़बर के मुताबिक दिल्ली के सरकारी स्कूलों में अध्यापकों की भर्ती में अनुसूचित जाति की कट ऑफ़ मेरिट सबसे ज़्यादा 85.54 प्रतिशत रही, जबकि सामान्य कैटेगरी की मेरिट उससे नीचे, 80.96 प्रतिशत पर रही।[11] दरअसल आरक्षण व्यवस्था लागू होने के बाद के तमाम तिकड़मों और न्यायालय के फ़ैसलों की वजह से ऐसा होता रहा है। उच्चतम न्यायालय के फ़ैसले के मुताबिक अगर किसी कैंडीडेट ने उम्र सीमा, न्यूनतम योग्यता, एप्लीकेशन फ़ीस में कोई छूट ली है तो उसे सामान्य कैटेगरी का नहीं माना जाएगा।[12] यह बहुत अजीब स्थिति है कि आरक्षित वर्ग के लोगों को जबरी सुविधाएँ दे दी जाएँ, जिससे वे अपने वर्ग में सिमटकर रह जाएँ। उदाहरण के लिए अगर प्रोफ़ेसर की किसी परीक्षा में सामान्य वर्ग के लिए 300 रुपये फ़ीस है और अनुसूचित जाति के लिए 150 रुपये फ़ीस है तो अनुसूचित जाति को जबरी उसके आरक्षित वर्ग में ठेल दिया जाएगा, भले ही वह ज़्यादा अंक पाकर उत्तीर्ण हुआ हो।

इसी तरह से आईएएस परीक्षा में भी उम्र बढ़ा देने से आरक्षित तबके को ज़बरदस्त नुकसान उठाना पड़ता है। नीति निर्माण के उच्च्व पदों पर पहुँचने के पहले ज़्यादातर दलित और ओबीसी आईएएस अधिकारी सेवानिवृत्त हो जाते हैं और उन्हें केंद्र या राज्यों में प्रमुख सचिव या विभागों का प्रमुख बनने का मौका नहीं मिल पाता है।[13]

निजी क्षेत्र में आरक्षण का सवाल

1991 के आर्थिक उदारीकरण के बाद सरकारी क्षेत्र में नौकरियों में लगातार कमी के बीच निजी क्षेत्र में भी अनुसूचित जाति, जनजाति और अन्य पिछड़े वर्ग को

नौकरियों में भागीदारी देने की बात सामने आने लगी। राम विलास पासवान, शरद यादव से लेकर मुलायम सिंह यादव, लालू प्रसाद और मायावती तक निजी क्षेत्र में आरक्षण दिए जाने की माँग करते रहे।

निजी क्षेत्र में वंचित तबके को हिस्सेदारी देने की दिशा में सबसे ठोस प्रयास कांग्रेस ने किया। 2004 के लोकसभा चुनाव के दौरान कांग्रेस ने 'आरक्षण सहित एससी-एसटी युवाओं की उम्मीदें' को लेकर भारतीय उद्योग जगत से बातचीत करने का आश्वासन दिया। जब संयुक्त प्रगतिशील गठबंधन सरकार 2004 में सत्ता में आई तो सामाजिक न्याय एवं अधिकारिता मंत्री मीरा कुमार ने इस सिलसिले में उद्योग जगत से बातचीत शुरू की। उन्होंने टाटा संस के चेयरमैन रतन टाटा के साथ बैठक कर सामाजिक न्याय सुनिश्चित करने में सरकार को मदद देने की अपील की।

यह मसला संसद में भी ज़ोरदार तरीके से उठने लगा और सरकार पर निजी क्षेत्र में आरक्षण दिए जाने को लेकर दबाव बढ़ने लगा। तमिलनाडु के टेंकासी लोकसभा क्षेत्र से भारतीय कम्युनिस्ट पार्टी के सांसद एम. अप्पादुरै ने निजी क्षेत्र में आरक्षण दिए जाने का मसला उठाया। संसद में उन्होंने माँग रखी कि सरकारी नौकरियाँ अब आनी कम हो गई हैं, ऐसे में सामाजिक और शैक्षणिक रूप से पिछड़े तबके और अनुसूचित जाति एवं जनजाति को निजी क्षेत्र में आरक्षण दिया जाना चाहिए।[14] साथ ही मीरा कुमार ने संसद को जानकारी दी कि इस सिलसिले में निजी क्षेत्र से बातचीत चल रही है। संप्रग सरकार का निजी क्षेत्र पर दबाव इतना ज़्यादा था कि उद्योग जगत के प्रतिनिधियों ने एक बयान जारी किया, जिसमें कहा गया था, "मेरिट प्राकृतिक गुण नहीं है, बल्कि इसे सामाजिक परिस्थितियाँ आकार देती हैं।" इस बयान में अफ़र्मेटिव एक्शन को लेकर उद्योग जगत ने प्रतिबद्धता जताई। इस बयान पर देश के 21 प्रमुख उद्योगपतियों—टाटा समूह के रतन टाटा, आदित्य बिड़ला समूह के चेयरमैन कुमारमंगलम बिड़ला, गोदरेज समूह के चेयरमैन जमशेद गोदरेज, महिन्द्रा एंड महिन्द्रा के चेयरमैन केशव महिन्द्रा, हीरो कॉर्प के चेयरमैन सुनील मुंजाल, इन्फ़ोसिस के चेयरमैन एनआर नारायणमूर्ति, एचडीएफसी के चेयरमैन दीपक पारेख, विप्रो के चेयरमैन अजीम प्रेमजी के हस्ताक्षर थे।[15] इस पत्र के बारे में मीरा कुमार ने 23 मई 2005 को संसद में भी जानकारी दी और बताया कि निजी क्षेत्र के 21 उद्यमियों ने 21 मई, 2005 को पत्र लिखकर अफ़र्मेटिव एक्शन की अपनी कार्ययोजना बताई है।[16]

मार्क्सवादी कम्युनिस्ट पार्टी, भारतीय कम्युनिस्ट पार्टी, राष्ट्रीय जनता दल, समाजवादी पार्टी, बहुजन समाज पार्टी जैसे दलों के सहारे खड़ी मनमोहन सिंह के नेतृत्व वाली संयुक्त प्रगतिशील गठबंधन-1 (संप्रग-1) सरकार वंचित तबके को

निजी क्षेत्र में हिस्सेदारी दिए जाने को लेकर अति सक्रिय थी। 19 अप्रैल, 2006 को भारतीय उद्योग परिसंघ के सालाना कार्यक्रम में हिस्सा लेते हुए मनमोहन सिंह ने कहा, ''हम सभी को यह सुनिश्चित करने की ज़रूरत है कि समाज का कोई भी वर्ग यह महसूस न करे कि उसे तेज़ आर्थिक वृद्धि के फल का आनंद नहीं मिल रहा है। मैं उद्योग जगत से अनुरोध करता हूँ कि वह सकारात्मक कार्रवाई के तहत गंभीरता से समाज के कमज़ोर तबके को शैक्षणिक और रोज़गार संबंधी अवसर बढ़ाने पर विचार करे।''[17] इतना ही नहीं, निजी क्षेत्र में जॉब कोटा को राष्ट्रीय एजेंडे में बताते हुए उन्होंने कहा कि उद्योग जगत को स्वैच्छिक रूप से अफ़र्मेटिव एक्शन का विस्तार करना चाहिए, वर्ना सरकार मजबूरन कानून बनाकर आरक्षण लागू कर देगी।[18]

उद्योग जगत ने जुलाई, 2006 में सरकार के सामने कार्ययोजना पेश की कि वे अफ़र्मेटिव एक्शन के लिए तैयार हैं, जिससे सामाजिक रूप से वंचित तबके को ताकतवर बनाया जा सके। उद्योग जगत ने निजी क्षेत्र की नौकरियों में कोटा लागू करने का विरोध किया। सीआईआई (Confederation of Indian Industry) की ओर से निजी क्षेत्र की नौकरियों में आरक्षण के लिए नियुक्त जेजे ईरानी समिति ने एक रिपोर्ट तैयार की थी, जिसमें रोज़गार के मामले में नियोक्ता की स्वतंत्रता कम करने का विरोध किया गया। इस समिति में ईरानी के अलावा आर. शेषशायी, अनिल अग्रवाल, सुनील मुंजाल और सुबोध भार्गव शामिल थे। इस रिपोर्ट में दलितों को नौकरी पाने में मदद करने और एक साल में अनुसूचित जाति व जनजाति के 100 उद्यमी बनाने को लेकर उद्योग सहमत हुआ था।[19]

संप्रग सरकार के ज़बरदस्त दबाव के बीच उद्योग जगत ने तमाम वादे किए, लेकिन इसका कोई खास असर नज़र नहीं आता। यह क़वायद कौशल प्रशिक्षण और उद्यमिता प्रशिक्षण जैसी बेमतलब की क़वायदों तक ही सिमटी रही। अब तक इसका कोई ठोस आँकड़ा नहीं है कि उद्योग जगत में वंचित तबके के लोगों को मलाईदार पदों पर कितना प्रतिनिधित्व मिल पाया है। हालाँकि 2010 में उद्योग संगठनों ने आँकड़े जुटाने की क़वायद ज़रूर की थी कि निजी क्षेत्र में एससी-एसटी वर्ग के कितने कर्मचारी हैं।[20] हालाँकि उद्योग ने इसकी कोई जानकारी नहीं दी कि उनके कथित अफ़र्मेटिव एक्शन की वजह से कंपनी के बोर्ड से लेकर शीर्ष प्रबंधन तक में एससी, एसटी, ओबीसी तबके के कितने लोग पहुँच सके हैं और उच्च प्रबंधन के स्तर पर कंपनियों में कॉस्ट स्ट्रक्चर का ब्योरा क्या है।

2009 के लोकसभा चुनाव के बाद बनी संप्रग-2 सरकार में कांग्रेस की लोकसभा सीटें बढ़ गईं। मनमोहन सिंह और कांग्रेस मज़बूत हो गई। निजी क्षेत्र में आरक्षण दिए जाने को लेकर बहस कम हो गई। यहाँ तक कि अर्जुन सिंह जैसे नेता

कांग्रेस में हाशिये पर चले गए, जिन्होंने आरक्षण और वंचितों के प्रतिनिधित्व की भरपूर क़वायद की थी। उनकी जगह पर कांग्रेस ने उन नेताओं को तरजीह दी, जो आरक्षण के धुर विरोधी रहे हैं।

2014 में नरेंद्र मोदी सरकार के आने के बाद तो अख़बार से लेकर न्यायालय तक की विभिन्न चर्चाओं में सिर्फ़ यही शामिल है कि जो आरक्षण पहले से मिल रहा है, वह कब और कैसे ख़त्म किया जाए। निजी क्षेत्र में वंचितों को जगह देना तो दूर की कौड़ी है। स्वाभाविक है कि निजी क्षेत्र में चतुर्थ श्रेणी से लेकर सफ़ाई कर्मी तक के पदों पर वंचित तबके के लोगों की संख्या सर्वाधिक होगी, लेकिन शीर्ष प्रबंधन के स्तर पर क्या स्थिति है? इसका न तो कोई आँकड़ा है, न इसकी चिंता है।

स्थानीय लोगों के लिए आरक्षण का अर्थ

भारतीय जनता पार्टी के ताकतवर होने के साथ नए तरह का आरक्षण ज़ोर पकड़ रहा है, जिसमें राज्य सरकारें अपने राज्य के लोगों को आरक्षण देने की क़वायद कर रही हैं। शुरुआत में यह आरक्षण राज्यों ने सरकारी नौकरियों में कुछ प्रतिशत किया, जिसे अब निजी क्षेत्र तक बढ़ा दिया गया है। यह जातीय रूप से शोषित रहे वंचित वर्ग को मिल रहे आरक्षण की एक काट की तरह है, जिसमें भागीदारी का सिद्धांत कहीं है ही नहीं। लोगों को क्षेत्रवाद या कहें राज्यवाद के नशे में डुबाया जा रहा है।

हरियाणा ने स्थानीय लोगों के लिए प्राइवेट सेक्टर की नौकरियों में 75 प्रतिशत आरक्षण को मूर्त रूप दे दिया।[21] इस नियम के मुताबिक राज्य में चल रही विभिन्न निजी क्षेत्र द्वारा प्रबंधित कंपनियों, सोसाइटियों, ट्रस्टों, सीमित दायित्व वाली साझेदारियों और साझेदारी फ़र्मों में स्थानीय लोगों को 75 प्रतिशत पद देने होंगे, जिनके प्रतिष्ठान में 10 या इससे ज़्यादा लोग काम करते हैं।

हरियाणा विधानसभा में 5 नवंबर 2020 को यह कानून पारित हुआ। उससे पहले प्रस्ताव के स्तर पर, मंत्रिमंडल की मंजूरी के स्तर पर भी चर्चा हुई। विधानसभा ने इसे पारित कर राज्यपाल के विचारार्थ भेजा। उस समय तक ऐसी ख़बरें आईं कि यह संवैधानिक रूप से सही नहीं होगा। राज्यपाल ने सरकार से कुछ मसलों पर स्पष्टीकरण माँगा था, जो प्रस्तावित कानून की संवैधानिक वैधता से जुड़े थे। खासकर समता के अधिकार के उल्लंघन का मसला था। राज्यपाल के पास विधेयक जाने के बाद यह लंबे समय तक लंबित रहा। उसके बाद राज्य सरकार के जवाब से संतुष्ट होने पर राज्यपाल सत्यदेव नारायण आर्य ने इस विधेयक को 26 फरवरी 2021 को मंजूरी दे दी और सरकार ने 2 मार्च 2021 को कानून के रूप में अधिसूचित करके इसे लागू कर दिया।

मूल अधिकारों में संविधान के अनुच्छेद 14 में उल्लेख है "राज्य भारत के राज्यक्षेत्र में किसी व्यक्ति को विधि के समक्ष समता या विधियों के समान संरक्षण से वंचित नहीं करेगा।" स्वाभाविक है कि इस तरह के आरक्षण से किसी दूसरे राज्य के व्यक्ति के हरियाणा राज्य में रोज़ी-रोटी कमाने, नौकरी करने के अधिकार सीमित होते हैं और अब उनको नौकरियों में समान अवसर नहीं मिल पाएगा।

वहीं संविधान के अनुच्छेद 15 (1) में कहा गया है, "राज्य, किसी नागरिक के विरुद्ध केवल धर्म, मूलवंश, जाति, लिंग, जन्मस्थान या इनमें से किसी भी आधार पर कोई विभेद नहीं करेगा।" हरियाणा के नागरिकों के लिए 75 प्रतिशत सीटें रिज़र्व कर देने पर संविधान के इस अनुच्छेद का भी उल्लंघन होता है क्योंकि जन्मस्थान के आधार पर इस कानून में विभेद किया गया है। सरकार ने इस तरह का कानून लागू करके नौकरियों में अन्य राज्यों में जन्मे लोगों को वंचित कर दिया।

संविधान के अनुच्छेद 19 में कहा गया है, "भारत के राज्यक्षेत्र में किसी भाग में निवास करने और बस जाने का और कोई वृत्ति, उपजीविका, व्यापार या कारोबार करने का अधिकार होगा।" हालाँकि अनुच्छेद 19 (6) में यह भी स्पष्ट कर दिया गया है कि यह अनुच्छेद सरकार को साधारण जनता के हितों के लिए कोई युक्तियुक्त कानून बनाने से नहीं रोकेगा। हरियाणा सरकार के इस कानून से कम-से-कम निजी क्षेत्र में नौकरी वृत्ति करके देश का कोई नागरिक हरियाणा राज्य में निवास नहीं कर सकता। हाँ, अगर कोई अमीर है तो ज़मीन खरीदकर अपने दम पर भले ही बस सकता है। राज्य सरकार ने राज्यपाल को स्पष्टीकरण दे दिया कि इस कानून से संविधान के किसी अनुच्छेद का उल्लंघन नहीं होता है।

भारत राज्यों का संघ है। स्वतंत्रता के पहले और उसके बाद से पूरे देश के विभिन्न इलाक़ों में कुछ खास स्पेशलाइज़ेशन होता था। यूपी, बिहार, मध्य प्रदेश जैसे कई राज्य उपभोक्ता राज्य हैं। ये श्रमिक देते हैं, अनाज उगाते हैं। वहीं हरियाणा, महाराष्ट्र के मुंबई, चेन्नई जैसी कुछ जगहें उद्योग के केंद्र हैं। यहाँ बड़े पैमाने पर औद्योगिक रोज़गार मिलता है और कृषि की दुर्दशा से निकलकर यूपी, बिहार जैसे राज्यों के लोग इन जगहों पर औद्योगिक रोज़गार पाने जाते हैं।

अगर हरियाणा द्वारा उद्योगों में अन्य राज्यों के लोगों के प्रवेश को रोके जाने के बाद अन्य औद्योगिक राज्य यानी गुजरात, महाराष्ट्र, तमिलनाडु भी इस तरह की रोक लगाते हैं तो अब तक कृषि पर चलने वाले उपभोक्ता राज्यों की क्या प्रतिक्रिया होगी? उद्योगों के विकास में किसी एक राज्य की भूमिका नहीं होती है। केंद्र सरकार यह तय करती रही है कि उद्योग केंद्र किन इलाक़ों में विकसित किए

जाएँ। कुछ सरकारी औद्योगिक संस्थान बनते हैं, उसके बाद निजी क्षेत्र भी तमाम फ़ैक्टरियाँ उन स्थानों पर विकसित करने लगता है। हरियाणा का ही उदाहरण लें तो सरकार ने वहाँ मारुति का संयंत्र लगाया। उसके आस-पास तमाम ऑटोमोबाइल वेंडर विकसित हुए। इसके अलावा फ़रीदाबाद औद्योगिक क्षेत्र विकसित हुआ। उस समय किसी भी राज्य ने इसका विरोध नहीं किया कि यह उद्योग यूपी के गाजीपुर ज़िले या बिहार के हज़ारीबाग ज़िले में क्यों विकसित नहीं किया जा रहा है। इसकी वजह थी कि सबमें एक देश की भावना थी और किसी राज्य ने यह नहीं सोचा था कि उनके राज्य के लोगों को फ़रीदाबाद में नौकरी करने से रोक दिया जाएगा।

संभव है कि प्रतिक्रिया में अब उपभोक्ता राज्य बड़ी कंपनियों को अपने राज्य में प्रतिबंधित करना शुरू कर दें। कल्पना करें कि बिहार कह दे कि हम अपने राज्य के कुटीर उद्योग के विकास को देखते हुए हिन्दुस्तान यूनीलीवर, गोदरेज आदि जैसी कंपनियों का माल नहीं बेचने देंगे और अगर इन कंपनियों को बिहार में साबुन, तेल बेचना है तो बिहार में ही उद्योग लगाएँ और वहाँ बेचें। अगर ऐसा होता है तो क्या भारत के एक देश होने की परिकल्पना बची रह जाएगी, जो हमारे संविधान निर्माताओं ने की थी? हरियाणा के इस कानून में अमीर-ग़रीब को लेकर भी भेदभाव किया गया है। 75 प्रतिशत आरक्षण का प्रावधान सिर्फ़ 50,000 रुपये तक की नौकरियों पर ही लागू होने जा रहा है। इसका मतलब यह है कि अगर कोई बिहारी 50,000 रुपये से ऊपर वेतन वाली नौकरी करता है तो उसे हरियाणा में दिक्कत नहीं आने वाली है। कुल मिलाकर हरियाणा सरकार को ग़रीबों से दिक्कत है कि वह बिहार या किसी अन्य राज्य से नौकरी के लिए न आने पाएँ। हरियाणा के युवाओं को 50,000 रुपये महीने से ऊपर की नौकरी भी मिले, इसे लेकर राज्य सरकार को कोई चिंता नहीं है।

16 मार्च, 2021 को झारखंड ने राज्य में प्राइवेट सेक्टर में स्थानीय लोगों के लिए 75 प्रतिशत नौकरियाँ आरक्षित कर दीं और तर्क दिया गया कि राज्य से नौकरियों के लिए लोगों का पलायन रोकने के लिए ऐसा किया गया है। 17 मार्च 2021 को उत्तर प्रदेश सरकार ने ग्रेटर नोएडा की प्राइवेट कंपनियों में स्थानीय युवाओं को 40 प्रतिशत आरक्षण देने का आदेश जारी कर दिया।[22] इस आदेश के साथ राज्यवाद का विवाद ज़िलावाद तक पहुँच गया और ग्रेटर नोएडा में उत्तर प्रदेश के लोग ही नौकरी पाने के मामले में सीमित कर दिए गए, जहाँ कंपनियाँ उस ज़िले के लोगों को नौकरियाँ देंगी। भाजपा शासित कर्नाटक भी स्थानीय लोगों को राज्य की नौकरियों में आरक्षण देने के लिए लंबे समय से कुलबुला रहा है।[23]

इस तरह के नियम चाहे जिस भी राज्य में लाए जा रहे हैं, ये देश की एकता और अखंडता के लिए खतरा बन सकते हैं। इस पर गंभीरता से विचार किए जाने की ज़रूरत है कि हम एक बार फिर देश के विभाजन की ओर न बढ़ें। हरियाणा सरकार के फ़ैसले की परिणति यह हो सकती है कि उत्तर प्रदेश और बिहार जैसे उपभोक्ता राज्यों की सरकारें यह कानून बना दें कि वे उन कंपनियों को अपने राज्य में सामान बेचकर मुनाफ़ा कमाने की अनुमति नहीं देंगी, जहाँ उनके राज्यों के लोगों को नौकरी नहीं मिल रही है। अगर ऐसा होता है तो देश के हिसाब से ठीक नज़र नहीं आता। राज्यों में इस तरह का आरक्षण देने की प्रवृत्ति बढ़ रही है और तमाम अन्य राज्य भी क्षेत्रीयता के आधार पर आरक्षण कर रहे हैं। इस आरक्षण में उस राज्य के सभी वर्गों, जातियों, समुदायों को उचित प्रतिनिधित्व मिले, इसका भी ध्यान नहीं रखा गया।

दिलचस्प है कि शीर्ष न्यायालयों को भी इस तरह के आरक्षण से दिक्कत नहीं है। हरियाणा के आरक्षण पर जब पंजाब एवं हरियाणा उच्च न्यायालय ने स्थगनादेश लगाया तो उच्चतम न्यायालय ने इसे जारी रखने का फ़ैसला दे दिया। फ़िलहाल पूरा मामला मुकदमेबाज़ी में फँसा हुआ है।

जाति जनगणना से समस्या क्यों है?

अपवंचना की इन विसंगतियों की सही स्थिति जानने के लिए लंबे समय से जाति जनगणना की माँग होती रही है। किस राज्य के लोगों को रोज़गार मिल रहा है, किस राज्य के लोग तुलनात्मक रूप से औद्योगिक विकास की मलाई से वंचित हैं, इसका कोई ठोस आँकड़ा नहीं है। आँकड़े न होने के कारण अपवंचना दूर करने की क़वायद राजनीतिक हिसाब-किताब से हो रही है, न कि देश के हर तबके को मुख्य धारा में लाने और सत्ता में भागीदार बनाने के लिए। 1980 में इंदिरा गाँधी सरकार के कार्यकाल में ओबीसी के लिए आरक्षण की सिफ़ारिश करते समय मंडल कमीशन ने 1931 की जनगणना को आधार बनाकर अनुमान लगाया था कि अगर सभी जातियों की प्रजनन दर समान रही हो तो देश में ओबीसी की संख्या 52 प्रतिशत है। कमीशन ने सिफ़ारिश की थी कि जातीय जनगणना कराई जाए, जिससे सही संख्या और सामाजिक, शैक्षणिक व आर्थिक स्थिति के सटीक आँकड़े आ सकें और देश के इस बड़े वर्ग के उत्थान के लिए लक्षित कदम उठाए जा सकें। मंडल कमीशन की सिफ़ारिशें लागू होने के बाद पिछले दरवाज़े से तमाम जातियों को ओबीसी आरक्षण में घुसाया गया, जिससे इस वर्ग की संख्या में लगातार बढ़ोतरी होती रही है।

आयोग ने राष्ट्रपति नीलम संजीव रेड्डी को अपनी रिपोर्ट की भूमिका में लिखा है, 'जाति संबंधी आँकड़े न होने की वजह से हमें बहुत ज़्यादा कठिनाइयों का सामना

करना पड़ा, क्योंकि 1931 के बाद जातियों की गणना नहीं हुई। भविष्य में इस तरह की कठिनाइयों के समाधान के संदर्भ में मैंने 15 जून 1979 और 18 अगस्त 1979 को क्रमशः एचएम पटेल और वाईवी चव्हाण को पत्र लिखा। मैंने 31 मार्च 1980 को केंद्रीय गृह मंत्री ज्ञानी जैल सिंह को पत्र लिखकर इस संदर्भ में निवेदन किया। मुझे सूचित किया गया कि 1981 की जनगणना में जाति संबंधी आँकड़े जुटाना संभव नहीं है। मौजूदा नीति में भारत की जनगणना में जाति संबंधी जनगणना का प्रावधान नहीं है और यह नीति जारी रहेगी। इस नीति पर फिर से विचार की ज़रूरत है।'[24]

अंग्रेज़ों के ज़माने से ही हर 10 साल पर जनगणना का प्रावधान है। इसका मकसद देश की आबादी और इससे जुड़े तरह-तरह के आँकड़े जानना होता है, जिससे सरकार पूरी आबादी और विभिन्न प्रदेशों के लिए लक्षित योजनाएँ बना सके और देश का संतुलित विकास हो सके। 1941 में किसी वजह से जाति जनगणना नहीं हो सकी और उसके बाद भारत सरकार ने इसे बंद करा दिया।

नीतीश कुमार के मुताबिक उन्होंने विश्वनाथ प्रताप सिंह सरकार में अपने कार्यकाल का हवाला देते हुए कहा कि भूतपूर्व राष्ट्रपति ज्ञानी जैल सिंह ने उन्हें बुलाकर जाति जनगणना की माँग पेश करने को कहा और समाजवादी नेता मधु लिमये ने भी इसका समर्थन किया था। कुमार के मुताबिक उन्होंने इस सिलसिले में प्रधानमंत्री को पत्र भी लिखा था।[25]

1991 में मंडल कमीशन लागू किए जाने का हड़बोंग था और देश भर में सवर्णों का विरोध-प्रदर्शन चल रहा था। ऐसे में न तो जाति जनगणना के बारे में अभियान चलाना या सोचना संभव था, न ही इस मसले पर कांग्रेस की पीवी नरसिंहराव सरकार ने विचार किया। उस समय की प्राथमिकता मंडल कमीशन की सिफ़ारिशों के मुताबिक आरक्षण के प्रावधान को लागू कराना प्राथमिकता पर था। 2001 की जनगणना में अटल बिहारी वाजपेयी सरकार आ गई और पूरा समय पाकिस्तान, करगिल, हिन्दुत्व और राष्ट्रवाद की चर्चाओं में निकल गया। 2011 की जनगणना के पहले कांग्रेस के नेतृत्व वाली संयुक्त प्रगतिशील गठबंधन (संप्रग) सरकार के ऊपर जातीय जनगणना का दबाव बना और सरकार ने गणना कराई भी। 2014 में नरेंद्र मोदी के नेतृत्व में राष्ट्रीय जनतांत्रिक गठबंधन (राजग) सरकार बनी, उसने जाति जनगणना के आँकड़े दबा[26] लिए। इसके पीछे ये तर्क दिए गए कि जातियों की गणना में तमाम विसंगतियाँ हैं।

2021 की जनगणना के पहले एनआरसी, सीएए सहित तमाम मसलों पर चर्चा हो रही है, जो सीधे तौर पर जनगणना से जुड़ा मसला है। हर चुनाव के पहले

ख़ुद को नीची जाति का होने का दावा[27] करने वाले प्रधानमंत्री नरेंद्र मोदी ने न सिर्फ़ मनमोहन सिंह सरकार के कार्यकाल में हुई जाति जनगणना के आँकड़ों को दबा लिया, बल्कि 2021 में जाति जनगणना की चर्चा भी पूरी तरह से दबी हुई है।

ऐसे में महाराष्ट्र विधानसभा की ओर से जाति जनगणना कराए जाने का अहम प्रस्ताव पारित कराया गया। महाराष्ट्र विधानसभा के अध्यक्ष नाना पटोले ख़ुद कुर्मी जाति के ओबीसी[28] हैं। उन्होंने स्वत: संज्ञान में लेकर जाति जनगणना का प्रस्ताव पेश किया और कहा 2021 की जनगणना में इसे शामिल किया जाना चाहिए, ओबीसी जनसंख्या के आँकड़े ज़रूरी हैं, जिससे उन तक विकास का लाभ पहुँचाया जा सके। राष्ट्रवादी कांग्रेस पार्टी के नेता और पीडब्ल्यूडी मंत्री छगन भुजबल ने प्रस्ताव का समर्थन किया, जो राज्य में ओबीसी के बड़े चेहरे माने जाते हैं। छगन भुजबल महाराष्ट्र की पिछली भाजपा सरकार के लगातार निशाने पर रहे और विभिन्न मामलों में उन्हें जेल भी जाना पड़ा था और करीब 2 साल तक जेल में रहकर उच्च न्यायालय के आदेश पर रिहा[29] हुए। भुजबल के कार्यकाल में महाराष्ट्र सदन पर 50 करोड़ रुपये के निर्माण का बजट रखा गया था, जिसका बजट बढ़कर 152 करोड़ रुपये[30] हो गया था। इसे भुजबल का भ्रष्टाचार मान लिया गया और जाँच हुई। भुजबल ने मंत्री रहते हुए दिल्ली के महाराष्ट्र सदन में ज्योतिबा फुले, शाहूजी महाराज, डॉ. भीमराव अंबेडकर सहित तमाम बड़े ओबीसी आइकंस की मूर्तियाँ[31] लगवाई थीं।

भाजपा में गोपीनाथ मुंडे, एकनाथ खडसे और विनोद तावड़े प्रमुख ओबीसी नेता थे, जो बड़े पैमाने पर ओबीसी तबके का वोट भाजपा में लेकर आए। इनके अलावा पटोले भी भाजपा में रहते ओबीसी मसलों[32] को बहुत प्रखरता से उठाते रहते थे। पार्टी ने न सिर्फ़ एक ब्राह्मण नेता देवेंद्र फड़नवीस को राज्य का मुख्यमंत्री बनाया, बल्कि ओबीसी नेताओं को पूरी तरह से सत्ता की मलाई से बाहर[33] कर रखा था।

2018 के विधानसभा चुनाव में ओबीसी मतदाताओं का बड़ा तबका विपक्ष की ओर खिसक गया था। अब महाराष्ट्र में ओबीसी मतदाताओं को अपने पाले में खींचने की लड़ाई चल रही है। पटोले ने जब जाति जनगणना का प्रस्ताव रखा तो भाजपा नेता फड़नवीस को तपाक से उसका समर्थन करना पड़ा। राकांपा नेता अजित पवार ने सिर्फ़ इतना कहा कि प्रस्ताव लाना अध्यक्ष का विशेषाधिकार है, लेकिन पहले इसे बिज़नेस एडवाइज़री कमेटी के विचारार्थ लाया जाना चाहिए था और बजट सत्र में इस पर चर्चा हो सकती थी। सिर्फ़ शिवसेना के ब्राह्मण नेता और संसदीय कार्यमंत्री अनिल परब ने दबाव बनाया कि एडवाइज़री कमेटी द्वारा पारित प्रस्तावों को ही विचारार्थ लाया जाना चाहिए। लेकिन पटोले ने ज़ोरदार तरीके से परब को ख़ारिज़ कर दिया

और कहा कि जनगणना की प्रक्रिया शुरू हो चुकी है और अगर अब कमेटी में इस मसले को लाकर बजट सत्र में प्रस्ताव पेश किया जाता है तो बहुत देर[34] हो जाएगी।

महाराष्ट्र की विधानसभा ने 8 जनवरी 2020 को जाति जनगणना कराए जाने का प्रस्ताव पारित कर केंद्र सरकार को भेज दिया। एकमत से पारित इस प्रस्ताव की प्रति गृह मंत्रालय को भेजी गई, जिसमें अनुरोध किया गया था कि जनगणना प्रक्रिया में बदलाव किया जाए।

इसके जवाब में 17 फ़रवरी 2020 को भारत के जनगणना आयुक्त और रजिस्ट्रार जनरल विवेक जोशी ने विधानसभा को सूचित किया कि जाति जनगणना नहीं कराई जा सकती है। 'केंद्र सरकार की सूची के मुताबिक देश में ओबीसी में शामिल जातियों की संख्या 6,285 है, जबकि अगर राज्यों और केंद्रशासित प्रदेशों की ओबीसी सूची के मुताबिक आँकड़े तैयार किए जाएँ तो जातियों की संख्या 7,200 हो जाएगी। लोग अपने कुल, गोत्र और उपजाति व जाति के नाम में उच्चारण या कुछ शब्द बदलने के मुताबिक अलग मान लेते हैं। ऐसे में इससे जातियों का गलत वर्गीकरण हो सकता है।' पत्र में आगे लिखा गया है, 'ओबीसी और एसईबीसी की गणना करने से जनगणना की क़वायद की सत्यनिष्ठा प्रभावित होगी और इसलिए 2021 की जनगणना में इसे शामिल नहीं किया जा सकता है।'[35]

बिहार के मुख्यमंत्री नीतीश कुमार का विचार है कि जाति आधारित जनगणना ज़रूरी है और ऐसा होने पर हमारे पास सही आँकड़े होंगे कि कौन-सी जाति की कितनी आबादी है और उनके विकास के लिए क्या किया जा सकता है, जाति आधारित जनगणना से सरकारों को कल्याणकारी योजनाओं के बारे में बेहतर निर्णय लेने में मदद मिलेगी।[36] केंद्र सरकार द्वारा जातीय जनगणना से इनकार किए जाने के 10 दिन बाद ही 27 फ़रवरी 2020 को नीतीश कुमार ने बिहार विधानसभा में जाति जनगणना का प्रस्ताव पारित कराकर केंद्र को भेज दिया।[37]

उत्तर प्रदेश के पूर्व मुख्यमंत्री और समाजवादी पार्टी के मुखिया अखिलेश यादव भी जाति जनगणना के पक्ष में मुखर हुए। उन्होंने 15 मार्च 2020 को घोषणा की कि अगर 2022 में उनके दल की सरकार बनती है तो वह जाति जनगणना कराएँगे।[38] हालाँकि जनगणना केंद्र का विषय है, लेकिन अगर कोई राज्य सरकार अपने स्तर पर राज्य में जाति जनगणना कराती है तो यह अलग पहल होगी।

केंद्र सरकार ने 10 मार्च 2021 को राज्यसभा में कहा कि 2011 में कराई गई जाति जनगणना के आँकड़े जारी करने का कोई प्रस्ताव नहीं है।[39] साथ ही यह भी कहा कि 2021 की जनगणना के सिलसिले में 28 मार्च, 2019 को गजट अधिसूचना

जारी कर दी गई है। इस अधिसूचना में कहीं भी ओबीसी जनगणना या जाति आधारित जनगणना कराए जाने का ज़िक्र नहीं था।[40] 16 मार्च 2021 को बिहार के नालंदा से जनता दल यूनाइटेड के सांसद कौशलेंद्र कुमार, बिहार के ही पूर्णिया से जनता दल यूनाइटेड के संतोष कुमार और बिहार के मधेपुरा से जनता दल यूनाइटेड के दिनेश चंद्र यादव ने जब पूछा कि क्या 2021-22 में होने वाली जनगणना के दौरान जाति आधारित जनगणना कराने की सरकार की कोई योजना है? इसके जवाब में केंद्रीय गृह राज्य मंत्री नित्यानंद राय ने कहा, "आगामी जनगणना की प्रश्नावलियाँ विभिन्न हितधारकों के साथ परामर्श करके तैयार की गई हैं। जनगणना में उन जातियों व जनजातियों की गणना की जाती है, जो संविधान (अनुसूचित जाति) आदेश, 1950 (समय-समय पर यथासंशोधित) के अनुसार अनुसूचित जातियों और अनुसूचित जनजातियों के रूप में विशेष अधिसूचित हैं। भारत संघ ने स्वतंत्रता के पश्चात एक नीतिगत मामले के रूप में अनुसूचित जातियों और अनुसूचित जनजातियों के अतिरिक्त जातिवार जनगणना न करने का निर्णय लिया है।"[41] लेउआ पटेल जाति से आने वाली महाराष्ट्र के रावेड़ लोकसभा क्षेत्र से सांसद रक्षा निखिल खडसे ने लोकसभा में 16 मार्च, 2021 को ओबीसी आरक्षण के विभाजन के मसले पर सवाल पूछा।[42] उन्होंने जानना चाहा कि अन्य पिछड़े वर्ग की तरफ़ से 2021 में जाति जनगणना कराने के लिए माँग बढ़ रही है और सरकार व अन्य पिछड़ा वर्ग आयोग (एनसीबीसी) का मत ओबीसी के उप वर्गीकरण का है, इसका क्या ब्योरा है? इसके जवाब में सामाजिक न्याय एवं अधिकारिता राज्य मंत्री कृष्णपाल गुर्जर ने कहा कि जाति जनगणना के लिए विभाग में कुछ संदर्भ प्राप्त हुए हैं। राष्ट्रीय पिछड़ा वर्ग आयोग ने ओबीसी के भीतर उप श्रेणीकरण करने के बारे में 27 फ़रवरी 2015 को रिपोर्ट दी है। इसकी जाँच करने के लिए न्यायमूर्ति (सेवानिवृत्त) जी. रोहिणी की अध्यक्षता में ओबीसी के उप श्रेणीकरण की जाँच करने संबंधी आयोग (सीईएसओबी) का गठन किया गया है। आयोग का कार्यकाल 31 जुलाई 2021 तक है और इसे अभी रिपोर्ट प्रस्तुत करनी है।

दिलचस्प है कि खडसे के इस सवाल पर कि केंद्रीय सूची में ऐसे पिछड़े ओबीसी को आरक्षण का लाभ देने के लिए क्या कदम उठाए जा रहे हैं, जिन्होंने इसका दावा नहीं किया है, या सूची में अन्य जातियों की तुलना में कम दावा किया है, इसके जवाब में मंत्री ने कहा कि ऐसा कोई प्रस्ताव विचाराधीन नहीं है। सवाल यह है कि सरकार यह जान कैसे पाएगी कि किन लोगों ने दावा नहीं किया है, या कम दावा किया है? यह तो जाति जनगणना पर ही स्पष्ट हो सकता है कि किसने दावा किया, किसने कम दावा किया और किसका ओवर रिप्रज़ेंटेशन है। लेकिन

सरकार इसकी जाँच के लिए तैयार ही नहीं है।

ऐसे में किसी समुदाय विशेष के शासन–सत्ता में प्रतिनिधित्व होने या न होने का मसला उलझा हुआ है। तरह–तरह की विसंगतियाँ सामने आ रही हैं। अपनी सुविधा और लोकेशन के मुताबिक तर्क दिए जाते हैं कि किसका ओवर रिप्रज़ेंटेशन हो चुका है, किसका अंडर रिप्रज़ेंटेशन है। लेकिन वास्तव में यह जानने की क़वायद नहीं हो रही है कि प्रतिनिधित्व की वास्तविक स्थिति क्या है।

सकारात्मक कार्यवाहियाँ : थोड़ा है थोड़े की ज़रूरत है

भारत में केंद्र व राज्य सरकारों ने तमाम सकारात्मक कार्रवाइयाँ की हैं। ऐसा नहीं है कि इसका कोई असर नहीं हुआ। ओबीसी, एससी और एसटी वर्गों में सरकारी नौकरियों, छोटे–मोटे व्यवसायों के कारण देश में एक विशाल मध्य वर्ग उभरा है, जो ग़रीबी रेखा में जी रहा था। विभिन्न सरकारों की ओर से दी गईं सहूलियतों के कारण यह संभव हो सका है।

इसके अलावा ग्राम पंचायतों में आरक्षण ने पूरे समाज को बदलने में अहम भूमिका निभाई है। पंचायतों में आरक्षण और उसके असर पर चर्चा कम हुई है, लेकिन नौकरियों में आरक्षण की तुलना में इसका दायरा कहीं व्यापक है। पंचायत को लेकर संविधान के अनुच्छेद 40 में उल्लेख किया गया, जिसके मुताबिक, ''राज्य ग्राम पंचायतों का गठन करने के लिए कदम उठाएगा और उनको ऐसी शक्तियाँ और प्राधिकार प्रदान करेगा, जो उन्हें स्वायत्त शासन की इकाइयों के रूप में कार्य करने के योग्य बनाने के लिए आवश्यक हो।''

इसके बावजूद स्थानीय प्रशासन की दिशा में कुछ खास नहीं हो सका। प्रधानमंत्री राजीव गाँधी[43] के कार्यकाल में इस पर विस्तार से चर्चा हुई और 1992 में 73वें और 74वें संशोधन के माध्यम से संविधान में भाग 9 और भाग 9 क जोड़े गए। भाग 9 पंचायतों और 9 क नगरपालिकाओं और योजना समितियों से संबंधित है। पंचायत में 3 स्तर– ग्राम स्तर, ज़िला स्तर और मध्यवर्ती यानी ब्लॉक स्तर हैं। इस प्रावधान से पंचायतों को कर वसूलने सहित वित्तीय अधिकार दिए गए। राज्य द्वारा एकत्र किए गए और पंचायतों को दिए जाने वाले कर की व्यवस्था की गई, जैसा कि केंद्र द्वारा वसूले गए कर का केंद्र व राज्यों के बीच करों के बँटवारे का प्रावधान है।

इसमें अनुसूचित जातियों, जनजातियों और महिलाओं के लिए आरक्षण का प्रावधान किया गया। अनुसूचित जातियों व जनजातियों की जनसंख्या के अनुपात में पदों के आरक्षण का प्रावधान किया गया, जबकि उनमें से 33 प्रतिशत आरक्षण महिलाओं के लिए किया गया। साथ ही यह भी प्रावधान किया गया कि राज्य विधि

द्वारा किसी भी स्तर की पंचायत या नगरपालिका में नागरिकों के पिछड़े वर्गों के पक्ष में स्थानों या पदों का आरक्षण कर सकेगा। संविधान में अनुसूचित जाति, जनजाति और अन्य पिछड़े वर्ग के लिए यह आरक्षण तब तक के लिए है, जब तक अनुच्छेद 334 के तहत लोकसभा और विधानसभाओं में आरक्षण का प्रावधान जारी रहेगा।

यह आरक्षण लोकसभा और विधानसभाओं में अनुसूचित जाति व जनजाति को दिए गए आरक्षण की तरह क्षेत्रवार हमेशा के लिए स्थिर नहीं है, बल्कि हर 5 साल पर क्षेत्रवार बदलता रहता है, यह रोटेशन इसकी अतिरिक्त खूबी है। उदाहरण के लिए अगर अशोकवापुर ग्रामसभा क्षेत्र में प्रधान का पद सामान्य है तो संभव है कि 5 साल बाद वह महिला के लिए आरक्षित हो जाए और अगले 5वें साल ओबीसी के लिए आरक्षित हो जाए और फिर 5 साल बाद ओबीसी महिला या अनुसूचित जाति या अनुसूचित जाति महिला, या अनुसूचित जनजाति के लिए आरक्षित हो जाए। इसमें क्षेत्रवार जनसंख्या का भी ध्यान रखा जाता है और ऐसा नहीं है कि किसी ऐसे इलाक़े को अनुसूचित जनजाति के लिए रिज़र्व कर दिया जाए, जहाँ अनुसूचित जनजाति है ही नहीं।

इस रोटेशन का फ़ायदा यह हुआ है कि किसी एक ग्राम सभा या पंचायत में दशकों तक एक ही व्यक्ति या एक ही जाति का कब्ज़ा नहीं हो सकता और इसमें बदलाव होता रहता है। शुरुआत में प्रधान पति और हरवाह प्रधान टाइप कंसेप्ट आया और कथित संपन्न या उच्च वर्ण के लोगों ने सीट आरक्षित होने पर अपनी पत्नियों या हरवाह को नेता बनाना शुरू किया, जो उनकी मुहर होते थे। बाद में इन जातियों व समुदायों की महत्त्वाकांक्षा, राजनीतिक जागरूकता और प्रशासनिक सख्ती के बाद गाँव में एससी, एसटी, ओबीसी व महिलाओं में से भी नेता निकलने लगे और ख़ुद कामकाज सँभालने लगे। इनकी महत्त्वाकांक्षाएँ ही हैं जो इन तबकों ने राजनीतिक दलों में विधायक या सांसद पदों व टिकटों के लिए दावेदारी शुरू की और समाज के हर तबके की सत्ता में भागीदारी बढ़ने लगी है।

पंचायती राज का गठन गाँधी के ग्राम स्वराज को आदर्श मानकर किया गया, जिससे स्थानीय लोगों की ज़रूरतों के मुताबिक नीतियाँ बन सकें। भारत के ग्रामीण समाज में जाति के मुताबिक आर्थिक स्थितियाँ हैं और उनकी अलग-अलग ज़रूरतें हैं। स्थानीय ज़रूरतों में पीने का पानी, सिंचाई के कुएँ, शिक्षा, स्वास्थ्य संबंधी बुनियादी ढाँचा और सड़कें आदि शामिल हैं। गाँवों में जातियों के मुताबिक टोले बँटे होते हैं। एक ही गाँव में ब्राह्मण का टोला अलग, क्षत्रिय का टोला अलग, अहीर का टोला अलग, कुर्मी का अलग, कोइरी का अलग होता है। सबसे दयनीय स्थिति में अनुसूचित जातियों का टोला होता, जो गाँव से थोड़ी दूरी पर होता था।

अनुसूचित जातियों के ज़्यादातर लोग भूमिहीन होते थे। उन्हें शौच जाने वाले खेत को लेकर भी दूसरी जातियों पर निर्भर रहना पड़ता था। अछूत होने के कारण पीने के पानी को लेकर उनकी अपनी अलग समस्याएँ थीं। इस तरह से एक पंचायत में दलितों के लिए सबसे बड़ी समस्या पेयजल और शौचालय हो सकता है। वहीं उच्च जातियों के लिए स्कूल या स्वास्थ्य संबंधी समस्या या सड़क अहम हो सकती है।

नोबेल पुरस्कार विजेता एस्थर डुफ़्लो ने पंचायती राज व्यवस्था में विभिन्न वर्गों की प्राथमिकताओं को लेकर राजस्थान और पश्चिम बंगाल के प्रधानों का अध्ययन किया। 6 महीने में उनके द्वारा उठाए गए मसलों में पाया गया कि महिलाओं व पुरुषों की माँगें बिलकुल अलग तरह की हैं। उदाहरण के लिए पश्चिम बंगाल में 31 प्रतिशत गाँवों में महिलाओं ने पीने के पानी को लेकर सवाल उठाए, जबकि पुरुषों के 17 प्रतिशत गाँवों के लिए ही पेयजल मसला था। इसी तरह सड़कों को लेकर 31 प्रतिशत पुरुषों ने मामला उठाया, जबकि सिर्फ़ 25 प्रतिशत महिला प्रधानों ने सड़क का मसला उठाया।

राजस्थान में पेयजल की समस्या ज़्यादा है। वहाँ भी पीने के पानी की समस्या 54 प्रतिशत महिलाओं के लिए अहम थी, जबकि 43 प्रतिशत पुरुषों ने पेयजल का मसला उठाया। इसके विपरीत सिर्फ़ 13 प्रतिशत महिलाओं ने सड़क का मसला उठाया, जबकि 23 प्रतिशत पुरुषों ने सड़क के मसले को अहम माना।[44]

इस तरह से देखें तो पश्चिम बंगाल और राजस्थान दोनों राज्यों में अध्ययन में पाया गया कि अगर महिला ग्राम प्रधान हैं तो पंचायत का पैसा पेयजल पर ज़्यादा खर्च किया गया और सड़क उनकी दूसरी प्राथमिकता थी। वहीं पुरुष ग्राम प्रधान होने पर सड़कों पर ज़्यादा धन खर्च किया गया। अध्ययन में पाया गया कि आरक्षण से वंचित तबक़े की राजनीतिक फ़ैसलों में भागीदारी बढ़ी है। साथ ही कम शिक्षित राजनेताओं के आने से निर्णय लेने की गुणवत्ता पर कोई असर नहीं पड़ा है।[45]

पंचायती राज के पहले भी गाँवों में प्रधान के चुनाव होते थे। उन चुनावों में एक तरह से ख़ानदानी मुखिया होते थे और लोगों की स्थानीय राजनीति में दिलचस्पी नहीं होती थी। ग्राम पंचायतों में धन आने और आरक्षण दोनों वजहों से गाँव के लोगों की राजनीति में दिलचस्पी बढ़ी। करीब 30 साल की व्यवस्था में अब बग़ैर आरक्षित सीटों पर भी महिलाएँ, अन्य पिछड़े वर्ग, अनुसूचित जाति और अनुसूचित जनजाति के लोग चुनाव लड़ने लगे हैं। इसके अलावा जातीय कट्टरता पर भी इससे असर पड़ा है क्योंकि लोगों को हर जाति, हर वर्ग के परिवारों के पास वोट माँगने जाना पड़ता है और चुनाव जीतने के लिए सामाजिक गठजोड़ बनाना पड़ता है।

त्रिस्तरीय पंचायत में आरक्षण ने ग्रामीण समाज का गणित बदल दिया, जिसका

व्यापक असर रहा। इसी तरह से तमाम तकनीकी विकास और सरकारी कार्यों ने गाँवों में जातीय ढाँचे को शिथिल करने में अहम भूमिका निभाई है। 1990 के पहले तक दूर-दराज के गाँवों में लोग कुओं से पानी पीते थे। कई इलाक़ों में तो तालाब या अन्य तरीके से संग्रहीत पानी का इस्तेमाल होता था। इस पानी में ज़बरदस्त छुआछूत होता था और दलित वर्ग को पानी के लिए कठिन संघर्ष करना पड़ता था। पानी की लड़ाई में डॉ. भीमराव अंबेडकर ने महाराष्ट्र में महाड़ आंदोलन चलाया। इसके बारे में प्रोफ़ेसर आनंद तेलतुंबडे ने *महाड़ : द मेकिंग ऑफ़ द फ़र्स्ट दलित रिवॉल्ट* नाम से पुस्तक लिखी है। 20 मार्च, 1927 को महाराष्ट्र के महाड़ में चावदार तालाब में पानी पीने के अधिकार को लेकर अंबेडकर अपने साथियों के साथ पहुँचे। इससे उच्च जातियों के लोग खासे नाराज़ हुए और उन्होंने अंबेडकर के पानी पी लेने के बाद तालाब का शुद्धिकरण किया। उन्होंने तालाब में गाय के गोबर, पेशाब, दूध, दही और घी से बने पंचगव्य के 108 घड़े पानी में डाले, जिससे कि पानी शुद्ध हो सके।[46] स्वतंत्रता के बाद सरकार की क़वायदों और तकनीकी विकास के बाद पहले दलित बस्तियों में कुएँ खोदे गए, उसके बाद हैंडपंप गाड़े गए। अब सरकार क़वायद कर रही है कि ग्रामीण इलाक़ों में स्वच्छ पेयजल की पाइप से आपूर्ति की जा सके। केंद्रीय पेयजल एवं स्वच्छता विभाग ने 2 अक्टूबर 2020 को जल जीवन मिशन शुरू किया। इस योजना में केंद्र सरकार ने आने वाले वर्षों में 3.5 लाख करोड़ रुपये से ज़्यादा खर्च करने की घोषणा की है। केंद्र सरकार ने राष्ट्रीय ग्रामीण पेयजल कार्यक्रम के तहत 2024 तक हर घर नल का कनेक्शन देने का लक्ष्य रखा है।[47] इस तरह से पानी को लेकर चल रहे जातीय संघर्ष का खात्मा पाइप वाला पेयजल करने जा रहा है।

केंद्र सरकार ने 2 अक्टूबर 2014 को स्वच्छ भारत मिशन की घोषणा की। इसके तहत सरकार द्वारा देश को खुले में शौच से मुक्त करने का अभियान चला। सरकार के आँकड़ों के मुताबिक 2 अक्टूबर, 2014 के बाद कुल 1076.73 लाख शौचालय बने, जिनमें से 42.69 लाख शौचालय 2020-21 में बने। देश के 711 ज़िले और 2,62,751 ग्राम पंचायतें, 6,02,988 गाँव खुले में शौच से मुक्त हो चुके हैं।[48] शौच जाना भूमिहीनों के लिए बड़ी समस्या थी और इसमें महिलाओं और बच्चियों का बड़े पैमाने पर यौन उत्पीड़न होता था। यह भी जातीय संघर्ष की वजह बन जाता था, जिसमें बड़े पैमाने पर दलित और भूमिहीन पिछड़े वर्ग के लोग उत्पीड़ित होते थे। देश अगर खुले में शौच से मुक्त होता है तो इससे जातीय शिथिलता आने व संघर्ष कम होने की पूरी संभावना है।

आवास की उचित सुविधा न होना भी भारत में ऊँच-नीच के विभेद की प्रमुख वजह रही है। सवर्ण, अन्य पिछड़े वर्ग और अनुसूचित जाति, जनजाति के त्रिस्तरीय

भारतीय समाज को देखें तो इसी क्रम में देश में आवास के आकार रहे हैं। खासकर दलितों व भूमिहीनों के पक्के मकान नहीं होते थे, जिससे उनके पास अनाज संग्रह करने, रहने व सोने के इंतज़ाम नहीं रहते थे और उन्हें तमाम अमानवीय परिस्थितियों का सामना करना पड़ता था। स्वतंत्रता के बाद से सरकारों ने वंचित तबके के लिए आवास बनाने की तमाम योजनाएँ चलाईं और शहरों से लेकर ग्रामीण इलाक़ों तक वंचितों के लिए पक्के मकान के इंतज़ाम किए गए। उत्तर प्रदेश में मायावती के शासनकाल में अंबेडकर ग्रामों की घोषणा हुई, जिनमें चुने गए गाँवों में आवास, सड़क, पेयजल, स्कूल आदि के पूरे इंतज़ाम किए जाते थे। केंद्र में नरेंद्र मोदी सरकार आने के बाद देश भर में प्रधानमंत्री आवास योजना चली। 22 जून, 2015 को शुरू की गई इस योजना के तहत 2022 तक शहरों में सबके लिए पक्का मकान मुहैया कराने का लक्ष्य है।[49]

सरकार शौचालयों की हाथ से सफ़ाई की आवश्यकता दूर करने के लिए अस्वच्छ शौचालयों को स्वच्छ शौचालयों में बदलने का काम कर रही है। रेल मंत्रालय ने सीवरों की हाथ से सफ़ाई को रोकने के लिए तमाम पहल की। नवंबर 2019 तक 867 प्लेटफ़ॉर्मों पर सीमेंटेड एप्रंस का निर्माण किया गया और 65,627 रेल कोचों में 2,34,248 जैव शौचालय लगाए गए। इसके अलावा हाथ से शौच उठाने वालों के पुनर्वास के लिए उनके कौशल प्रशिक्षण के साथ 40,000 रुपये एकमुश्त सहायता, रियायती ब्याज दर पर 15 लाख रुपये तक कर्ज़ और इस पर 3,25,000 रुपये की क्रेडिट लिंक्ड सब्सिडी और 3,000 रुपये प्रति महीने वजीफ़े का इंतज़ाम किया गया।[50] इसके अलावा अनुसूचित जाति के हाईस्कूल के बाद की पढ़ाई करने वाले विद्यार्थियों के लिए सालाना करीब 3,000 करोड़ रुपये वजीफ़ा व फ़ेलोशिप दिया गया, साथ ही विदेश में पढ़ाई करने के लिए जाने वाले विद्यार्थियों को भी वजीफ़े दिए जा रहे हैं। अनुसूचित जाति के लोगों को स्वरोज़गार के लिए कम ब्याज पर कर्ज़ दिए जा रहे हैं, जिससे वे अपना उद्यम शुरू कर सकें।

सरकारी नौकरियों में आरक्षण के अतिरिक्त तमाम योजनाओं से बहुत खामोशी से स्थिति में बदलाव हो रहा है। हालाँकि ग़रीबी और अमीरी के बीच बढ़ रहे अंतर और बढ़ती बेरोज़गारी के कारण सरकार की मामूली सहायता की क़वायदें नाकाफ़ी साबित हो रही हैं। लेकिन इस सच्चाई से इनकार नहीं किया जा सकता है कि सरकार की तमाम योजनाओं से अनुसूचित जाति, जनजाति और अन्य पिछड़े वर्ग के लोगों का जीवन स्तर सुधरा है। इसकी वजह से जातीय शिथिलता आई है, टकराव कम हुए हैं।

भागीदारी विचार करते समय हमेशा यह ध्यान में रखना चाहिए कि अंग्रेज़ ख़ुद को सर्वश्रेष्ठ समझते थे। एक हद तक वे श्रेष्ठ थे भी। भारत को अफ़गानिस्तान से लेकर बर्मा तक विस्तार देने से लेकर भारत में उद्योग लाने, रेल व्यवस्था लाने,

शिक्षा प्रणाली लाने, एकसमान दंड संहिता लाने, सती प्रथा व बाल विवाह आदि को ख़त्म कर उन्होंने अपनी प्रगतिशीलता दिखाई। साथ ही भारत के राजा-रजवाड़ों के विपरीत अंग्रेज़ों ने नागरिकों को अधिकार देने का कंसेप्ट पेश किया। इसके बावजूद स्वतंत्रता आंदोलन चला और अंग्रेज़ों का व्यापक विरोध हुआ। इसका आधार एकमात्र था कि भारत के लोग स्वशासन चाहते थे, योग्य लोगों का शासन नहीं।

भारतवासियों को यह स्वीकार करना पड़ेगा कि अंग्रेज़ों की गुलामी से मुक्ति का यह मतलब नहीं है कि शासन सत्ता पर कब्ज़ा बनाए रखकर कुछ जाति समूह के लोग बहुसंख्य आबादी को गुलाम बनाए रखें। यह व्यावहारिक नहीं है कि देश की 85 प्रतिशत आबादी को यह कहकर गुलाम बनाए रखा जाए कि वे काबिल नहीं हैं और कुछ अल्पसंख्यक लोग अपने को योग्य बताकर, गिरोहबंदी करके, फूट डालकर भारत की शासन सत्ता पर कब्ज़ा बनाए रखें। हिस्सेदारी हासिल करने की यह क़वायद देश को एक नए स्वतंत्रता आंदोलन की ओर ले जा सकती है। देश का वंचित तबका यह ऐलान कर सकता है कि सत्ता में बैठे जाति विशेष के लोग शासन-प्रशासन छोड़कर अपनी एक अलग दुनिया बसा लें और वंचित अपने मुताबिक अपना देश सँभाल लेंगे।

संदर्भ सूची

1. अभिजित बनर्जी 2019 के अर्थशास्त्र के नोबेल पुरस्कार विजेता हैं, जिन्होंने अर्थशास्त्र पर कई महत्त्वपूर्ण पुस्तकें लिखी हैं। बनर्जी के साथ 2019 का नोबेल पुरस्कार फ्रांस मूल की अमेरिकी नागरिक और इनकी पत्नी एस्थर डुफ्लो और अमेरिकी नागरिक व अर्थशास्त्री पॉल रॉबर्ट मिलग्रोम को भी संयुक्त रूप से दिया गया था। उन्होंने आर्थिक अख़बार *बिज़नेस स्टैंडर्ड* के साथ बातचीत के दौरान आरक्षण को लेकर यह टिप्पणी की थी। https://www.business-standard.com/article/economy-policy/we-don-t-ask-real-questions-are-obsessed-with-quotas-abhijit-v-banerjee-119011000207_1.html
2. मंडल कमीशन रिपोर्ट, सिफ़ारिशें अध्याय
3. http://indianexpress.com/article/opinion/columns/quotas-reservation-jobs-patidar-maratha-jat-agitation-4456247/
4. http://164.100.24.220/loksabhaquestions/annex/175/AU3097.pdf
5. http://164.100.24.220/loksabhaquestions/annex/175/AU2996.pdf
6. https://indianexpress.com/article/education/iim-faculty-quotas-reservation-ews-obs-sc-st-6194000/
7. http://egazette.nic.in/WriteReadData/2019/206575.pdf
8. https://www.satyahindi.com/uttar-pradesh/obc-sc-st-candidates-higher-cut-off-than-general-category-in-yogi-up-2-103172.html
9. https://hindi.firstpost.com/india/higher-cut-off-for-obc-seats-in-rajasthan-brings-benefits-of-quota-under-question-10-reservation-for-general-category-poor-could-backfire-185502.html
10. https://timesofindia.indiatimes.com/city/ajmer/OBC-cut-off-higher-than-general-category/articleshow/52772533.cms
11. https://www.jansatta.com/rajya/sc-cut-off-is-more-than-general-category-in-delhi-government-exam-jsp/922786/
12. https://sci.gov.in/supremecourt/2015/35272/35272_2015_9_1501_16834_Judgement_17-Sep-2019.pdf
13. https://theprint.in/opinion/in-ias-exam-age-limit-debate-focus-should-be-on-delaying-retirement-for-dalits-obcs/169183/
14. लोकसभा चर्चा, 23 मई, 2005, पेज–400 https://eparlib.nic.in/bitstream/123456789/785806/1/lsd_14_07_23-05-2006.pdf#search=null%20[2000%20TO%202009])
15. *टाटा रिव्यू*, दिसंबर, 2011, पेज–104
16. https://www.hindustantimes.com/india/dialogue-on-for-sc-st-quota-in-pvt-sector-meira/story-wRygTQPUg5LNQjg6CsfCMI.html
17. https://timesofindia.indiatimes.com/india/pm-for-pvt-sector-job-quota/articleshow/1495322.cms
18. *टाटा रिव्यू*, दिसंबर 2011, पेज–104
19. https://www.hindustantimes.com/india-news
20. https://economictimes.indiatimes.com/news/company/corporate-trends/india-inc-no-more-caste-blind-150-firms-profile-sc/st-data/articleshow/5981645.cms?from=mdr
21. https://www.livemint.com/politics/policy/haryana-govt-passes-bill-allowing-75-reservation-for-locals-in-private-jobs-11614689362929.html)
22. https://www.indiatoday.in/india/story/up-govt-implements-reservations-for-locals-in-private-jobs-in-greater-noida-1780496-2021-03-17
23. https://economictimes.indiatimes.com/jobs/karnatakas-70-jobs-quota-for-locals-

faces-criticism-phenomenon-not-limited-to-the-state/articleshow/45081816.cms?from=mdr

24. *मंडल कमीशन : राष्ट्र निर्माण की सबसे बड़ी पहल,* लेखक- सत्येन्द्र पीएस, पेज-88)
25. https://www.youtube.com/watch?v=HR02iTWUTbQ
26. https://www.telegraphindia.com/india/govt-veil-on-caste-census/cid/1335679
27. https://www.business-standard.com/article/news-ani/i-may-come-from-low-caste-but-trying-to-uplift-every-poor-person-says-pm-modi-119051100768_1.html
28. https://www.news18.com/news/politics/first-bjp-mp-to-rebel-against-party-nana-patole-becomes-congress-pick-for-maharashtra-speaker-post-2406255.html
29. https://m.economictimes.com/news/politics-and-nation/chhagan-bhujbal-gets-bail-in-money-laundering-case/articleshow/64029571.cms
30. https://theprint.in/zero-hour/why-chhagan-bhujbal-choked-with-tears-when-he-visited-maharashtra-sadan/110112/
31. https://maharashtrasadan.maharashtra.gov.in/newsadan.html
32. https://www.asianage.com/mumbai/nana-patole-bats-obcs-calls-them-most-ignored-community-931
33. https://aajtak.intoday.in/story/maharashtra-assembly-election-bjp-amit-shah-obc-politics-shivsena-gopinath-munde-eknath-khadse-vinod-tawde-tpt-1-1127108.html
34. https://www.thehindu.com/news/cities/mumbai/maharashtra-assembly-passes-resolution-seeking-caste-based-census/article30511738.ece
35. https://www.hindustantimes.com/mumbai-news/centre-rejects-state-s-request-to-conduct-caste-based-census/story-bEUG23x2M0p39z08zJ7J6N.html
36. https://timesofindia.indiatimes.com/city/patna/nitish-kumar-bats-for-caste-based-census-saying-it-it-would-help-in-bettering-decision-making-process/articleshow/81069323.cms
37. https://www.amarujala.com/india-news/nitish-govt-passes-passes-unanimous-resolution-in-favour-of-caste-based-census-in-bihar-assembly
38. https://www.aajtak.in/india/uttar-pradesh/story/akhilesh-yadav-caste-census-samajwadi-party-uttar-pradesh-lucknow-yogi-adityanath-1039139-2020-03-15
39. https://www.thehindu.com/news/national/no-proposal-at-present-to-release-2011-caste-census-data-government/article34035211.ece
40. http://egazette.nic.in/WriteReadData/2019/201107.pdf
41. http://164.100.24.220/loksabhaquestions/annex/175/AU3224.pdf
42. http://164.100.24.220/loksabhaquestions/qhindi/175/AU3303.pdf
43. *भारत का संविधान – एक परिचय,* लेखक- दुर्गादास बसु, पेज 265, प्रैक्टिस हॉल ऑफ़ इंडिया प्राइवेट लिमिटेड, नई दिल्ली, 1995
44. *व्हाई पॉलिटिकल रिज़र्वेशंस?* लेखिका- एस्थर डुफ्लो https://economics.mit.edu/files/794
45. *व्हाई पॉलिटिकल रिज़र्वेशंस?* लेखिका- एस्थर डुफ्लो https://economics.mit.edu/files/794
46. https://indianexpress.com/article/lifestyle/art-and-culture/cause-and-effect-art-exhibition-delhi-6173911/
47. https://jalshakti-ddws.gov.in/sites/default/files/JJM_Operational_Guidelines.pdf
48. https://sbm.gov.in/sbmReport/home.aspx#
49. https://pmaymis.gov.in/
50. सामाजिक न्याय एवं अधिकारिता मंत्रालय की वार्षिक रिपोर्ट, 2019-20, पृष्ठ 45-46 http://socialjustice.nic.in/writereaddata/UploadFile/ANNUAL_REPORT_201920H.pdf

आरक्षण व्यवस्था से छेड़छाड़ और उसके प्रभाव

> आलोचक आरक्षण या सकारात्मक विभेद को सरकारी कार्यकुशलता के लिए नुकसानदेह बताते हैं। वे मेरिट के आधार पर चलने वाली व्यवस्था चाहते हैं। लेकिन यह मान लेना कि एससी और एसटी वर्ग से रोस्टर के तहत प्रमोट होकर आए कर्मचारी कार्यकुशल नहीं होंगे, एक गहरा बैठा मानसिक पूर्वाग्रह है। जब समाज के विभिन्न तबके सरकार व प्रशासन का हिस्सा बनें तो उसे प्रशासकीय कुशलता माना जाना चाहिए।
>
> —जस्टिस उदय उमेश ललित और डॉ. धनंजय वाई. चंद्रचूड़[1]

भारत का संविधान तैयार करने में लंबी क़वायद चली। 26 नवंबर 1949 को 2 साल 11 महीने 18 दिन में संविधान बनकर तैयार हुआ। संविधान निर्माताओं ने क़वायद की कि हर कानून की स्पष्ट व्याख्या हो। संभवत: वे कार्यपालिका या न्यायपालिका पर व्यवस्था को नहीं छोड़ना चाहते थे कि विकसित और छोटे संविधान वाले देशों की तरह संविधान की तरह-तरह की व्याख्याएँ हों। स्वतंत्रता के बाद भारत निर्माण की प्रक्रिया में सभी नागरिकों के अधिकारों की रक्षा की क़वायद की गई और विभिन्न अनुच्छेदों में स्पष्ट प्रावधान किए गए कि देश को किस तरह से चलाना है। इसी कड़ी में समाज के वंचित तबके के पुनरुत्थान, उन्हें आर्थिक, सामाजिक, मानसिक शोषण से मुक्त करने, शासन-प्रशासन, शिक्षा में उचित भागीदारी देने के प्रावधान भी संविधान के विभिन्न अनुच्छेदों में किए गए हैं। इतनी क़वायदों के बावजूद स्पष्टता नहीं आई। विभिन्न न्यायालयों के फ़ैसले आने लगे। संविधान की व्याख्याएँ होने लगीं, जिससे कई तरह की कठिनाइयाँ आईं। खासकर मूल अधिकारों को लेकर व्याख्या की समस्या हुई। इसी में से एक समस्या सामाजिक व शैक्षणिक रूप से पिछड़े वर्ग को आरक्षण देने को लेकर थी।

इस नीति को पहली बड़ी चुनौती मद्रास में मिली। दो ब्राह्मण अभ्यर्थियों ने क्रमश: एक मेडिकल व एक इंजीनियरिंग कॉलेज में ज़्यादा अंक पाने के बावजूद प्रवेश न पाने को लेकर आरक्षण व्यवस्था को चुनौती दी। इस मामले में चंपकम दोरायराजन बनाम मद्रास सरकार[2] मामले में उच्चतम न्यायालय का फ़ैसला ऐतिहासिक

महत्त्व का है। इसी मामले से स्वतंत्र भारत में आरक्षण को लेकर कानूनी लड़ाई शुरू हुई थी। ऐसे में इसका सारांश जान लेना ज़रूरी है।

मद्रास सरकार की ओर से जारी आदेश (जो कम्युनल जीओ के नाम से प्रसिद्ध है) में सभी मेडिकल व इंजीनियरिंग कॉलेजों की सीटें एक निश्चित अनुपात में 6 समुदायों में बाँट दी गईं। प्रवेश के लिए विभिन्न समुदायों के अभ्यर्थी केवल अपने समुदाय के लिए निर्धारित सीटों पर प्रतिस्पर्धा कर सकते थे। उनकी दूसरे समुदाय से कोई प्रतिस्पर्धा नहीं होती थी। दो ब्राह्मण अभ्यर्थियों को अपने कोटे के तहत प्रवेश नहीं मिला और उन्होंने सरकार के आदेश को चुनौती दी। उनका आधार यह था कि सरकार का आदेश अनुच्छेद 15 (1)[3] और अनुच्छेद 29 (2)[4] के तहत मूल अधिकारों का उल्लंघन है। उच्चतम न्यायालय ने कम्युनल जीओ को इस आधार पर ख़ारिज़ कर दिया कि वर्गीकरण धर्म, समुदाय और जाति के मुताबिक किया गया है और इस तरह से यह जीओ अनुच्छेद 29 (2) का उल्लंघन करता है। मद्रास सरकार का तर्क था कि वर्गीकरण अनुच्छेद 46 का अनुपालन करते हुए किया गया है, जिसमें राज्य से कहा गया है कि उसे समाज के शैक्षणिक व आर्थिक रूप से कमज़ोर तबके को आगे बढ़ाने के लिए विशेष ध्यान देने की ज़रूरत है। सरकार के तर्क को इस आधार पर ख़ारिज़ कर दिया गया कि "मूल अधिकार रक्षणीय हैं और सिर्फ़ भाग 3 के संबंधित अनुच्छेद की व्यवस्था को छोड़कर किसी विधायी या कार्यकारी अधिनियम या आदेश से इसे संकुचित या कम नहीं किया जा सकता।"

उच्चतम न्यायालय के इस फ़ैसले के गंभीर परिणाम हुए। बड़े पैमाने पर राजनीतिक विरोध प्रदर्शन हुए। उसके बाद केंद्र सरकार को इस मामले में हस्तक्षेप करना पड़ा। संविधान लागू होने के महज़ 15 महीने बाद भारत के प्रधानमंत्री जवाहरलाल नेहरू ने संविधान का पहला संशोधन 18 जून 1951 को पेश किया।

उन्होंने संसद में कहा, "राज्य के नीति निर्देशक तत्व में अनुच्छेद 46 में कहा गया है कि राज्य समाज के कमज़ोर तबकों के शैक्षणिक और आर्थिक हितों का विशेष ध्यान रखेगा और उन्हें सामाजिक अन्याय से बचाएगा। इसे देखते हुए राज्य किसी भी पिछड़े वर्ग के नागरिकों के शैक्षणिक, आर्थिक या सामाजिक उन्नयन के लिए विशेष प्रावधान कर सकता है। इसे इस आधार पर चुनौती नहीं दी जा सकती है कि यह विभेदकारी है। ऐसे में यह प्रस्ताव किया गया है कि अनुच्छेद 15 (3)की उचित रूप से विस्तार से व्याख्या की जानी चाहिए।"[5]

इस तरह से संविधान में पहला संशोधन करना पड़ा। अनुच्छेद 15 में खंड (4) जोड़ा गया, जिससे खंड (3) के प्रावधानों को विस्तार मिल सके। अनुच्छेद 15

(4) में कहा गया है, ''इस अनुच्छेद या अनुच्छेद 29 के खंड (2) की कोई बात राज्य को सामाजिक और शैक्षणिक दृष्टि से पिछड़े वर्ग के नागरिकों या अनुसूचित जातियों और अनुसूचित जनजातियों की उन्नति के लिए कोई विशेष प्रावधान करने से नहीं रोकेगी।''

हालाँकि ऐसा नहीं है कि संविधान निर्माताओं ने स्थिति साफ़ करने की कोशिश नहीं की थी। संविधान का अनुच्छेद 16 सरकारी नियुक्तियों में अवसर की समता को लेकर है। इसके पहले खंड यानी 16 (1) में कहा गया है कि सरकार के किसी भी कार्यालय में नियुक्ति या रोज़गार से संबंधी मामलों में सभी नागरिकों को समान अवसर दिया जाएगा। इसके दूसरे खंड यानी 16 (2) में कहा गया है कि राज्य के अधीन किसी नियुक्ति या पद के संबंध में धर्म, मूलवंश, जाति, लिंग, उद्‌भव, जन्मस्थान, निवास या इनमें से किसी के आधार पर न तो कोई नागरिक अपात्र होगा और न उससे विभेद किया जाएगा।

यह प्रावधान करने के साथ ही अनुच्छेद 16 (4) में संविधान निर्माताओं ने यह स्पष्ट कर दिया था कि इस अनुच्छेद की कोई भी बात राज्य को पिछड़े हुए नागरिकों के किसी वर्ग के पक्ष में, जिनका प्रतिनिधित्व राज्य की राय में राज्य के अधीन सेवाओं में पर्याप्त नहीं है, नियुक्तियों या पदों के आरक्षण के लिए उपबंध करने से नहीं रोकेगी। इसके बावजूद चंपकम दोरायराजन बनाम मद्रास राज्य का फ़ैसला आया कि राज्य सरकार द्वारा किए गए आरक्षण का प्रावधान मूल अधिकार का उल्लंघन है और जवाहरलाल नेहरू सरकार को संसद में पहला संविधान संशोधन पेश करके अनुच्छेद 15 (4) जोड़ना पड़ा और कहना पड़ा कि सरकार द्वारा सामाजिक व शैक्षणिक रूप से पिछड़े वर्ग के लिए विशेष प्रावधान करना किसी मूल अधिकार का उल्लंघन नहीं है। अनुच्छेद 15 सरकारी नौकरियों में नियुक्ति या सरकारी संस्थानों में प्रवेश से जुड़ा हुआ नहीं है, लेकिन इसके बावजूद विवाद खड़ा हुआ और उच्चतम न्यायालय तक मामला गया।

संविधान में समाज के वंचित तबकों को प्रतिनिधित्व देने के लिए मूल अधिकार के तहत प्रावधान किया ही गया है, नीति निर्देशक तत्वों के तहत सरकार को निर्देश दिया गया है कि वह देश के वंचित तबकों को मुख्य धारा में लाने के लिए कौन-कौन से कदम उठाए।[6] मूल अधिकारों को लेकर न्यायमूर्ति के. सुब्बाराव की टिप्पणी अहम है, जिन्होंने कहा है, ''जब तक वंचित तबके को अतिरिक्त सहायता नहीं दी जाती, तब तक यह सुझाव देना असंभव है कि उन्हें अत्यधिक अगड़े लोगों के बीच समान अवसर मिल रहा है। सामाजिक न्याय के लिए माँग व इसे उचित बताए जाने

की यही वजह है कि देश के वंचित नागरिकों को तरजीही उपचार प्रदान किया जाए, जिससे वे समाज के अगड़े समुदायों के साथ समान अवसर प्राप्त कर सकें।''[7]

समता का अधिकार और वंचितों को मुख्य धारा में लाने की क़वायदों के बीच टकराहट पर ढेरों अकादमिक बहसें हुईं और यह कहा गया कि इससे मेरिट प्रभावित होगी और सामान्य अभ्यर्थियों को ज़्यादा अंक पाने पर भी सलेक्शन नहीं मिल सकेगा। वहीं तमाम विसंगतियों पर भी लगातार चर्चा होती रही कि किस तरह से कुछ जातियों ने शिक्षण संस्थानों से लेकर सरकारी नियुक्तियों व पदों पर कब्ज़ा जमा रखा है। यह पाया गया कि वे मेरिट के आधार पर नहीं, बल्कि जातीय गुटबंदी की वजह से काबिज़ हैं। वे अन्य लोगों को समान अवसर नहीं पाने देते।

संविधान के अनुच्छेद 15 (4) और 16 (4) ने मूल अधिकारों व राज्य के नीति निर्देशक तत्वों के बीच साम्य बिठाने का काम किया है। इन दो अनुच्छेदों ने समाज के कमज़ोर तबके के लिए सामाजिक न्याय दिलाने में राज्य की नीति तैयार करने में किस तरह से भूमिका निभाई है।

न्यायालय के विभिन्न फ़ैसलों के बारे में मंडल कमीशन की रिपोर्ट में विस्तार से चर्चा की गई है, जिनका उल्लेख करना आवश्यक है।[8]

स्वतंत्रता के समय भारत में राज्य बड़ा नियोक्ता था। असमानता से भरे समाज में अनुसूचित जाति एवं अनुसूचित जनजाति को आरक्षण मिलने से पहले उच्च पदों और मेडिकल एवं इंजीनियरिंग की करीब 90 प्रतिशत सीटें उच्च जातियों से भरी रहती थीं। असमानता की वजह से तमाम निम्न जातीय आंदोलन हुए। खासकर इस तरह के आंदोलन दक्षिण भारत में ज़्यादा हुए, जो बीसवीं शताब्दी की शुरुआत से ही देखे जा सकते हैं। लगातार चल रहे विरोध के कारण मद्रास, मैसूर, त्रावणकोर, कोचीन आदि राज्यों में स्वतंत्रता के बहुत पहले मेडिकल व इंजीनियरिंग कॉलेजों में वंचित तबके के लिए आरक्षण की व्यवस्था की गई।

अनुच्छेद 15 (4) और 16 (4) पर चल रही एक बहस के दौरान पंडित नेहरू ने कहा, ''आख़िर में हम पाते हैं...हमारे सामाजिक जीवन में अनंत विभाजन हुए हैं... हम इन्हें किसी नाम से पुकार सकते हैं धार्मिक विभाजन में जाति व्यवस्था आदि...''

तत्कालीन कानून मंत्री डॉ. भीमराव अंबेडकर इस दिशा में मुखर थे जब उन्होंने कहा कि ''जिन्हें पिछड़ा वर्ग कहा जाता है वे...कुछ और नहीं बल्कि कुछ निश्चित जातियों का संग्रह हैं।''

संविधान के अनुच्छेद 15 (4) और 16 (4) में पिछड़े वर्ग को थोड़े से

अधिकार दिए गए। अगड़े वर्ग के एक तबके ने सरकारी नौकरियों और शैक्षणिक संस्थानों में आरक्षित कोटे के प्रावधान को लगातार 'अवसर की समानता', 'विधि के समक्ष समता' के विपरीत माना। दुखी पक्ष ने विभिन्न उच्च न्यायालयों व उच्चतम न्यायालय में याचिकाएँ दायर कीं, जिससे उनके कथित मूल अधिकार को लागू किया जा सके और साल-दर-साल इस पर कानूनी विवाद चलते रहे हैं।

बालाजी बनाम मैसूर राज्य में उच्चतम न्यायालय के फ़ैसले में पिछड़े वर्ग के आरक्षण के सवाल पर बहुत महत्त्वपूर्ण न्यायिक फ़ैसला आया। इसका असर बाद के सभी फ़ैसलों पर पड़ा। दरअसल नागन्ना गौड़ा समिति की 1962 की रिपोर्ट के आधार पर कर्नाटक सरकार ने सभी मेडिकल व इंजीनियरिंग कॉलेज में अन्य पिछड़े वर्ग के अभ्यर्थियों के लिए 50 प्रतिशत सीटें आरक्षित करने का फ़ैसला किया। यह अनुसूचित जाति के लिए आरक्षित 15 प्रतिशत कोटे और अनुसूचित जाति के लिए 3 प्रतिशत आरक्षित कोटे के अतिरिक्त था। इस तरह से मेडिकल व इंजीनियरिंग की 68 प्रतिशत सीटें समाज के कमज़ोर तबके के लिए आरक्षित हो गईं। बग़ैर आरक्षित 32 प्रतिशत सीटें बचीं। समिति ने यह भी पाया कि पिछड़े वर्ग को चिह्नित करने का एकमात्र आधार जाति व समुदाय है। इसके अलावा समिति ने अन्य पिछड़े वर्ग को पिछड़े व ज़्यादा पिछड़े वर्ग में उप विभाजित किया। इनके लिए 50 प्रतिशत आरक्षित कोटे में से क्रमश: 28 प्रतिशत और 22 प्रतिशत आरक्षित किया गया।

सरकार के उपरोक्त आदेश को इस आधार पर चुनौती दी गई कि समुदाय का सामाजिक पिछड़ेपन का निर्धारण अनुच्छेद 15 (4) के तहत नहीं आता। न्यायालय ने सबसे महत्त्वपूर्ण तथ्य यह पाया कि पिछड़ेपन की अवधारणा इस बात से नहीं जुड़ी है कि जो वर्ग पिछड़ा है, उसका संबंध समाज के बहुत ज़्यादा अगड़े वर्ग से है उसे भी पिछड़े वर्ग की सूची में जगह दी जाए। इसके अलावा अनुच्छेद 15 (4) के तहत पिछड़ापन निश्चित रूप से सामाजिक और शैक्षणिक आधार पर होना चाहिए, न कि सामाजिक या शैक्षणिक आधार पर। सामाजिक पिछड़ेपन के बारे में न्यायालय ने पाया कि जिन लोगों के समूह पर अनुच्छेद 15 (4) लागू होता है उन्हें 'नागरिकों के एक वर्ग' के रूप में वर्णित किया गया है न कि 'नागरिकों की जाति' के रूप में। यह हकीकत है कि हिन्दू सामाजिक ढाँचे में जाति नागरिक के दर्जे को तय करती है। जाति की अवधारणा आने और समय बीतने के साथ जाति के आधार पर काम और पेशा और बाध्यकारी होता गया। धार्मिक अवधारणा व रीति-रिवाज को मानते हुए इसकी शुद्धता के मुताबिक काम किया जाने लगा। इसकी वजह से इसमें कठोरता और लचीलेपन की अनुपस्थिति आती गई। इसे देखते हुए यह अप्रासंगिक नहीं होगा

कि नागरिकों के जाति समूह को सामाजिक पिछड़ेपन के निर्धारण का मानक बनाया जाए। लेकिन जहाँ तक "हिन्दुओं में सामाजिक पिछड़े वर्ग के नागरिकों का समूह तैयार करने के लिए जाति एक आधार हो सकता है, लेकिन इस आधार पर पूरी तरह से परीक्षण नहीं किया जा सकता।" शैक्षणिक पिछड़ेपन की जाँच के लिए नागन्ना गौड़ा समिति ने पिछले तीन हाई स्कूल की कक्षाओं की सूची तैयार की है, जो राज्य के सभी स्कूलों से ली गई है। इसमें सभी समुदायों के शैक्षणिक पिछड़ेपन की जाँच की गई है, जिनके औसत की जाँच की गई है। साथ ही यह देखा गया है कि राज्य में औसत शिक्षा से कम शिक्षा किन जातीय समूहों की है। राज्य के औसत से 50 प्रतिशत नीचे शिक्षित समुदायों के लोगों को 'अति पिछड़ा' की श्रेणी में रखा गया।

इस बिंदु पर न्यायालय ने पाया कि राज्य के औसत से नीचे शिक्षित समुदाय को शैक्षणिक रूप से पिछड़ा वर्ग माना गया है। वह वर्ग, जिनका औसत राज्य के औसत से 50 प्रतिशत नीचे था, स्वाभाविक रूप से वे शैक्षणिक रूप से पिछड़े वर्ग के नागरिक थे। इस उद्देश्य के लिए मामूली अंतर प्रासंगिक नहीं था।

न्यायालय ने यह भी पाया कि 'पिछड़े वर्ग' और 'अति पिछड़े वर्ग' का उप-वर्गीकरण अनुच्छेद 15 (4) के मुताबिक न्यायोचित नहीं है। न्यायालय ने अपने फ़ैसले में कहा, "पिछड़े वर्ग को दो श्रेणी में पेश करना आचरण आदेश है, भावार्थ के रूप में नहीं। ऐसा करने का मकसद सभी वर्ग के नागरिकों का मापन है, जो राज्य में ज़्यादा अगड़े वर्गों की तुलना में कम अगड़े हैं। और इसलिए हमारी राय में अनुच्छेद 15 (4) में इसके लिए संभावना नहीं है।"

आरक्षण की मात्रा के संदर्भ में न्यायालय ने पाया कि समाज के कमज़ोर तबके के हितों को पूरे समुदाय के हित में समाहित कर लिया गया है। "सामान्य रूप से या व्यापक परिप्रेक्ष्य में कहें तो विशेष प्रावधान 50 प्रतिशत से कम होना चाहिए, जो अलग-अलग मामलों में सामयिक परिस्थितियों पर निर्भर हो सकता है।" इस तरह से पिछड़े वर्ग, अनुसूचित जाति और अनुसूचित जनजाति के लिए 68 प्रतिशत आरक्षण ज़्यादा माना गया और इसे असंवैधानिक घोषित कर दिया गया।

इस सिलसिले में अगला महत्त्वपूर्ण मामला आर. चित्रलेखा बनाम मैसूर राज्य[9] का है, जो वास्तव में बालाजी मामले में दिए गए फ़ैसले की ही अगली कड़ी है।

बालाजी मामले को देखते हुए मैसूर सरकार ने सामाजिक और शैक्षणिक पिछड़ेपन की जाँच के लिए पेशे और साधनों का परीक्षण किया और अपने जुलाई 1963 के आदेश में इसे शामिल किया। इस आदेश के तहत मेडिकल, इंजीनियरिंग और अन्य तकनीकी संस्थानों में पिछड़े वर्ग के लिए 50 प्रतिशत सीटें आरक्षित

कर दी गईं और इसके साथ अनुसूचित जाति के लिए 15 प्रतिशत और अनुसूचित जनजाति के लिए 3 प्रतिशत सीटें आरक्षित की गईं।

इस आदेश की वैधता को मैसूर उच्च न्यायालय में डीजी विश्वनाथ बनाम मैसूर सरकार[10] मामले को चुनौती दी गई। यह चुनौती इस आधार पर थी कि आचरण आदेश में 'जाति' और 'आवास' के आधार की उपेक्षा की गई थी, इस तरह से इसमें हिन्दुओं में पिछड़े वर्ग को वास्तविक लाभ नहीं मिल रहा था। बालाजी मामले में उच्चतम न्यायालय ने जाति, ग़रीबी, पेशा, आवास के स्थल को सामाजिक पिछड़ेपन को तय करने के लिए कुछ प्रासंगिक आधार माना था। याची ने तर्क दिया कि जाति और आवास को सरकारी आदेश में प्रासंगिक दायरा न मानने से बालाजी मामले में फ़ैसले की अवहेलना हुई है। मैसूर उच्च न्यायालय ने याचिका को अनुमति दी और बालाजी मामले को देखते हुए कहा, ''सरकार ने जाति व आवास के आधार की उपेक्षा की है, ऐसे में न्यायालय का मानना है कि पिछड़े वर्ग के वर्गीकरण को स्वीकार करने से वास्तव में हिन्दुओं के बीच असल पिछड़े वर्ग को मदद नहीं मिलती है।''

मैसूर उच्च न्यायालय द्वारा बालाजी मामले की व्याख्या की सच्चाई को जाँचने के लिए उच्चतम न्यायालय के सामने आर. चित्रलेखा बनाम मैसूर राज्य का मामला पेश किया गया। उच्चतम न्यायालय ने पाया, ''इस न्यायालय ने जहाँ यह कहा कि जाति सिर्फ़ एक प्रासंगिक परिस्थिति है और यह नागरिकों के पिछड़ेपन की जाँच के लिए प्रमुख परीक्षण नहीं हो सकता, वहीं उच्च न्यायालय ने कहा कि यह हिन्दुओं में पिछड़ेपन के निर्धारण के लिए महत्त्वपूर्ण आधार है और सरकार को पिछड़ेपन के निर्धारण के लिए जाति को शामिल करना चाहिए...एक वर्ग के पिछड़ेपन की जाँच के लिए जाति सिर्फ़ एक प्रासंगिक परिस्थिति है। इस न्यायालय के फ़ैसले में ऐसा कुछ भी नहीं है, जो संबंधित प्राधिकरण को नागरिकों के एक समूह के विशेष पिछड़ेपन के निर्धारण में जाति को शामिल करने पर रोकता हो। इस न्यायालय ने नागरिकों के एक वर्ग के पिछड़ेपन के निर्धारण में जहाँ जाति को अलग नहीं किया था, वहीं एक वर्ग के पिछड़ेपन के निर्धारण के लिए इसे अनिवार्य कारक भी नहीं बनाया था। हम यह भी साफ़ करना चाहते हैं कि संविधान के अनुच्चेद 15 (4) के मुताबिक अगर वर्ग के निर्धारण में जाति को बाहर कर दिया गया है और अन्य परीक्षण पूरे होते हैं, तब भी वह वर्गीकरण को निष्प्रभावी नहीं करता।''

'जाति' और 'वर्ग' के सिलसिले में न्यायालय ने कहा, ''संविधान के अनुच्छेद 15 की धारा 4 में हालाँकि 'वर्गों' शब्द का इस्तेमाल किया गया है, जिसमें जाति के बिना समुदाय की बात की गई है। लेकिन अगर इसका मकसद वर्गों को जाति से

बराबर करना था तो ऐसे में संविधान निर्माताओं ने इसमें 'पिछड़ा वर्ग या जाति' के इस्तेमाल से कहीं नहीं रोका है।'' अनुच्छेद 15 में 'पिछड़ा वर्ग' और 'अनुसूचित जाति' के रूप में सामीप्य से यह भी साफ़ होता है कि 'वर्ग', 'जाति' का पर्याय नहीं है।

उपरोक्त वजहों पर विचार करते हुए मैसूर उच्च न्यायालय के फ़ैसले को निरस्त माना गया और सरकार का आदेश बहाल कर दिया गया।

यह भी देखा जा सकता है कि बालाजी मामले में और कमोबेश चित्रलेखा मामले में भी संभवत: सामाजिक पिछड़ेपन के निर्धारण में जाति के महत्त्व और 'वर्ग' और 'जाति' के समानार्थक होने के मामले को ज़्यादा रूढ़िवादी विचार के मुताबिक लिया गया। समय गुज़रने के साथ ही इन मसलों को लेकर आगे आने वाले न्यायिक फ़ैसलों में महत्त्वपूर्ण बदलाव आए, जो चित्रलेखा मसले से बहुत अलग हो गए।

पी. राजेंद्रन बनाम मैसूर राज्य[11] मामले में उच्चतम न्यायालय के फ़ैसले से यह विभाजन साफ़ नज़र आता है। मेडिकल कॉलेजों में प्रवेश में सामाजिक और शैक्षणिक रूप से पिछड़े वर्ग के लिए सीटों के आरक्षण के लिए मद्रास सरकार द्वारा बनाए गए नियम में उस आदेश को संलग्नक के रूप में शामिल किया गया है। इस आदेश को अनुच्छेद 14 और अनुच्छेद 15 का उल्लंघन बताकर न्यायालय में चुनौती दी गई। इसके लिए आधार बनाया गया कि सरकार के आदेश में सूचीबद्ध वर्ग वास्तव में कुछ जातियों की सूची है। इस मामले में न्यायालय ने पाया, ''अगर सिर्फ़ जाति के आधार पर आरक्षण दिया गया है और इसमें सामाजिक और शैक्षणिक पिछड़ेपन को शामिल नहीं किया गया है तो यह अनुच्छेद 15 (1) का उल्लंघन होगा। लेकिन यह किसी भी हाल में नहीं भूलना चाहिए कि जाति भी नागरिकों का एक वर्ग है और अगर संपूर्ण रूप से कोई जाति सामाजिक और शैक्षणिक रूप से पिछड़ी हुई है तो ऐसी जाति के पक्ष में आरक्षण किया जा सकता है और इस आधार पर अनुच्छेद 15 (4) के अर्थों में वह सामाजिक और शैक्षणिक रूप से पिछड़े वर्ग की नागरिक है...यह सही है कि मौजूदा मामले में सामाजिक और शैक्षणिक पिछड़े वर्ग का निर्धारण जाति के आधार पर किया गया है। लेकिन यह ज़रूरी नहीं है कि पूरी तरह से इसे जातीय आधार पर किया गया है और इन जातियों से जुड़े वर्ग सामाजिक और शैक्षणिक पिछड़े नागरिकों के वर्ग में नहीं हैं।''

न्यायालय ने यह भी कहा कि यह याची का काम है कि वह दिखाए कि जाति आधारित सरकार का आदेश सामाजिक और शैक्षणिक रूप से पिछड़ेपन के आधार पर नहीं है। राजेंद्रन मामले का निष्कर्ष यह है था कि जातिवार वर्गीकरण को सामाजिक व शैक्षणिक रूप से पिछड़ेपन को चिह्नित करने को वैध माना गया।

बालाजी और चित्रलेखा मामले में सिर्फ़ जाति के आधार पर वर्गीकरण को ख़ारिज़ कर दिया गया। लेकिन राजेंद्रन मामले में इन फ़ैसलों को ख़ारिज़ किए बग़ैर जाति के आधार पर वर्गीकरण को मंजूरी दी गई और कहा गया, ''जाति भी नागरिकों का एक वर्ग है।''

पी. सागर बनाम आंध्र प्रदेश सरकार[12] मामले में उपरोक्त फ़ैसले में मामूली संशोधन किया गया। इस मामले में उच्चतम न्यायालय ने आंध्र प्रदेश उच्च न्यायालय के फ़ैसले पर रोक लगा दी। आंध्र प्रदेश सरकार ने जाति के आधार पर वर्गीकरण किया था और राज्य यह बताने में असफल रहा कि किन मानदंडों के आधार पर यह सूची तैयार की गई है। इस मामले में याची का मुख्य मसला यह था कि राज्य सरकार द्वारा अधिसूचित सामाजिक और शैक्षणिक रूप से पिछड़े वर्ग की सूची पूरी तरह से जाति आधारित है और इस तरह से यह संविधान के अनुच्छेद 15 (1) का उल्लंघन है। इस मामले और राजेंद्रन मामले में मुख्य अंतर यह है कि इस मामले में सरकार पिछड़े वर्ग के वर्गीकरण के मानदंडों को बताने में असफल रही। न्यायालय ने पाया कि 'वर्गों' कहने का मतलब लोगों का एक स्वभाव वाला वर्ग है, जो एक-दूसरे से किसी आधार पर जुड़े हुए हैं। उनमें कुछ समानताएँ हैं, जैसे उनका दर्जा, श्रेणी, पेशा, किसी विशेष इलाक़े में आवास, वर्ण, धर्म और उनकी पसंद मिलती-जुलती है। एक वर्ग को निर्धारित करने के लिए जाति को अलग नहीं किया जा सकता। लेकिन वर्ग निर्धारण के मामले में राज्य सरकार को इसकी सूची तैयार करने के पहले मानदंडों को तय करने के साथ उसकी उचित जाँच पड़ताल करनी चाहिए। फ़ैसले में कहा गया, ''राज्य सरकार के तर्क, जिस पर अधिकारियों या राज्य ने विचार किया, उसमें न्यायालयों द्वारा स्वीकार किए गए मानदंडों पर विचार किया जाना चाहिए। सामाजिक और शैक्षणिक रूप से पिछड़े वर्ग के निर्धारण के लिए प्राधिकारियों ने जिन मानदंडों को आधार बनाया, वह इस तरह के दावे के लिए पर्याप्त नहीं है... संविधान के अनुच्छेद 15 का पहला खंड सभी लोगों को हर चीज़ तक सामान्य पहुँच की गारंटी देता है। कुछ तय सीमाओं के अपवादों को छोड़कर स्वतंत्रता की गारंटी खंड 1 में दी गई है, लेकिन अपवाद भी तय किए गए हैं। इसके लिए तय शर्तों का कड़ाई से पालन किया जाना चाहिए।''

राजेंद्रन मामले में 'जाति' पिछड़ेपन के आधार पर सूचीबद्ध की गई थी, न कि इस आधार पर कि सिर्फ़ जाति के आधार पर सूची बनाई गई थी। राज्य ने न्यायालय के समक्ष सूची तैयार करने के साक्ष्य प्रस्तुत किए। वहीं सागर मामले में राज्य सरकार वर्गीकरण के समर्थन में साक्ष्य प्रस्तुत करने में सफल नहीं हुई। सागर

मामले में न्यायालय के फ़ैसले के बाद, विभिन्न न्यायालय मानदंडों और साक्ष्यों की वस्तुनिष्ठता या परीक्षण को लेकर ज़्यादा चुस्त हो गए, जिनके आधार पर किसी जाति विशेष को सामाजिक और शैक्षणिक रूप से पिछड़ा बताया गया था।

पेरियाकरुप्पम बनाम तमिलनाडु सरकार[13] मामले में याची ने राज्य को 6 डिवीज़न में विभाजित करने और सामाजिक और शैक्षणिक रूप से पिछड़े वर्ग, अनुसूचित जाति व अनुसूचित जनजाति को मेडिकल कॉलेज की प्रवेश परीक्षा में 41 प्रतिशत आरक्षण देने को चुनौती दी। याची ने तर्क दिया कि (1) यूनिटवार चयन संविधान के अनुच्छेद 14 एवं 15 का उल्लंघन है। (2) जाति के आधार पर पिछड़े वर्ग का निर्धारण असंवैधानिक है और (3) पिछड़े वर्ग, अनुसूचित जाति एवं जनजाति को 41 प्रतिशत दिया गया आरक्षण ज़्यादा है।

न्यायालय ने इस याचिका को अनुमति दे दी कि यूनिटवार चयन अवैध था। लेकिन कोर्ट ने जाति के आधार पर पिछड़े वर्ग का वर्गीकरण अनुच्छेद 15 (4) को ध्यान में रखते हुए उचित ठहराया, और वह 41 प्रतिशत आरक्षण ज़्यादा नहीं था। न्यायालय ने पाया, ''निस्संदेह हमें यह नहीं भूलना चाहिए कि देशहित में देश के मेडिकल कॉलेजों में योग्य और प्रतिस्पर्धी विद्यार्थियों को लिया जाना चाहिए, लेकिन देश में समरसता और दीर्घावधि हितों का भी ध्यान रखा जाना चाहिए। इससे इनकार नहीं किया जा सकता है कि समाज के वंचित वर्ग के तमाम विद्यार्थी देश के अगड़े तबके के साथ खुली प्रतिस्पर्धा नहीं कर सकते। ऐतिहासिक वजहों से मिलने वाले फ़ायदे को मूल अधिकार के रूप में नहीं माना जा सकता। व्यापक रूप से विचार करके ही देश के हित की रक्षा की जा सकेगी। अगर पिछड़े वर्गों को आगे आने में मदद दी जाएगी तब वे समाज के अगड़े तबके के साथ चल सकेंगे...जाति हमेशा एक वर्ग के रूप में पहचानी जाती रही है...इसमें कोई संदेह नहीं है कि देश में बहुत सी जातियाँ हैं, जो सामाजिक और शैक्षणिक रूप से पिछड़ी हुई हैं।''

एस.वी. बलराम बनाम आंध्र प्रदेश राज्य[14] मामले में उच्चतम न्यायालय के फ़ैसले में भी जाति के आधार पर सामाजिक और शैक्षणिक रूप से पिछड़ेपन के निर्धारण की बात आई। सागर मामले में आए उच्चतम न्यायालय के फ़ैसले को आगे बढ़ाते हुए आंध्र प्रदेश सरकार ने पिछड़ा वर्ग आयोग का गठन किया, जिसे पिछड़े वर्ग के लिए दायरे के निर्धारण आदि का काम करना था। आयोग ने यह दायरा ग़रीबी, पेशा, जाति और शिक्षा तय किया। इस दायरे के तहत आयोग ने पिछड़े वर्ग की सूची भी तैयार की। राज्य सरकार ने पिछड़े वर्ग के अभ्यर्थियों के लिए मेडिकल कॉलेजों में 25 प्रतिशत आरक्षण का प्रावधान किया। अनुसूचित जाति एवं अनुसूचित

जनजाति के लिए आरक्षण क्रमशः 14 प्रतिशत और 4 प्रतिशत था। राज्य सरकार के इस आदेश को उच्च न्यायालय में चुनौती दी गई, जिस पर यह कहते हुए रोक लगा दी गई कि यह अनुच्छेद 15 (1) और अनुच्छेद 29 (2) का उल्लंघन करता है और इसे अनुच्छेद 15 (4) से बचाया नहीं गया था। उच्चतम न्यायालय ने उच्च न्यायालय के आदेश को दरकिनार कर दिया और कहा कि राज्य सरकार द्वारा जारी पिछड़े वर्गों की सूची सही है और शैक्षणिक और सामाजिक रूप से पिछड़े वर्ग, अनुसूचित जाति और अनुसूचित जनजाति को 43 प्रतिशत आरक्षण ज़्यादा नहीं है।

न्यायालय ने पाया कि राज्य सरकार की ओर से नियुक्त पिछड़ा वर्ग आयोग ने विभिन्न प्राधिकारियों और संगठनों को एक प्रश्नावली दी, राज्य के विभिन्न ज़िलों का दौरा किया और कई समुदायों के प्रतिनिधियों के साथ मौखिक रूप से बातचीत करके साक्ष्य एकत्र किए। इन साक्ष्यों के आधार पर आयोग ने पाया कि कुछ जातियाँ सामाजिक और शैक्षणिक रूप से पिछड़ी हैं और इसी के मुताबिक उनका वर्गीकरण किया गया। न्यायालय ने 'आयोग की आलोचना का भी हवाला दिया, कि उसने पिछड़े वर्ग के एक खास समूह के वर्गीकरण के उद्देश्य से व्यक्तिगत जानकारी का इस्तेमाल किया। इस तरह से परिस्थितियों को देखते हुए यह अनिवार्य है और इसमें कुछ भी अनुचित या ग़ैर कानूनी नहीं है। आयोग ने विभिन्न क्षेत्रों का दौरा किया और झोपड़ियों, विभिन्न आवासीय क्षेत्रों में लोगों तक पहुँचकर वास्तविक जीवन स्तर की जानकारी जुटाई।'

जाति को आधार स्वीकार किए जाने के सिलसिले में न्यायालय ने पाया, ''इसे नहीं भुलाया जा सकता कि जाति भी नागरिकों का एक वर्ग है और एक जाति सामाजिक और शैक्षणिक रूप से पिछड़ी हो सकती है। अगर ज़रूरी आँकड़े एकत्र किए जाने के बाद यह पाया जाता है कि पूरी जाति सामाजिक और शैक्षणिक रूप से पिछड़ी है तो हमारी राय में ऐसे लोगों को आरक्षण दिया जा सकता है, भले ही यह हकीकत हो कि उस समूह में से कुछ लोग सामाजिक और शैक्षणिक रूप से ऊपर की स्थिति में हों और वे सामान्य औसत से ऊपर हों। इस हकीकत को अस्वीकार नहीं किया जा सकता कि देश में ऐसी तमाम जातियाँ हैं जो सामाजिक और शैक्षणिक रूप से पिछड़ी हुई हैं और इसलिए उचित यह होगा कि राज्य अनुच्छेद 15 (4) का इस्तेमाल करके ऐसे लोगों के हितों की रक्षा करे।''

न्यायालय ने पहले के त्रिलोकीनाथ बनाम जम्मू कश्मीर राज्य[15] के फ़ैसले को देखते हुए अनुच्छेद 16(4) के तहत सार्वजनिक क्षेत्र में पिछड़े वर्ग को रोज़गार देने की संभावना देखी। इस मामले में न्यायालय ने पाया था कि एक पूरी जाति या

समुदाय के सदस्य सामाजिक, आर्थिक और शैक्षणिक पैमाने पर पिछड़े हो सकते हैं। उन्हें पिछड़े वर्ग का माना जा सकता है, लेकिन ऐसा इसलिए नहीं है कि वे किसी जाति या समुदाय के सदस्य हैं, बल्कि वे एक वर्ग से हैं। कुल 43 प्रतिशत आरक्षण के संदर्भ में न्यायालय ने यह नहीं माना कि यह ज़्यादा है। इसकी वजह यह है कि यह 50 प्रतिशत सीमा के भीतर था, जैसा कि बालाजी मामले में सीमा तय की गई थी।

सामाजिक व शैक्षणिक रूप से पिछड़े वर्ग के परीक्षण की व्यावहारिकता या परीक्षण के साधन को लेकर भी न्यायालयों में विरोध किया गया। के.एस. जयश्री बनाम केरल राज्य[16] एक ऐसा मामला है, जिसमें केरल पिछड़ा वर्ग आयोग की सिफ़ारिशों को राज्य सरकार द्वारा स्वीकार करने को लेकर याचिका दी गई थी। इस आयोग ने साधन और जाति/ समुदाय परीक्षण किया, जिससे पिछड़े वर्ग को चिह्नित किया जा सके। आयोग ने जातियों या समुदायों की सूची तैयार कर उन्हें पिछड़े वर्ग के रूप में चिह्नित किया जिनमें ऐसे परिवार शामिल थे, जिनकी आमदनी सामाजिक एवं शैक्षणिक रूप से पिछड़े वर्ग के चयन करने के दायरे में थी। केरल सरकार ने सिफ़ारिशें स्वीकार कर लीं।

शमीम बनाम मेडिकल कॉलेज त्रिवेंद्रम[17] मामले में एक न्यायाधीश की पीठ ने सरकार के आदेश को रद्द कर दिया और पिछड़े वर्ग के सभी परिवारों की आर्थिक स्थिति को लेकर कहा कि ''ग़रीबी के परीक्षण से सामाजिक पिछड़ेपन का निर्धारण नहीं किया जा सकता।'' बहरहाल उसी उच्च न्यायालय में दो न्यायाधीशों की पीठ ने इस फ़ैसले को पलट दिया और सरकार के आदेश को बरकरार रखा। उच्च न्यायालय ने कहा कि आर्थिक पिछड़ापन सामाजिक और शैक्षणिक पिछड़ेपन में भूमिका अदा करता है और इस तरह से ग़रीबी या आर्थिक स्तर एक प्रासंगिक कारक है।

जयश्री बनाम केरल राज्य मामले में उच्चतम न्यायालय ने केरल उच्च न्यायालय के फ़ैसले को बरकरार रखा। साथ में यह भी घोषित किया कि वर्गीकरण का आधार सिर्फ़ ग़रीबी होना तार्किक नहीं है। यही विचार ललिता चाको बनाम केरल राज्य[18] मामले में भी सामने आया। इस मामले में न्यायालय ने कहा कि सिर्फ़ परिवारों की सालाना आमदनी के आधार पर सामाजिक और शैक्षणिक पिछड़ेपन का निर्धारण नहीं किया जा सकता।

छोटेलाल और अन्य बनाम उत्तर प्रदेश[19] मामले में इलाहाबाद उच्च न्यायालय के फ़ैसले में संविधान के अनुच्छेद 15 (4) और अनुच्छेद 16 (4) के बारे में साफ़ किया गया। इस मामले में न्यायालय ने पाया कि—

(1) अनुच्छेद 15 (4) में अनुसूचित जाति और जनजाति की तर्ज पर

सामाजिक और शैक्षणिक रूप से पिछड़े वर्ग की सूची बनाना और अनुसूचित जाति एवं जनजाति के लिए संदर्भित अनुच्छेद 338 (3) के प्रावधानों की तर्ज पर पिछड़े वर्ग की सूची को राष्ट्रपति मंजूरी दे सकते हैं। संविधान के अनुच्छेद 340 (1) के तहत गठित आयोग की रिपोर्ट के आधार पर इसे मंजूरी दी जा सकती है, जिसमें अनुसूचित जाति एवं जनजाति की तरह ही उनके पिछड़ेपन का मामला दिखाया गया हो।

(2) पिछड़े वर्ग की अवधारणा इस आधार पर नहीं तैयार की जा सकती है कि किसी समुदाय में सबसे आगे के वर्ग की तुलना में उस समुदाय के कुछ लोग पिछड़े हैं।

(3) पिछड़ापन निश्चित रूप से सामाजिक और शैक्षणिक होना चाहिए, न कि सामाजिक या शैक्षणिक पिछड़ा।

(4) अनुच्छेद 15 (4) 'पिछड़े वर्ग' से संबंधित है न कि 'पिछड़ी जाति' से। हालाँकि जाति का परीक्षण कुछ समुदायों के मामले में टूट जाता है, जिनकी कोई जाति नहीं है।

(5) सामाजिक पिछड़ेपन को जानने के लिए जाति संबंधित कारक है, लेकिन केवल इसके आधार पर या इसे प्रमुख मानकर पिछड़ेपन का निर्धारण नहीं हो सकता।

(6) सामाजिक पिछड़ापन सबसे बेहतरीन विश्लेषण है, जिसकी वजह से बड़े पैमाने पर ग़रीबी आई है। ग़रीबी की वजह से सामाजिक पिछड़ापन बढ़ाने में जाति को अहम माना जा सकता है, जिससे ग़रीब नागरिक जुड़े हुए हो सकते हैं। इससे यह पता चलता है कि जाति और ग़रीबी दोनों ही नागरिकों के पिछड़ेपन के निर्धारण में प्रासंगिक हैं।

(7) सिर्फ़ जाति के आधार पर वर्गीकरण, जिसमें अन्य प्रासंगिक कारकों को न शामिल किया गया हो, उसे अनुच्छेद 15 (4) में अनुमति नहीं मिली है। बहरहाल कुछ जातियाँ पूरी तरह से सामाजिक और शैक्षणिक रूप से पिछड़ी हो सकती हैं।

(8) कुछ वर्गों द्वारा अपनाए गए पेशे (जिन्हें निम्न माना जाता है) भी सामाजिक पिछड़ेपन में अहम हो सकते हैं। और इसलिए नागरिकों के आवास की स्थिति भी सामाजिक पिछड़ेपन की वजह हो सकती है, जो ग्रामीण भारत की समस्या है।

(9) पिछड़े वर्ग का पिछड़े और अति पिछड़े वर्ग में विभाजन कुछ ऐसा है, जैसे आबादी को बहुत अगड़े और शेष में विभाजित कर दिया जाए और शेष को पिछड़े और अति पिछड़े में विभाजित किया जाए। इसकी गारंटी संविधान के अनुच्छेद 15 (4) में नहीं दी गई है।

(10) अनुच्छेद 16 (4) में किसी व्यक्ति को कोई ऐसा अधिकार नहीं दिया

गया है कि उसे आरक्षण दिया जाए। यह राज्य के विवेकाधीन अधिकार से जुड़ा मसला है कि वह ऐसे लोगों के लिए आरक्षण की व्यवस्था करे, जो उसकी राय में पिछड़े वर्ग के नागरिक हैं और उन्हें राज्य की सेवाओं में पर्याप्त प्रतिनिधित्व नहीं मिला है। एक जाति या वर्ग का सेवाओं में सिर्फ़ प्रतिनिधित्व अपर्याप्त होना ही अनुच्छेद 16 (4) के तहत पर्याप्त वजह नहीं है, जब तक वह वर्ग (पूरी तरह से जाति के रूप में भी) सामाजिक और शैक्षणिक रूप से पिछड़ा हुआ न हो।

(11) अगर किसी वर्ग को ऐसी सूची में शामिल कर दिया जाए, जिससे कि वह वर्ग आने वाले समय में हमेशा के लिए पिछड़े वर्ग में आ जाए, इससे आरक्षण का उद्देश्य विफल हो जाता है। इसलिए राज्य को एक निश्चित अवधि के बाद पिछड़े वर्ग की सूची की समीक्षा करने को भी ध्यान में रखना चाहिए और एक निश्चित समय के बाद उन वर्गों के लिए आरक्षित सीटों की समीक्षा करनी चाहिए।

(12) विभिन्न श्रेणियों के तहत पदों का कुल आरक्षण (पिछड़े वर्ग सहित) 50 प्रतिशत से कम होना चाहिए।

(13) न्यायपालिकाओं का न्यायक्षेत्र सिर्फ़ यह निर्धारित करने तक सीमित है कि क्या राज्य ने पिछड़े वर्ग की पहचान के लिए सभी मानकों का पालन वैध तरीके से किया है या नहीं। अगर संबंधित परीक्षण नहीं किया गया है तो न्यायालय या तो राज्य द्वारा तैयार की गई 'पिछड़े वर्ग' की सूची में संशोधन कर सकता है या आरक्षण का विस्तार क्षेत्र संशोधित कर सकता है। लेकिन उसे उल्लंघन वाले हिस्से को हटाना होगा और राज्य पर छोड़ना होगा कि वह सही दायरे का इस्तेमाल करते हुए उचित फ़ैसला करे।

इन फ़ैसलों का उल्लेख मंडल कमीशन की रिपोर्ट तैयार करते समय किया गया। कमीशन ने अपनी रिपोर्ट इंदिरा गाँधी सरकार को सौंपी और उसके बाद इंदिरा गाँधी की हत्या, भोपाल के यूनियन कार्बाइड गैस कांड, राजीव गाँधी के प्रचंड बहुमत से सत्ता में आने के बाद रिपोर्ट अटकी रही। वीपी सिंह सरकार ने जब मंडल कमीशन की सिफ़ारिशें लागू करने की घोषणा कर दी, तब यह मामला फिर न्यायालय में गया।

उच्चतम न्यायालय ने इंदिरा साहनी बनाम केंद्र सरकार के फ़ैसले में आरक्षण को सही ठहराया, लेकिन साथ में क्रीमी लेयर का प्रावधान किया। न्यायालय ने सरकार को निर्देश दिए कि वह दायरा तय करे कि किस तरह से सामाजिक व शैक्षणिक रूप से अगड़े वर्ग/व्यक्तियों को आरक्षण के दायरे से बाहर कर सकती है। इसे देखते हुए केंद्र सरकार ने सामाजिक और शैक्षणिक रूप से 'अगड़े वर्ग' को

चिह्नित करने का दायरा तैयार करने के लिए समिति बनाई। समिति ने दायरा तय किया, जिससे सामाजिक अगड़े लोग/वर्ग अन्य पिछड़े वर्ग को सरकारी पदों और सेवाओं में मिलने वाला लाभ न ले पाएँ।

केंद्र सरकार के कार्मिक और प्रशिक्षण विभाग (डीओपीटी) ने सामाजिक एवं शैक्षणिक वर्ग के लिए कार्यालय ज्ञापन दिया था, जिसमें यह तय किया गया कि किन लोगों को क्रीमी लेयर में मानकर आरक्षण नहीं दिया जाएगा।

इसके साथ ही यह भी साफ़ किया गया है कि पिछड़े वर्ग को पदोन्नति में आरक्षण नहीं दिया जाएगा। आरक्षण को लेकर सरकार ने कई बार स्पष्टीकरण भी जारी किया है, जिससे इससे संबंधित भ्रम दूर हो सके। 25 जुलाई 2003 को क्रीमी लेयर और पिछड़े वर्ग के प्रमाण पत्र की वैधता को लेकर आया। आर्थिक मानदंड तो ऐसा होता है जो किसी समय बदल सकता है। हालाँकि यह साफ़ किया गया है कि जिसकी निर्धारित की गई आमदनी कम-से-कम तीन वित्तीय वर्षों में लगातार ज़्यादा हो, वही क्रीमी लेयर में आएगा। इसके बावजूद इस विज्ञप्ति में साफ़ किया गया कि पिछड़े वर्ग के प्रमाण पत्र की वैधता की कोई निश्चित अवधि तय कर पाना संभव नहीं है। यह कहा गया कि अन्य पिछड़े वर्ग को देय आरक्षण के आधार पर नियुक्ति चाहने वाले किसी व्यक्ति को नियुक्त करने से पहले नियोक्ता प्राधिकारी उसके द्वारा प्रस्तुत अन्य पिछड़े वर्ग के किसी समुदाय के प्रमाण पत्र की सच्चाई और इस तथ्य का भी सत्यापन कर लें कि वह निर्णायक तारीख को संपन्न वर्ग का नहीं है। इस प्रयोजन से निर्णायक तारीख उन मामलों के सिवाय, अन्य सभी मामलों में किसी पद के लिए आवेदनों की प्राप्ति हेतु निर्धारित अंतिम तिथि मानी जाए, जिनमें निर्णायक तारीख अन्यथा तय की गई हो। साथ ही नियुक्ति पत्र में एक खंड यह भी जोड़ा गया कि यह नियुक्ति अनंतिम है, अगर बाद में प्रमाणपत्र में गड़बड़ी पाई जाती है तो नियुक्ति निरस्त कर दी जाएगी। 14 अक्टूबर 2008 को जारी विज्ञप्ति में यह भी साफ़ किया गया है कि नौकरी और खेती से होने वाली आमदनी को क्रीमी लेयर का आधार नहीं बनाया जाएगा। क्रीमी लेयर में आने वालों की आय सीमा में समय-समय पर बदलाव किया जाता रहा है। 27 मई 2013 के कार्यालय ज्ञापन में अन्य पिछड़े वर्ग में क्रीमी लेयर के तहत आने वाली आमदनी बढ़ाकर 6 लाख रुपये सालाना कर दी गई।

केंद्र में ओबीसी को शिक्षण संस्थाओं में आरक्षण अर्जुन सिंह के मानव संसाधन विकास मंत्री रहते हुए 2006 में दिया गया, जिसे उच्चतम न्यायालय में चुनौती दी गई थी। न्यायमूर्ति के.जी. बालाकृष्णन की पीठ ने अशोक कुमार ठाकुर

बनाम यूनियन ऑफ़ इंडिया एवं अन्य मामले की सुनवाई की।[20] सुनवाई के बाद 10 अप्रैल 2008 को ओबीसी को केंद्रीय शिक्षण संस्थानों में आरक्षण पर मुहर लगी। फ़ैसले में केंद्रीय शिक्षण संस्थान परिभाषित किए थे। उसी परिभाषा को मानते हुए केंद्र सरकार केंद्रीय शिक्षण संस्थानों में आरक्षण देती है।

वहीं इसमें भी तमाम तरह के तिकड़म लगे। मेडिकल की प्रवेश परीक्षा का उदाहरण लें। देश भर के मेडिकल कॉलेजों में इंटरमीडिएट के बाद एमबीबीएस, बीडीएस आदि में प्रवेश के लिए होने वाली परीक्षा नैशनल इलिजिबिलिटी कम इंट्रेंस टेस्ट (नीट) में केंद्र और राज्यों के मेडिकल कॉलेजों की 15 प्रतिशत एमबीबीएस और बीडीएस सीटें ले ली जाती थीं। उसमें से जो केंद्रीय मेडिकल कॉलेजों की सीटो पर ओबीसी कोटा लागू होता था। राज्यों से जो सीटें ली जाती थीं, उन पर ओबीसी कोटा नहीं लागू होता था। उन सीटों पर एससी, एसटी और विकलांग कोटा ही लागू होता था।

इस तरह से केंद्रीय कोटा की कुल 9575 सीटों में ओबीसी के लिए सिर्फ़ 68 सीटें निकलीं। बाकी के राज्य के मेडिकल कॉलेजों के कोटे की ओबीसी सीटें जनरल में तब्दील कर दी जाती थीं।[21]

लेकिन अगर केंद्र ने राज्यों से 15 प्रतिशत सीटें ले ली हैं, जो भले ही राज्यों के संस्थान हैं, तो केंद्र द्वारा परीक्षा कराए जाने पर उन सीटों पर केंद्रीय संस्थानों के लिए दिया जाने वाला ओबीसी आरक्षण कोटा लागू होना चाहिए था। लेकिन राज्यों से ली गईं सीटों पर न तो केंद्र सरकार ओबीसी आरक्षण देती है और न ही जिस राज्य में वह मेडिकल कॉलेज पड़ता है, उस राज्य का ओबीसी कोटा उन सीटों पर लागू होता है। यह साफ़-साफ़ न्यायालय के फ़ैसले की गलत व्याख्या व न्याय व्यवस्था का मखौल उड़ाना और ओबीसी के हकों की हत्या थी।

राज्य सरकारें जिन 85 प्रतिशत सीटों के लिए परीक्षा कराती थीं, उदाहरणतया गोरखपुर मेडिकल कॉलेज या किंग जॉर्ज मेडिकल कॉलेज, वहाँ पर ओबीसी आरक्षण मिलता था।

उच्चतम न्यायालय के एक फ़ैसले के बाद 2016 से देश के सभी मेडिकल कॉलेजों में नीट के माध्यम से ही सलेक्शन अनिवार्य कर दिया गया था।

इससे भी ज़्यादा बेइमानी मेडिकल के पोस्ट ग्रेजुएशन कोर्स की प्रवेश परीक्षा में होती थी। एमडी और एमएस की राज्य सरकारों के मेडिकल कॉलेजों की 50 प्रतिशत सीटें केंद्रीय कोटे में ले ली जाती थीं, और उन पर ओबीसी आरक्षण लागू

नहीं किया जाता, जबकि केंद्रीय पूल में ली गईं सीटों पर एससी, एसटी और विकलांग कोटा लागू होता है।[22]

इस बीच दक्षिण भारत के राज्य मेडिकल में आरक्षण न दिए जाने को लेकर खासे आक्रोशित हुए। तमिलनाडु में सभी दलों ने पिछड़े वर्ग और अति पिछड़े वर्ग को केंद्रीय कोटे में मेडिकल में आरक्षण न दिए जाने को लेकर नाराज़गी जताई और यह मामला उच्चतम न्यायालय में पहुँचा। जून, 2020 में जस्टिस एल. नागेश्वर राव की अध्यक्षता में बनी पीठ ने मामले की सुनवाई करते हुए इस मामले को पहले मद्रास उच्च न्यायालय ले जाने की सलाह दी। मामले की सुनवाई नहीं करनी थी, वह अलग मसला था। लेकिन न्यायालय ने सुनवाई के दौरान जो टिप्पणियाँ दीं, वे दिलचस्प रहीं। न्यायालय ने कहा, "हम देख रहे हैं कि सभी राजनीतिक दलों की इस मामले में दिलचस्पी और सभी एक साथ आ गए हैं।" इस मामले में तमिलनाडु सरकार की ओर से मुकुल रोहतगी, सत्तासीन दल अन्नाद्रमुक की ओर से बालाजी श्रीनिवासन, विपक्षी द्रमुक की ओर से पी. विल्सन ने वकालत की और तमिलनाडु कांग्रेस, माकपा आदि ने अलग-अलग याचिकाएँ दायर की थीं। इस मामले में जस्टिस राव की एक और टिप्पणी आई, "आरक्षण का अधिकार मूल अधिकार नहीं है।"[23] हालाँकि यह नई बात नहीं थी। जैसा कि ऊपर उल्लेख किया गया है कि छोटेलाल और अन्य बनाम उत्तर प्रदेश मामले में इलाहाबाद उच्च न्यायालय ने कहा था कि 16 (4) में किसी व्यक्ति को कोई ऐसा अधिकार नहीं दिया गया है कि उसे आरक्षण दिया जाए, यह राज्य के विवेकाधीन अधिकार से जुड़ा मसला है।

बहरहाल आख़िर में नीट को लेकर जनवरी 2022 में उच्चतम न्यायालय का अंतिम फ़ैसला आया और उसके बाद ओबीसी को केंद्रीय कोटे में आरक्षण दे दिया गया। न्यायमूर्ति डी.वाई. चंद्रचूड़ की अध्यक्षता वाली पीठ ने विस्तृत आदेश पारित करते हुए कहा कि आरक्षण योग्यता के विपरीत नहीं है।

इस तरह की सरकारी बेइमानियाँ कई तरह की होती हैं। उदाहरण के लिए विभागीय भर्तियों में ओबीसी आरक्षण लागू नहीं होता। इस तरह सरकार में बैठे लोग कुछ विशेष योग्यताएँ तय करके विभागीय भर्तियाँ निकाल देते हैं, जिससे ओबीसी को उन भर्तियों में आरक्षण से वंचित किया जा सके। इसके अलावा एकल सीट पर आरक्षण लागू नहीं होता। खासकर विश्वविद्यालयों में देखा गया है कि लेक्चरर के लिए एक पद निकाला जाता है और उस पर किसी तरह से एससी, एसटी, ओबीसी आरक्षण लागू नहीं होता।

विश्वविद्यालयों में इस समय ठेके पर भर्तियाँ होती हैं, जिनमें विभागाध्यक्ष

तय करता है कि किसे महीने में कितने दिन पढ़ाना है। उदाहरण के लिए किसी विश्वविद्यालय ने ठेके पर 10 भर्तियाँ निकाल दीं, जिनमें से 3 ओबीसी चयनित हो गए। अब विभागाध्यक्ष को तय करना होता है कि पढ़ाने का एसाइनमेंट कैसे दिया जाए। विभागाध्यक्ष उन 3 ओबीसी लेक्चरर को महीने में 3 लेक्चर देंगे और उसका बहुत मामूली मेहनताना बनता है, वहीं जनरल में चुने अपने लोगों को हफ़्ते में 5 दिन पढ़ाने का मौका देते हैं। उसके बाद विभागीय भर्तियाँ निकालकर या रीडर के लिए भर्तियाँ निकालकर अपने कैंडीडेट को परमानेंट कर लेते हैं, क्योंकि उस पर आरक्षण लागू नहीं होता।

बेइमानी की सीमा यहीं ख़त्म नहीं होती। नरेंद्र मोदी सरकार में नए कीर्तिमान बने हैं। 2015 में डिपार्टमेंट ऑफ़ पर्सनल एंड ट्रेनिंग (डीओपीटी) ने 2015 में ओबीसी के 120 चयनित अभ्यर्थियों को इसलिए नियुक्ति पत्र नहीं भेजा कि वे क्रीमी लेयर में आते हैं क्योंकि उनके अभिभावक की व्यक्तिगत आय 6 लाख रुपये सालाना से ऊपर है। 2015 में कुल 1078 अभ्यर्थियों को सिविल सेवा परीक्षा में योग्य पाया गया था, लेकिन सिर्फ़ 902 अभ्यर्थियों को ही नौकरियों का आवंटन हुआ। डीओपीटी के फ़ैसले के बाद यूपीएससी ने तमाम अभ्यर्थियों का ओबीसी होने का दावा निरस्त कर दिया। डीओपीटी ने अभ्यर्थियों का ओबीसी में लाभार्थी होने का दावा इस आधार पर ख़ारिज़ किया कि उनके अभिभावक का सालाना वेतन और अन्य स्रोतों से आमदनी 6 लाख रुपये से ऊपर है। इसका मतलब यह हुआ कि बैंकों में क्लर्क, चपरासी, ड्राइवर और सार्वजिनक उपक्रमों व विश्वविद्यालयों के कर्मचारियों को ओबीसी होने पर आरक्षण नहीं मिलेगा, अगर उनकी कुल सालाना आमदनी 6 लाख रुपये से ऊपर है। केंद्रीय पिछड़ा वर्ग आयोग के चेयरपर्सन जस्टिस वी. ईश्वरैया ने केंद्रीय राज्य मंत्री जितेंद्र सिंह को 12 पेज की चिट्ठी लिखी, जिसमें साफ़ किया गया कि क्रीमी लेयर में ये लोग शामिल नहीं किए जा सकते। ईश्वरैया ने कहा कि कर्मचारियों को मिलने वाले वेतन और कृषि से होने वाली आमदनी के आधार पर किसी को क्रीमी लेयर में शामिल नहीं किया जा सकता है, यह संपदा के परीक्षण का आधार नहीं बनाया गया है। हालाँकि इस मामले में सरकार ने अभ्यर्थियों को न्याय का आश्वासन संसद में भी दिया, लेकिन कुछ भी नहीं हुआ। जो अभ्यर्थी क्लास वन अधिकारी बनने के बाद मिठाइयाँ बाँट चुके थे, उन्हें एक ऐसे आधार पर नौकरी देने से इनकार कर दिया गया, जो आधार क्रीमी लेयर के लिए तय ही नहीं किया गया है।

सरकारी नौकरियों और शिक्षण संस्थानों के आरक्षण में क्रीमी लेयर को लेकर

लंबे समय से इस तरह का माहौल बनाया जा रहा है कि आरक्षण पाने वाले वंचित तबके के जो लोग समृद्ध हो गए हैं, उन्हें सरकारी नौकरियों व शिक्षण संस्थानों में आरक्षण का लाभ न दिया जाए। अन्य पिछड़े वर्ग के लिए आरक्षण लागू होने के समय से ही क्रीमी लेयर को बाहर रखने की व्यवस्था है। ऐसे में अनुसूचित जाति और अनुसूचित जनजाति के आरक्षण में क्रीमी लेयर की व्यवस्था की बात भी चलती रहती है।

उच्चतम न्यायालय के 5 सदस्यों वाली संविधान पीठ ने 2018 में कहा था कि अनुसूचित जाति और अनुसूचित जनजाति के समृद्ध लोगों यानी कि क्रीमी लेयर को कॉलेज में दाखिले तथा सरकारी नौकरियों में आरक्षण का लाभ नहीं दिया जा सकता। केंद्र ने 2 दिसंबर 2019 को उच्चतम न्यायालय से अनुरोध किया कि एससी-एसटी समुदाय के क्रीमी लेयर को आरक्षण के लाभों से बाहर रखने वाले 2018 के उसके आदेश को पुनर्विचार के लिए 7 सदस्यों की पीठ के पास भेजा जाए।

विश्वनाथ प्रताप सिंह ने प्रधानमंत्री रहते 1990 में आरक्षण देने की घोषणा की और जब यह मामला उच्चतम न्यायालय में गया तो शीर्ष न्यायालय ने जातियों के आधार पर पहचाने गए पिछड़े वर्ग में से क्रीमी लेयर को अलग कर शेष को आरक्षण देने का प्रावधान किया। हालाँकि उस समय भी क्रीमी लेयर को अलग किए जाने का विरोध हुआ। लेकिन इसके खिलाफ़ कोई आंदोलन नहीं हुआ, जिससे आगामी सरकारें क्रीमी लेयर के प्रावधान को ख़त्म करें।

भाजपा सरकार द्वारा ग़रीबी के आधार पर आरक्षण दिए जाने के बाद बहुत हास्यास्पद स्थिति बन गई है। 8 लाख रुपये से ज़्यादा सालाना कमाने वाला सवर्ण आरक्षण नहीं पाएगा और 8 लाख रुपये से ज़्यादा कमाने वाला ओबीसी भी आरक्षण नहीं पाता है। मतलब यह है कि देश की 52 प्रतिशत जातियाँ अगर 8 लाख रुपये से कम पाती हैं तो वे ओबीसी में 27 प्रतिशत आरक्षण पा रही हैं। वहीं देश की 15 प्रतिशत सवर्ण जातियाँ अगर 8 लाख रुपये सालाना से कम कमाती हैं तो वे ग़रीबी के आधार पर 10 प्रतिशत आरक्षण पाती हैं।

न्यायालय के 5 सदस्यों की पीठ ने यह फ़ैसला सुना दिया है कि अब अनुसूचित जाति और जनजाति के लोगों पर भी क्रीमी लेयर लागू हो, यानी उस वर्ग में भी ग़रीबों को आरक्षण दिया जाए। कुल मिलाकर सरकार और न्यायालय की यह क़वायद है कि आरक्षण को ग़रीबी के आधार पर कर दिया जाए।

अगर सरकार वास्तव में एससी, एसटी और ओबीसी वर्ग के प्रति ईमानदार है तो वह सबसे पहले जातीय जनगणना कराए। यह देखे कि क्या सरकारी विभागों

में इस तबके को मिले आरक्षण के बराबर प्रतिनिधित्व मिला है? अगर इस तबके को उनकी जनसंख्या और आरक्षित कोटे के बराबर प्रतिनिधित्व नहीं मिला है तो सबसे पहले सामान्य वर्ग की सारी भर्तियाँ रोककर ओबीसी का 27 प्रतिशत और एससी-एसटी का 22.5 प्रतिशत कोटा भरा जाए। क्रीमी लेयर लगाकर बाहर करने से इस तबके को न तो सरकारी नौकरियाँ मिलेंगी न ही शिक्षण संस्थानों में इन्हें प्रवेश मिलेगा। न्यायालय भी क्रीमी लेयर पर फ़ैसला करने के पहले सरकार को यह आदेश दे कि वह जातीय जनगणना कराकर आँकड़े पेश करे कि एससी-एसटी और ओबीसी तबके के कितने लोग क्रीमी लेयर में आए हैं। साथ ही यह भी पता लगाया जाए कि ज़मीन, कोयला, पानी, लोहा, पीतल जैसे देश के प्राकृतिक संसाधनों से चलने वाले निजी क्षेत्र के उद्यमों में मलाईदार पदों पर एससी, एसटी और ओबीसी तबके का पर्याप्त प्रतिनिधित्व है या नहीं। अगर सरकार व न्यायालय को सच में वंचित वर्ग की चिंता है तो सबसे पहले वह आँकड़े एकत्र कर उसे जारी करे कि समाज में किसकी क्या स्थिति है। समतामूलक समाज के विकास के लिए यह ज़रूरी है।

संविधान निर्माताओं ने नीति निर्देशक तत्व में भी यह मंशा जताई है कि आमदनी की खाई को सरकार कम करेगी। ऐसे में यह देखना ज़रूरी है कि यह खाई कितनी है और क्या वास्तव में यह खाई कम हुई या और बढ़ती ही जा रही है।

नरेंद्र मोदी सरकार ने 2019 के लोकसभा चुनाव के ठीक पहले राष्ट्रीय पिछड़ा वर्ग आयोग (एनसीबीसी) को संवैधानिक दर्जा दिया था। मोदी ने संसद से लेकर सड़क तक इसकी खूब ढोल बजाई[24] और कहा गया कि कांग्रेस 70 साल में जो न कर सकी, भाजपा ने कर दिखाया। भाजपा को 2019 चुनाव में प्रचंड बहुमत मिल गया।

हालत यह है कि एनसीबीसी की सिफ़ारिशों या आदेशों को कोई पूछने वाला नहीं है। एनसीबीसी ओबीसी मसलों पर आदेश जारी करता है और विभिन्न विभाग उसे कूड़ेदान में फेंक देते हैं। उत्तर प्रदेश में डिग्री कॉलेज में शिक्षकों की भर्ती का ही मसला लें। एनसीबीसी ने उच्च शिक्षा आयोग से कहा कि ओबीसी की मेरिट सामान्य से ज़्यादा[25] जा रही है और भर्ती प्रक्रिया में गड़बड़ हुई है। भर्तियाँ रोककर उसे दुरुस्त किया जाए।

भर्तियाँ रोकी गईं। लेकिन उत्तर प्रदेश उच्चतर शिक्षा सेवा आयोग ने एनसीबीसी को एक लाइन का पत्र लिखकर फिर से भर्तियों का काम चालू कर दिया कि हमने पाया है कि भर्ती में कोई गड़बड़ नहीं[26] हुई है।

क्रीमी लेयर की आय की सीमा तय करने का मसला हो, या उच्च शिक्षा में भर्तियों का। सरकार ने शीर्ष पदों पर ओबीसी को बैठा दिया है और उन्हीं के हाथों

ओबीसी का अहित हो रहा है। क्रीमी लेयर की आय सीमा में वेतन को शामिल किए जाने पर एनसीबीसी अपने रुख से पलट गया है और उसने सरकार के प्रस्ताव को हरी झंडी[27] दे दी है, जबकि एनसीबीसी के अध्यक्ष प्रोफ़ेसर भगवान लाल साहनी बिहार की अत्यंत पिछड़ी मल्लाह जाति के हैं। इसी तरह से सामान्य की तुलना में ज़्यादा अंकों पर डिग्री कॉलेज के असिस्टेंट प्रोफ़ेसरों की भर्ती के पक्ष में लठैती करने वाले उत्तर प्रदेश उच्चतर शिक्षा सेवा आयोग के अध्यक्ष प्रोफ़ेसर ईश्वर शरण विश्वकर्मा[28] हैं, जो अत्यंत पिछड़ी लोहार जाति से आते हैं।

इस तरह से भाजपा की सरकारों ने बढ़ई, लोहार, मल्लाह जैसे तमाम छोटे समूहों वाले समाज को विभिन्न शीर्ष पदों पर बिठा दिया, लेकिन पिछड़े वर्ग का अहित इन्हीं पिछड़े वर्गों के हाथों हो रहा है।

केंद्र सरकार ने पिछड़े वर्ग को विभिन्न उपजातियों में बाँटकर आरक्षण व्यवस्था करने पर विचार के लिए अक्टूबर, 2017 में जस्टिस जी. रोहिणी की अध्यक्षता में समिति[29] का गठन किया। इसे लेकर पिछड़ा वर्ग आयोग से भी राय[30] माँगी गई। इन दोनों क़वायदों से पिछड़े वर्ग उपजातियों में बाँटने के क्रम में सरकार सफल नहीं हो सकी। अब उच्चतम न्यायालय के फ़ैसले के माध्यम से सरकार इस दिशा में बढ़ने की ओर है। कोटे को उपवर्ग में बाँटने को लेकर सुप्रीम कोर्ट ने एक अहम फ़ैसला दिया है। यह फ़ैसला मुख्य रूप से अनुसूचित जाति एवं जनजाति से जुड़ा हुआ है, लेकिन पूरे आरक्षित वर्ग तक इसका विस्तार नज़र आता है।

भारतीय जनता पार्टी (भाजपा) सरकार चाहती है कि पिछड़े वर्ग और अनुसूचित जाति एवं जनजाति को विभिन्न उपजातियों में विभाजित कर दिया जाए और आरक्षण के कोटे में उपकोटे की व्यवस्था की जाए। सवर्णवादी भाजपा या आरएसएस की यह मंशा नई नहीं है। इसके पहले उत्तर प्रदेश में राजनाथ सिंह के मुख्यमंत्री रहते इस तरह की क़वायद की गई थी और ओबीसी आरक्षण में कोटे के भीतर उपकोटे बनाए गए। हालाँकि राजनाथ सरकार अपनी मंशा में सफल होने के पहले ही गिर गई।

उपकोटा कुछ इस तरह समझा जा सकता है। उदाहरण के लिए केंद्र सरकार की ओबीसी लिस्ट में कुल 2513 जातियाँ हैं। इनमें से यादव, कुर्मी, लोध को निकालकर एक वर्ग बना दिया जाए और उन्हें 27 प्रतिशत में से 5 प्रतिशत अलग आरक्षण दे दिया जाए। उसके बाद इनसे छोटी कही जाने वाली जातियों लोहार, कहार, बढ़ई, को 5 प्रतिशत आरक्षण दे दिया जाए। और शेष जातियों को बचे 27 प्रतिशत आरक्षण में से 17 प्रतिशत आरक्षण दे दिया जाए।

इस तरह के विभाजन के समर्थकों का तर्क होता है कि पिछड़े वर्ग और

अनुसूचित जाति एवं जनजाति में कुछ जातियाँ ऐसी हैं, जो आरक्षण का पूरा लाभ उठा रही हैं। ये जातियाँ अन्य की तुलना में संपन्न और ताकतवर हैं और उन्हें ही पूरी मलाई मिल रही है। अगर इन्हें उपजातियों में विभाजित कर दिया जाए तो उन जातियों को लाभ मिल सकेगा, जो वंचित हैं। हालाँकि भाजपा सरकार ऐसा कर पाने में सक्षम नहीं हो पा रही है। इसकी सबसे बड़ी वजह राजनीतिक है। उत्तर प्रदेश जैसे बड़े राज्य में कुर्मी और लोध जैसी ताकतवर जातियाँ भाजपा की समर्थक हैं। भाजपा अपने इस अभियान के तहत यादवों को अन्य ओबीसी से अलग-थलग करने को इच्छुक है, जिससे कि पिछड़ों का राजनीतिक वर्चस्व ख़त्म हो जाए। लेकिन वह कुर्मी और लोध को नाराज़ कर अपने पैर पर कुल्हाड़ी नहीं मारना चाहती। ऐसे में आयोग गठित करने और पिछड़ा वर्ग आयोग से राय माँगने के बावजूद पार्टी अभी देखो और इंतज़ार करो की रणनीति अपना रही है। अगर लोध, कुर्मी जैसी जातियाँ अपना राजनीतिक अस्तित्व बचाने के लिए सपा या बसपा की ओर जाती हैं तो भाजपा आसानी से कोटा विभाजन के कदम उठा सकती है, अन्यथा वह इस अभियान को टाले रखने में ही भलाई समझ रही है।

सरकार जातीय जनगणना कराने को तैयार नहीं है। जातीय जनगणना आख़िरी बार 1931 में हुई थी, जिसके मुताबिक पिछड़े वर्ग में शामिल मौजूदा जातियों की संख्या 52 प्रतिशत है। 52 प्रतिशत संख्या के आँकड़े में बढ़ोतरी ही हुई है, क्योंकि राजनीतिक सहूलियतों के मुताबिक देश की तमाम जातियों को 1990 में मंडल कमीशन की सिफ़ारिशें लागू होने के बाद ओबीसी में शामिल कर लिया गया है। अगर तमिलनाडु को छोड़ दें तो कोर्ट के एक फ़ैसले का हवाला देकर इस बड़ी आबादी को महज़ 27 प्रतिशत आरक्षण दिया जाता है। देश के तमाम राज्यों में तो ओबीसी के लिए 27 प्रतिशत आरक्षण भी नहीं है।

बाहरी रूप से देखने पर तो यह बहुत लुभावना लगता है कि संपन्न या ओवर रिप्रज़ेंटेशन वाली जातियों को अलग कर दिया जाए और उन लोगों को लाभ दिया जाए, जो अब तक वंचित ही बने हुए हैं। लेकिन इसमें समस्या यह है कि सरकार के पास आँकड़े ही नहीं हैं। सरकार को यह नहीं पता है कि कितने अहीर या कितने कुर्मी 27 प्रतिशत कोटे में से नौकरियाँ ले जाते हैं। इसके अलावा सरकार यह भी बताने को तैयार नहीं है कि देश में सरकारी और निजी क्षेत्र में जितनी भी नौकरियाँ हैं, मलाईदार से लेकर छोटे पदों पर ओबीसी की संख्या कितनी है? ज़मीनों और सुख-सुविधाओं पर किन लोगों का कब्ज़ा बना हुआ है। इस बीच तमाम रिपोर्टें आई हैं, जिनसे पता चलता है कि तमाम सरकारी विभागों, केंद्रीय सचिवालय, केंद्रीय

विश्वविद्यालयों में ओबीसी तबके की संख्या 5 प्रतिशत भी नहीं है। ऐसे में यह भी विचारणीय है कि इन ग़रीब ओबीसी का हिस्सा कौन मार रहा है?

यूपी का उदाहरण लें और अहीर, कुर्मी, लोध को 27 प्रतिशत कोटे में से 5 प्रतिशत आरक्षण दे दें तो इसका आधार क्या होगा? उत्तर प्रदेश में केंद्र की ओबीसी सूची में 76 जातियाँ हैं। अगर 3 जातियों को 5 प्रतिशत आरक्षण अलग से दिया जाता है तो यह किस आधार पर तय होगा कि इनका ओवर रिप्रज़ेंटेशन या अंडर रिप्रज़ेंटेशन नहीं होगा?

उच्चतम न्यायालय के न्यायाधीश भी गुस्से में हैं कि कुछ जातियाँ ओबीसी/एससी/एसटी कोटे की पूरी मलाई खा रही हैं। वह चिंतित हैं कि कुछ जातियाँ लाभ नहीं पा रही हैं और वह अनंतकाल तक अपना 'पिछड़ापन ढोने' को बाध्य हैं। हालाँकि न्यायालय के पास यह कहने का कोई आधार नहीं है, क्योंकि जाति जनगणना नहीं कराई गई है, और सरकार से लेकर उच्चतम न्यायालय तक जितनी भी व्यवस्थाएँ हैं, जाति जनगणना पर कुंडली मारे बैठी हैं। बग़ैर किसी आँकड़े के उन्माद फैलाने का इससे बेहतर उदाहरण कोई नहीं हो सकता कि कुछ जातियाँ ही पूरा लाभ ले रही हैं और कुछ लोग अनंतकाल तक अपने पिछड़ेपन को ढोने के लिए बाध्य हैं।

27 अगस्त 2020 को जस्टिस अरुण मिश्रा की अध्यक्षता वाली 5 न्यायाधीशों की संविधान पीठ ने कहा,[31] "निचले स्तर तक आरक्षण का लाभ पहुँचाने के इरादे से राज्य अनुसूचित जाति, अनुसूचित जनजाति और पिछड़े वर्ग के भीतर भी उपवर्ग बना सकते हैं।"

आरक्षण को उपकोटे में बाँटने को लेकर 2004 में एक फ़ैसला ईवी चिन्नाया बनाम आंध्र प्रदेश सरकार मामले में आया था। पाँच सदस्यों की संविधान पीठ ने इस फ़ैसले में आरक्षण को उपवर्ग में विभाजित करने को गलत बताया था। इस फ़ैसले पर टिप्पणी करते हुए जस्टिस मिश्रा की पीठ ने कहा कि उस मामले का सही ढंग से निपटारा नहीं किया गया था, लिहाज़ा पीठ ने इस मसले को भारत के मुख्य न्यायाधीश एस.ए. बोबड़े के समक्ष भेजते हुए 7 जजों या उससे बड़ी पीठ से सुनवाई का आग्रह किया है।

जस्टिस मिश्रा की पीठ अपने फ़ैसले में वंचित तबके की बहुत ही हितैशी दिखती नज़र आ रही है। पीठ ने कहा[32] है, "कई जातियाँ अब भी वहीं हैं, जहाँ वे पहले थीं। सच्चाई यही है। ऐसा कतई उचित नहीं है कि हम हर बार फलों की

पूरी टोकरी को आरक्षित वर्ग के संपन्न लोगों को सौंप दें। जो लोग वर्षों से पीछे हैं, उन्हें आगे लाना होगा।''

सवाल यह उठता है कि जस्टिस मिश्रा ने किस आधार पर यह ग़ैर ज़िम्मेदाराना बयान दिया है। उनके पास ये आँकड़े कहाँ से आए हैं? न्यायालय के पास इस 'सच्चाई' के आँकड़े कहाँ से आए? क्या न्यायालय की इस टिप्पणी से आरक्षित वर्ग की विभिन्न जातियों में मारकाट, हिंसा, नफ़रत फैलने की आशंका नहीं है, जिसमें बग़ैर किसी आधार के न्यायालय परोक्ष रूप से यह आरोप लगा रहा है कि आरक्षित वर्ग के संपन्न लोग फ़ायदा ले रहे हैं? खासकर ऐसी स्थिति में, जब ओबीसी वर्ग में क्रीमी लेयर का प्रावधान है और केंद्र सरकार व सुप्रीम कोर्ट द्वारा पुष्ट सवर्णों को ग़रीबी के आधार पर दिए गए आरक्षण और ओबीसी के क्रीमी लेयर की आय की सीमा एक बराबर रखी गई है।

बहरहाल अगर सरकार कुछ ओबीसी या एससी-एसटी जातियों को अलग-थलग करने में कामयाब होती है तो कोई यह सवाल करने को भी नहीं बचेगा कि 27 प्रतिशत आरक्षण के बावजूद देश के केंद्रीय विश्वविद्यालयों में 3 प्रतिशत भी ओबीसी प्रोफ़ेसर क्यों नहीं हैं और कौन ओबीसी का हक खा रहा है।

उत्तराखंड सरकार द्वारा राज्य की सरकारी नौकरियों में आरक्षण दिए बग़ैर सभी पद भरने के 5 सितंबर 2012 के फ़ैसले को बरकरार रखने के उच्चतम न्यायालय के आदेश पर तमाम तरह के सवाल उठे। शीर्ष न्यायालय का यह फ़ैसला और फ़ैसले से इतर भी दी गईं नजीरें प्राकृतिक न्याय के ही खिलाफ़ नहीं लग रही थीं, बल्कि संविधान की भावनाओं के भी विपरीत नज़र आती हैं। सामान्यतया यह विधानसभा और संसद फ़ैसला करती हैं कि किसे आरक्षण देना है और किसे नहीं देना है। उच्चतम न्यायालय का फ़ैसला यह कहता प्रतीत हो रहा है कि विधानसभा या संसद कुछ भी कहे, सरकार को ही अंतिम फ़ैसला करना है कि उसे क्या करना है, क्या नहीं करना है।

साथ ही यह भी देखा जाना ज़रूरी है कि सरकार के वकील का इस मामले में क्या रुख रहा है, जो सरकार के विचारों का प्रतिनिधित्व करते हैं। इस फ़ैसले की सुनवाई में सरकारी वकील पूरी तरह से आरक्षण के खिलाफ़ नज़र आए और उन्होंने न्यायालय में हर तरह की दलील दी कि सरकार वंचित तबके को नौकरियों व प्रमोशन में आरक्षण देने को बाध्य नहीं है। सरकार के प्रतिनिधियों का न्यायालय में यह कहना सरकार की नीयत को लेकर संदेह पैदा करता है।

शीर्ष न्यायालय के जस्टिस एल. नागेश्वर और हेमंत गुप्ता की पीठ ने कहा

है...''अगर राज्य की राय है कि एससी और एसटी वर्ग का पर्याप्त प्रतिनिधित्व नहीं है तो वह आरक्षण दे सकता है। अगर सरकार एससी और एसटी को प्रमोशन और नौकरियों में आरक्षण देने के अपने विशेषाधिकार का इस्तेमाल करना चाहती है तो उसे उपयुक्त आँकड़े जुटाकर यह साबित करना होगा कि इस वर्ग का पर्याप्त प्रतिनिधित्व नहीं है।''

शीर्ष न्यायालय ने साथ में यह भी कहा है...''अगर उच्चतम न्यायालय के समक्ष यह संज्ञान में लाया जाता है कि एससी और एसटी का पर्याप्त प्रतिनिधित्व नहीं है, तब भी न्यायालय सरकार को यह परमादेश नहीं दे सकता है कि वह आरक्षण मुहैया कराए।''

यह अजीब स्थिति है। अगर वंचित तबके को हिस्सेदारी देनी है तब तो आँकड़े जुटाने होंगे। लेकिन अगर सरकार अचानक फ़ैसला कर लेती है कि उसे आरक्षण नहीं देना है तो उसे किसी तरह के आँकड़े देने की ज़रूरत नहीं है। न्यायालय के मुताबिक उसकी कोई संवैधानिक बाध्यता नहीं है कि वह आरक्षण दे ही।

कांग्रेस ने इस मामले में सरकार की भूमिका पर सवाल उठाए। उत्तराखंड उच्च न्यायालय में मुकदमा हार चुकी सरकार का प्रतिनिधित्व करने वाले वकीलों रंजीत कुमार, मुकुल रोहतगी और पी.एस. नरसिम्हा ने उच्चतम न्यायालय में कहा कि सरकारी नियुक्तियों या प्रमोशन में आरक्षण का दावा करने का कोई मूल अधिकार नहीं है और आरक्षण देने का सरकार का कोई संवैधानिक दायित्व नहीं है।

अब सवाल यह है कि क्या इसे केंद्र सरकार की राय माना जाए? क्या सरकार का कहना है कि आरक्षण देना सरकार का संवैधानिक दायित्व नहीं है और संविधान ने समाज के वंचित तबके को सुविधाएँ देने की बात नहीं की है।

एक अहम सवाल और भी है, जिस पर ध्यान नहीं दिया जाता। एससी, एसटी और ओबीसी को आरक्षण देने का फ़ैसला संबंधित राज्यों या केंद्र सरकार की विधानसभाओं ने कानून बनाकर किया हुआ है। उसके बाद ही सरकार उसे कार्यरूप देती है। क्या उच्चतम न्यायालय के इस फ़ैसले का यह अर्थ निकलता है कि संसद या विधानसभा जो चाहे कानून पारित करें, सरकार अपने मन मुताबिक फ़ैसले कर सकती है कि वह आरक्षण दे या नहीं दे। अगर विधायिका ने पारित कर दिया है कि सरकारी नौकरियों और सरकारी शिक्षण संस्थानों में एससी, एसटी, ओबीसी को आरक्षण दिया जाएगा तो वह सरकार पर बाध्यकारी नहीं है? या सरकार अपनी मर्ज़ी के मुताबिक कुछ विभागों में आरक्षण दे सकती है और कुछ विभागों में आरक्षण नहीं भी दे सकती है, यह उसकी मर्ज़ी पर निर्भर होगा?

अख़बारों के मुताबिक सांसदों ने उच्चतम न्यायालय के इस फ़ैसले का मसला संसद में उठाने का फ़ैसला किया है। लेकिन सवाल यही है कि अगर उत्तराखंड की विधानसभा ने यह पारित कर दिया है कि एससी, एसटी और ओबीसी को सरकारी नौकरियों में आरक्षण देना है तो क्या वहाँ की सरकार और उच्चतम न्यायालय मिलकर यह फ़ैसला कर सकते हैं कि सरकार आरक्षण दे या नहीं दे, वह उसकी मर्ज़ी है और आरक्षण देना या न देना संवैधानिक बाध्यता नहीं है?

उच्चतम न्यायालय के इस फ़ैसले ने न सिर्फ़ तमाम तरह के संदेह पैदा किए, बल्कि सरकार और न्यायालय मिलकर यह चुनौती देते हुए भी दिखे कि अगर विधायिका ने कोई कानून बना दिया है तो सरकार उसे लागू करने के लिए बाध्य है या सरकार व कुछ विभागों के प्रमुखों के विवेकाधीन होगा कि वह कानून को लागू करें या नहीं लागू करें।

संसद द्वारा आरक्षण का प्रावधान किए जाने के साथ तमाम राज्यों की विधानसभाओं ने भी यह फ़ैसला किया है कि वंचित तबकों को आरक्षण दिया जाए। सरकार के विभागों में ही नहीं, निजी क्षेत्र में भी हर जगह कब्ज़ा जमाए हुए वर्ग के कुछ लोगों की भुखमरी और ग़रीबी देखते हुए भी पिछड़े वर्ग को सरकारी नौकरी देने का फ़ैसला इस देश की संसद और तमाम राज्यों की विधानसभाएँ कर चुकी हैं।[33] जुलाई 2019 को मध्य प्रदेश की विधानसभा ने सरकारी नौकरियों में ओबीसी को 27 प्रतिशत[34] आरक्षण देने का प्रस्ताव पारित किया। वहीं आंध्र प्रदेश विधानसभा में निजी क्षेत्र में नौकरियों में आरक्षण[35] देने का प्रस्ताव पारित किया। क्या सरकार को अब यह अधिकार मिल गया है कि वह अपने विवेक के मुताबिक विधायिका के बनाए कानूनों को नकार दे? ऐसे में विधायिका की क्या भूमिका रह जाती है।

2019 की शुरुआत में विश्वविद्यालयों में रोस्टर प्रणाली से भर्ती को लेकर सवाल उठे। उसमें भी न्यायालयों के विभिन्न फ़ैसले का हवाला दिया गया। इलाहाबाद उच्च न्यायालय के एक आदेश के मुताबिक 200 प्वाइंट रोस्टर प्रणाली पर रोक लगा दी गई, जिससे ये सवाल उठे कि आरक्षण का प्रावधान होते हुए भी आरक्षण प्रणाली को निष्क्रिय कर दिया गया।[36] 8 मार्च, 2021 को महाराष्ट्र के मराठा आरक्षण पर सुनवाई करते हुए उच्चतम न्यायालय के न्यायमूर्ति एल. नागेश्वर राव, न्यायमूर्ति एस. अब्दुल नजीर, न्यायमूर्ति हेमंत गुप्ता और न्यायमूर्ति आर. रवीन्द्र भट्ट की पीठ ने सभी राज्यों को नोटिस जारी कर जवाब माँगा कि क्या संविधान का 102वाँ संशोधन राज्य विधायिकाओं को सामाजिक और शैक्षणिक रूप से पिछड़े वर्गों का निर्धारण करने को लेकर कानून बनाने और अपनी शक्तियों के तहत उन्हें लाभ

प्रदान करने से वंचित करता है। 2018 में किए गए इस संशोधन में राष्ट्रीय पिछड़ा वर्ग आयोग को संवैधानिक बनाया गया था। दिलचस्प है कि पीठ ने इंदिरा साहनी मामले में 1992 में आए ऐतिहासिक फ़ैसले, जिसे 'मंडल फ़ैसला' के नाम से जाना जाता है, उस पर पुन: विचार करने की आवश्यकता पर भी राज्यों की राय माँगी, जिस फ़ैसले के आधार पर अन्य पिछड़े वर्ग को 27 प्रतिशत आरक्षण दिया गया था। इस पर कर्नाटक सरकार ने 22 मार्च 2021 को अपने जवाब में कहा कि वह आरक्षण सीमा 50 प्रतिशत से ऊपर किए जाने के पक्ष में है।[37] वहीं मराठा मामले की सुनवाई करते हुए उच्चतम न्यायालय ने 22 मार्च, 2021 को सुनवाई के दौरान कहा, "आप कितनी पीढ़ियों तक इसे (आरक्षण) जारी रखना चाहेंगे।"[38] हालाँकि उच्चतम न्यायालय को पूछना चाहिए था कि आरक्षण के प्रावधानों के बावजूद विभिन्न सरकारी विभागों में कोटे के बराबर भी एससी, एसटी, ओबीसी क्यों नहीं हैं और कब तक इसे जारी रखे जाने की ज़रूरत है, जिससे कि कम-से-कम निर्धारित कोटे के बराबर कर्मचारियों की संख्या हो सकेगी? न्यायालय इस बात पर चर्चा करने को तैयार है कि किसी एक व्यक्ति को कई पीढ़ियों तक पिछड़ा और वंचित मानकर आरक्षण दिया जा रहा है, लेकिन वह प्रतिनिधित्व के सवाल पर बिलकुल खामोश हो जाता है कि वंचित तबके को सरकारी से लेकर निजी क्षेत्र में प्रतिनिधित्व क्यों नहीं मिल पा रहा है। न्यायालय ने यह भी कहा कि "मंडल से जुड़े फ़ैसले की समीक्षा करने का यह उद्देश्य भी है कि पिछड़ेपन से जो बाहर निकल चुके हैं, उन्हें अवश्य ही आरक्षण से बाहर किया जाना चाहिए।"[39] हालाँकि न्यायालय जाति जनगणना के मसले पर खामोशी ओढ़े हुए है, जिससे पता चल सके कि पिछड़ेपन से बाहर कौन निकला है और मलाई कौन खा रहा है।

इस बीच 21 मार्च 2021 को उच्चतम न्यायालय में एक याचिका और दायर कर दी गई, जिसमें कहा गया है कि देश के 23 इंडियन इंस्टीट्यूट ऑफ़ टेक्नोलॉजी में अनुसूचित जाति, अनुसूचित जनजाति और अन्य पिछड़े वर्ग के लिए किए गए प्रावधानों को समुचित तरीके से लागू नहीं किया जा रहा है।

आरक्षण के मसले पर न्यायालय के इतने फ़ैसले आ चुके हैं कि देश भर के विभिन्न विभाग भ्रम में रहते हैं कि उन्हें करना क्या है। एक फ़ैसला कुछ कहता है, तब तक दूसरा फ़ैसला कुछ और कह जाता है। इन्हें लागू करने वाले विभागों को इसके बारे में कोई ख़बर भी नहीं रहती है। अगर आरक्षण का प्रावधान जारी रखना है तो एक आयोग बने, वह न्यायालय के फ़ैसलों को देखे। उसके बाद क्रीमी लेयर या आरक्षण के विभिन्न नियमों को लेकर एक स्पष्ट प्रावधान तैयार करे। उसके

बाद देश की संसद को एक कानून पारित करना होगा कि अब तक न्यायालय के जितने फ़ैसले आए हैं, उन्हें रद्द माना जाएगा और आरक्षण की आगे की सुनवाई में किसी भी फ़ैसले को नज़ीर बनाकर भ्रम की स्थिति पैदा नहीं की जाएगी। न्यायालय के इतने फ़ैसले आ चुके हैं कि भर्ती करने वाले विभागों को पता ही नहीं होता कि किस फ़ैसले में क्या कहा गया है और अंतिम फ़ैसला क्या है।

भारत में जहाँ-जहाँ भी आरक्षण नहीं है, वहाँ के शीर्ष पदों की स्थिति देखने पर पता चलता है कि देश की 85 प्रतिशत आबादी वाली जातियाँ उन पदों पर पहुँच ही नहीं पातीं। स्वाभाविक रूप से इससे कार्टेल बनाकर कब्ज़ाधारी जाति/जातियों का मलाईदार पदों पर कब्ज़ा कर लेने का संदेह जाता है। संविधान में समुचित भागीदारी और सबको समान मौका देने की अवधारणा पेश की गई थी और नीति निर्देशक तत्वों में प्रावधान किया गया था कि राज्य ऐसा करेंगे। अब हालत यह बन गई है कि समतामूलक कल्याणकारी राज्य की अवधारणा पर बातचीत करने को भी कोई तैयार नहीं है। सरकार को समाज के हर तबके की सत्ता, शासन, प्रभावशाली निजी क्षेत्र के पदों पर हर जाति, धर्म के लोगों की समुचित भागीदारी को लेकर रणनीति तैयार करने और उस पर व्यापक चर्चा कराए जाने की ज़रूरत है। मौजूदा लागू आरक्षण व्यवस्था को सख्ती से लागू कर, इस मसले पर न्यायपालिकाओं के 1950 के बाद के अब तक के सभी फ़ैसलों को निष्क्रिय कर एक कानून लाने की ज़रूरत है, जिससे कोई भी भर्ती आरक्षण के मसले पर कानूनी पचड़ों और विभिन्न तरह की व्याख्याओं में फँसकर उलझने न पाए और जल्द-से-जल्द शासन, सत्ता और प्रभावी पदों पर एक जाति विशेष की गिरोहबंदी ख़त्म होकर समाज के हर तबके को उचित प्रतिनिधित्व मिल सके। स्पष्ट प्रावधानों के साथ नियोक्ताओं द्वारा आरक्षण की व्यवस्था को लागू नहीं करने पर अर्थदंड और जेल की सज़ा का प्रावधान भी किए जाने की ज़रूरत है।

संदर्भ सूची

1. प्रमोशन में आरक्षण को लेकर दायर एक याचिका की सुनवाई के बाद 133 पृष्ठों का फ़ैसला 10 मई, 2019 को लिखा था, जिसमें वंचितों को मुख्य धारा में लाने और उन्हें सुविधाएँ देने को लेकर महत्त्वपूर्ण टिप्पणियाँ हैं। https://main.sci.gov.in/supremecourt/2018/15655/15655_2018_11_1501_14526_Judgement_10-May-2019.pdf
2. एआईआर 1951, एससी 226, मद्रास राज्य बनाम श्रीमती चंपकम दोरायराजन मामले पर उच्चतम न्यायालय ने 9 अप्रैल 1951 को फ़ैसला सुनाया। फ़ैसला देने वाली पीठ में स्वतंत्र भारत में उच्चतम न्यायालय के पहले मुख्य न्यायाधीश हीरालाल जे. कानिया, सुधीर रंजन दास, सैयद फ़ैजल अली, एम. पतंजलि महाजन शास्त्री, विवियन मेहर चंद बोस और बीके मुखर्जी शामिल थे। न्यायाधीशों को कार्यकारी आदेश के माध्यम से शैक्षणिक संस्थानों में प्रवेश के मामले में किसी खास समुदाय की संख्या तय करने के मामले में संविधान के अनुच्छेद 13, 16 (4), 29 (2) और अनुच्छेद 46 की स्थिति के बारे में सुनवाई करनी थी। https://main.sci.gov.in/judgment/judis/1194.pdf)
3. संविधान के अनुच्छेद 14 से 18 में समता का अधिकार दिया गया है। अनुच्छेद 15 में धर्म, मूलवंश, जाति, लिंग या जन्मस्थान के आधार पर विभेद का प्रतिषेध किया गया है। संविधान के अनुच्छेद 15 (1) में कहा गया है, "राज्य किसी नागरिक के विरुद्ध केवल धर्म, मूलवंश, जाति, लिंग, जन्मस्थान या इनमें से किसी के आधार पर कोई विभेद नहीं करेगा।"
4. अनुच्छेद 29 संस्कृति और शिक्षा संबंधी मूल अधिकार है। इसमें अल्पसंख्यक वर्गों के हितों का संरक्षण किया गया है। 29 (1) में कहा गया है, "भारत के राज्यक्षेत्र या उसके किसी भाग के निवासी नागरिकों के किसी अनुभाग को, जिसकी अपनी विशेष भाषा, लिपि या संस्कृति है, उसे बनाए रखने का अधिकार होगा।" वहीं अनुच्छेद 29 (2) में कहा गया है, "राज्य द्वारा पोषित या राज्य निधि से सहायता पाने वाली किसी भी संस्था में प्रवेश से किसी भी नागरिक को केवल धर्म, मूलवंश, जाति, भाषा या इनमें से किसी के आधार पर वंचित नहीं किया जाएगा।" https://www.india.gov.in/sites/upload_files/npi/files/constitution/partIII.pdf
5. https://www.india.gov.in/hi/my-government/constitution-india/amendments/%E0%A4%B8%E0%A4%82%E0%A4%B5%E0%A4%BF%E0%A4%A7%E0%A4%BE%E0%A4%A8-%E0%A4%AA%E0%A5%8D%E0%A4%B0%E0%A4%A5%E0%A4%AE-%E0%A4%B8%E0%A4%82%E0%A4-%B8%E0%A5%8B%E0%A4%A7%E0%A4%A8-%E0%A4%85%E0%A4%A7%E0%A4%BF%E0%A4%A8%E0%A4%BF%E0%A4%AF%E0%A4%AE-1951
6. संविधान के भाग 4 में अनुच्छेद 36 से 51 तक राज्य के नीति निर्देशक तत्व दिए गए हैं। अनुच्छेद 38 (1) के मुताबिक राज्य ऐसी सामाजिक व्यवस्था की, जिसमें सामाजिक, आर्थिक और राजनैतिक न्याय राष्ट्रीय जीवन की सभी संस्थाओं को अनुप्राणित करेगा, भरसक प्रभावी रूप में स्थापना और संरक्षण प्रदान करके लोक कल्याण की अभिवृद्धि का प्रयास करेगा। अनुच्छेद 38 (2) में कहा गया है कि राज्य विशिष्टतया आय की असमानताओं को कम करने का प्रयास करेगा और न केवल व्यष्टियों के बीच बल्कि विभिन्न क्षेत्रों में रहने वाले और विभिन्न व्यवसायों में लगे हुए समूहों के बीच भी प्रतिष्ठा,

सुविधाओं और अवसरों की असमानता को समाप्त करने का प्रयास करेगा। अनुच्छेद 46 के मुताबिक राज्य जनता के दुर्बल वर्गों, विशेषकर अनुसूचित जातियों और अनुसूचित जनजातियों के शिक्षा और अर्थ संबंधी हितों की विशेष सावधानी से अभिवृद्धि करेगा और सामाजिक अन्याय व सभी प्रकार के शोषण से उनकी अभिरक्षा करेगा। https://legislative.gov.in/sites/default/files/CONSTITUTION%20OF%20INDIA-2019-UPLOAD.pdf

7. *सोशल जस्टिस एंड लॉ,* जस्टिस के. सुब्बा राव, नैशनल पब्लिकेशन, नई दिल्ली।
8. मंडल कमीशन रिपोर्ट में विभिन्न न्यायालयों के फ़ैसलों का अध्ययन किया गया है। कमीशन की क़वायद थी कि अन्य पिछड़े वर्ग के लिए आरक्षण का प्रावधान करने में न्यायालय के किसी फ़ैसले की अवहेलना न हो। यह रिपोर्ट तैयार किए जाने तक यानी 1980 तक के न्यायालय के फ़ैसलों और उनकी व्याख्याओं को मंडल कमीशन रिपोर्ट से सीधे उठा लिया गया है—लेखक
9. एआईआर 1964, एससी 1823
10. एआईआर 1964 मैसूर 232
11. एआईआर 1968 एससी 1012
12. एआईआर 1968 एससी 1379
13. एआईआर 1971 एससी 2303
14. एआईआर 1972 एससी 1375
15. एआईआर 1969, एससी 1
16. एआईआर 1976 एससी 2381
17. एआईआर 1976 केरल 54
18. एआईआर 1967 केरल 124
19. एआईआर 1979 सभी 135
20. https://main.sci.gov.in/judgment/judis/31353.pdf
https://main.sci.gov.in/judgment/judis/31231.pdf
https://main.sci.gov.in/judgment/judis/31253.pdf
https://main.sci.gov.in/judgment/judis/31232.pdf
https://main.sci.gov.in/judgment/judis/31297.pdf
https://main.sci.gov.in/judgment/judis/6547.pdf)
21. http://velivada.com/2017/07/14/modi-obc-reservation-medical-seats/
22. http://nationaljanmat.com/reservaton-2-percentage-medical-exam-obc-mcc-list/
23. https://www.thehindu.com/news/national/tamil-nadu/right-to-reservation-is-not-fundamental-right-observes-judge-as-tn-parties-withdraw-plea-for-obc-quota-in-medical-courses/article31807732.ece
24. https://www.business-standard.com/article/news-ani/constitutional-status-given-to-ncbc-despite-opposition-from-mahamilavati-leaders-pm-modi-119043000658_1.html
25. https://www.satyahindi.com/uttar-pradesh/obc-sc-st-candidates-higher-cut-off-than-general-category-in-yogi-up-2-103172.html
26. https://hindi.theprint.in/opinion/ncbc-found-violation-of-the-rules-of-reservation-in-the-recruitment-for-assistant-professor-posts-in-up/85543/
27. https://timesofindia.indiatimes.com/india/panel-ok-with-plan-to-include-salary-in-obc-creamy-layer-test/articleshow/76760236.cms
28. http://site.uphesc.org/hi

29. https://economictimes.indiatimes.com/news/politics-and-nation/rohini-commission-set-to-get-nod-for-its-ninth-extension/articleshow/76544439.cms
30. http://www.ncbc.nic.in/Writereaddata/Report%20on%20Sub-Categorization%20within%20OBCs%20-2015-%20Pandey635681469081640773.pdf
31. https://main.sci.gov.in/supremecourt/2010/25536/25536_2010_33_1501_23671_Judgement_27-Aug-2020.pdf
32. https://www.amarujala.com/india-news/supreme-court-7-judge-bench-will-reconsider-apex-court-2004-order-on-sc-st-categorisation
33. https://www.aajtak.in/india/madhya-pradesh/story/madhya-pradesh-obc-27-percent-reservation-cabinet-quota-kamal-nath-670306-2019-07-23
34. https://economictimes.indiatimes.com/hindi/news/andhra-is-the-first-state-where-75-percent-jobs-in-private-companies-will-be-reserved-for-loacals/articleshow/70344598.cms?from=mdr
35. https://www.satyahindi.com/analysis/sc-st-obc-reservation-13-point-roster-200-point-roster-modi-government-101253.html
36. https://scroll.in/latest/990322/karnataka-to-approach-sc-for-increase-in-cap-on-reservation-from-current-50-reports
37. https://www.amarujala.com/india-news/for-how-many-generations-reservations-will-continue-suprme-court
38. https://www.amarujala.com/india-news/for-how-many-generations-reservations-will-continue-suprme-court
39. https://www.barandbench.com/news/litigation/plea-supreme-court-all-23-iits-violating-govt-directive-reservation-sc-st-obc-faculty-recruitment-research-degree

भविष्य का सवाल

> आर्थिक समानता के लिए काम करने का अर्थ पूँजी और श्रम के शाश्वत संघर्ष को मिटा देना है। इसका अर्थ यह है कि एक तरफ़ जिन मुट्ठी भर धनवानों के हाथों में राष्ट्र की अधिकांश संपत्ति इकट्ठी हो गई है उनका स्तर घटाया जाए और दूसरी ओर करोड़ों भूखे-नंगे लोगों का स्तर बढ़ाया जाए। जब तक धनवानों और करोड़ों भूखे लोगों के बीच की चौड़ी खाई बनी हुई है तब तक स्पष्ट है कि कोई अहिंसक शासन प्रणाली कायम नहीं हो सकती।
>
> —मोहनदास करमचंद गाँधी[1]

भारत के लोग जाति के दुश्चक्र में बुरी तरह फँसे हुए हैं। जाति इस देश की सच्चाई और सदियों से चल रही समस्या है। डॉ. भीमराव अंबेडकर ने एक परिकल्पना की थी कि शहरीकरण से जाति शिथिल होगी। स्वतंत्रता के 75 साल बाद और शहरों का आकार भयानक रूप से बढ़ने के बावजूद ऐसा कहीं से नज़र नहीं आता है। शहरीकरण ने जातीय गिरोहबंदी और सख्त कर दी। ग्रामीण अर्थव्यवस्था बिगड़ने के साथ उच्च और निम्न कही जाने वाली दोनों तरह की जातियाँ शहरों की तरफ़ भागीं। शहरों की स्थिति देखें तो भारत के हर शहर में तीन स्तर नज़र आते हैं। झुग्गी कॉलोनियाँ, अवैध कॉलोनियाँ, वैध रूप से बसी कॉलोनियाँ। अगर इन्हें जातीय खाके में विभाजित करें तो झुग्गी-बस्तियों को अछूत या अनुसूचित जाति-जनजाति बस्तियाँ, अवैध कॉलोनियों को ओबीसी कॉलोनियाँ और वैध बसी कॉलोनियों को सवर्ण कॉलोनी कहा जा सकता है। हालाँकि भारत में जाति जनगणना न होने की वजह से सही जानकारी नहीं है कि इलाक़ेवार किन-किन जातियों के लोग कहाँ रहते हैं। मोटे तौर पर अनुमान लगाया जा सकता है कि झुग्गियों में नाली, सड़क सफ़ाई करने वाले, भवन मज़दूर, भीख माँगने वाले, अन्य कम आमदनी वाले काम करने वाले ज़्यादा होते हैं, जो सामान्यतया अनुसूचित जाति और जनजाति के होते हैं। इसी तरह से अवैध कॉलोनियों में बड़ी आबादी पिछड़े वर्ग की और कुछ प्रतिशत आबादी गाँव छोड़कर बाद के समय में शहरों में आए लोगों की होगी। वहीं वैध उदाहरण के लिए जैसे दिल्ली में डीडीए कॉलोनियों में बहुसंख्य आबादी सवर्णों

की और कुछ पिछड़े वर्ग और दलितों की आबादी होने की संभावना हो सकती है।

अगर हम दिल्ली का उदाहरण लें तो पाएँगे कि पूरे शहर में आईटीओ और प्रगति मैदान से लगायत नदियों के किनारे बड़े पैमाने पर झुग्गियाँ बसी हुई हैं। इन इलाक़ों में भी सरकार छोटी-मोटी सुविधाएँ देती है। रेल से शहर पार करते हर मार्ग पर ऐसी बड़ी-बड़ी कॉलोनियाँ मिली हैं, जहाँ पॉलिथीन या टिन के टपरे मिलते हैं। उन मोहल्लों की आधुनिकता सिर्फ़ इतनी दिखती है कि वहाँ डीटीएच नज़र आते हैं। सरकार की कर्ज़ व्यवस्था इन कॉलोनियों के लिए नहीं है और न इन इलाक़ों में पक्के मकान बनाने की अनुमति होती है। सरकार द्वारा 14 सितंबर 2020 को उच्चतम न्यायालय में दी गई सूचना के मुताबिक दिल्ली में रेल पटरियों के किनारे सुरक्षित क्षेत्रों में 48,000 स्लम क्लस्टर हैं, जिनमें 2 लाख परिवार रहते हैं। उच्चतम न्यायालय की एक पीठ ने इन्हें ध्वस्त करने का आदेश सुनाया था, लेकिन सरकार ने कहा कि कोरोना महामारी के दौरान इन स्लम क्लस्टर को हटाने के लिए कोई कार्रवाई नहीं की जाएगी।[2] ऐसी झुग्गियों को सरकार बुल्डोज़र चलाकर तोड़ देती है और पुलिस बल उन्हें मार-पीटकर खदेड़ देते हैं। इस मामले में सरकार ने कोरोना तक के लिए राहत दे दी। खदेड़े जाने के बाद झुग्गियों में रहने वाले लोग कहाँ और किधर जाते हैं, इसकी ख़बर नहीं ली जाती है। इस तरह की तमाम झुग्गियाँ दिल्ली में समय-समय पर ख़त्म की जाती रही हैं। कॉमनवेल्थ गेम्स के दौरान इस तरह की झुग्गियाँ रातोंरात बड़े पैमाने पर गायब हुई थीं। पहले इनमें अक्सर आग लगने की ख़बरें आती थीं, उसके बाद उस जगह से झुग्गियाँ गायब हो जाती थीं, जहाँ सरकारी या निजी निर्माण कार्य हो जाते थे। रेलवे ट्रैक से इतर भी तमाम झुग्गियाँ बसी हुई हैं। दिल्ली सरकार के 2014 के एक सर्वे के मुताबिक करीब 3.3 लाख मकान स्लम और अनप्लांड हैं, जिनमें मोटे तौर पर 17 लाख आबादी रहती है, जो दिल्ली की कुल आबादी का 10 प्रतिशत हिस्सा है।[3]

अवैध कॉलोनियों की संख्या दिल्ली में सबसे ज़्यादा है। ये पक्के मकानों की विशाल कॉलोनियाँ हैं, जिनकी संख्या करीब 1,800 है और इनमें 40 लाख से ज़्यादा लोग रहते हैं।[4] दिल्ली सरकार ने 895 अवैध कॉलोनियों की मैपिंग कर उसकी सूची वेबसाइट पर डाली।[5] इनमें कई तरह की अवैध कॉलोनियाँ हैं। कुछ तो गाँव के किनारे की बस्तियाँ हैं, जो लाल डोरा इलाक़ा कहा जाता है। यह गाँव के किनारे की आवासीय ज़मीनों पर बनी हैं, जहाँ सरकार द्वारा मकान बनाने की अनुमति तो है, लेकिन इनका निर्माण सरकार के मानकों के मुताबिक नहीं होने के

कारण इन्हें अवैध माना जाता है। दूसरे किस्म में वे मकान हैं, जिन लोगों ने गाँव के किसानों से ज़मीन लेकर मकान बनवाए हैं, जो किसी बिल्डर द्वारा अवैध रूप से प्लॉटिंग करके बेचे जाते हैं। तीसरे मकान इस तरह की ज़मीनों पर बसे हैं, जो इन खेतों के आस-पास की सरकारी ज़मीनें थीं, जिन्हें बिल्डरों, प्रॉपर्टी डीलरों और सरकारी तंत्र ने मिलकर देश के विभिन्न इलाक़ों से रोज़ी-रोटी के लिए आए लोगों से मोटी रकम लेकर बेच डाला है।

वैध कॉलोनियों में दिल्ली विकास प्राधिकरण यानी डीडीए द्वारा विकसित कॉलोनियाँ और कुछ सरकार से ज़मीन लेकर निजी बिल्डरों द्वारा वैध तरीके से बनाई गई कॉलोनियाँ हैं। इन कॉलोनियों में बड़े-बड़े पार्क, सरकारी व प्राइवेट स्कूल, सरकारी व प्राइवेट हॉस्पिटल आदि के इंतज़ाम होते हैं।

दिल्ली की कुल आबादी में अनप्लांड कॉलोनियों व आबादी को देखें तो 755 झुग्गियों में करीब 17 लाख लोग, 82 रिसेटलमेंट कॉलोनियों में 2.67 लाख लोग, 1,797 अनअथोरॉइज़्ड कॉलोनियों में 40 लाख लोग, 2,423 अधिसूचित स्लम एरिया (कटरा) में 20 लाख लोग, 135 अधिसूचित शहरी गाँवों और 227 ग्रामीण गाँवों में, बेघर और पेवमेंट ड्वेलर्स 16,000 लोग रहते हैं।[6] कुल मिलाकर दिल्ली की एक चौथाई से भी कम आबादी वैध कॉलोनियों में रहती है।

इस तरह से शहरीकरण के साथ-साथ शहरों में जातीय कॉलोनियाँ भी बसी हैं। गाँवों में विभिन्न तरह के सांस्कृतिक कार्यक्रम और त्योहार, पशु चराने, खेती करने और तमाम ग्रामीण त्योहारों व पूजा-पाठ में साझा कार्यक्रम होते हैं। रामलीलाएँ या इस तरह के अन्य आयोजन होते हैं। वहीं शहरी इलाक़ों में 2021 में भी लोगों की भेंट मुलाकात की एकमात्र वजह जाति ही है। अमूमन हर बड़े शहर में जातीय संगठन बने हुए हैं, जिनकी मासिक और सालाना बैठकें होती हैं। ग़रीब तबकों के इस तरह के संगठन ज़्यादा कारगर नहीं हैं, लेकिन सवर्ण या संपन्न कही जाने वाली जातियों के अपने संगठन हैं। ये संगठन बहुत ताकतवर होते हैं। संबंधित जाति के संगठन में उस जाति के बड़े-बड़े ब्यूरोक्रेट्स, पुलिस अधिकारी, कारोबारी, वकील, पत्रकार से लेकर ताकतवर और ग़रीब तबका जुड़ा रहता है। शहर के लोगों से अगर जाति छीन ली जाए तो उनके एकीकरण का कोई खास आधार नहीं बचता है। यहाँ तक कि भारत के लोग विभिन्न देशों[7] में भी अपनी जाति साथ लेकर गए हैं और वे किसी भी हाल में अपनी जाति छोड़ने को तैयार नहीं हैं।

क्लबों की व्यवस्था बहुत मामूली आबादी को उपलब्ध है और संभवतः अंग्रेज़

सरकार के बाद ओपन क्लब की प्रणाली ख़त्म ही हो गई, जहाँ प्रोफ़ेशन या अन्य आधारों पर लोग सामूहिक चर्चा कर सकें। कुल मिलाकर गाँवों के जातीय टोले उठकर शहरों में चले आए हैं और वही जाति व्यवस्था शहरों में भी मज़बूती से लागू है। भारत के जातीय दुष्चक्र में धँसे लोगों को उबारने की तमाम क़वायदें नाकाफ़ी साबित हुई हैं।

2000 ईस्वी के बाद वैश्विक अर्थव्यवस्था में ग़रीबी उन्मूलन के दो प्रमुख थॉट सेंटर चर्चा में रहे हैं। दोनों के ही केंद्र अमेरिकी अर्थशास्त्री हैं। इन थॉट्स को पढ़ते हुए भारत में चल रहे आरक्षण की व्यवस्था और ग़रीबों को दी जा रही सहूलियतों का ख़याल जेहन में आता है।

अमेरिकी अर्थशास्त्री और यूनाइटेड नेशंस के सलाहकार व अर्थ इंस्टीट्यूट ऑफ़ कोलंबिया यूनिवर्सिटी, न्यूयॉर्क के जेफ्री डी. सैक्स[8] की अवधारणा है कि विभिन्न देशों को मदद पहुँचाकर उनकी ग़रीबी ख़त्म की जा सकती है। 2005 में उनकी सर्वाधिक बिकने वाली पुस्तक आई, *द एंड ऑफ़ पॉवर्टी*। इसमें उन्होंने तर्क दिया कि अगर अमीर देश विदेशी सहायता के रूप में 195 अरब डॉलर हर साल 2005 से 2025 के बीच खर्च करें तो पूरी दुनिया से ग़रीबी ख़त्म हो जाएगी। सैक्स की अवधारणा है कि कुछ देश भौगोलिक स्थिति या दुर्भाग्य के कारण ग़रीबी के दुष्चक्र में फँसे हैं। उनका कहना है, ''वे ग़रीब बने हुए हैं, क्योंकि वे ग़रीब हैं।'' उनके मुताबिक अगर एक ज़ोरदार धक्का देकर उन्हें बाहर निकाल दिया जाए तो वे ग़रीबी से बाहर निकल सकते हैं और आत्मनिर्भर बन सकते हैं। ग़रीबी के दुष्चक्र में फँसे रहने में देश ही नहीं व्यक्ति भी हो सकते हैं। जो ग़रीब हैं, वे ग़रीब बने हुए हैं, क्योंकि वे ग़रीब हैं और उसी सीमा में बने रहते हैं। अपने दर्शन को मूर्त रूप देने के लिए सैक्स ने 'मिलेनियम विलेज प्रोजेक्ट' चलाया। इस परियोजना के तहत उन्होंने केन्या के सऊरी इलाक़े में ग्रामीणों को मुफ़्त खाद, स्कूल में खाना, हेल्थ क्लिनिक, स्कूलों में कंप्यूटर आदि मुहैया कराया। इस पर एक गाँव पर महज़ 50 लाख डॉलर के करीब खर्च आया। इन गाँवों पर काम करने के बाद जेफ्री सैक्स और अभिनेत्री एंजलिना जोली केन्या के इस इलाक़े में गए और उन्होंने वहाँ के लोगों से बात की। इस सिलसिले में बने एक वीडियो में गाँवों में बच्चों के शारीरिक और मानसिक विकास और महिलाओं की ज़िन्दगी में बदलाव के बारे में दिखाया गया।[9] इसी दौरे के एक और वीडियो में एक महिला और एक युवा किसान को दिखाया गया है और बताया गया है कि खाद और तकनीक ने किस तरह से उनकी ज़िन्दगी बदल दी है। युवा किसान केनेडी ने बताया कि खाद के इस्तेमाल

से उसका उत्पादन पहले के साल की तुलना में 20 गुना बढ़ गया है। वह अपनी फ़सल बेचकर अतिरिक्त राशि रख सकता है। इस प्रकार से सैक्स यह दिखाने की क़वायद करते हैं कि उनका यह मॉडल टिकाऊ है और ग़रीबी के दुष्चक्र में फँसे किसी देश को अगर एक धक्का देकर आगे बढ़ा दिया जाए तो वह अपने पैरों पर खड़ा होकर इससे उबर सकता है।[10]

इसकी तुलना भारत की आरक्षण व्यवस्था से करें। भारत में आरक्षण का प्रतिनिधित्व सिद्धांत लागू रहा है कि जिन लोगों को सदियों से शासन-प्रशासन से वंचित रखा गया है, उन्हें शासन में हिस्सेदारी देकर मुख्यधारा में लाया जाए। उन्हें विशेष ट्रीटमेंट देने की इसलिए भी बात की गई कि वे जातीय शोषण की वजह से इतने पिछड़ चुके हैं कि मुख्य धारा की प्रतिस्पर्धाओं में शामिल होकर अपना हक नहीं हासिल कर सकते। इसकी वजह से उन्हें विशेष छूट देकर मुख्य धारा में लाए जाने की ज़रूरत है। इस तरीके से जातीय ग़ैर बराबरी दूर करने की क़वायद की गई, जिससे शासन में पर्याप्त साझेदारी मिलने से सदियों से उत्पीड़ित और कुछ कम कमाई वाले, अमानवीय शारीरिक कार्यों में जन्मजात तरीके से लगाए गए लोगों को सत्ता शासन में भागीदारी मिलेगी और जातीय उत्पीड़न शिथिल हो सकेगा। यह एक तरह से एक धक्का देकर बाहर निकाल लेने की ही परिकल्पना है।

एक अवधारणा न्यूयॉर्क यूनिवर्सिटी के अर्थशास्त्र के प्रोफ़ेसर विलियम ईस्टरली की है। उन्होंने *इलूसिव क्वेस्ट फ़ॉर ग्रोथ, द व्हाइट मैंस बर्डेन, द टायरनी ऑफ़ एक्सपर्ट्स* नाम की चर्चित किताबें लिखीं। इन्होंने गोल्डमैन सैक्स और विश्व बैंक के साथ काम कर चुकी एक और अर्थशास्त्री डोंबिसा मोयो के साथ मिलकर भी एक किताब लिखी, *डेड एड*। इन अर्थशास्त्रियों का तर्क है कि सहायता देना अच्छाई की तुलना में बुराई ज़्यादा है। यह तरीका लोगों को अपना ख़ुद का समाधान निकालने से रोकता है। वहीं भ्रष्ट लोग सहायता करने वाली एजेंसियों से लॉबीयिंग कर ग़रीबों के नाम पर मज़े लूटते हैं। ग़रीब देशों के उत्थान का एक सामान्य तरीका यह है कि ऐसे समय में जब बाज़ार खुला है, और प्रोत्साहन मौजूद है, ग़रीब देशों की सरकारें अपना विकल्प ख़ुद चुनें। ईस्टरली का तर्क है कि पश्चिम को ख़ुद की अपनी मूर्खताओं का सामना करने व उसका उचित समाधान निकालने की ज़रूरत है, खासकर ऐसे समय में जब पश्चिमी विचारों को स्थापित करने की क्षमता पर सवाल उठने लगे हैं। *द टायरनी ऑफ़ एक्सपर्ट्स*[11] में वह तर्क देते हैं कि हमें विकास का एक नया मॉडल बनाने की ज़रूरत है, जिसमें विकासशील देशों के लोगों के

व्यक्तिगत अधिकारों का सम्मान हो और उसमें यह समझ विकसित हो कि सरकार का असीमित अधिकार समस्या है, समाधान नहीं। ईस्टरली का मानना है कि इससे वैश्विक ग़रीबी ख़त्म हो सकती है।

भारत के हिसाब से देखें तो ईस्टरली उन लोगों के पक्षधर हैं, जिनका कहना है कि किसी तरह का आरक्षण, आरक्षित तबके को निकम्मा बना देता है। इससे पूरी व्यवस्था चौपट हो जाती है और जिसे हम लाभ दे रहे होते हैं, उसका भी कुछ लाभ नहीं होता है। भारत में आरक्षण की स्थिति देखें तो पिछड़े वर्ग में बड़े पैमाने पर लोग यह मानने लगे हैं कि आरक्षण देने से उन्हें कोई खास लाभ नहीं हुआ है। खासकर भारतीय जनता पार्टी सरकार आने व विभिन्न नौकरियों की परीक्षाओं में अनुसूचित जाति और पिछड़े वर्ग के लोगों की मेरिट ज़्यादा जाने पर आरक्षण पाने वाले तबकों की ओर से इस तरह की बातें ज़्यादा कही जाने लगीं। हालाँकि सवर्ण तबके के लोग यह पहले से कहते रहे हैं कि आरक्षण पाने वाला तबका निकम्मा है और यह बग़ैर श्रम के सरकारी नौकरियाँ पाकर मौज करना चाहता है। जब उच्च शिक्षण संस्थानों में मानव संसाधन मंत्री अर्जुन सिंह द्वारा (2004-2008) अन्य पिछड़े वर्ग को आरक्षण देने की बात की जा रही थी तो जवाहरलाल नेहरू विश्वविद्यालय के प्रोफ़ेसर पुष्पेश पंत ने यही तर्क दिए थे।

इसके अलावा ग़रीबों को लाल कार्ड पर राशन देने, उन्हें कई तरह की सब्सिडी देने को लेकर भी देश के एक बड़े तबके की धारणा है कि इन लोगों को निकम्मा बनाया जा रहा है और काम न करने को प्रेरित किया जा रहा है। साथ ही लाल कार्ड की सुविधाएँ न पा रहे लोगों को लगता है कि उनके हक या उनके टैक्स के पैसे से ग़रीबों को सुविधाएँ दी जा रही हैं, जिससे उनके ऊपर अतिरिक्त बोझ पड़ रहा है।

जेफ़्री डी. सैक्स और विलियम ईस्टरली का टकराव भले ही वैचारिक हो, आरक्षण को लेकर भारत का स्कूल ऑफ़ थॉट करीब पूरी तरह से अपने-अपने जातीय हितों से जुड़ा रहा है। उदाहरण के लिए पुष्पेष पंत और आरक्षण का विरोध करने वाली लॉबी की चिंता भागीदारी या वंचित तबकों को हक देने के तरीके को लेकर नहीं, बल्कि इस बात को लेकर है कि निकम्मे और अकर्मण्य लोगों को सरकारी नौकरियों पर मौज का मौका मिल जाएगा। वह अपनी सुविधा मुताबिक योग्यता और अयोग्यता तय करते हैं। इसी तरह से आरक्षण का समर्थन करने वाले एक जुनून की तरह से शिक्षा और नौकरियों में आरक्षण को लेते हैं, और अगर समर्थकों के आँकड़े को देखें तो स्वतंत्रता के बाद के शुरुआती कुछ नामों को छोड़ दें तो अपने

जातीय हितों के मुताबिक इसके समर्थक ज़्यादा रहे। सवर्ण जहाँ आर्थिक आधार पर आरक्षण देने का समर्थन करते रहे, वहीं ग़ैर सवर्ण जातीय आधार पर आरक्षण के पक्षधर रहे। आरक्षण को लेकर जुनून इतना है कि ग़ैर आरक्षित वर्ग हर तरीके से यह तिकड़म लगाता रहा कि आरक्षण निष्प्रभावी हो सके और आरक्षण पाने वाले अपने तरीके से लड़ते और आरक्षण की माँग करते रहे। ग़ैर आरक्षित वर्ग के प्रभावशाली होने के कारण नौकरियों व शिक्षण संस्थानों का आरक्षण पूरी तरह से लागू ही नहीं किया जा सका, जिससे कि इसके असर को जाँचा जा सके।

भारत में सिर्फ़ 1 प्रतिशत लोग सरकारी नौकरियों पर निर्भर हैं। अभी जो नौकरियाँ बची हैं, सरकारी कंपनियों, बैंकों के बिकने और उनके विलय के साथ कम हो रही हैं। धीरे-धीरे सब कुछ निजी हाथों में जा रहा है। रेलगाड़ियों का निजीकरण हो गया है। रेल ट्रैक बेचने पर भी विचार हो रहा है, खासकर रेलवे के माल ढुलाई गलियारे को संचालन के लिए निजी हाथों में देने पर विचार हो रहा है। अडाणी समूह ने तो तमाम पटरियाँ बिछा भी ली हैं। बीमा, दूरसंचार, बैंकिंग, शिक्षा, चिकित्सा सहित हर प्रमुख क्षेत्र में अब प्राइवेट नौकरियाँ सरकारी की तुलना में ज़्यादा हैं। सरकार बहुत तेज़ी से निजीकरण करके देश का औद्योगिक विकास कराने में लगी है। इसके बावजूद जातीय हिंसा, जातीय उत्पीड़न, जातीय भेदभाव की ख़बरों से अख़बार पटे पड़े रहते हैं।

यह अंतरराष्ट्रीय समस्या बन चुकी है। भारत के उच्च जाति के लोग जिस भी देश में जाते हैं, वह अपनी जातीय गंदगी और मनोरोग साथ में लेकर जाते हैं। ऐसा कोई उदाहरण या अध्ययन सामने नहीं आया है कि औद्योगिक देशों में नौकरियाँ करने जाने वालों ने अपनी जातीय गंदगी त्याग दी है। इसे सिस्को कंपनी के उदाहरण से समझा जा सकता है, जो *रॉयटर्स* ने 1 जुलाई 2020 को प्रकाशित किया।[12]

सिलिकॉन वैली स्थित सिस्को सिस्टम्स के सैन जोस मुख्यालय में एक इंजीनियर को इसलिए भेदभाव का सामना करना पड़ा, क्योंकि वह एक दलित भारतीय था। कैलिफ़ोर्निया के निष्पक्ष रोज़गार एवं आवासीय विभाग (डीएफईएच) ने इस मामले में मुकदमा दायर किया। मुकदमे में कहा गया है कि ऊँची जाति के सुपरवाइज़रों और सहकर्मियों ने टीम में और सिस्को के कार्यस्थल पर भेदभावपूर्ण रवैया अपनाया। कहा गया कि सिस्को में कर्मचारी के साथ किया गया व्यवहार नागरिक अधिकार कानून, 1964 और कैलिफ़ोर्निया निष्पक्ष रोज़गार एवं आवासीय कानून का उल्लंघन है।

यह इकलौती घटना नहीं है। इस घटना के बाद अमेरिका में तमाम लेख लिखे गए और ख़बरें आईं, जिनमें कहा गया कि भारतीय जहाँ भी जाते हैं, अपने लोगों को सेट करने में लगे रहते हैं और इनके चयन में निष्पक्षता नहीं होती। अमेरिका या किसी भी विकसित देश में मज़दूरी करने वाले ज़्यादातर लोग उच्च जातियों के हिन्दू हैं, जो भारत के आलीशान सरकारी संस्थानों में अध्ययन करने के बाद मोटी तनख्वाह पर काम कर रहे हैं। लेकिन इससे उनकी मानसिक, जातीय कुंठा दूर नहीं होती है।

अपनी किताब *जाति का विनाश*[13] में डॉ. बी.आर. अंबेडकर ने आर्थिक या औद्योगिक विकास से जातिवाद के खात्मे या बराबरी लाने के तर्क को ख़ारिज़ करते हुए कहा है कि व्यक्ति की सामाजिक स्थिति अक्सर अपने आप शक्ति और सत्ता का स्रोत बन जाती है, यही वजह है कि भारत में करोड़पति फूटी कौड़ी न रखने वाले साधुओं और फ़कीरों की आज्ञा का पालन करते हैं। अंबेडकर विभिन्न देशों का उदाहरण देकर बताते हैं कि आर्थिक सुधार के लिए सामाजिक सुधार प्राथमिक शर्त है।

भारत के समाज में सुधार की कथित रूप से इच्छा रखने वाले सवर्ण तबके के लोग अपनी जातीय कुंठा में इसका पूरा दोष भारत में दलितों और पिछड़ों को सरकारी क्षेत्र में दिए जाने वाले आरक्षण पर मढ़ देते हैं। उन्हें लगता है कि बरकत यहीं अटकी हुई है कि अगर आरक्षण ख़त्म कर दिया जाए तो देश की समस्याएँ हल हो जाएँगी। वे कभी आर्थिक आरक्षण का तर्क देते हैं, कभी औद्योगिक विकास का।

थॉमस पिकेटी ने अपनी पुस्तक *कैपिटल एंड आइडियोलॉजी*[14] में असमानता और जाति की चर्चा करते हुए कहा है कि भारत में असमानता में जाति की भूमिका अहम रही है। पिकेटी भारत में ज़मीनों के बँटवारे का ज़िक्र करते हुए कहते हैं कि बंगाल और केरल को छोड़कर किसी भी राज्य ने भूमि वितरण पर ध्यान नहीं दिया। वह भूमि पर कब्ज़े को भारतीय समाज में जातीय शोषण के साधन के रूप में देखते हैं और कहते हैं कि भारत की किसी भी सरकार ने भूस्वामित्व के पैंडोरा बॉक्स को खोलने की हिम्मत नहीं दिखाई और उसे टालते रहे। यह जातीय उत्पीड़न और सामाजिक विषमता की प्रमुख वजह रही।

यह सत्य है कि भूस्वामी होना श्रेष्ठता की एक बड़ी वजह है। हालाँकि भारत में सिर्फ़ ब्राह्मण या क्षत्रिय नहीं, बल्कि अलग-अलग इलाक़ों में तमाम इंटरमीडिएटरी कास्ट्स जैसे त्यागी, भूमिहार, जाट, गुर्जर, मराठा, कापू, नायडू, कम्मा, कुर्मी सहित तमाम जातियों का कब्ज़ा रहा है। यह कब्ज़ा नया नहीं, बल्कि मुगल काल और ब्रिटिश काल में मिली ज़मींदारियों की वजह से है। स्वतंत्रता के बाद भूमि वितरण

की केंद्र के स्तर पर भले ही क़वायद नहीं की गई है, लेकिन सीलिंग ऐक्ट, भूदान आंदोलन जैसे अभियानों के माध्यम से ज़मीन के वितरण की क़वायदें की गई हैं। जिन इलाक़ों में बड़े-बड़े राजा होते थे, जिनके शासन में मौजूदा कुछ या कई ज़िले थे, उनकी ज़मीनें लेकर जोतदारों को दे दी गईं। इसके अलावा जिन लोगों के पास 100 या 50 एकड़ ज़मीन थी, वह अब बिकते और बँटते हुए प्रति व्यक्ति एक या दो एकड़ तक पहुँच गई। बड़ी जोत के भूस्वामी बहुत कम बचे हैं। सरकार के आँकड़ों के मुताबिक भारत में प्रति परिवार जोत का आकार लगातार कम हो रहा है और 2016 में औसत आकार 1.08 हेक्टेयर[15] रह गया है। जनसंख्या वृद्धि ने प्रति व्यक्ति ज़मीनें इतनी कम कर दी हैं कि उसे बड़ी मात्रा में ज़मीन नहीं कहा जा सकता, जिसके लिए अभियान चलाकर भूमि वितरण जैसे कदम उठाए जाएँ। भारत के कृषि क्षेत्र में श्रम और दुर्दशा ज़्यादा है, उत्पादन कम। जोत के आकार इतने छोटे हैं और उन पर निर्भरता इतनी ज़्यादा है कि उसका मशीनीकरण संभव नहीं हो पा रहा है।

इसके अलावा अब उद्योगपतियों के रूप में बड़ा ज़मींदार वर्ग पैदा हो चुका है। यह ज़मीन पर फ़िलहाल खेती तो नहीं कर रहा है, लेकिन सैकड़ों एकड़ ज़मीन में इनकी फ़ैक्टरियाँ, गोदाम, पोर्ट से लेकर तमाम प्रोजेक्ट चल रहे हैं और ज़्यादा ज़मीन होना इनकी कमाई की प्रमुख वजह है। वहीं बड़े पैमाने पर सूक्ष्म, लघु एवं कुटीर उद्योग हैं, जिनमें करोड़ों लोग आजीविका पाते हैं। बड़े उद्योगों की नौकरियों पर सरकार के कुछ नियम-कानून और न्यूनतम वेतन का प्रावधान लागू होता है। लेकिन अनौपचारिक क्षेत्र में काम करने वाले लोगों के लिए कोई नियम-कानून नहीं चल पाता है। इस समय देशबंदी में बड़े पैमाने पर सड़कों पर भटक रहे लोग ज़्यादातर एसएमई क्षेत्र के और ठेकेदार के माध्यम से बड़े उद्योगों में काम करने वाले लोग हैं। औपचारिक क्षेत्र को बढ़ावा देना[16] वेतन सुधार में अहम हो सकता है।

सरकार निजीकरण को नहीं रोक सकती। भारत के समाज में इसे मान्यता मिल चुकी है। साथ ही इसे लेकर पूँजीवादी देशों का दबाव भी रहता है। ऐसे में भारत सरकार को मानव प्रबंधन के आँकड़े तैयार करने की ज़रूरत है। निजी क्षेत्र में भर्तियों पर आसानी से नज़र रखी जा सकती है। कंपनियों के सीईओ से लेकर छोटे पदों पर चयन के लिए खुली भर्ती की व्यवस्था हो। सरकार के पास योग्यता, उम्र, आयुवर्ग सहित लोगों के रोज़गार के आँकड़े हों। कंप्यूटरीकरण के इस युग में आँकड़े बनाना और उनका प्रबंधन करना मुश्किल नहीं है। निजी क्षेत्र में मानव संसाधन की माँग और उसकी ज़रूरतों के मुताबिक सरकार विभिन्न कंपनियों को मानव संसाधन के आँकड़े

और उद्योगों की माँग के मुताबिक रोज़गार पाने के इच्छुकों की सूची दे। इसमें से साफ़-सुथरी प्रक्रिया के तहत उद्यमी अपने लिए पात्र उम्मीदवारों का चयन करें। उसके बाद भी चयनित व्यक्ति का आँकड़ा सरकार अपने पास रखे कि उसे कितनी सैलरी मिल रही है, उसका कितना पीएफ कट रहा है, उसकी सेलरी में कितनी बढ़ोतरी हुई।

यह प्रबंधन माइक्रो लेवल तक होना चाहिए। वरिष्ठ पत्रकार शेखर गुप्ता ने कॉलरविहीन नौकरियों[17] का ज़िक्र किया है, जिनकी गणना ही नहीं की जाती और ये नौकरियाँ करने वाले हमारे आस-पास बड़ी संख्या में मौजूद रहते हैं। इन कॉलरविहीन नौकरी-पेशे वालों का प्रबंधन ज़रूरी है। इनके लिए एक ऐसा ऐप तैयार किया जा सकता है, जिसके माध्यम से कॉलरविहीन नौकरी की सेवा लेने वाले इस ऐप से अपने लिए कर्मचारी पा सकें। साथ ही ऐप के माध्यम से ही उनके न्यूनतम वेतन, उनके पीएफ खाते पर नज़र रखी जाए। यह स्पष्ट रहे कि जिन लोगों ने बच्चा पालने के लिए या पोंछा, झाड़ू लगाने के लिए अपने लिए नौकरानी रखी है, वे न्यूनतम वेतन और उसके पीएफ का भुगतान कर रहे हैं या नहीं। इससे न केवल सेवाएँ लेने वालों को अपने लिए सेवादार हासिल करने में सहूलियत होगी, बल्कि सरकार भी नज़र रख सकेगी कि इन कॉलरविहीन लोगों को एक न्यूनतम जीवन स्तर जीने के लिए वेतन मिल रहा है या नहीं।

भारत में समावेशी विकास के लिए कुछ खास कदम उठाए जा सकते हैं। समावेशी विकास से आशय है कि देश के सुख और दुख दोनों में ही देश के प्रत्येक नागरिक की भागीदारी हो। हर क्षेत्र में योग्य लोगों का चयन 100 प्रतिशत आबादी में से हो, न कि सिर्फ़ 15 प्रतिशत सवर्णों में से योग्य चुने जाएँ। इसके लिए कई कदम उठाए जा सकते हैं। भारत में केंद्रीय कैबिनेट से लेकर नाली सफ़ाई के काम और निजी कंपनियों में सीईओ से लेकर गार्ड तक भारत की हर जाति का समानुपातिक प्रतिनिधित्व हो। अभी की स्थिति में शासक या कमाई वाले या ताकत वाले पदों पर सवर्णों का एकछत्र राज है। निचली जाति के लोग पुलिस, प्रशासन से लेकर न्यायपालिका तक कमज़ोर हैं, क्योंकि उच्च पदों पर बैठे लोग भयानक जातिवादी हैं। खासकर उच्च पदों पर विभिन्न जाति समूहों का समानुपातिक प्रतिनिधित्व हो, जिससे उस जाति के छोटे पदों पर काम करने वाले लोगों का उत्पीड़न न हो। सरकारी प्रशासनिक पदों पर हर जाति समूह का प्रतिनिधित्व हो, जिनकी पब्लिक डीलिंग होती है। न्यायपालिका में विभिन्न जाति समूहों का आनुपातिक प्रतिनिधित्व हो। इससे इन जगहों पर न्याय की इच्छा से जाने वाले लोग सवर्णों की जातीय कुंठा से मुक्ति पा सकते हैं। सभी प्राकृतिक संसाधनों को निजी क्षेत्र को सौंपने के बजाय

सार्वजनिक क्षेत्र की हिस्सेदारी इतनी हो, जिससे कि निजी क्षेत्र पर प्रतिस्पर्धी नियंत्रण रहे। यानी अगर ज़िला अस्पताल में कोई ऑपरेशन 2000 रुपये में हो रहा है तो मजबूरन निजी क्षेत्र को भी अधिकतम ढाई या तीन हज़ार रुपये में ऑपरेशन करना पड़े। सरकारी अस्पतालों की संख्या इतनी होनी चाहिए कि निजी क्षेत्र ज़्यादा कमाई करने पर प्रतिस्पर्धा से बाहर हो जाए। हर व्यक्ति को जीने की न्यूनतम ज़रूरतों के मुताबिक आमदनी का इंतज़ाम किया जाए। पूँजीवाद में कुछ हाथों तक धन सिमटा हुआ है, लेकिन यह ध्यान में रखा जाना चाहिए कि आज की दुनिया में पूँजीवादी देशों में सबसे ज़्यादा समावेशी विकास हो रहा है। इसकी मुख्य वजह लोगों की न्यूनतम ज़रूरतों के मुताबिक आमदनी सुनिश्चित करने की क़वायद होती है। शक्ति के धार्मिक स्रोतों पर एक जाति विशेष का कब्ज़ा ख़त्म किया जाए। धर्म सामाजिक हैसियत का बहुत बड़ा स्रोत है, जिस पर अमूमन ब्राह्मणों का कब्ज़ा है। वह ग़रीब हों या अमीर, उनका स्वाभाविक सम्मान होता है। वहीं नाले की सफ़ाई जैसा अहम काम करने वाले की कोई खास पूछ नहीं होती, न उसे कोई सम्मानित करता है। निजी क्षेत्र में सीईओ से लेकर गार्ड तक की भर्तियों की एक प्रणाली विकसित की जाए। इसमें चयन के लिए अंतरराष्ट्रीय स्तर की कोई ऐसी एजेंसी हायर की जाए, जिसमें अमेरिका, अफ्रीका, डेनमार्क जैसे देशों के ऐसे विद्वान हों, जिन्हें भारत की जातियों के बारे में ज्ञान न हो और वे निष्पक्ष रूप से भर्तियाँ कर सकें। रोज़गार की उपलब्धता कम-से-कम 120 प्रतिशत की जाए, जिससे हर हाथ को काम मिल सके। उच्च प्रशासनिक पद, निजी क्षेत्र में उच्च पद पर जाने के लिए प्रतिस्पर्धा स्वाभाविक है। लेकिन बेरोज़गारी न होने पर भर्तियों की बेइमानियाँ रोकी जा सकती हैं। उन सभी शब्दों को सार्वजनिक सरकारी दस्तावेज़ों से बाहर किया जाए, जिनसे जाति के बारे में पता चलता है। जातियों के आँकड़े वंचित वर्गों के आकलन तक गोपनीय तरीके से सरकारी दस्तावेज़ों में सिमटे रहें। शिक्षा और चिकित्सा सुविधाएँ मुफ़्त की जाएँ, जैसा कि ज़्यादातर विकसित देशों में विश्वविद्यालय से पहले की शिक्षा मुफ़्त है।

यह कार्य सरकारी स्तर पर धीरे-धीरे किया जा सकता है। अगर ऐसा किया जाता है तो जातिवाद के खात्मे की पूरी संभावना बनती है। अगर जाति नहीं भी ख़त्म होती है तो कम-से-कम जातीय श्रेष्ठता बोध ख़त्म हो जाएगा। काम के आधार पर जाति की पहचान ख़त्म करना अहम है, जिससे लोग यह न जान सकें कि मंदिर में पूजा कराने वाला ब्राह्मण ही होगा और नाले में घुसकर सफ़ाई करने वाला दलित या अनुसूचित जाति का ही होगा। अन्यथा औद्योगिक विकास से या वंचित तबके को प्रतिनिधित्व देने की सरकारी व्यवस्था यानी आरक्षण ख़त्म करके जातिवाद ख़त्म करने का सपना उच्च स्तर की धूर्तता बनकर रह जाएगी।

ग़रीबी पर काम करने वाले अर्थशास्त्री अभिजित बनर्जी, उनकी पत्नी एस्थर डुफ्लो और अर्थशास्त्री माइकल क्रेमर को अर्थशास्त्र के नोबेल पुरस्कार के लिए चुना गया। नोबेल पुरस्कार समिति[18] ने कहा कि तीनों अर्थशास्त्रियों को अंतरराष्ट्रीय स्तर पर ग़रीबी कम करने के उनके प्रयोगात्मक नज़रिये के लिए चुना गया है। ग़रीबी कम करने के नज़रिये पर नोबेल पुरस्कार दिए जाने से एक बात यह भी साफ़ हुई है कि दुनिया में बढ़ती असमानता को एक समस्या के रूप में देखा जा रहा है और विश्व इस क़वायद में है कि आम लोगों के जीवन स्तर में किस तरह से सुधार किया जाए। जब केंद्र सरकार ने सवर्णों को ग़रीबी के आधार पर सरकारी नौकरियों में आरक्षण दिया तो अभिजित बनर्जी इसके विरोध में खूब बोले। उन्होंने कहा कि सरकारी नौकरियों को कम आकर्षक बनाए जाने की ज़रूरत है, जिससे उसकी तरफ़ लोग आकर्षित न हों।[19]

बनर्जी का मानना है कि कोटे की पॉलिटिक्स राजनीतिक व्यवस्था खेलती है। सवर्णों को ग़रीबी के आधार पर 10 प्रतिशत आरक्षण दिए जाने को लेकर बनर्जी ने नाराज़गी जताते हुए कहा था कि सवर्णों की बड़ी आबादी की सालाना आमदनी आठ लाख रुपये से ज़्यादा है और नौकरियों में पहले ही उनकी हिस्सेदारी 10 प्रतिशत से कहीं ज़्यादा है, ऐसे में यह एक राजनीतिक फ़ैसले के सिवा कुछ नहीं है। उनका मानना है कि आम लोगों को सरकार से पूछने की ज़रूरत है कि वह नौकरियाँ बढ़ाने के लिए क्या कर रही है? लोगों की सरकार से उम्मीदें और उपलब्ध नौकरियों की संख्या में गहरी खाई को लेकर बनर्जी का मत साफ़ रहा है कि ऐसी स्थिति में लोगों को किस तरह के सवाल उठाने की ज़रूरत है।

अभिजित किसानों की कर्ज़माफ़ी को फौरी राहत मानते हैं, लेकिन उनका साफ़ कहना है कि अगर किसी किसान ने कर्ज़ न लेकर अपनी बचत से खेती की है तो उसे कर्ज़माफ़ी का लाभ नहीं मिलेगा, जबकि वह व्यक्ति भी उतना ही परेशान रहा है, जितना कि अन्य किसान। वह कृषकों की समस्या के दीर्घकालीन समाधान के पक्षधर रहे हैं। पिछले एक दशक से किसान तरह-तरह के आंदोलन कर रहे हैं, जिन्हें तमाम तरह के संकटों का सामना करना पड़ रहा है।

बारदोली सत्याग्रह के दौरान सरदार वल्लभभाई पटेल ने कहा था, ''यदि कोई शक्ति पृथ्वी पर सिर ऊँचा करके चल सकती है तो वह किसान हैं। वही उत्पादक है, वह सबका पोषणकर्ता है। अन्य तो शोषक हैं। किन्तु आज उसकी ऐसी दशा कर दी गई है, जिसका वर्णन नहीं किया जा सकता है। सारे संसार का भार किसानों और मज़दूरों पर है और उनसे ही बुरा व्यवहार किया जा रहा है। मज़दूरों और किसानों की

विवशता और निरीहता देखकर मुझे विशेष दुख हो रहा है। तुम इतने भयभीत क्यों हो, इतने मौन क्यों हो? सरकार को चुनौती दे दो कि वह तुम्हारी संपत्ति उठाकर ले जाए। सरकार को कह दो कि हमारे ताल्लुकों को मशीनगनों और जहाज़ों से ध्वस्त कर दे। हमारे पास सशस्त्र सेना नहीं है, पर फिर भी हमारे पास एक सच्ची शक्ति है, जो इसके विरुद्ध एकत्रित की जा सकती है। वह है सत्य की सेना, जो अपने धर्म पर दृढ़ रहने की शक्ति रखती है।''[20]

भारत में स्वतंत्रता के बाद तमाम क्षेत्रों में प्रगति हुई है, लेकिन कृषि के क्षेत्र में हुई प्रगति उल्लेखनीय है। द्वितीय विश्वयुद्ध के समय 1943 से 1945 के बीच बंगाल में फैली भुखमरी से 30 लाख लोगों की मौत हो गई थी। यह ब्रिटिश प्रशासन पर बहुत बड़ा धब्बा माना जाता है और इसके लिए ब्रिटेन के तत्कालीन प्रधानमंत्री विस्टर्न चर्चिल को ज़िम्मेदार ठहराया जाता है।[21] बहरहाल स्वतंत्रता के कुछ दशक तक अनाज का आयात कर भारत का पेट भरा जाता था, वहीं किसानों व देश के वैज्ञानिकों ने अनाज उत्पादन के क्षेत्र में इतनी प्रगति कर ली है कि अब भारत में सरप्लस अनाज का उत्पादन होता है, जिसका प्रबंधन सरकार के लिए कठिन हो गया है।

2017 में आई सरकार की एक रिपोर्ट के मुताबिक भारत में कुल कृषि जिंसों का सालाना उत्पादन 1.13 अरब टन है।[22] पर्याप्त बुनियादी ढाँचा सुविधाएँ न होने के कारण बड़ी मात्रा में उत्पाद की बर्बादी होती है, जो फलों व सब्ज़ियों के मामले में 30 प्रतिशत से लेकर 50 प्रतिशत तक है।[23] फ़ूड कॉर्पोरेशन ऑफ़ इंडिया ने 2016-17 में 473.31 लाख टन अनाज की हैंडलिंग की, जिसमें विकेंद्रीकृत खरीद का स्टॉक शामिल नहीं था। इसमें से 0.09 लाख टन अनाज बारिश, बाढ़, चक्रवात, लापरवाही आदि जैसी वजहों से बर्बाद हो गया। 2019 में 0.05 लाख टन अनाज बर्बाद हुआ।[24] जो अनाज संग्रह किए जा सकते हैं, उनकी भी बर्बादी बड़े पैमाने पर होती है, क्योंकि किसानों के पास भंडारण की पर्याप्त व्यवस्था नहीं होती। किसानों को उपज का उचित दाम न मिल पाने की भी एक बड़ी वजह यह रही है कि उन्हें दबाव में आकर अपने कृषि उत्पाद बेचने पड़ते हैं। मार्च 2020 में केंद्र सरकार द्वारा लोकसभा में दिए गए एक जवाब के मुताबिक पिछले 5 सालों में 38,000 टन अनाज बर्बाद हो गया। सरकार के मुताबिक 2018-19 में 52,13,130 किलो से ज़्यादा खाद्यान्न बर्बाद हुआ, जिससे अनुमानित रूप से 72,033,224 रुपये का नुकसान हुआ।[25] अनाज की बर्बादी एक समस्या है ही, किसानों को उनके उत्पाद का उचित मूल्य न मिल पाना उससे भी बड़ी समस्या है।

खेती–बाड़ी की दुर्दशा और शहरों में बेहतर ज़िन्दगी और बेहतर बुनियादी ढाँचा सुविधाओं की वजह से बड़े पैमाने पर गाँवों से शहरों की ओर पलायन हुआ है। इस समय भारत के सभी राज्यों में गाँव के मकानों में ताले लगते जा रहे हैं और लोग शहर जाकर ज़िन्दगी बिता रहे हैं। केंद्र सरकार के पास आंतरिक आवाजाही के आँकड़े नहीं होते। समय–समय पर सर्वे कराकर या अन्य माध्यमों से आँकड़े माँगे जाते हैं। कोविड–19 और लॉकडाउन के बग़ैर सोचे–समझे फ़ैसले को लेकर बड़े पैमाने पर पलायन हुआ। लोकसभा में 16 मार्च 2021 को सांसद पूनम महाजन और कुमारी राम्या हरिदास ने सरकार से पिछले पाँच सालों में शहरों से गाँवों और ज़िलों में पलायन और उनके रोज़गार की स्थिति, पलायन की वजह, उनकी प्रतिदिन मज़दूरी, पलायन करने वालों की बेरोज़गारी के प्रतिशत आदि के बारे में विस्तार से जानकारी माँगी।[26] इसके जवाब में ग्रामीण विकास मंत्री नरेंद्र सिंह तोमर ने संसद में बताया कि शहरों से वापस गाँवों की ओर प्रवास के विषय में श्रम एवं रोज़गार मंत्रालय की ओर से मिली जानकारी के मुताबिक कोविड–19 लॉकडाउन के दौरान कुल एक करोड़, 14 लाख, 30 हज़ार 968 लोगों का पलायन हुआ। यह हाल के दशकों में सरकार सृजित सबसे बड़ी मानव त्रासदी है, जिसमें हज़ारों किलोमीटर की दूरी छोटे–छोटे बच्चों, महिलाओं, बुज़ुर्गों को पैदल तय करनी पड़ी, क्योंकि वे डर गए थे कि शहरों में उनका रोज़गार चला गया है, खाने का ठिकाना नहीं रहा और वायरस का हमला उनकी ज़िन्दगी छीन सकता है।

कोरोना के दौरान मज़दूरों के पलायन से एक मोटा आँकड़ा मिल सकता है कि किस राज्य से सबसे ज़्यादा मज़दूर दूसरे राज्यों में रोज़ी–रोज़गार खोजने के लिए जाते हैं। ये ऐसे मज़दूर हैं, जो सामान्यतया अस्थायी नौकरियाँ और मज़दूरी करते हैं। शहरों में झुग्गियों में रहते हैं या इनके रहने का स्थायी ठिकाना नहीं रहता है (देखें तालिका–4)।

तमाम क़वायदों के बावजूद सरकार अनुसूचित जाति, जनजाति व अन्य पिछड़े वर्ग को प्रतिस्पर्धा में ला पाने में सक्षम नहीं हुई है। कुछ आँकड़े यह भी संकेत देते हैं कि अन्य पिछड़े वर्ग में आरक्षण पाने वालों की स्थिति अनुसूचित जाति और जनजातियों से भी बुरी है। द्रविड़ मुनेत्र कड़गम से तमिलनाडु की चेन्नई सेंट्रल लोकसभा से सांसद दयानिधि मारन ने 15 मार्च, 2021 को शिक्षा मंत्री से पूछा कि अनुसूचित जाति, अनुसूचित जनजाति और अन्य पिछड़े वर्ग के कितने विद्यार्थियों ने आईआईटी प्रवेश परीक्षा दी और इस समुदाय द्वारा वर्गीकृत रूप में उन विद्यार्थियों का प्रतिशत कितना है, जो इस परीक्षा में उत्तीर्ण हुए।[27] इसके जवाब में सरकार ने

जो जानकारी दी, ओबीसी के उत्तीर्ण प्रतिशत के आँकड़े सबसे कम थे। इसे इस तालिका में देखा जा सकता है (देखें तालिका-5)।

भारत में किसानों की दुर्दशा और गाँवों से शहरों की ओर भगदड़ और तमाम झुग्गियों का बसना जारी है। वहीं चमक-दमक वाले अमेरिका सहित विकसित देशों की कालीन के नीचे बहुत-कुछ दबाया गया है और सड़ रहा है। अमेरिका में किसान बहुत बुरे दौर से गुज़र रहा है और उससे जुड़ी समाज की कई समस्याएँ हैं। ये समस्याएँ एक-दूसरे से गुँथी हुई हैं। "आप फ़ूड वर्कर्स यानी किसानों के बारे में बात किए बग़ैर पशुओं के कल्याण के बारे में बात नहीं कर सकते। और आप आमदनी में असमानता, रेसिज़्म और विस्थापन पर बात किए बग़ैर किसानों यानी फ़ूड वर्कर्स के बारे में बात नहीं कर सकते। हर मसला एक-दूसरे से जुड़ा हुआ है।"[28]

इसकी तुलना भारत से करें। आप दलितों की अलग बात करते हैं, पिछड़ों की अलग बात करते हैं। नौकरियों की अलग बात करते हैं। किसानों की अलग बात करते हैं। जबकि हकीकत यह है कि ये सभी एक-दूसरे से इस कदर गुँथे और जुड़े हुए हैं कि किसी एक का कल्याण कर और दूसरे को छोड़कर समस्या का समग्र समाधान नहीं हो सकता। शासन करने वालों का मज़ा यह है कि वह सबको अलग-अलग करके और तुष्टिकरण से आसानी से शासन और सत्ता का मज़ा ले रहा है।

बिटमैन ने अमेरिका की पूरी खाद्य व्यवस्था के बारे में लिखा है, जिसमें द्वितीय विश्वयुद्ध के बाद कामकाजी लोगों का फ़ास्ट फ़ूड की तरफ़ जाने से लेकर मौजूदा दौर में अमेरिकी किसानों की आत्महत्या के दौर तक का लेखा-जोखा है।

अमेरिका में किसानों को टेक्नोलॉजी देने और एग्रीकल्चर को एग्रीबिज़नेस में बदलने का वादा करके लूट लिया गया है। बिटमैन लिखते हैं कि अब साइंटिस्ट और रिसर्चर किसानों से नहीं जुड़े हैं, बल्कि वे बैंकरों, उपकरण विनिर्माताओं, बीज और कृषि रसायन के विक्रेताओं के लिए काम कर रहे हैं। बिटमैन लिखते हैं कि खाद्य व्यवस्था टूटी नहीं है, दरअसल यह बड़ी बीज और खाद व कीटनाशक कंपनियों के लिए काम कर रही है।

इसके पीछे ज़मीन पर ज़्यादा-से-ज़्यादा कब्ज़ा कर लेने की भूख सामने आ रही है। अमेरिका में 100 किसानों के पास अमेरिकी राज्य फ़्लोरिडा के बराबर कृषि भूमि है। 2007 के बाद इनकी ज़मीन 50 प्रतिशत बढ़ गई और यह लगातार बढ़ रही है।[29] स्वाभाविक है कि असली किसान ज़मीन बेचकर भाग रहे हैं। यह तमाम विकसित देशों में हो रहा है, जहाँ किसान खेती छोड़कर मजबूरन रियल एस्टेट एजेंट बनने को विवश हैं। ज़मीन की भूख वैश्विक दुनिया को एक नया आकार दे रही है।

(तालिका-4) देशबंदी के दौरान पलायन के राज्यवार आँकड़े

क्रमांक	राज्य का नाम	गृह राज्य लौटे प्रवासी
1	आंध्र प्रदेश	32,571
2.	अंडमान और निकोबार	4,960
3	अरुणाचल प्रदेश	2,871
4.	असम	4,26,441
5.	बिहार	15,00,612
6.	चंडीगढ़	39,320
7.	छत्तीसगढ़	5,25,900
8.	दादर और नगर हवेली तथा दमन दीव	43,747
9.	दिल्ली	2,047
10.	गोवा	85,620
11.	गुजरात	0
12.	हरियाणा	1,289
13.	हिमाचल प्रदेश	18,652
14.	जम्मू और कश्मीर	48,780
15.	झारखंड	5,30,047
16.	कर्नाटक	1,34,438
17.	केरल	3,11,124
18.	लद्दाख	50
19.	लक्षद्वीप	456
20.	मध्य प्रदेश	7,53,581
21.	महाराष्ट्र	1,82,990
22.	मणिपुर	12,338
23.	मेघालय	4,266
24.	मिज़ोरम	8,446
25.	नगालैंड	11,750
26.	ओडिशा	8,53,777
27.	पुडुच्चेरी	1,694
28.	पंजाब	5,15,642
29.	राजस्थान	13,08,130

(तालिका-4) क्रम संख्या जारी...

क्रमांक	राज्य का नाम	गृह राज्य लौटे प्रवासी
30.	सिक्किम	33,015
31.	तमिलनाडु	72,145
32.	तेलंगाना	37,050
33.	त्रिपुरा	34,247
34.	उत्तर प्रदेश	32,49,638
35.	उत्तराखंड	1,97,128
36.	पश्चिम बंगाल	13,84,693
	कुल	1,14,30,968*

स्रोत : लोकसभा में ग्रामीण विकास मंत्री द्वारा दिया गया जवाब।

*11 मार्च, 2021 तक राज्यों व केंद्र शासित क्षेत्रों से प्राप्त विस्थापित श्रमिकों के आँकड़ों का कुल योग

(तालिका-5) जेईई एडवांस 2020 में शामिल व उत्तीर्ण विद्यार्थियों के आँकड़े

श्रेणी	उपस्थित	उत्तीर्ण	उत्तीर्ण प्रतिशत	उत्तीर्ण, लेकिन सीट नहीं मिली
सामान्य	39,605	18,028	45.51	11,628
एससी	23,775	7,869	33.09	5,460
एसटी	10,924	2,818	25.79	1,608
ओबासी-एनसीएल	52,785	9,349	17.71	4,954
सामान्य-ईडब्ल्यूएस	23,749	5,140	21.64	3,495
कुल	1,50,838	43,204	28.64	27,143

स्रोत : शिक्षा मंत्री द्वारा लोकसभा में दिया गया जवाब।

कोविड-19 और उसके बाद की दुनिया में काफ़ी कुछ बदलाव आने की संभावना नज़र आ रही है। विभिन्न विकसित देशों से जो आँकड़े आ रहे हैं, उनसे पता चलता है कि वंचित इलाक़ों में कोरोना से मौतें ज़्यादा हुई हैं। यूनाइटेड किंगडम (यूके) के राष्ट्रीय सांख्यिकी कार्यालय के आँकड़ों के मुताबिक इंग्लैंड और वेल्स में वंचित इलाक़ों में मृत्यु दर कम वंचित इलाक़ों की तुलना में दोगुनी से ज़्यादा रही।[30] आँकड़ों के मुताबिक ग़रीबी और जनसंख्या घनत्व मौत का जोखिम बढ़ा रहा

है। फ्रांस में कम आमदनी वाले आवासीय इलाक़ों में ज़्यादा राष्ट्रीय आमदनी वाले इलाक़ों की तुलना में मृत्यु दर दोगुनी रही है। वहीं संयुक्त राज्य अमेरिका (यूएस) में पिछड़े इलाक़ों में जहाँ एक लाख आबादी पर 60 लोगों की कोविड-19 से मौत हुई वहीं अमीर इलाक़ों में एक लाख आबादी पर मृत्यु दर 48 रही है।[31] जनसंख्या घनत्व ने मृत्यु दर बढ़ाने में अहम भूमिका निभाई है। कोविड-19 ने दुनिया के सभी देशों का बजट बिगाड़ा है, राजस्व संग्रह घटा है और स्वास्थ्य सेवाओं पर खर्च में उल्लेखनीय वृद्धि हुई है, जो निजी क्षेत्र के बजाय सरकारों को ही करना पड़ा है।

कोविड-19 ने वैश्विक मूल्य शृंखला और औद्योगिक नीति पर नए सिरे से विचार करने को विवश किया है। विकसित देश ऐसी आर्थिक व्यवस्था पर चर्चा कर रहे हैं, जिससे ग्रामीण अर्थव्यवस्था विकसित हो। आपूर्ति शृंखला छोटी किए जाने पर चर्चा हो रही है और ग्लोबल से लोकल की ओर बढ़ने पर विचार हो रहा है। इसके अलावा कोविड-19 ने डिजिटलीकरण को तेज़ किया है। यह सिर्फ़ मुद्रा के लेन-देन तक सीमित नहीं है। तमाम कंपनियों ने अपने ऑफ़िस के आकार घटा दिए हैं। किसी भी फ़ैक्टरी या उत्पादन केंद्र में घर से बैठकर काम कर पाने वाले कर्मचारियों को अलग किया गया है। ऐसी तमाम सेवाएँ हैं, जो इंटरनेट के माध्यम से मिलती हैं या घर बैठे कंप्यूटर के माध्यम से काम किया जा सकता है। कंपनियों को इससे यह समझने का मौका मिला है कि कितने लोगों को ऑफ़िस या फ़ैक्टरी में न बुलाया जाए तो काम चल सकता है। संभव है कि आने वाले दिनों में मज़दूरों और उद्योगपतियों के बीच के दलालों यानी व्हाइट कॉलर कर्मचारियों और मैनेजमेंट का एक हद तक खात्मा हो जाए। यह निगरानी प्रक्रिया ज़्यादातर घर बैठे चल सकती है और इससे कर्मचारियों का शोषण भी रुक सकता है। इसके अलावा किसी फ़ैक्टरी में अकाउंट, मानव संसाधन सहित तमाम ऐसे विभाग होते हैं, जिनका काम घर बैठे हो रहा है। फ़ील्ड में काम करने वाली मार्केटिंग टीम के लिए भी कार्यालय की ज़रूरत ख़त्म हो गई है। ऐसे में कोरोना के दौर में आर्थिक व्यवस्था में बहुत कुछ बदलता हुआ नज़र आ रहा है।

विश्व के जाने-माने इतिहासकार और येरुशलम के हेब्रू यूनिवर्सिटी के इतिहास विभाग में लेक्चरर युवाल नोआ हरारी के मुताबिक अगर वैश्विक इतिहास में हुए परिवर्तन को गेहूँ के हिसाब से सोचें तो पाते हैं कि किस तरह से गेहूँ ने मानव सभ्यता को अपने कब्ज़े में ले लिया है।

दस हज़ार साल पहले हज़ारों वनस्पतियों में से गेहूँ महज़ एक जंगली घास था। गेहूँ ने अपने फ़ायदे के लिए मानव को नियंत्रित करना शुरू किया। यह वानर

प्रजाति 10,000 साल पहले तक शिकार और संघर्ष करते हुए अच्छा-खासा चैन का जीवन जी रही थी, लेकिन इसके बाद इसमें गेहूँ की खेती में ज़्यादा-से-ज़्यादा उद्यम लगाने की शुरुआत हुई। कुछ ही सहस्राब्दियों के भीतर मनुष्य दुनिया के बहुत से हिस्सों में सुबह से शाम तक गेहूँ की फ़सल पर ध्यान देने के अलावा और किसी भी चीज़ की खेती पर बहुत कम ध्यान देने लगे। यह आसान नहीं था। गेहूँ उनसे बहुत ज़्यादा माँग करता था। गेहूँ को चट्टानें और कंकर पत्थर पसंद नहीं थे। इसलिए सेपियंस इन सब चीज़ों से खेतों को साफ़ करने में कमरतोड़ मेहनत करने लगे। गेहूँ को अपनी जगह, पानी और पोषक तत्वों को दूसरी वनस्पतियों से साझा करना पसंद नहीं था। इसलिए मर्द और औरतें पूरे दिन तीखी धूप में बैठकर खेतों की निराई करने लगे। गेहूँ बीमार पड़ जाता था इसलिए सेपियंस को कीड़ों और पाले पर नज़र रखनी पड़ती थी। गेहूँ खरगोशों से लेकर टिड्डी दल सहित अनेक दूसरे प्राणियों के सामने असहाय था जो उसे खाना पसंद करते थे। इसलिए किसानों को उसकी रक्षा करनी पड़ती थी। गेहूँ प्यासा था इसलिए मनुष्यों ने झरने और नदियों से पानी लाकर उसकी सिंचाई शुरू की। यहाँ तक कि इसकी भूख ने सेपियंस को जानवरों का मल इकट्ठा करने पर मजबूर कर दिया, ताकि वे इसे उगाने वाली ज़मीन को पोषण मुहैया करा सकें। अब तमाम घास में से एक, गेहूँ का इस धरती के 25 लाख वर्ग किलोमीटर पर राज है। इस तरह से गेहूँ ने स्वच्छंद विचरण करने वाले मनुष्यों को पालतू बना लिया।[32]

विकास की लंबी प्रक्रिया के बाद मनुष्य मौजूदा अवस्था में पहुँचा है। भारत के संदर्भ में देखें तो 1991 के उदारीकरण के बाद बड़े पैमाने पर लोगों का शहरों में विस्थापन हुआ और बड़ी-बड़ी झुग्गियाँ विकसित हुईं, गाँवों के मकानों में ताले पड़ते गए। वैज्ञानिक प्रगति ने कृषि उत्पादन में मानव की भूमिका कम कर दी और लोग खाने पर सबसे कम खर्च करने लगे, जो ज़िन्दगी का अहम हिस्सा है।

मनुष्य के जीवन की मूलभूत ज़रूरत है भोजन। जब भोजन की ज़रूरतें पूरी हो जाती हैं और अतिरिक्त समय बचता है तो वह सरप्लस जुटा सकता है, उसके लिए अतिरिक्त काम कर सकता है। यह बुनियादी बात आज भी लागू होती है। जब बिहार के मुख्यमंत्री नीतीश कुमार ने सत्ता सँभाली थी तो उनका पहला बयान यही था कि जिन लोगों को भोजन के लिए विस्थापन करना पड़ रहा है, मेरी क़वायद यह रहेगी कि वे बिहार से विस्थापित न होने पाएँ। यह लक्ष्य भारत के हर राज्य, हर ज़िले की राज्य और पंचायत प्रशासन का होना चाहिए कि कोई भी व्यक्ति पेट के लिए विस्थापित न हो। हाँ, अगर उसे कोई और व्यवस्था बेहतर लग रही है और

उसे अन्य व्यवस्था में सुख महसूस होता है तो उसे अपने गाँव, ज़िले, राज्य और यहाँ तक कि देश छोड़कर जाने में भी दिक्कत नहीं है।

भारत में किसानी के नष्ट होने, शहरों की तुलना में गाँवों में सुविधाएँ धीरे-धीरे कम होते जाने की वजह से भोजन जैसी बुनियादी ज़रूरत के लिए विस्थापन तेज़ हुआ। इस विस्थापन ने कई तरह की सामाजिक, मानसिक समस्याओं को जन्म दिया है। शहरी इलाक़ों में सघन झुग्गियाँ और अवैध कॉलोनियाँ बसी हैं और वहाँ सुविधाओं का घोर अभाव है। शोर से लेकर ज़हरीले धुएँ का असर बढ़ा। महानगरों में रोडरेज बढ़ी, हिंसा बढ़ी, चोरियाँ और छिनैतियाँ बढ़ीं। अतिरिक्त धन जुटाने की भूख ने तरह-तरह की समस्याएँ पैदा कर दी हैं।

कोविड-19 ने भारत को एक मौका दिया है कि पूरे आर्थिक ढाँचे और आर्थिक चिंतन में दीर्घकालीन बदलाव किया जाए। गाँधी ने ग्राम स्वराज की परिकल्पना पेश की थी, जिसमें बाहरी निर्भरता घटाने की बात थी। गाँधी का मानना था...

प्रत्येक गाँव संपूर्ण गणराज्य होना चाहिए, जो अपनी जीवन संबंधी ज़रूरतों के लिए अपने पड़ोसियों से स्वतंत्र हो और फिर बहुत-सी बातों में, जहाँ आश्रितता ज़रूरी हो, वे एक-दूसरे पर निर्भर रहें। इस प्रकार प्रत्येक गाँव का पहला काम यह होगा कि वह खाने के लिए अपना अनाज और कपड़े के लिए अपना कपास उगाए। पशुओं के लिए चारागाह होना चाहिए और बच्चों के लिए मनोरंजन और खेलकूद के स्थान होने चाहिए। इसके बाद अगर ज़मीन हो तो वह रुपये पैदा करने वाली फ़सल उगाएगा और गांजा भांग, तंबाकू का बहिष्कार करेगा। गाँव का अपना ग्राम, नाटकशाला, पाठशाला और अपना सभाभवन होगा। उसकी अपनी पानी योजना होगी, जिससे साफ़ पानी मिलता रहे। बुनियादी पाठ्यक्रम में अंत तक शिक्षा अनिवार्य होगी। जहाँ तक संभव होगा, सब काम सहकारी ढंग से किए जाएँगे। उसमें आज जैसी ऊपर से नीचे तक छुआछूत प्रथा नहीं होगी।[33]

गाँवों के क्लस्टर बनाकर पंचायती राज के माध्यम से ऐसा किया जा सकता है। इसमें सरकार का हस्तक्षेप न्यूनतम हो और एक बार इस तरह की टिकाऊ व्यवस्था बना देने तक उसकी भूमिका सीमित हो। उसके बाद उस क्लस्टर की अपनी अर्थव्यवस्था हो। शिक्षा और स्वास्थ्य व्यवस्था ऐसी हो, जिसमें अमीर और ग़रीब के बीच कोई अंतर न होने पाए और वह सरकारी और निजी व्यवस्था का मिश्रण भी हो सकता है। इतना-सा मसला होना चाहिए कि निजी और सरकारी दोनों ही लोगों की पहुँच से बाहर न हों। वर्क फ्रॉम होम के दौर में तमाम काम अब गाँवों में बैठकर बड़े स्वच्छ वातावरण में किया जा सकता है और निम्न मध्य वर्ग को किस्तों

के दुष्चक्र में फँसकर पागल बन जाने से बचाया जा सकता है।

गाँधी को जाति और वर्ण व्यवस्था का समर्थक कहा जाता है। हालाँकि वह जाति व वर्ण व्यवस्था के मानवता के इस्तेमाल तक ही समर्थक नज़र आते हैं। गाँधी का मानना था कि मनुष्य इसलिए नहीं बना है कि वह रोटी और सुविधाएँ जुटाने के लिए हाय-हाय करने में अपना जीवन गँवा दे। गाँधी का मानना था, "मनुष्य रोज़-ब-रोज़ धन बटोरने और आजीविका के भिन्न-भिन्न साधन खोजने के लिए पैदा नहीं हुआ है। मनुष्य इसलिए पैदा हुआ है कि वह अपने प्रभु को जानने के लिए शक्ति का एक-एक अणु काम में ले।" इस हिसाब से गाँधी वर्णाश्रम धर्म के समर्थक थे कि जो काम मनुष्य के बाप-दादों से मिला है, जीवित रहने के लिए वह उसका इस्तेमाल कर सके। वह वर्णाश्रम को लेकर बिलकुल सख्त नहीं थे कि कोई दूसरा धंधा अपना ही नहीं सकता है।

केंद्र सरकार द्वारा 16 मार्च, 2021 को संसद में दी गई जानकारी के मुताबिक[34] भारत की कुल आबादी में भिखारियों, खानाबदोशों आदि की कुल संख्या 4,13,670 है। 45,296 भिखारी ऐसे हैं, जिनकी उम्र 15 साल से कम है। यह इस देश का दुर्भाग्य है कि देश के भाग्यविधाता और सरकार में बैठे प्रबंधक भिखारियों को काम नहीं दे पा रहे हैं। आख़िर भिखारियों की क्या महत्त्वाकांक्षा हो सकती है, जो दिल्ली के लक्ष्मीनगर से लेकर आईटीओ चौराहे से मुंबई के छत्रपति शिवाजी टर्मिनल और मुंबादेवी मंदिर के सामने भीख के लिए दयनीय अवस्था में गिड़गिड़ा रहे हैं। सवाल यह है कि क्या वे इस देश के प्रधानमंत्री या आईएएस अधिकारी बनना चाहते हैं? वे सिर्फ़ ज़िन्दा रहने की क़वायद कर रहे हैं, जिससे उन्हें दो वक्त का भोजन मिल सके। सरकार उन्हें भी काम दे पाने में सक्षम नहीं है, जबकि गाँवों में स्कूलों के लिए भवन नहीं हैं, तालाब नहीं हैं और चूहों के खिलाने के लिए पर्याप्त से ज़्यादा अनाज पैदा कर किसानों ने सरकार के गोदाम भर डाले हैं। दिलचस्प यह है कि इन चार लाख लोगों की ज़िन्दगी बेहतर करने के लिए केंद्र सरकार का सामाजिक न्याय अधिकारिता मंत्रालय से लेकर राज्यों का पूरा अमला लगा हुआ है। उनके लिए पुनर्वास योजनाएँ चलाई जा रही हैं। महिला एवं बाल विकास मंत्रालय व किशोर न्यायालय बने हुए हैं, तमाम कानून बने हुए हैं। सिक्योरिटी नेटवर्क है, जिससे कि बच्चों से भीख न मँगवाई जा सके। इन सब व्यवस्थाओं के बावजूद देश में बड़ी संख्या में भिखारियों की मौजूदगी बनी हुई है, जिन्हें स्वस्थ बनाकर सम्मानजनक काम में लगाया जा सकता है।

अब आधुनिक अर्थव्यवस्था ने मनुष्यों को पेट के भूगोल में फँसा दिया है।

कंपनियों से कर्मचारियों को मिलने वाले वेतन का करीब पूरा-का-पूरा हिस्सा बच्चों की स्कूल फ़ीस और किराये के मकान या मकान का ईएमआई भरने में खर्च होता है और एक छोटा-सा हिस्सा उसके खाने पर खर्च होता है। ऐसी व्यवस्था बनी हुई है कि महानगरों में एक लाख रुपये से कम वेतन पाने वाले लोग अपनी पूरी नौकरी की ज़िन्दगी ईएमआई में बिताते हैं और उनके वेतन का जो छोटा-सा हिस्सा खाने पर खर्च होता है, उसी के थोड़ा महँगा होते ही घर का पूरा बजट बिगड़ जाता है। ऐसे में यह सोचने के लिए बार-बार मजबूर होना पड़ता है कि इस पूँजीवादी व्यवस्था ने आख़िर हमें क्या दिया है? गाँधी ने 1945 में कहा था, ''मिलों और शहरों की संख्या बढ़ने से हिन्दुस्तान के करोड़ों लोगों की खुशहाली में मदद नहीं मिलेगी। उल्टे उससे बेकारों की ग़रीबी और बढ़ जाएगी और भूख से पैदा होने वाले तमाम रोग फैल जाएँगे।'' आज की स्थिति में अगर दिल्ली में एक लाख रुपये तक वेतन पाने वाला दिल्ली में बैठा कोई व्यक्ति सोचे तो क्या मौजूदा व्यवस्था ने गाँधी की सोच से इतर कुछ दिया है? छोटे-छोटे मकानों में कैद परिवारों को प्रदूषण, प्राकृतिक वातावरण न मिल पाने, शारीरिक श्रम न कर पाने की वजह से तमाम बीमारियों ने घेर रखा है। बच्चों की फ़ीस, ईएमआई और महीने के भोजन पर खर्च से इतर अगर कुछ पैसे बचते हैं तो वह पैसे निजी अस्पतालों के चिकित्सकों की जेब में जाते हैं। ऐसे में कहीं भी किसी तरह की पैसे की अतिरिक्त ज़रूरत होने पर व्यक्ति क्रेडिट कार्ड के कर्ज़ के दुष्चक्र में फँसता है। अपने स्वास्थ्य के साथ समझौते करता है, बीमार होने के बावजूद चिकित्सक के पास नहीं जा पाता और थोड़ा-बहुत दूध और सब्ज़ियों में कटौती करके क्रेडिट कार्ड का बकाया भुगतान करने की क़वायद करता है।

दिल्ली जैसे महानगरों में रहकर महीने में एक लाख रुपये तक की नौकरी करने वालों का यही हाल है। उनकी ज़िन्दगी कॉर्पोरेट्स ने बाँध रखी है। व्यक्ति जिस कंपनी में अपने 24 घंटे के करीब आधे घंटे काम करके सैलरी अर्जित करता है, उस कंपनी के मालिक के अन्य रिश्तेदारों की कंपनियों, बैंकों, अस्पतालों, स्कूलों में उस व्यक्ति की मासिक किस्त बँधी रहती है। शहरी जीवन जी रहे लोगों को कॉर्पोरेट्स ने यही ज़िन्दगी दी है। निश्चित रूप से इस ज़िन्दगी पर विचार करने की ज़रूरत है कि क्या इसी के लिए हमें मनुष्य जीवन मिला है?

भारत की उन्नति तब तक नहीं हो सकती, जब तक इसकी आबादी को स्वतंत्र रूप से सोचने, काम करने, आराम करने का मौका न दिया जाए। शहरों की कॉर्पोरेट व्यवस्था ने उसे पेट के लिए 24 घंटे परेशान रहने की ज़िन्दगी दी है। वहीं

ग्रामीण अर्थव्यवस्था को इस कदर तबाह कर दिया गया है कि एक किसान और किसानी पर निर्भर अन्य लोगों के लिए भोजन, प्राथमिक शिक्षा, प्राथमिक स्वास्थ्य जैसी बुनियादी ज़रूरतें भी नहीं मिल पा रही हैं।

भारत की समस्याओं के लिए विशाल जनसंख्या को दोषी ठहराने का एक चलन सा रहा है। 1941 में जब भारत में बांग्लादेश और पाकिस्तान भी शामिल थे, तब भारत की आबादी 40 करोड़ के आस-पास थी और 2011 में 140 करोड़ पहुँच गई है। लेकिन 1943 में केवल बंगाल में भूख से 30 लाख से ज़्यादा लोग मर गए थे। इससे यह साफ़ है कि आबादी नहीं, मनुष्यों का उचित प्रबंधन अहम है, जिससे देश आगे बढ़ सकता है। स्कूल, अस्पताल, रेल, फ़ैक्टरियाँ, सड़क सहित जितनी भी सुख-सुविधाएँ हैं, वे मनुष्य ही तैयार करता है। भारत में इतने बड़े पैमाने पर मनुष्य हैं, लेकिन उनका उचित प्रबंधन न हो पाने के कारण चिकित्सक से लेकर सड़क तक हर चीज़ की कमी बनी हुई है। इस समय केंद्र सरकार के एफसीआई के गोदामों में सरप्लस अनाज है, जिसका रखरखाव सरकार के लिए मुश्किल है। वहीं तमाम राज्यों से ये ख़बरें आती हैं कि भूख से लोगों की मौत हो गई। यह सामान्य सी सोचने की बात है कि अनाज रहते लोग भूख से क्यों मर रहे हैं। स्वाभाविक है कि यह सीधे-सीधे सरकार की विफलता है। सरकार देश के कॉर्पोरेट्स के विकास में लगी है और रोज़गार के साधन उधर ढूँढ़ रही है और गाँव में मेहनत करने के लिए तैयार बैठे किसी व्यक्ति और उसके परिवार की मौत भूख और कुपोषण से हो जाती है।

नोबेल पुरस्कार से सम्मानित प्रसिद्ध अर्थशास्त्री अमर्त्य सेन का कहना है, "ग़रीबी की वजह से प्रतिभा की इस कदर बर्बादी होती है, जिसे टाला नहीं जा सकता। ग़रीबी सिर्फ़ धन की कमी से जुड़ा मामला नहीं है, बल्कि इंसान के रूप में उसकी पूरी क्षमता के साथ काम न कर पाने से जुड़ा मसला है।"[35]

अमेरिका के उद्यमी एलन मस्क, जेफ बेज़ोस और बिल गेट्स, मार्क जुकरबर्ग, वारेन बफेट, स्टीव बामर आदि अपने नवोन्मेष से वैश्विक उद्योग जगत पर छा गए हैं। बिलगेट्स और स्टीव बामर पूरी दुनिया में हर रोज़ कम्प्यूटर स्क्रीन पर चमकते हैं और खुलते ही उनका माइक्रोसॉफ़्ट वर्ल्ड नज़र आता है। मार्क जुकरबर्ग ने फ़ेसबुक ऐप के माध्यम से दुनिया के एक बड़े हिस्से को अपना दीवाना बना रखा है और करीब हर देश के स्मार्ट फ़ोन रखने वाले नागरिक इसके माध्यम से अपने विचारों का आदान-प्रदान कर रहे हैं। जेफ बेज़ोस आपके मोबाइल एप में घुसे पड़े हैं, जिन्होंने ऐमेज़ॉन के माध्यम से आपके स्मार्ट फ़ोन में आपकी हथेली पर पूरी दुनिया की दुकानें खड़ी कर दी हैं। दुनिया के पास इनका कोई विकल्प नहीं है।

एलन मस्क इलेक्ट्रिक कार बना रहे हैं और पूरा गल्फ़ कंट्री डरा हुआ है कि तेल की अर्थव्यवस्था का अब क्या होगा। स्पेस शटल भेजकर दूसरे ग्रहों पर मानव भेजने पर काम कर रहे हैं। एलन मस्क ऐसी कार बना चुके हैं, जिसमें बैठकर आपको कमांड देना है और वह कार आपको गंतव्य पर पहुँचाकर उचित स्थान पर जाकर पार्क हो जाएगी। हाइपरलूप की बात कर रहे हैं जो रेल और हवाई जहाज़ का विकल्प होगा और बग़ैर किसी दुर्घटना, जोखिम के आप अपने गंतव्य स्थल पर हवाई जहाज़ से भी तेज़ रफ़्तार से पहुँचेंगे। वहीं भारत का पूरा उद्यम इन नवोन्मेषी उद्योगपतियों के माल की मार्केटिंग पर टिका हुआ है और यहाँ का कारोबारी सरकार से साँठगाँठ कर प्राकृतिक संसाधनों पर एकाधिकार कर दुनिया का सबसे अमीर बनने का सपना देख रहा है। भारत का कारोबारी जन्म और जाति से ही उद्यमी होता है। वह शासक से कार्टेल बनाता है, जिससे प्राकृतिक संसाधनों को अधिक-से-अधिक अपने पास रख सके। मनुष्यों को अपने अधीन कर सके और जो पहले से मौजूद है उसे बेचकर मुनाफ़ा कमा सके।

जवाहरलाल नेहरू ने संविधान सभा में चर्चा के दौरान कहा था कि सामाजिक, आर्थिक असमानता को ख़त्म करना शीर्ष प्राथमिकता पर है। ऐसा करने से ही भारत में जातिविहीन और वर्गविहीन समाज बन सकता है। अगर ऐसा नहीं हो पाता तो संविधान बेकार और उद्देश्यहीन हो जाएगा।[36] निश्चित रूप से वह गाँधी के सपनों का भारत बनाना चाहते थे, जिसमें सामाजिक, आर्थिक असमानता न हो, जातीय उत्पीड़न न हो। इसके बावजूद अभी भी भारत के एलन मस्क, जेफ बेज़ोस, बिल गेट्स, मार्क जुकरबर्ग, वारेन बफेट, लैरी पेज, स्टीव बामर दलित बस्तियों, नालों, खेतों में काम के बोझ में दबाकर बचपन में ही मार दिए जाते हैं क्योंकि जाति व्यवस्था में उनके हिस्से वही आया है। अगर उन्हें पेट के भूगोल से बाहर निकालकर थोड़ी बेहतर शिक्षा, थोड़ा बेहतर स्वास्थ्य की सुविधा दी जाती तो संभवतः भारत ख़ुद के अपने हाइपरलिंक के बारे में या इससे भी किसी बेहतर सेवा और तकनीक के बारे में कल्पना कर पाता।

देश की अर्थव्यवस्था का विकास मानव संसाधन को उचित काम पर लगाए जाने और प्राकृतिक संसाधनों के उचित इस्तेमाल पर निर्भर है। दुर्भाग्य की बात है कि प्राकृतिक संसाधनों के प्रबंधन का काम कॉर्पोरेट्स को दिया जा रहा है और गाँवों को बर्बाद कर उनके लिए शहरों में बड़े पैमाने पर मज़दूर लाए जा रहे हैं। और व्हाइट कॉलर से लेकर ब्लू कॉलर तक के लोग स्वतंत्र रूप से सोच पाने, हँस या बोल पाने, मनोरंजन कर पाने में सक्षम नहीं हैं। उनकी ज़िन्दगी का बड़ा हिस्सा

रोज़ की रोटी कमाने में और अपने बच्चों को आने वाले वर्षों में उन्हीं फ़ैक्टरियों का कुशल मज़दूर बना देने में खर्च हो रहा है, जहाँ वे अभी काम कर रहे हैं। सरकार इस तरह की ज़िन्दगी में धकेलने की अर्थव्यवस्था में फँसी हुई है और उसी में विकास के सपने देख रही है।

वैश्विक उथल-पुथल के बीच भारत को भी एक वैकल्पिक व्यवस्था के बारे में विचार करने की ज़रूरत है। इसमें गाँधी के ग्राम स्वराज और औद्योगीकरण का एक मिला-जुला मॉडल वैकल्पिक मॉडल साबित हो सकता है। गाँवों के क्लस्टर करीब 75 प्रतिशत आत्मनिर्भर हों और 25 प्रतिशत बाहरी निर्भरता हो और उस 25 प्रतिशत निर्भरता के लिए गाँव के लोग 25 प्रतिशत से ऊपर सरप्लस उत्पादन करते रहें। दिल्ली और भुवनेश्वर की सरकार पर ओडिशा के कोकराझार की निर्भरता महज़ 25 प्रतिशत हिस्से में समेटे जाने की ज़रूरत है। केंद्र व राज्य की सरकारें बाहरी सुरक्षा, आंतरिक सुरक्षा, बाहरी और आंतरिक बड़े व्यापार करने तक सीमित रहें और ग्रामीण क्लस्टरों के किसी प्राकृतिक आपदा या आपसी विवादों में फँसने की स्थिति में ही 25 प्रतिशत से ज़्यादा हस्तक्षेप करें। 75 प्रतिशत आत्मनिर्भरता में भोजन, शिक्षा, कपड़ा, पेयजल, पक्की रिहाइश, शौचालय, बिजली, चिकित्सा व्यवस्था शामिल है और ये तीनों बुनियादी सुविधाएँ हर नागरिक को बराबर मिलनी चाहिए। उसके बाद अगर कोई व्यक्ति अतिरिक्त उद्यम कर अतिरिक्त कमाई करना चाहता है, अपना अलग तरह का मकान बनाना चाहता है, अतिरिक्त सुविधाएँ जुटाना चाहता है, तो उसे यह स्वतंत्रता मिलनी चाहिए।

डॉ. भीमराव अंबेडकर के *एनिहिलेशन ऑफ़ कॉस्ट्स* के सपने की ओर बढ़ने के लिए यह बहुत ज़रूरी है कि लोगों को काम मिल सके। यह मानव संसाधन और प्राकृतिक संसाधन के बेहतर प्रबंधन से ही संभव है कि नागरिकों को ऐसे काम मिल सकें, जिनमें उन्हें भोजन जुटाने के साथ सोचने के लिए कुछ अतिरिक्त समय मिल सके, जिससे वह नवोन्मेष के बारे में सोच सकें। पेट के भूगोल में फँसे रहकर बीमार पड़े लोगों, जातीय गुणा गणित करके किसी तरह से अच्छी नौकरी पा जाने की क़वायद में लगे लोगों के मस्तिष्क से नवोन्मेष निकल पाना संभव नहीं है। देश की बड़ी आबादी ग़रीबी और पेट भरने की लड़ाई के ट्रैप में फँसी है, जिससे जातीय गंदगी, महिलाओं का उत्पीड़न, हिंसा, लूटपाट बढ़ रही है और यह आबादी कानून व्यवस्था ही नहीं देश को एक बड़े खतरे की ओर ले जा रही है।

स्वतंत्रता के पहले और उसके बाद से समाज के हर तबके को मुख्य धारा में लाने की क़वायद की जा रही है, जिसमें सत्ता में भागीदारी और आरक्षण दिया जाना

शामिल है। स्वतंत्रता के बाद की 70 साल की क़वायदों में 2022 में प्रधानमंत्री पद पर विराजमान नरेंद्र मोदी मोध-घांची जाति के हैं, जो गुजरात की अन्य पिछड़े वर्ग की सूची में आते हैं। वहीं पूर्व राष्ट्रपति रामनाथ कोविंद उत्तर प्रदेश की अनुसूचित जाति की सूची में शामिल कोरी जाति से आते हैं। पूर्व उपराष्ट्रपति वेंकैया नायडू भी इंटरमीडिएटरी जाति के हैं, जिनके कुर्मी होने के दावे किए जाते रहे हैं। उसके बावजूद वंचितों की भागीदारी और उनके सामाजिक, शैक्षणिक व आर्थिक उत्थान के मसले सुलझ नहीं पाए हैं। सामाजिक स्थिति यथावत है और हज़ारों की संख्या में जातियाँ व उससे जुड़ी नफ़रतें मौजूद हैं। ऐसे में हिस्सेदारी, सरकारी पदों पर आरक्षण के साथ सामाजिक आंदोलन की ज़्यादा ज़रूरत है, जिससे हज़ारों जातीय खाँचे में बँटे समाज को जातीय नफ़रत से बाहर निकाला जा सके।

संदर्भ सूची

1. *रचनात्मक कार्यक्रम,* 1941, पृष्ठ 21–22, सर्वोदय, मोहनदास करमचंद गाँधी, संपादन भारतन कुमारप्पा, प्रकाशक: नवजीवन प्रकाशन, अहमदाबाद, 2015
2. https://www.thehindu.com/news/cities/Delhi/no-action-will-be-taken-to-demolish-48000-slum-clusters-in-delhi-centre-tells-supreme-court/article32599296.ece
3. प्वाइंट नंबर 2.8 2.8 http://delhiplanning.nic.in/sites/default/files/14%29%20Housing%20%26%20UD.pdf
4. https://navbharattimes.indiatimes.com/metro/delhi/other-news/unauthorised-colonies-in-delhi-approved-lg-anij-baijal-tweets/articleshow/72146295.cms
5. http://tte.delhigovt.nic.in/wps/wcm/connect/doit_udd/Urban+Development/Our+Services/Unauthorized+Colonies+Cells+%28UC%29/List+of+895+colonies+with+maps
6. *इकोनॉमिक सर्वे ऑफ़ देहली,* 2018–19, पेज 244
7. https://timesofindia.indiatimes.com/No-escape-from-caste-prejudice-even-in-UK/articleshow/18998712.cms
8. https://www.jeffsachs.org/
9. https://www.youtube.com/watch?v=uUHf_kOUM74
10. https://www.youtube.com/watch?v=OpCnikxLfkE
11. https://www.williameasterly.org/tyranny-of-experts
12. https://www.reuters.com/article/us-cisco-lawsuit/california-accuses-cisco-of-job-discrimination-based-on-indian-employees-caste-idUSKBN2423YE
13. https://www.amazon.in/%E0%A4%9C%E0%A4%BE%E0%A4%A4%E0%A4%BF-%E0%A4%95%E0%A4%BE-%E0%A4%B5%E0%A4%BF%E0%A4%A8%E0%A4%BE%E0%A4%B6-Jati-Vinash/dp/9387441253
14. https://www.amazon.com/Capital-Ideology-Thomas-Piketty/dp/0674980824
15. https://www.livemint.com/Politics/SOG43o5ypqO13j0QflaawM/The-land-challenge-underlying-Indias-farm-crisis.html
16. https://hindi.theprint.in/opinion/covid-19-crisis-has-brought-a-big-chance-for-india-to-move-towards-formal-economy/132536/
17. https://www.facebook.com/watch/?v=198102754508582
18. https://www.theguardian.com/business/live/2019/oct/14/nobel-prize-in-economic-sciences-2019-sveriges-riksbank-live-updates
19. https://www.business-standard.com/article/economy-policy/make-govt-jobs-less-cushy-mit-economist-abhijit-banerjee-on-10-quota-119010901160_1.html
20. *सरदार वल्लभभाई पटेल की अमर कहानी,* डॉ. पी. सुब्बारायन, राज्यपाल महाराष्ट्र राज्य एवं अध्यक्ष सरदार वल्लभभाई पटेल स्मारक समिति और डॉ. पी.डी. सागी, प्रकाशन वर्ष: अप्रैल 1962, प्रकाशक: ओवरसीज़ पब्लिशिंग हाउस, 18, गोल मार्केट, नई दिल्ली। पृष्ठ 44, 45।
21. https://www.theguardian.com/world/2019/mar/29/winston-churchill-policies-contributed-to-1943-bengal-famine-study
22. *रिपोर्ट ऑफ़ द कमेटी फ़ॉर डबलिंग फ़ार्मर्स इनकम,* वाल्यूम–1, पृष्ठ–29 29 http://farmer.gov.in/imagedefault/DFI/DFI%20Volume%201.pdf

23. *रिपोर्ट ऑफ़ द कमेटी फ़ॉर डबलिंग फ़ार्मर्स इनकम,* वाल्यूम–3, पृष्ठ–129 http://farmer.gov.in/imagedefault/DFI/DFI%20Volume%203.pdf
24. https://pib.gov.in/newsite/PrintRelease.aspx?relid=190609
25. https://www.sundayguardianlive.com/news/food-grains-rot-fci-godowns-every-year
26. http://164.100.24.220/loksabhaquestions/qhindi/175/AU3242.pdf
27. http://164.100.24.220/loksabhaquestions/qhindi/175/AU3147.pdf
28. *एनीमल, वेजीटेबल, जंक: ए हिस्ट्री ऑफ़ फ़ूड, फ्रॉम सस्टेनबल टु सुसाइडल,* लेखक: मार्क बिटमैन, प्रकाशक: हाउटन मिफलन हॉरकोर्ट, 2021 https://www.markbittman.com/books
29. *लैंड : हाऊ द हंगर फ़ॉर ऑनरशिप शेप्ड द माडर्न वर्ल्ड,* लेखक– साइमन विनचेस्टर, प्रकाशक : हार्पर कॉलिंस, 2021 http://www.simonwinchester.com/
30. https://www.bmj.com/content/369/bmj.m1810
31. http://www.oecd.org/coronavirus/policy-responses/the-territorial-impact-of-covid-19-managing-the-crisis-across-levels-of-government-d3e314e1/#figure-d1e723
32. *सेपियंस : मानव जाति का संक्षिप्त इतिहास,* लेखक : युवाल नोआ हरारी, प्रकाशक: मंजुल पब्लिशिंग हाउस, भोपाल, 2019, पृष्ठ: 93
33. *हरिजन,* 26 जुलाई, 1942, सर्वोदय, मोहनदास करमचंद गाँधी, संपादक भारतन कुमारप्पा, नवजीवन प्रकाशन अहमदाबाद, 2015, पेज: 150
34. http://164.100.24.220/loksabhaquestions/qhindi/175/AU3228.pdf
35. *डेवलपमेंट ऐज़ फ्रीडम,* लेखक : अमर्त्य सेन, एंकर बुक्स, न्यूयॉर्क
36. संविधान सभा की बहस में बोलते हुए जवाहरलाल नेहरू, 317, बुधवार, 22 जनवरी, 1947

❑❑❑

स्थापित 1912
100 वर्षों की
श्रेष्ठ प्रकाशन परम्परा
राजपाल

राजपाल एण्ड सन्ज़ की स्थापना एक शताब्दी पूर्व 1912 में लाहौर में हुई थी। आरम्भिक दिनों में अधिकतर धार्मिक, सामाजिक और देश-प्रेम की पुस्तकें प्रकाशित होती थीं और हिन्दी के अतिरिक्त अंग्रेज़ी, उर्दू व पंजाबी भाषा में भी पुस्तकें प्रकाशित की जाती थीं।

1947 में भारत-विभाजन के बाद राजपाल एण्ड सन्ज़ को नए सिरे से दिल्ली में स्थापित किया गया और साहित्यिक पुस्तकों के प्रकाशन का आरम्भ हुआ। रामधारी सिंह दिनकर, महादेवी वर्मा, बच्चन, अज्ञेय, शिवानी, आचार्य चतुरसेन, विष्णु प्रभाकर, राजेन्द्र यादव, मोहन राकेश, रांगेय राघव, कमलेश्वर और अन्य साहित्यिक लेखकों की कृतियाँ यहाँ से प्रकाशित होने लगीं। राजपाल एण्ड सन्ज़ से प्रकाशित *मधुशाला, कुरुक्षेत्र, मानस का हंस, आवारा मसीहा, कितने पाकिस्तान, आषाढ़ का एक दिन* जैसी पुस्तकें हिन्दी साहित्य की 'क्लासिक पुस्तकें' मानी जाती हैं और आज भी लोकप्रियता के शिखर पर हैं। भारत के राष्ट्रपतियों और प्रधानमंत्रियों की पुस्तकें प्रकाशित करने का गौरव भी राजपाल एण्ड सन्ज़ को प्राप्त है। नोबेल पुरस्कार से सम्मानित अर्थशास्त्री डॉ. अमर्त्य सेन की सभी पुस्तकों के हिन्दी अनुवाद यहाँ से प्रकाशित हैं। अन्तरराष्ट्रीय चर्चित पुस्तकों के अनुवाद, विश्वविख्यात कोशकार डॉ. हरदेव बाहरी द्वारा सम्पादित 'राजपाल' शब्दकोशों की श्रृंखला और किशोरों के लिए सैकड़ों पुस्तकें राजपाल एण्ड सन्ज़ से प्रकाशित हुई हैं।

पाठकों के स्वस्थ और सुरुचिपूर्ण मनोरंजन और ज्ञानवर्धन के लिए समर्पित राजपाल एण्ड सन्ज़ से हिन्दी और अंग्रेज़ी में पुस्तकें प्रकाशित होती हैं जो देश के सभी बड़े पुस्तक-विक्रेताओं और विश्व भर के ऑनलाइन विक्रेताओं के यहाँ उपलब्ध हैं।

राजपाल एण्ड सन्ज़

1590 मदरसा रोड, कश्मीरी गेट, दिल्ली-6, फोन: 011-23869812, 23865483
email: sales@rajpalpublishing.com, facebook: facebook.com/rajpalandsons
website: www.rajpalpublishing.com